CRIMINAL LOVE

ALANA SCOTT

CRIMINAL LOVE

ROMAN

&H

HARPERCOLLINS FRANCE
83-85, boulevard Vincent-Auriol, 75646 PARIS CEDEX 13.

www.harlequin.fr

ISBN 978-2-2804-6563-2 — ISSN 2271-0256

Chapitre 1

Jess

Un fantôme. C'était ce que je devais être.

Après avoir activé mes lunettes de vision nocturne, je réajustai ma capuche sur mes cheveux noirs, puis avançai dans l'appartement aussi silencieusement que possible.

Je ne connaissais rien de ce foyer, pas même l'identité de la personne que je devais assassiner. Mais en arrivant dans le salon, j'appris plus de choses que je ne l'aurais voulu. Ceux qui habitaient ici ne roulaient pas sur l'or. La télévision était petite et bas de gamme, quant aux meubles, la plupart étaient usés ou abîmés. Et bien que j'aie préféré ne pas le découvrir, j'aperçus des jouets sur le sol ainsi qu'un cadre photo sur lequel figuraient un homme d'une quarantaine d'années et, très probablement, ses deux enfants. Tous les trois souriaient à l'appareil et semblaient vraiment heureux.

Je ne savais toujours pas quelle vie j'allais ôter cette nuit, mais j'espérais au plus profond de mon âme qu'il ne s'agirait pas de celle d'un des enfants.

Si tel était le cas, y parviendrais-je ? Aurais-je la force de le poignarder ? Je n'étais moi-même pas encore un adulte.

« Ta fréquence cardiaque augmente », retentit la voix dure de mon père dans mon oreillette.

J'inspirai profondément, et me calmai. Je devais à tout prix garder mon sang-froid. C'était ma première mission, et échouer était impensable.

« Première porte à droite », ajouta-t-il.

C'était là que se trouvait ma cible. Je chassai tous les doutes et mes peurs de mon esprit, et allai ouvrir délicatement la porte. C'était une chambre. Je fus soulagé d'apercevoir l'homme dormir seul et paisiblement dans son lit.

Pendant un instant, une vague d'interrogations déferla dans ma tête : ces enfants avaient-ils une mère ? Sinon qui s'occuperait d'eux lorsque leur père ne serait plus de ce monde ? Quelles vies les attendaient, sans lui ?

Mais aussi vite que ces questions étaient arrivées, elles disparurent. Parce que cette nuit, si je ne tuais pas ce père de famille, c'était le mien que je risquais de perdre. Je ne pouvais pas le décevoir ni *me* décevoir. Toutes ces années d'entraînement, de préparation, elles ne pouvaient pas être vaines.

Je relevai doucement mon sweat noir, et récupérai le poignard que j'avais caché dessous. Lentement, je me dirigeai vers l'homme.

Il était grand, brun, barbu, et semblait plongé dans un profond sommeil. Tout ce qu'il me restait à faire était de lui enfoncer la longue et fine lame de mon stylet[1] dans le cœur.

« Maintenant. »

Je brandis mon arme juste au-dessus de sa poitrine. Mais au lieu d'effectuer ma tâche, je restai immobile pendant

1. Poignard à lame triangulaire.

quelques secondes. Je n'aurais pas dû hésiter. Ce n'était pas digne d'un vrai assassin. C'était même une honte, et cela faisait de moi un faible.

Soudain, le téléphone posé sur la table de nuit sonna.

« Fais-le. »

Mais ma main armée tremblait. Je n'étais pas assez fort.

Je suis désolé, papa.

L'homme remua dans son lit.

Sans un bruit, je reculai lâchement vers la porte, mais je ne fus pas assez rapide. Alors que je me trouvais toujours dans la pièce, l'homme se réveilla et alluma sa lampe de chevet. À moitié dans l'ombre, je restai immobile en espérant qu'il ne se rendrait pas compte de ma présence, mais aujourd'hui n'était visiblement pas mon jour. L'homme se redressa et regarda dans ma direction. Avant que l'un de nous réagisse à la situation, une balle traversa la fenêtre et vint se loger dans son front.

Il était mort.

Bien que je sois habitué à observer mon père tuer des gens, j'éprouvais, comme à chaque fois, un serrement au cœur. Et je me maudis pour ça. Si j'avais réussi à ne pas me laisser prendre par les sentiments, jamais je n'aurais hésité à l'éliminer. Même si je le voulais et le sentais au plus profond de moi, je n'étais pas encore prêt à devenir un vrai tueur à gages.

« Sors. »

Le bruit de verre cassé avait probablement dû réveiller les enfants.

Cette fois, je ne me fis pas prier. Je rabattis la capuche de mon sweat sur ma tête, puis quittai la chambre et l'appartement le plus rapidement et discrètement possible.

Une fois dans le couloir, je pris les escaliers et les descendis au pas de course. Lorsque je fus enfin dehors, je retirai mes lunettes et les rangeai à la va-vite dans mon sac à dos.

Je ne pouvais pas rester planter devant le bâtiment. Si les enfants étaient allés voir leur père, la police ne tarderait pas à arriver. Mais je ne savais pas où me rendre à présent. J'avais beau connaître le chemin par cœur pour rejoindre mon père qui m'attendait en lieu sûr, je me sentais complètement désemparé.

J'avais échoué. J'étais une honte pour notre famille. Et le silence de mon père me le faisait parfaitement comprendre. Je n'étais pas digne de lui ni digne de lui succéder. Et surtout, j'avais peur de le retrouver et de devoir affronter son regard empli de déception.

Alors, et par lâcheté, je retirai mon oreillette et la rangeai également dans mon sac. Puis je partis dans le sens opposé de la planque.

Bien que je n'aie jamais arpenté les rues du Bronx, j'avais appris par cœur les quartiers alentour pour la mission. Je savais exactement où passer pour éviter de me faire repérer par les caméras de surveillance. Quant à d'éventuels témoins que je pouvais croiser sur ma route, autant dire qu'à 3 heures du matin, il y en avait peu, et grâce à ma capuche, personne ne pouvait discerner mon visage.

Après deux kilomètres de marche, je me décidai à chercher un endroit où me reposer. Même si j'avais été habitué à pire, cette épreuve m'avait épuisé aussi bien mentalement que physiquement.

Je finis par repérer une cabane de jardin derrière une maison. Après m'être assuré que personne ne m'épiait, je sautai par-dessus le muret en brique et m'y rendis. La porte en bois était ouverte.

J'entrai et récupérai mes lunettes de vision nocturne pour vérifier ce qu'il y avait autour de moi : un établi sur lequel se trouvaient divers outils, une tondeuse à gazon, et des caissons contenant des bibelots.

Je retirai mes lunettes, puis m'assis dans un coin de la pièce qui n'était pas encombré. En raison de la fraîcheur des nuits d'automne, je me recroquevillai sur moi-même et frottai mes bras pour me tenir chaud.

Est-ce que mon père s'inquiétait pour moi ? Probablement pas. Regrettait-il de m'avoir formé pendant toutes ces années pour, au final, me voir lamentablement échouer ? Sûrement. Qu'allait-il faire de moi à présent ? Tuer était la seule raison pour laquelle il m'avait gardé et élevé. Si je n'étais pas capable d'être comme lui, m'abandonnerait-il ? Ou, pire, envisagerait-il de m'éliminer ? Et s'il acceptait miraculeusement de me donner une seconde chance, serais-je, cette fois-ci, à la hauteur ? Mon existence n'avait jamais été aussi incertaine qu'elle l'était aujourd'hui. Mais j'étais bien trop fatigué pour continuer à réfléchir au sort que mon père me réservait.

Alors je fermai les yeux et essayai de me reposer en veillant à ne pas m'endormir complètement.

N'importe qui pouvait entrer ici à tout moment, il fallait que je reste sur mes gardes.

Lexie

Lorsque mon réveil sonna le matin, je regrettai aussitôt de m'être accidentellement assoupie. Déjà parce que dormir sur le rebord intérieur d'une fenêtre en position assise n'était guère agréable, mais surtout, car je ne savais pas si l'individu que j'avais vu entrer dans notre cabane de jardin en pleine nuit s'y trouvait encore.

J'étirai mon corps engourdi en me demandant ce que cette personne était venue faire chez moi. J'avais d'abord pensé qu'il s'agissait d'un voleur, mais le fait qu'il n'était pas ressorti du cabanon dans les minutes suivant son arrivée me prouvait que non. Il était resté là-dedans, au moins jusqu'à l'aube. Je me souvenais avoir veillé jusqu'à ce que le soleil se lève, et bien que j'aie aimé ne pas m'assoupir, mes yeux avaient fini par me trahir et se fermer sans mon accord.

Peut-être était-ce simplement un sans-abri qui était venu se réfugier ici. Les nuits d'octobre commençaient à être fraîches et dormir dehors devait être difficile à supporter. À moins qu'il ne s'agisse bel et bien d'un voleur, qui, dans le noir, avait trébuché sur la tondeuse à gazon de mon beau-père, et s'était blessé en tombant.

Bon d'accord, la dernière hypothèse est peut-être un peu exagérée…

Je réfléchis un instant. Il était 6 h 30, autrement dit, ma mère n'avait pas encore quitté son travail, et j'avais également le temps d'aller jeter un coup d'œil au cabanon avant de me préparer pour le lycée.

Je me mis debout, mais à peine avais-je fait trois pas que je m'arrêtai, hésitante. Cette personne, si elle se trouvait encore là, était peut-être dangereuse. Et menue comme j'étais, elle n'aurait aucune difficulté à me maîtriser. D'un autre côté, si je ne vérifiais pas maintenant, je savais que je passerais la journée à me poser mille questions. Et au final, si cet individu était encore là et qu'il me faisait du mal, cela ne changerait pas de mon quotidien.

Mon choix était fait.

Je récupérai mon gilet en laine sur ma chaise de bureau, et l'enfilai par-dessus mon pyjama à carreaux. Je ne pris pas la peine de brosser mes longs cheveux noirs ni de me laver les dents, et quittai ma chambre. Pour ne pas réveiller mon beau-père, je descendis les escaliers sur la pointe des pieds et me rendis dans la cuisine. J'attrapai un couteau, que je cachai dans l'une des poches de mon gilet, allai mettre ma paire de baskets qui se trouvait dans le hall, puis je sortis discrètement par la porte de derrière.

Après avoir respiré profondément, j'avançai lentement vers la cabane. Il était probable que l'individu soit parti pendant mon sommeil. Mais s'il était toujours ici…

Je posai instinctivement la main là où était mon arme. Serais-je capable de l'utiliser en cas de besoin ? Je ne le pensais pas. Je n'avais jamais osé me défendre contre mon beau-père. Par crainte de représailles de sa part, mais surtout, parce que je ne voulais pas être comme lui : violente. Ce couteau était uniquement un moyen de me rassurer. Mais, quoi qu'il puisse se passer, il ne quitterait jamais ma poche.

Arrivée devant la porte, je levai une main tremblante vers la poignée.

Allez, Lexie, tu peux le faire ! m'encourageai-je mentalement.

Je retins mon souffle, puis la tournai. Méfiante, j'ouvris doucement la porte. Il me fallut quelques secondes pour m'habituer à l'obscurité de la pièce, et l'individu en profita pour me tirer à l'intérieur et me plaquer brutalement contre le mur. Il n'eut pas besoin de me demander de rester immobile, je sentais parfaitement la lame de son arme contre ma gorge et la peur m'empêchait de faire le moindre mouvement.

Nous demeurâmes plusieurs secondes ainsi, nous étudiant chacun du regard. Même s'il faisait sombre, la porte de la cabane était entrouverte et notre proximité me permettait de discerner les traits fins de son visage. Il paraissait avoir une quinzaine d'années, tout comme moi. Je ne pouvais cependant pas être certaine de la couleur de ses yeux, plutôt foncés, ni de ses cheveux, en raison de la capuche qu'il portait. En revanche, ses épaules étaient larges, et il semblait déjà bien musclé pour son âge.

— Qui es-tu ?

Sa voix me surprit. Et comme je l'anticipais, c'était encore celle d'un adolescent.

Je retins un gémissement de douleur en le sentant enfoncer davantage sa lame contre ma gorge.

— Qui. Es. Tu ? répéta-t-il plus durement.

Même si la peur me nouait littéralement le ventre, je trouvai la force de lui répondre en tremblant :

— Lexie… Lexie Holmes… J'habite ici.

— Qu'est-ce que tu viens faire là ?

— Je t'ai vu entrer dans la cabane cette nuit.

Étrangement, il cessa d'appuyer son arme contre ma peau. Mais cela ne me rendit pas plus sereine pour autant.

— Tu m'as vu ? répéta-t-il avec étonnement. Et tu n'as pas appelé la police ?

— Mon beau-père n'aime pas être réveillé quand il dort, lui expliquai-je.

— Même lorsqu'une personne s'introduit chez lui ?

Je sentis à nouveau l'objet pointu s'enfoncer dans ma chair

et je serrai les dents. Bien que cela fasse mal, j'avais connu pire et je pouvais encore le supporter en silence.

— Tu me prends vraiment pour un abruti, hein ? ajouta-t-il d'un ton menaçant.

Mon rythme cardiaque s'accéléra, mais j'essayai de paraître forte, comme toujours.

— Non, répondis-je d'une voix agitée, je te le jure. Sinon pourquoi est-ce que je serais venue ici toute seule ?

— Bonne question. Pourquoi ?

— J'étais curieuse.

— Soit tu te fous encore de ma gueule, soit tu es vraiment stupide et inconsciente.

Je gardai le silence. Après tout, il avait raison. Venir seule était une idée irréfléchie. En effet, j'étais tombée sur un garçon armé et complètement fêlé. Mais au fond de moi, je savais parfaitement pourquoi j'avais fait ça. Pour me prouver à moi-même que je n'avais pas peur du danger, ou de la mort, même si c'était pourtant le cas.

Contre toute attente, l'inconnu retira enfin son arme de ma gorge et s'écarta d'un pas.

J'inspirai, soulagée, et portai aussitôt une main à ma blessure. Je n'avais pas besoin de voir mes doigts pour savoir que le liquide chaud qu'ils rencontrèrent était mon propre sang. Heureusement pour moi, au toucher, l'entaille ne semblait pas très profonde.

— Va-t'en, dit-il soudain.

Je le fixai, stupéfaite. Il avait menacé de m'égorger quelques minutes plus tôt, et voilà qu'il me libérait aussi simplement que ça ?

Je baissai les yeux sur l'arme à la lame triangulaire qu'il tenait.

Cela ressemblait à un étrange poignard, et j'étais certaine que ça ne courait pas les rues par ici. Avait-il l'intention de me planter avec une fois que je me retrouverais dos à lui ? Non. S'il avait vraiment voulu me tuer, il l'aurait déjà fait.

Je reportai mon attention sur lui. Il m'avait fait du mal, certes, mais s'il avait agi ainsi, c'était uniquement parce qu'il n'avait pas eu d'autre choix. Il était entré chez moi, armé, et je l'avais repéré. Il ne m'avait pas attaquée par plaisir, mais par peur, pour se protéger. Il n'était pas comme mon beau-père.

— Qu'est-ce que tu attends ? me lança-t-il d'un ton agacé.

Je remarquai alors qu'il portait un sac à dos sur l'épaule. Était-il à la rue ? Avait-il fui sa famille ? Ou bien la police ?

Soudain, il se rapprocha à nouveau de moi, et même si je n'étais pas très sereine, je ne le craignais plus autant qu'avant.

— T'es devenue sourde ou quoi ?

Étant donné qu'il m'avait épargnée, je doutais qu'il soit un criminel dangereux. En revanche, il pouvait toujours s'agir d'un délinquant. Lui proposer de l'aide était sûrement de la folie, mais il semblait en avoir besoin, et j'avais envie de croire qu'il n'était pas une si mauvaise personne que ça.

— Si tu veux, tu peux rester ici, répondis-je enfin, mon beau-père n'utilise plus cet endroit depuis des années.

Il m'observa longuement.

— C'est une blague ?

— Non.

— Je viens de t'agresser, me rappela-t-il, et j'aurais même pu te tuer.

— Mais tu ne l'as pas fait.

Il leva aussitôt son arme en direction de mon visage.

— Tu ne m'en crois pas capable ?

La lame de son poignard effleura doucement ma joue, et je sentis une vague d'adrénaline traverser mon corps.

— Alors, vas-y, le provoquai-je, tue-moi.

Jamais je n'avais été aussi audacieuse.

Lorsque mon beau-père me battait, j'avais pour habitude d'encaisser les coups en silence. Jamais je ne m'étais amusée à le défier, par peur de ses représailles. Pourtant, aujourd'hui, voilà que je risquais bêtement ma vie, comme si elle n'avait aucune valeur à mes yeux.

— Ne joue pas à la maligne avec moi, grogna-t-il.

Je déglutis nerveusement, mais trouvai néanmoins le courage de soutenir son regard sombre jusqu'à ce qu'il finisse, heureusement pour moi, par abaisser son arme.

Mais presque aussitôt, il avança son visage vers le mien. Il était si près que je pouvais sentir son souffle chaud sur ma peau. En revanche, et même en étant aussi proche, je ne pouvais pas dire si ses yeux étaient véritablement noirs.

Toutefois, et bien que notre soudaine proximité me mette mal à l'aise, je gardai mon sang-froid, car j'étais persuadée désormais qu'il n'était pas un meurtrier.

— Pourquoi ? Pourquoi est-ce que tu me laisserais rester ici ?

Parce que je sais parfaitement ce que ça fait d'avoir besoin d'aide, mais de ne pouvoir en demander à personne.

— Tu n'es pas obligé d'accepter, dis-je seulement.

— Ça ne répond pas à ma question.

— Je sais.

Il me fixa avec intensité, puis, parce qu'il dut comprendre que je n'ajouterais rien, il finit par s'écarter.

D'un signe de la tête, il me désigna la porte. Le message était clair : la conversation était terminée.

Je lui jetai un dernier regard, puis sortis. D'un pas lent, je regagnai la maison et m'appuyai contre la porte après l'avoir refermée derrière moi. Il me fallut plusieurs minutes pour me rendre compte que ce qui s'était passé était bien réel.

À quel point avais-je perdu la tête pour proposer à un mec armé de squatter dans mon jardin ? Et surtout, allait-il le faire ? Honnêtement, je préférais ne pas en connaître les réponses.

Je portai une main à mon cou, et constatai que je ne saignais plus. Néanmoins, il allait falloir que je nettoie ma plaie avant d'aller au lycée.

Oh merde. Le lycée !

Je regagnai ma chambre au pas de course et regardai à nouveau l'heure sur mon réveil. 6 h 56. Si je me dépêchais, j'avais encore une chance de ne pas être en retard à mon premier cours.

Alors, et même si l'inconnu de la cabane m'intriguait énormément, je le chassai de mon esprit et filai dans la salle de bains.

Chapitre 2

Jess

Cette fille était carrément bizarre. Elle n'avait pas appelé la police ni prévenu ses parents qu'un inconnu se trouvait dans son jardin en pleine nuit. Elle ne s'était pas non plus enfuie en courant et en criant à l'aide. Et elle m'avait même proposé de squatter ici après que je l'avais agressée. Quelque chose ne tournait pas rond chez elle. D'un autre côté, c'était plutôt une bonne chose pour moi. Car si elle m'avait dénoncé et qu'on m'avait arrêté, ma situation aurait été bien pire.

Je fermai les paupières un instant, et me remémorai son visage. Même si je ne l'avais pas vu distinctement en raison de l'obscurité, je savais que sa bouche était fine, ses yeux en amande, et son nez légèrement retroussé. Quant à ses cheveux, qui lui arrivaient probablement jusqu'au milieu du dos, ils étaient sûrement bruns, ou noirs comme les miens.

En dépit de sa folie, Lexie était plutôt jolie. Et je devais également reconnaître que son côté audacieux me plaisait, bien que cela la rendît très imprudente.

D'ailleurs, je l'avais été moi aussi en acceptant de rester ici, mais c'était loin d'être ma seule erreur. Je connaissais les règles par cœur. Être rapide, efficace, discret, toujours en mouvement, ne faire confiance à personne et, surtout, ne laisser aucun témoin. Aujourd'hui, je les avais toutes transgressées.

Je rouvris les yeux et observai mes mains. Elles tremblaient.

La dernière fois que je les avais vues trembler, c'était le jour de mon dixième anniversaire, lorsque mon père m'avait forcé à abattre Shadow, mon chien et meilleur ami. Après cet événement, je m'étais forgé une carapace si épaisse que je pouvais tuer n'importe quelle bête sans aucune hésitation. J'avais pensé que cela me permettrait de tuer des êtres humains, mais je m'étais trompé. Même si l'Homme était un animal, il s'agissait de mon espèce. Et je savais que lorsque je tuerais l'un des miens, mon avenir serait scellé et il n'y aurait plus de retour en arrière.

Je soupirai, épuisé par ma nuit blanche et mes soucis. Tuer était mon destin. C'était la raison de mon existence, ce pour quoi j'avais été formé. Choisir une autre voie était tout bonnement impossible pour moi. Pourtant, à cet instant précis, je me demandais ce que j'aurais pu, ou voulu être dans une autre vie. Comme je ne trouvais pas de réponse, je cessai d'y penser et fixai la porte du cabanon.

Il fallait que je m'en aille. Non pas parce que je craignais que Lexie ne me trahisse, cela faisait déjà plusieurs heures qu'elle était partie et rien ne m'était arrivé. Je n'avais pas non plus peur que la police remonte jusqu'à moi. J'avais évité les caméras de surveillance pour venir jusqu'ici, je n'avais repéré aucun témoin sur ma route et, surtout, je savais que la police recherchait un tireur d'élite. Il fallait que je m'en aille, car plus je restais ici, plus je prouvais à mon père à quel point j'étais faible et lâche.

Le problème, c'est que c'était justement à cause de ça que je ne pouvais pas rentrer. Je n'avais pas le courage d'affronter mon père. D'ailleurs, je devinais ce qu'il me dirait.

« Tu es faible, Jess. Tu ne mérites pas de tenir une arme dans les mains, et encore moins de savoir t'en servir. Tu ne mérites pas tout ce que je t'ai appris, tout ce que j'ai sacrifié pour toi. J'aurais dû te laisser mourir avec *elle*. »

Un frisson me parcourut. L'effet que ces paroles avaient sur moi était bien plus douloureux que n'importe quelle punition, et il en avait conscience. Mon père était l'unique personne qui comptait dans ma vie. Il aurait pu m'abandonner, comme l'avait fait ma mère en choisissant la drogue, mais il m'avait donné une chance d'exister. Sans lui, je ne serais pas là aujourd'hui, et la seule façon que j'avais de le remercier était de le rendre fier de moi le plus possible.

Pourtant, hier, je l'avais déçu. Et peut-être que ce ne serait pas la dernière fois.

J'inspirai profondément afin de chasser ces horribles sentiments qui m'oppressaient la poitrine. L'échec. La honte. L'insécurité.

Puis, lorsque le calme régna à nouveau dans mon esprit, je me levai, mon sac à dos sur l'épaule, et sortis prudemment du cabanon.

Je ne savais toujours pas quand je partirais, mais j'avais soudain pris la décision d'aller me chercher à manger. Le soleil était déjà haut dans le ciel, et je commençais à avoir un petit creux.

Comme je n'avais pas l'intention de quitter cet endroit, je

me dirigeai vers la porte arrière de la maison. Je n'eus pas à forcer la serrure, c'était ouvert. Lexie avait visiblement oublié de verrouiller derrière elle ce matin.

Une fois à l'intérieur, je tendis l'oreille. Même si nous étions en semaine, peut-être que quelqu'un se trouvait encore à la maison. J'attendis un moment, puis, comme je n'entendis aucun bruit, je finis par explorer les pièces. En découvrant l'état pitoyable de chacune d'entre elles, je songeai à la possibilité que Lexie n'avait peut-être pas « oublié » de fermer la porte. Ici, il n'y avait strictement rien à voler. La télé du salon devait avoir plus de quinze ans. Je n'étais même pas certain qu'elle fonctionne encore. Le sofa en cuir en face était usé, et déchiré à certains endroits. Je constatai que des bouteilles de bière et d'alcools plus forts traînaient sur la table basse. La cuisine était dans un état pareillement misérable. Tout était vieillot, abîmé, et se dégradait à vue d'œil. Cette maison craignait vraiment. Lexie avait-elle vécu ici toute sa vie ?

Je ne laissai pas s'installer l'étrange sentiment de peine qui commençait à naître en moi, et fouillai discrètement les placards à la recherche de nourriture potable. Je finis par mettre la main sur une boîte de céréales au chocolat à moitié pleine, et la glissai sous mon bras.

Même si j'avais trouvé à manger, j'étais encore curieux à propos de cet endroit. Tout en restant le plus silencieux et attentif possible, je montai à l'étage pour terminer ma visite. Il y avait trois portes.

Je frappai doucement à la première, puis, n'obtenant pas de réponse, je l'ouvris prudemment. Elle donnait sur une étroite salle de bains. Bien qu'une odeur de moisissure empeste dans la pièce, j'aurais été prêt à sacrifier mon nez pendant quelques minutes pour une douche bien chaude. Mais j'avais déjà pris un risque considérable en m'aventurant dans cette maison, alors je préférai ne pas tenter le diable.

J'utilisai la même technique pour pénétrer dans la deuxième pièce, qui se trouvait être une chambre. Elle comportait simplement un lit, un bureau et un placard en bois. Elle n'était pas personnalisée, et il me fallut fouiller pour comprendre qu'elle appartenait à une femme. Peut-être Lexie.

Un peu gêné par les sous-vêtements que j'avais découverts, je sortis dans le couloir.

Après avoir toqué à la troisième et dernière porte, je l'entrouvris doucement et m'arrêtai en apercevant une femme âgée d'une quarantaine d'années allongée dans un lit. Par chance, ses yeux étaient clos et elle semblait dormir profondément. Je l'analysai rapidement, et constatai que ses cheveux et son nez étaient similaires à ceux de Lexie. C'était sans doute sa mère.

Craignant qu'elle puisse se réveiller, je ne m'attardai pas davantage et retournai prudemment dans ma planque pour manger le paquet de Reese's Puffs que j'avais volé.

Lexie

J'avais passé la journée à penser à lui.

À ce à quoi il pouvait bien ressembler. Aux raisons l'ayant poussé à se cacher chez moi, armé. À son identité. Et bien sûr, je n'avais cessé de me demander s'il était resté.

Lentement, j'avançai vers la cabane avec un mélange d'appréhension et d'excitation, puis je frappai à la porte.

— C'est Lexie, le prévins-je.

J'entrai en veillant à ne pas refermer complètement la porte derrière moi pour avoir un minimum de luminosité.

L'ombre que j'aperçus debout au fond de la pièce me confirma sa présence. C'était peut-être étrange, mais j'étais plutôt contente qu'il ne soit pas parti. Probablement car j'espérais pouvoir en apprendre davantage sur lui, bien que je doute qu'il se confie à moi.

Même s'il y avait un interrupteur pour allumer l'ampoule au plafond, je préférai ne pas y toucher. Il n'avait peut-être pas envie que je le voie distinctement.

Je le fixai un moment en me demandant s'il était, ou non, sorti pendant mon absence. Si ce n'était pas le cas, et à moins d'avoir bricolé ou de s'être reposé, il avait sûrement dû s'ennuyer.

— Tu as faim ? m'enquis-je soudain.

— Ça peut aller, répondit-il d'un ton neutre.

Cela signifiait-il qu'il s'était nourri aujourd'hui ? Ou bien, au contraire, qu'il tenait le coup sans manger ?

Je basculai mon sac de cours sur mon bras et fouillai à l'intérieur.

— Qu'est-ce que tu fais ? m'interrogea-t-il.

Il n'y avait pas de méfiance dans sa voix, seulement de la curiosité.

— J'ai une barre de céréales et de l'eau.

Je récupérai le tout et les mis sur l'établi à côté.

— Ce n'est pas grand-chose, mais…

Voyant qu'il s'approchait lentement de moi, je laissai ma phrase en suspens.

— Merci.

Il attrapa la bouteille d'eau et la termina d'une traite avant de la reposer. OK, il devait avoir sacrément soif. En revanche, il hésita un instant, puis prit la barre de céréales et l'enfouit dans la poche de son sweat-shirt.

— Je la garde pour plus tard, m'informa-t-il.

Ou peut-être qu'il n'aimait pas ça.

— J'essayerai de te ramener autre chose ce soir, mais il faudra que j'attende que mon beau-père aille se coucher.

Il me dévisagea longuement.

— Pourquoi tu fais tout ça pour moi, Lexie ?

Puisqu'il insistait, je décidai cette fois de lui donner une réponse.

— Parce que si j'avais été à ta place, j'aurais aimé qu'on fasse pareil pour moi.

— Mais tu ne sais rien de moi.

— Tu ne sais rien de moi non plus, et pourtant tu es resté, répliquai-je, tu as même bu dans ma bouteille. Peut-être que l'eau était empoissonnée.

— Et quel aurait été ton intérêt de me tuer ?

— La vengeance. Après tout, tu m'as blessée ce matin, lui rappelai-je en portant une main à mon cou.

Bien que la coupure soit assez fine, j'avais toutefois mis un foulard pour qu'on ne me pose pas de questions au lycée.

Je souris tristement. Cacher mon corps meurtri était devenu monnaie courante chez moi. À tel point que personne ne m'avait encore vue en manches courtes l'été. On me prenait pour une fille bizarre, et je l'étais sûrement. Après tout, qui se laisserait frapper par son beau-père sans rien dire ?

D'un autre côté, c'était probablement parce que j'étais habituée à la violence que je n'avais pas été traumatisée par ce qu'il s'était passé ce matin. J'avais, certes, eu peur sur le coup, mais cela ne m'avait pas empêchée de continuer à vivre normalement. Car, de toute façon, ma normalité à moi était différente de celles des autres.

— Je suis désolé, lâcha-t-il.

Surprise, je ne sus quoi répondre. Jamais mon beau-père ne s'était excusé pour ses coups. Jamais ma mère ne s'était excusée de me faire endurer ça en restant avec lui. Il était le premier, et en plus, sa voix m'avait paru sincère.

Nous demeurâmes silencieux pendant plusieurs secondes, puis, comme la situation me mettait un peu mal à l'aise, je me décidai à partir.

— Il… Il faut que j'y aille, lui dis-je, j'ai des devoirs à faire, et d'autres trucs. À plus tard.

Sans attendre, je quittai le cabanon et regagnai ma maison. Comme je n'entendis aucun bruit à l'intérieur, j'en déduisis que ma mère devait encore dormir à l'étage. Je déposai mon sac de cours près des escaliers et allai ramasser les bouteilles en verre qui traînaient dans le salon. La pièce empestait l'alcool, et je n'y mettais les pieds que pour faire un peu de ménage. Je jetai les bouteilles dans la poubelle, puis passai un coup de chiffon sur la table basse et les meubles.

Quand j'eus terminé, je me rendis dans la cuisine et constatai que ma mère avait laissé sa vaisselle du matin dans l'évier. Je venais de commencer à la faire lorsque des bruits de pas me parvinrent depuis l'étage. Quelques minutes plus tard, ma mère entra derrière moi.

— Bonjour, tu as passé une bonne journée ?

— Ça peut aller, répondis-je sans me retourner.

Je continuai silencieusement ma tâche, et l'entendis ouvrir les placards.

— Il ne restait pas des céréales ? me demanda-t-elle.

— Si, un demi-paquet.

— Bizarre, je ne le trouve pas.

Cette fois, je posai l'assiette que j'avais dans les mains, coupai l'eau et lui fis face.

Elle était de dos, vêtue de sa robe de chambre rose à fleurs. Ses cheveux noirs étaient noués en un chignon négligé, qui pourtant lui allait bien mieux que ses queues-de-cheval strictes habituelles.

Je l'observai chercher avec agacement le paquet de Reese's Puffs.

— Tu ne préfères pas manger quelque chose de plus sain ? demandai-je.

— Non, c'est grâce au sucre que j'arrive à tenir mes nuits au travail.

Mais comme elle ne réussit pas à mettre la main dessus, elle abandonna et pivota vers moi.

Son visage trahissait sa fatigue physique et psychologique. Malgré tout, ma mère restait une belle femme pour ses quarante-cinq ans.

— Bon, laisse-moi finir la vaisselle, reprit-elle d'une voix blasée, tu dois sûrement avoir des cours à réviser.

Ses yeux marron croisèrent les miens. Je me souvenais qu'autrefois, j'arrivais à percevoir en eux la culpabilité qu'elle éprouvait envers moi.

Mais ces dernières années, elle s'était, tout comme moi, forgé une carapace pour que personne ne puisse deviner ce qu'elle ressentait au plus profond d'elle-même. Et si j'en comprenais les raisons mieux que quiconque, j'aurais au moins aimé qu'avec moi, elle cesse de faire comme si tout allait bien. Parce que ce n'était pas le cas.

Pendant l'espace d'un instant, j'espérais qu'elle lirait dans mon regard la peine que j'avais pour nous, et qu'elle réagirait. Mais elle se contenta de m'adresser un faible sourire, et d'attendre que je lui cède ma place devant l'évier.

Dépitée, je baissai la tête et quittai la cuisine sans un mot.

Certains jours, comme aujourd'hui, j'aurais aimé trouver le courage de lui avouer ce que j'avais sur le cœur. Je lui en voulais de s'être mariée avec Ben et de nous obliger à rester vivre avec lui. Je lui en voulais de le laisser me faire du mal, de ne jamais intervenir et, pire encore, de fuir. Si elle pensait que je n'avais pas compris qu'elle avait demandé à travailler de nuit pour éviter les coups de son mari et ne pas le voir me frapper, elle me prenait vraiment pour une idiote.

Je récupérai mon sac de cours et montai dans ma chambre.

Malgré tout, je savais pourquoi je n'arrivais jamais à lui dire tout ça. Parce que si elle ne s'était pas mariée avec Ben dix ans plus tôt, notre existence aurait pu être bien pire qu'elle ne l'était. C'était grâce à lui que nous avions un toit au-dessus de la tête, et que j'avais pu grandir sans jamais manquer de rien. C'était également grâce à lui que ma mère était sortie de sa dépression, et qu'elle avait trouvé du boulot. Ben nous avait en quelque sorte « sauvées », et je lui en étais reconnaissante, mais peut-être que sans lui, notre vie aurait aussi pu être meilleure. En tout cas, j'étais certaine que si nous le quittions maintenant, elle le serait.

Malheureusement, en plus de se sentir redevable envers lui, je savais que ma mère aimait mon beau-père en dépit de sa violence, et qu'elle ne partirait jamais. Alors, tout ce que je pouvais faire était de prendre mon mal en patience jusqu'à ma majorité pour pouvoir enfin m'en aller.

Je laissai tomber mon sac sur mon lit et m'assis en tailleur sur le rebord de la fenêtre.

Peut-être que sa vie à lui est encore plus dure que la mienne…, songeai-je en observant la cabane de jardin.

Je me souvenais avoir fugué une fois, à mes treize ans. Je n'en pouvais plus des coups et des cris, alors j'étais partie avec un sac à dos rempli de nourriture, d'argent que j'avais subtilisé à ma mère, et de vêtements chauds. J'avais tenu un jour, parce que le soir même, pendant que je dormais sous un pont, quelqu'un m'avait volé toutes mes affaires. Lorsque j'étais rentrée à la maison, j'avais été étonnée de trouver mes parents en compagnie de policiers dans le salon. Ma mère était en larmes, et Ben, seulement furieux. Quand les flics m'avaient demandé pourquoi j'étais partie, je me rappelais avoir hésité à leur dire toute la vérité. Je souhaitais vraiment que mon beau-père paye pour ce qu'il nous faisait endurer, mais les conséquences inconnues que mon témoignage aurait pu avoir sur nos vies m'avaient fait garder le silence.

Est-ce que cela aurait été suffisant pour que Ben aille en prison ? Et si non, quelle aurait été sa vengeance à mon égard ? Est-ce que ma mère m'aurait soutenue, ou bien aurait-elle menti pour le protéger ? À quel point m'aurait-elle détestée pour avoir détruit, ou voulu détruire notre famille ? Me l'aurait-elle pardonné un jour ?

Je soupirai.

En y repensant aujourd'hui, je ne regrettais pas ma décision. Devoir subir les coups de mon beau-père jusqu'à mes dix-huit ans était certainement moins douloureux que d'avoir les réponses à ces questions. En revanche, supporter ma solitude quotidienne était un autre problème.

Je ramenai mes jambes à ma poitrine et, sans quitter la cabane des yeux, posai la tête sur mes genoux. Même si je ne savais toujours rien sur lui, j'étais contente qu'*il* soit resté. Car pour la première fois de ma vie, je ne me sentais plus complètement seule.

Chapitre 3

Jess

Je relevai doucement mon sweat noir, et récupérai le poignard que j'avais caché dessous. Lentement, je me dirigeai vers l'homme.

Il était grand, brun, barbu, et semblait plongé dans un profond sommeil. Tout ce qu'il me restait à faire était de lui enfoncer la longue et fine lame de mon stylet dans le cœur.

« Maintenant. »

Je brandis mon arme juste au-dessus de sa poitrine. Mais au lieu d'effectuer ma tâche, je restai immobile pendant quelques secondes. Je n'aurais pas dû hésiter. Ce n'était pas digne d'un vrai assassin. C'était même une honte, et cela faisait de moi un faible.

Soudain, le téléphone posé sur la table de nuit sonna.

« Fais-le. »

Mais ma main armée tremblait. Je n'étais pas assez fort.

Je suis désolé, papa.

Et alors tout s'enchaîna dans mon esprit. L'homme qui se réveilla, son regard qui croisa le mien un instant, et la balle de sniper qui vint se loger dans son crâne.

Je me réveillai en sursaut, et, en apercevant une silhouette accroupie devant moi, n'hésitai pas une seconde et lui sautai à la gorge. La personne poussa un cri de terreur puis se retrouva écrasée par terre, mon poignard sur son larynx.

— C'est… C'est Lexie, murmura-t-elle d'une voix étranglée.

Merde.

Je retirai aussitôt mon arme de son cou et m'écartai. Lexie resta quelques secondes immobile sur le sol, avant de se redresser lentement.

Même si la porte du cabanon était légèrement entrouverte, il faisait nuit dehors, et je ne pouvais pas voir clairement son expression. Cependant, je me doutais qu'elle était encore sous le choc de mon attaque imprévue.

Si je ne m'étais pas stupidement endormi, ça ne serait jamais arrivé, regrettai-je en rangeant mon poignard sous mon sweat. *Dois-je à nouveau m'excuser ?*

Lexie récupéra à côté d'elle ce qui me semblait être une couverture et me la tendit.

— Tiens, pour cette nuit, déclara-t-elle sèchement.

Mes doigts effleurèrent les siens, et elle se hâta de la lâcher.

— Et je t'ai aussi apporté un sandwich, ajouta-t-elle.

Lexie se pencha sur le côté, puis elle me donna un emballage en aluminium qui devait contenir ledit sandwich. Cette fois, elle veilla à ce que nous n'ayons aucun contact.

— Merci, dis-je en l'ouvrant.

Si le paquet de céréales que j'avais avalé dans la journée avait réussi à calmer temporairement ma faim, la nuit était tombée depuis plusieurs heures et je commençais de nouveau à avoir les crocs. Je n'attendis pas plus longtemps et goûtai à mon repas. Pain, bacon, salade, tomate. Un délice.

Tout en continuant de manger, je remarquai que Lexie tournait constamment la tête vers la porte, comme si elle hésitait à partir.

— Désolé pour tout à l'heure, ajoutai-je finalement entre deux bouchées, je ne voulais pas t'effrayer.

— Non, c'est ma faute, soupira-t-elle, je n'aurais pas dû m'approcher aussi près, mais comme tu n'as pas réagi lorsque je suis entré, je ne savais pas si tu dormais, ou… si tu t'étais évanoui.

— Évanoui ? répétai-je, perplexe.

J'avalai le dernier morceau de nourriture et attendis sa réponse.

— Tu aurais pu être blessé. Après tout, je ne te vois pas et je ne sais pas ce qui t'est arrivé pour que tu viennes te cacher ici.

Certes. Mais je n'allais certainement pas lui raconter ma vie.

— Je ne le suis pas, si ça peut te rassurer, dis-je seulement.

Nous demeurâmes silencieux un moment avant qu'elle reprenne la parole :

— Tu veux que je parte ?

Sa question me surprit, mais ma réponse presque instantanée encore plus.

— Non.

Je ne savais pas pourquoi je voulais qu'elle reste. La solitude ne me dérangeait pas. Il m'arrivait de passer plusieurs jours seul à la maison, et même lorsque mon père était là, nous ne nous voyions ni ne parlions pas énormément en dehors de mes entraînements. Même si la solitude avait été dure pour moi dans mon enfance, surtout après la mort de Shadow, j'avais très vite compris qu'il fallait que je m'y habitue, parce que cela ferait partie de mon destin. Un tueur à gages ne pouvait pas s'attacher à qui ou à quoi que ce soit. Car l'attachement était une faiblesse, et qu'avoir une faiblesse pouvait nous être fortement préjudiciable.

— Tu veux écouter de la musique ?

Je haussai les sourcils, étonné.

— Bon, il est possible qu'on n'ait pas les mêmes goûts, ajouta-t-elle, mais je vais mettre un classique, OK ?

Je n'écoutais pas de musique. J'en avais bien sûr entendu passer à la télévision – que je regardais de temps en temps lorsque mon père ne se trouvait pas à la maison, mais c'était tout.

Comme je ne répondis rien, Lexie sortit de sa poche son portable. Lorsque l'écran s'alluma dans ses mains, et qu'il éclaira faiblement son visage, je pus davantage observer ses jolis traits. Ses cils étaient longs, tout comme ses sourcils. Et elle avait un petit grain de beauté sur la joue, près de son nez, et un autre sur le menton.

Lexie aurait pu lever les yeux vers moi. Même si la luminosité était minime, elle aurait probablement pu me voir davantage. Mais elle se contenta de garder le regard rivé sur son téléphone jusqu'à ce que l'écran s'éteigne à nouveau et qu'une chanson inconnue se mette à résonner autour de nous.

When I find myself in times of trouble
(Lorsque j'ai des soucis)
Mother Mary comes to me
(Mère Marie vient me voir)
Speaking words of wisdom, let it be
(Prononçant de sages paroles, ainsi soit-il)
And in my hour of darkness

(Et dans mes heures sombres)
She is standing right in front of me
(Elle se tient juste en face de moi)
Speaking words of wisdom, let it be
(Prononçant de sages paroles, ainsi soit-il)

Je fermai les yeux un instant, et me laissai porter par la mélodie et les paroles agréables.

Let it be
(Ainsi soit-il)
Let it be
(Ainsi soit-il)
Let it be
(Ainsi soit-il)
Let it be[1]
(Ainsi soit-il)

Cet air était vraiment apaisant.

— Tu aimes The Beatles ? demanda Lexie.

C'était donc le nom de ce groupe. Malheureusement, je ne connaissais probablement pas leurs autres chansons. Me plairaient-elles autant ?

— J'aime bien cette chanson, répondis-je simplement.

Puis soudain, la musique s'arrêta et la réalité me frappa de plein fouet. Comment avais-je pu, ne serait-ce que pendant quelques minutes, me laisser aller et oublier ma situation actuelle ? Je ne pouvais pas rester là, et encore moins en compagnie de Lexie et des Beatles. Il était temps que je prenne mes putains de responsabilités et que je rentre chez moi.

1. La chanson *Let It Be* a été écrite par Paul McCartney.

Je me mis brusquement debout, et mon geste ne manqua pas de faire sursauter Lexie.

— Qu'est-ce que tu fais ? s'enquit-elle.

Elle se leva à son tour.

— Je m'en vais.

— Maintenant ? En pleine nuit ?

Je sus à son ton que mon annonce l'avait déconcertée.

— C'est la meilleure chose à faire, pour toi, comme pour moi.

Je ramassai mon sac à dos, rabattis ma capuche sur la tête, puis m'approchai d'elle et ajoutai avec sincérité :

— Merci. Pour tout.

Lexie était peut-être une fille étrange, mais jamais je n'oublierais la bienveillance et la générosité qu'elle avait eues à mon égard.

Je sentis son regard intense peser sur moi, mais elle demeura silencieuse. Alors, je fis un pas en direction de la sortie et ouvris la porte.

— Tu ne sais pas ce qui est le mieux pour moi, dit-elle soudain.

Confus à mon tour, je lâchai la poignée et me retournai. Que voulait-elle dire par là ? En quoi cela pouvait-il être une bonne chose pour elle que je reste ici ? Si ses parents découvraient ce qui se passait, je doutais fort que cela leur plaise. Non, cela lui créerait certainement autant de problèmes qu'à moi.

— Oublie ce que je viens de dire et vas-y, ajouta-t-elle d'un ton gêné.

Oui, c'était ce que j'aurais dû faire. Mais impossible. Je voulais comprendre la signification de ses mots.

— Lexie !

La voix forte et masculine qui avait crié son nom nous fit sursauter tous les deux. Elle provenait du jardin.

— Merde, jura-t-elle tout bas, c'est mon beau-père, je ne pensais pas qu'il se réveillerait.

Je tournai la tête vers la porte du cabanon désormais bien ouverte.

Si son beau-père s'en apercevait, il ne tarderait pas à arriver ici. Mais la fermer maintenant était tout aussi risqué.

— Lexie, où est-ce que t'es passée, putain ? cria son beau-père avec colère.

Nous restâmes silencieux, dans l'espoir qu'il finisse par aller la chercher ailleurs.

Malheureusement pour nous, j'entendis des pas s'approcher.

Aussitôt j'attrapai Lexie par le bras et la tirai contre moi derrière la porte.

— Qu'est-ce que..., protesta-t-elle.

Je plaquai la main sur sa bouche pour lui intimer de se taire. Elle sembla enfin comprendre la situation, et ne tenta pas de se dérober de mon emprise.

Soudain, son beau-père entra dans la pièce et alluma la lumière. Je retins ma respiration, et je sentis Lexie en faire autant.

Mon regard se posa sur la couverture et l'emballage du sandwich devant nous sur le sol. Merde. S'il s'avançait pour les récupérer, alors, en se retournant, il nous verrait à coup sûr. Et dans ce cas-là, que nous arriverait-il ?

Je baissai lentement la tête et croisai les yeux marron de Lexie. Même si la lumière s'éteignit la seconde suivante, je devinais qu'elle m'avait observé depuis le début. À présent, nous savions exactement ce à quoi ressemblait l'autre. Et si j'aurais préféré rester une ombre pour elle, je ne regrettais pas de connaître enfin la couleur de ses iris. Quant à ses cheveux, ils étaient bel et bien noirs, comme les miens.

Elle est vraiment très jolie.

Son beau-père sortit du cabanon et claqua la porte derrière lui. Par précaution, j'attendis que les bruits de pas se soient éloignés avant de retirer la main de la bouche de Lexie. Nous soupirâmes tous deux de soulagement.

— Il s'en est fallu de peu, murmura-t-elle.

— L'alcool qu'il a bu a dû jouer en notre faveur, supposai-je.

J'avais senti l'odeur à l'instant où il avait ouvert la porte. Je ne savais pas combien de verres il avait consommés, mais suffisamment pour ne pas s'être posé de questions sur les affaires qui traînaient ici.

— Sûrement, admit-elle d'une voix pensive.

Puis elle s'écarta de moi et ajouta :

— Il faut que j'y aille avant qu'il appelle ma mère et réveille tout le quartier…

Elle semblait assez agitée par la situation, et je regrettai de lui avoir créé des problèmes. Si seulement j'avais eu le courage de partir plus tôt…

Lexie ouvrit doucement la porte et s'assura que son beau-père n'était plus dans les parages.

J'hésitai un instant à lui demander ce qu'elle avait voulu dire tout à l'heure, par rapport à ce qu'elle jugeait être « le mieux pour elle » quant à ma présence, mais après ce qui s'était passé, j'étais certain qu'elle se trompait.

— La voie est libre, m'avertit-elle en regardant dans ma direction, je sors la première. Rentre bien…

— Jess, terminai-je.

Je ne savais pas pourquoi je lui avais dit mon nom, j'avais simplement senti que je devais le faire. Même si je trahissais une fois de plus mes principes en lui en révélant davantage sur moi, je devinais que cela ne me porterait pas préjudice.

— Alors, rentre bien, Jess, reprit-elle avant de sortir.

Je restai quelques minutes immobile, puis sortis à mon tour. Je m'avançai vers le muret en briques, prêt à sauter par-dessus, mais m'arrêtai en entendant un bruit de verre brisé provenant de la maison. À cause de son ivresse, son beau-père avait probablement fait tomber l'une de ses bouteilles d'alcool sur le sol. Oui, c'était sûrement ça. Malgré tout, je ressentais de l'inquiétude pour Lexie.

— Fait chier, grognai-je en me retournant.

Il fallait que j'aille voir. Après ce qu'elle avait fait pour moi, je pouvais au moins m'assurer qu'elle se portait bien. Après, je m'en irais une bonne fois pour toutes.

Je me rapprochai de la maison et entrai par la porte de derrière.

— Tu crois que tu peux sortir de la maison en pleine nuit ? ! s'exclamait son beau-père. Tu crois que tu peux faire ce que tu veux ici ? Mais c'est ma maison ! C'est moi qui commande, c'est clair ? !

Il y eut un silence, puis il ajouta :

— T'es vraiment qu'une sale gamine de merde. Une bonne à rien comme ta mère ! Tu sais que c'est grâce à moi qu'elle travaille à l'hôpital, hein ? Sans moi, vous… vous n'êtes rien toutes les deux ! Vous n'êtes que des putains de profiteuses qui me causent des problèmes… Putain de…

Il s'arrêta dans sa phrase, et je l'entendis marcher dans la pièce. S'il sortait dans le couloir, il me verrait. Mais au moins peut-être que la présence d'un inconnu chez lui le ferait oublier son acharnement sur Lexie. Et je ne pouvais pas partir. Pas sans l'avoir vue.

Je m'avançai lentement vers le salon. La porte était ouverte, ce qui me permettrait plus facilement de jeter un coup d'œil à l'intérieur.

— Si tu quittes encore une fois la maison sans me prévenir, ça va mal se passer pour toi, continua son beau-père, t'as compris ? Est-ce que t'as compris, sale gamine de merde ? !

— J'ai compris, répondit Lexie d'une voix sans émotion.

— Allez maintenant, va te coucher, putain, t'as cours demain.

Je doutais fortement qu'elle ait cours le samedi, mais peu importe. Comme Lexie risquait de sortir dans le couloir, je m'arrêtai devant la porte et attendis. Moins de cinq secondes plus tard, elle apparut devant moi.

Elle eut un léger sursaut en me voyant, et moi, je ressentis une colère inexplicable envers son beau-père en remarquant ses larmes et la trace rouge sur sa joue. Ce salaud l'avait giflée, et il n'y était pas allé de main morte.

Je serrai les poings, furieux.

— Va-t'en, me souffla-t-elle.

Mais elle avait raison. Je ne pouvais pas demeurer planté là dans son couloir. Et même si son beau-père méritait que je lui fasse payer son coup, je ne pouvais pas intervenir. Lexie n'en avait visiblement pas envie, et si je me mêlais de sa vie et restais ici, cela risquait de nous causer des problèmes supplémentaires à tous les deux.

J'inspirai profondément pour me calmer, puis tournai les talons. Je quittai la maison sans me retourner, marchai jusqu'au muret, puis me laissai tomber contre celui-ci.

Mon enfance n'avait pas été facile, et mon adolescence l'était encore moins. J'avais connu pire que les coups. Mais je ne pouvais pas comparer mon existence à celle de Lexie. Même si je subissais occasionnellement la violence de mon père, ses coups avaient toujours été dans le but de m'endurcir, et de me préparer à mon avenir dangereux. Lexie ne méritait pas d'être frappée, peu importe la raison.

Je fermai les yeux un instant. Ce n'était probablement pas la première fois que cela lui arrivait. J'avais vu les bouteilles d'alcool vides dans le salon la veille, et je savais désormais qui les buvait. Son beau-père était sans doute un alcoolique au comportement violent. Mais si j'étais parti plus tôt, il ne l'aurait peut-être pas frappée ce soir. C'était ma faute.

Je rouvris les paupières et observai la maison devant moi.

Rester plus longtemps n'était pas une bonne idée. Cependant, je ne pouvais pas me résoudre à m'en aller tout de suite. Mon père me ferait probablement regretter d'avoir pris cette décision, mais je refusais d'abandonner Lexie de cette façon. Pas après ce qu'elle avait fait pour moi. Pas après qu'elle m'eut aidée, alors qu'elle-même avait besoin d'aide. Et si ma présence la mettait à nouveau en danger, alors… je la protégerais.

Lexie

Allongée sur mon lit, mes écouteurs dans les oreilles, je fermai les paupières et me laissai, encore une fois, bercer par la mélodie de *Let It Be.*

Cette chanson était la seule qui pouvait m'apaiser et me faire oublier ce que je vivais au quotidien. Mais ce n'était que temporaire. Comme à cet instant, et à chaque fois que la musique prenait fin, la réalité me rattrapait à la vitesse grand V.

Je rouvris les yeux et tournai la tête vers mon réveil. 8 h 03.

Si je voulais quitter la maison avant que mon beau-père se lève, il fallait que je me bouge maintenant. Mais j'étais épuisée, autant physiquement que mentalement, et le fait d'avoir passé une nuit blanche ne m'avait probablement pas aidée à récupérer.

Mais comment aurais-je pu dormir après tout ce qui s'était produit cette nuit ? Mon esprit n'avait cessé de se répéter en boucle les événements alors que j'espérais trouver des réponses à mes questions.

Pourquoi Jess avait-il décidé de partir aussi subitement ? Pourquoi m'avait-il suivie chez moi au lieu de s'en aller immédiatement ? Et, surtout, où était-il à présent ?

Malheureusement pour moi, l'unique personne qui aurait pu m'éclairer sur tout ça était sortie de ma vie aussi vite qu'elle y était rentrée.

À cette pensée, je ressentis un étrange pincement au cœur. Il me manquerait. C'était complètement fou, parce que je l'avais rencontré seulement hier, et je ne savais quasiment rien de lui, mais il me manquerait.

8 h 06.

Je trouvai enfin la force de me lever et d'aller prendre mon petit déjeuner.

Même si la boîte de céréales était toujours portée disparue, et que le frigo était presque vide, il restait deux tranches de bacon et un œuf. Je fis cuire le tout à la poêle, puis mangeai rapidement en songeant à la journée qui m'attendait.

Mon samedi serait probablement similaire à tous ceux

que j'avais vécus jusqu'à présent. Une matinée à réviser à la bibliothèque municipale, et un après-midi tranquille à Central Park. Même si aujourd'hui, je n'avais pas spécialement envie de sortir, je savais que ce serait toujours mieux que de rester à la maison avec mon beau-père.

Quand j'eus fini mon repas, je fis rapidement la vaisselle puis quittai la cuisine. J'allais monter m'habiller lorsque je me souvins qu'il fallait que je récupère la couverture et l'emballage de sandwich que j'avais laissés dans la cabane de jardin.

J'enfilai mes baskets à la va-vite et sortis dans le jardin. L'air frais matinal me fit frissonner, et je regrettai de ne pas avoir pris de veste. Je courus jusqu'au cabanon et y entrai. J'éclairai la pièce et me figeai aussitôt.

Jess était là, debout, appuyé contre le mur. Même si j'étais heureuse de le revoir, sa présence me déconcertait complètement.

— Pourquoi n'es-tu pas parti ? réussis-je à lui demander.

Il me regarda longuement.

— Si tu es d'accord, j'aimerais bien rester encore un peu ici finalement.

Ses mots ne firent que me troubler davantage.

— Pourquoi ? insistai-je.

Lui qui était si déterminé à s'en aller cette nuit avait soudain changé d'avis. Il y avait forcément une raison. Y avait-il un rapport avec ce qui s'était passé avec mon beau-père ? Probablement pas, cela aurait même dû lui donner envie de déguerpir.

— Parce que tu fais de bons sandwichs.

Perplexe, j'étudiai un instant son visage impassible avant d'éclater de rire.

— Sérieusement, Jess ?

Il aurait tout de même pu trouver quelque chose d'un peu plus crédible… !

Je le fixai en espérant qu'il finirait par me répondre honnêtement, néanmoins il garda le silence. Cela signifiait qu'il était donc temps de lui donner mon accord, ou non, sur la prolongation de son séjour chez moi.

Je fis mine de réfléchir, mais en réalité, et quoi que puisse être son motif, ma décision était déjà prise.

— Tu peux rester ici, dis-je.

— Merci.

Il avait l'air sincère. Nous nous observâmes sans un mot jusqu'à ce que je me souvienne qu'il fallait que je « disparaisse » de la maison avant le réveil de mon beau-père.

— Mince, je dois y aller, l'informai-je.

— OK, à plus tard alors.

J'acquiesçai, me retournai face à la porte, puis m'arrêtai. En fait, rien ne m'obligeait à réellement quitter la maison et à suivre mon planning habituel. L'essentiel était que mes parents me croient partie pour la journée. Ce qui signifiait que tant que je veillais à ne pas me faire surprendre, je pouvais très bien passer du temps avec Jess dans la cabane. Enfin, encore fallait-il que ce dernier en ait également envie.

Je lui fis face à nouveau.

— En général, le samedi matin, je suis à la bibliothèque, lui expliquai-je, mais je ne suis pas obligée d'y aller alors… Si ça te dit…

Je m'interrompis, nerveuse à l'idée qu'il refuse ma proposition.

— Je peux venir ? me demanda-t-il.

Hein ?

— À… À la bibliothèque ?

J'étais complètement déconcertée. Après tout, et même si cela me ravissait, jamais je n'aurais imaginé une seule seconde que Jess pouvait, et voudrait, sortir en plein jour, avec moi, et à la bibliothèque qui plus est !

— Ouais. J'aime bien les livres.

Ce mec ne cessait jamais de me surprendre…

— D'accord, laisse-moi juste dix minutes, le temps que je m'habille et on y va.

Il hocha la tête, et, de peur qu'il ne change d'avis, je me dépêchai de regagner la maison. Mon beau-père dormait encore, tant mieux.

Je troquai mon pyjama à carreaux contre une de mes tenues quotidiennes : un pull en laine beige accompagné d'un jean large et d'un manteau noir.

Je fis un passage rapide dans la salle de bains pour me brosser les dents et me coiffer, puis je récupérai mon sac à dos dans ma chambre et quittai la maison.

Je pris quelques secondes pour calmer l'excitation qui montait en moi. Je n'étais jamais sortie avec quelqu'un, et encore moins avec un mec qui avait menacé de me tuer un jour plus tôt et qui squattait ma cabane de jardin. Cette situation était complètement délirante, mais j'aimais ça. Et je l'aimais bien lui aussi.

Je souris tristement à cette pensée. Parce que je savais que je commençais à m'attacher à lui, et que, quand il s'en irait pour de bon, lui dire adieu serait bien plus difficile. D'un autre côté, j'avais le sentiment que nous avions vraiment besoin l'un de l'autre. Alors, quoi qu'il en coûte, je profiterais de chaque instant passé à ses côtés jusqu'au dernier.

Chapitre 4

Jess

Après une quinzaine de minutes, Lexie finit par revenir. Sa tenue était classique, en revanche, elle avait attaché ses cheveux en une queue-de-cheval basse, et je trouvais que cela mettait davantage son joli visage naturel en valeur.

— Tu es prêt ? m'interrogea-t-elle.

Je haussai un sourcil, un peu amusé, et elle sembla rapidement comprendre que sa question était idiote.

— Excuse-moi, ajouta-t-elle d'une voix agitée. J'ai totalement oublié de te demander si tu souhaitais quelque chose pour faire un brin de toilette… Tu dois avoir faim, et soif aussi. Mais j'ai un peu d'argent alors on pourra…

— Lexie, la coupai-je, pour le moment, je vais très bien, OK ?

Même si mon hygiène laissait à désirer, j'avais connu des épreuves bien pires que celle de passer deux nuits dans une cabane de jardin avec peu d'eau et de nourriture. En revanche, et étant donné que j'avais l'intention de rester encore un peu ici, il allait quand même falloir que je cherche un endroit pour me laver et laver mes vêtements.

— OK, répéta-t-elle.

Mais elle ne semblait pas rassurée pour autant.

Au fond, j'appréciais qu'elle s'inquiète de mon état. Personne ne s'était jamais soucié de moi de cette façon. Si mon père avait été à sa place, il m'aurait dit de me débrouiller pour subvenir à mes besoins. D'ailleurs, à l'heure actuelle, j'étais certain qu'il devait regretter de ne pas m'avoir abandonné à ma naissance. Sa vie aurait probablement été beaucoup mieux sans moi. Car plus les heures passaient, plus je devenais un énorme échec pour lui.

— Alors euh… On y va ? me demanda Lexie.

Je fis rapidement le vide dans mon esprit, puis acquiesçai.

— Je te suis.

Par habitude, et par prudence, je rabattis ma capuche sur ma tête avant de sortir derrière elle.

Nous traversâmes le jardin, puis nous rejoignîmes la rue et prîmes la direction de la bibliothèque.

Étant donné que j'avais passé une journée enfermé dans dix mètres carrés, marcher dehors me fit le plus grand bien. Et jamais encore je ne m'étais promené sans mon père dans une ville autre que la mienne et qui m'était quasiment inconnue. Même si j'avais conscience des risques de cette sortie, je ne regrettais pas ma décision. Car pour la première fois de ma vie, je me sentais réellement libre.

Tout en avançant sur l'avenue Wallace aux côtés de Lexie, j'observai les immeubles, les voitures, les gens que nous croisâmes sur notre chemin. J'avais déjà parcouru cette route sur Google Maps, mais le faire en vrai était dix fois mieux.

Nous traversâmes un petit espace vert avant d'arriver dans le quartier d'Allerton. Si ma mémoire était bonne, la bibliothèque dans laquelle Lexie m'emmenait ne tarderait pas à apparaître sur notre droite. C'était la seule qui se trouvait à proximité. Et… Bingo ! La voilà. Le bâtiment en pierre était aussi grand qu'en photo.

Je tournai la tête vers Lexie et l'aperçus détourner rapidement le regard de mon visage. Je retins un sourire amusé. Si elle pensait que je n'avais remarqué qu'elle m'avait observé pendant tout le trajet, eh bien, elle se trompait.

Peut-être devrais-je lui apprendre à être un peu plus discrète, songeai-je en ouvrant la porte.

Nous entrâmes et, par politesse, je retirai ma capuche. À l'accueil était assise une femme d'une trentaine d'années à la peau noire et aux courts cheveux crépus. Elle releva la tête de ses papiers en nous entendant approcher et son regard s'illumina aussitôt.

— Bonjour, madame Wells, la salua Lexie.

— Bonjour, Lexie, répondit-elle d'une voix enjouée, comment vas-tu ce matin ?

— Plutôt bien, merci.

Mme Wells acquiesça d'un air satisfait avant de porter son attention sur moi.

— Et qui est donc ce mystérieux jeune homme ? demanda-t-elle.

Lexie sembla un peu mal à l'aise.

— Euh… C'est un ami.

Je savais qu'elle avait dit ça uniquement parce que révéler que j'étais un type qui avait menacé de la tuer serait vraiment bizarre, mais je n'aimais pas ça. Parce que nous n'étions pas amis, et que nous ne pourrions jamais l'être.

— Un ami sans nom ? la taquina Mme Wells.

— Je m'appelle Jess, me présentai-je, ravi de faire votre connaissance, madame.

— Le plaisir est partagé. Vous êtes dans la même classe ?

La curiosité de cette femme n'a visiblement pas de limites…

— Non, mais j'aime bien les livres.

Je me retournai vers Lexie et ajoutai :

— D'ailleurs, c'est quoi le livre que tu voulais que je lise déjà ?

Elle fronça légèrement les sourcils avant de comprendre ma ruse pour nous tirer de là.

— Ah oui ! *A Game of Thrones*. Viens, je vais te le montrer. À plus tard, madame Wells.

— N'hésitez pas à revenir vers moi si vous avez besoin de renseignements, dit-elle.

Nous la remerciâmes d'un signe de tête, puis nous montâmes directement à l'étage, car il n'y avait rien d'autre ici en dehors du bureau de Mme Wells et des toilettes.

Je fus tout de suite émerveillé en découvrant les dizaines d'étagères remplies de livres qui nous entouraient. C'était la première fois que je mettais les pieds dans une bibliothèque, mais l'ambiance calme et chaleureuse qui y régnait me plaisait déjà beaucoup.

— Je suis désolée, dit soudain Lexie.

Elle avait parlé à voix basse, probablement pour ne pas déranger les quelques personnes en train de lire ou travailler autour de nous.

— Je ne pensais pas que Mme Wells poserait autant de questions, ajouta-t-elle, mais comme je viens toujours seule, ta présence à mes côtés a dû l'étonner.

Je me contentai de hausser les épaules, avant de lui demander avec curiosité :

— Au fait, ça parle de quoi *A Game of Thrones* ?

Lexie sembla surprise.

— Sérieusement ? Tu ne connais pas ? Je veux dire, tu as au moins dû entendre parler de la série télé issue de la saga, non ?

Si elle savait quel genre de vie je mène, cela la laisserait probablement sans voix.

— Non, et je ne regarde pas trop la télé.

— Je vois…

Lexie resta silencieuse un instant, avant de finalement ajouter :

— En tout cas, les livres sont vraiment bien. Pour faire court, c'est de la fantasy et l'histoire se déroule dans un monde fictif et médiéval où se mêlent complots, trahisons, combats, amour, et sexe. Peut-être que ça pourrait te plaire.

— Peut-être.

Après tout, je n'avais jamais lu de romans. Pour mon père, il s'agissait de bouquins sans intérêt, et d'une perte de temps pour moi. En revanche, j'avais le droit à tous les livres pouvant m'apporter des connaissances utiles, notamment sur les armes, la chasse, la survie, la médecine, les poisons et les plantes toxiques, ou les techniques de combat. Et il y en avait déjà un bon paquet.

— Viens, me souffla-t-elle.

Je lui emboîtai le pas, et nous marchâmes jusqu'à une petite table située en face d'une fenêtre qui donnait sur une longue rue piétonne.

— Je m'installe toujours ici, me révéla-t-elle en regardant

dehors. Quand j'en ai marre de lire ou de réviser mes cours, j'observe les passants en imaginant la vie qu'ils pourraient avoir. Je trouve ça amusant. Tiens, tu vois cette femme là-bas ?

Je suivis son geste de la main et repérai la femme en question. Elle s'était arrêtée devant la vitrine d'un magasin de robes. Elle semblait jeune, probablement la vingtaine, et ses cheveux roux étaient longs et tressés sur le côté.

— Je pense, reprit Lexie, que son petit ami l'a quittée pour sa meilleure amie l'année dernière, et qu'actuellement elle cherche une robe scandaleuse pour se rendre à leur mariage et se venger. Son plan diabolique : s'incruster en prétextant leur avoir pardonné, manger tous les amuse-bouches pendant le vin d'honneur, raconter à qui veut l'entendre que le marié porte un string en latex sous son costume, puis changer la musique de l'ouverture de bal en mettant *Shout Out to My Ex* des Little Mix.

Son histoire inventée de toutes pièces m'arracha un sourire. Ses idées de *vengeance* étaient complètement saugrenues, et même si je ne connaissais pas la musique qu'elle avait citée, le titre me laissait deviner qu'elle n'avait rien de romantique.

Lexie secoua la tête en rigolant.

— Tu devais déjà me trouver bizarre, mais je suis sûre que maintenant c'est encore pire.

Mon sourire s'élargit. Elle était vraiment adorable. Mais si elle pensait être la plus bizarre de nous deux, elle se trompait largement.

— Hé ! nous interpella soudain quelqu'un.

Nous nous retournâmes. La personne qui s'adressait à nous était un vieil homme installé dans un fauteuil plus loin, un bouquin entre les mains.

— Il y en a qui essayent de lire tranquillement ici, nous réprimanda-t-il.

— Désolée, monsieur, répondit Lexie d'une voix embarrassée.

Elle s'assit rapidement à table et dit tout bas :

— Je crois qu'il est temps que je bosse un peu mes cours. Je ne sais pas quel genre de livres tu aimes, mais je suis sûre que tu trouveras ton bonheur ici.

Je hochai la tête, puis partis « chercher mon bonheur ».

Lexie

Je n'en revenais pas. Il avait souri ! Je ne savais pas si c'était notre sortie bibliothèque qui le rendait plus sympathique, ou s'il avait finalement décidé de faire tomber une partie de sa carapace, mais j'espérais sincèrement qu'il ne redeviendrait pas aussi silencieux et distant qu'auparavant.

Je récupérai mes affaires dans mon sac, et me penchai sur la dissertation en histoire que je devais faire pour la semaine prochaine. Mais actuellement, je n'avais vraiment pas la tête à écrire sur Thomas Paine et la révolution américaine.

Je me retournai sur ma chaise et cherchai Jess du regard. Après quelques minutes, il finit par surgir d'une allée de livres, un bouquin à la main. Comme il ne semblait pas m'avoir vue, et que je ne voulais pas qu'il croie que je le surveillais – même si c'était le cas –, je reportai mon attention sur mon travail et fis mine de réfléchir.

J'attendis que Jess se soit assis à côté de moi pour jeter un coup d'œil à sa trouvaille. *A Game of Thrones*.

Même si j'étais surprise qu'il l'ait choisi, cela me faisait également plaisir.

— Je ne pensais pas t'avoir autant donné envie de le lire, plaisantai-je.

— Je suis simplement curieux, se justifia-t-il en l'ouvrant.

Moi aussi, mais à ton sujet.

Je l'observai pendant quelques secondes. Il semblait déjà complètement immergé dans l'histoire.

Contrairement à la vie des passants que je pouvais inventer sans difficulté, je n'arrivais pas à imaginer celle de Jess. Probablement car le mystère qui l'entourait était plus intéressant que toutes les hypothèses que j'aurais pu imaginer à son sujet.

Je soupirai, puis reportai mon attention sur mes cours, mais je n'avais toujours pas l'envie ni la motivation de travailler.

Je finis par croiser les bras sur la table, posai la tête dessus et observai les gens défiler par la fenêtre. Un bâillement m'échappa, puis un deuxième. Je luttai un moment contre mon manque de sommeil, en espérant pouvoir lui résister, mais ce fut lui qui gagna le combat.

À mon réveil, j'étais un peu dans le coaltar, et il me fallut de longues secondes pour me souvenir de l'endroit où je me trouvais et avec qui j'étais.

Je me redressai subitement et constatai que Jess n'était plus à mes côtés. Son sac et son livre avaient également disparu. Mais Jess devait probablement être allé reposer son roman ou en choisir un autre.

Je regardai mon portable et écarquillai les yeux en découvrant qu'il était déjà midi. Jamais je n'aurais pensé m'endormir ici, et encore moins pendant trois heures ! En tout cas, je commençais à avoir faim.

Je rangeai mes affaires, puis attendis pendant plusieurs minutes le retour de Jess, en vain.

Mais que fait-il bon sang ? Il n'a tout de même pas quitté la bibliothèque… Si ?

Inquiète, je décidai de me lancer à sa recherche. Mon sac sur l'épaule, je fis le tour de l'étage, et ma crainte se confirma. Jess ne se trouvait plus ici, et je n'avais pas la moindre idée de l'endroit où il avait pu aller. En revanche, Mme Wells avait probablement dû le voir sortir, et j'osais espérer que Jess lui avait dit quelque chose concernant sa destination. Et si ce n'était pas le cas, eh bien, le retrouver allait s'avérer plutôt compliqué.

Mais peut-être qu'il ne veut pas être retrouvé.

Mon rythme cardiaque s'accéléra à cette pensée, et je me dépêchai de descendre à l'accueil.

Il ne peut pas être parti définitivement. Pas aussi tôt. Pas sans m'avoir prévenue.

Je m'apprêtais à questionner Mme Wells lorsque la porte des toilettes située derrière son bureau s'ouvrit et que Jess en sortit. Une vague de soulagement me traversa instantanément.

Pourquoi diable n'ai-je pas pensé aux W-C ?!

— Je peux t'aider, Lexie ? demanda Mme Wells.

Je reportai mon attention sur elle.

— Non, en fait, ça ira merci, répondis-je avec un petit sourire gêné.

Puis je relevai les yeux et croisai le regard de Jess. Au fond, je ne me sentais pas si stupide que ça d'avoir imaginé le pire. Après tout, Jess avait bien décidé la veille de partir sur un coup de tête, même si au final il avait changé d'avis. Il aurait pu réellement disparaître et ne jamais revenir, je le savais.

Consciente que rester plantée devant le bureau de Mme Wells et continuer à fixer Jess serait bizarre, je finis par rejoindre ce dernier.

— Déjà debout ? me taquina-t-il.

— Ha ha, très drôle.

Mon sarcasme le fit sourire.

— Tu me cherchais ?

Nier alors que je n'avais pas d'autre raison de me trouver au rez-de-chaussée aurait été absurde. Mais je n'avais pas non plus envie d'admettre que c'était le cas. Il aurait pu me considérer comme trop envahissante, ou me penser incapable de rester cinq minutes sans lui. Je choisis d'ignorer sa question.

— Ça te dirait qu'on aille manger quelque chose ?

Il acquiesça, visiblement ravi de cette idée.

Alors nous saluâmes Mme Wells d'un signe de la main, comme elle était au téléphone, et quittâmes la bibliothèque. J'espérais que Jess aimait les hot-dogs, car je l'emmenais à présent découvrir les meilleurs sandwichs du Bronx.

Je lui jetai un petit coup d'œil tandis que nous marchions côte à côte dans la rue et constatai qu'il avait rabattu sa capuche sur la tête. Lorsque nous avions avancé en direction de la bibliothèque ce matin, j'avais eu l'étrange impression que Jess connaissait le chemin. Pourtant, à le voir observer tout ce qui l'entourait comme il le faisait à présent, on aurait dit qu'il n'avait jamais mis les pieds dans ce quartier. Habitait-il dans le Bronx ? Il y avait plusieurs lycées dans cet arrondissement, il était donc tout à fait possible qu'il y vive.

Brusquement, Jess m'attrapa par le bras et me tira vers lui. J'évitai de justesse un lampadaire et soupirai de soulagement.

— Tu ferais mieux de regarder devant toi, me conseilla-t-il en me relâchant.

M'a-t-il grillée ?

Gênée, je ne répondis rien, et nous reprîmes la route d'un pas rapide. Mais je finis par ralentir le rythme en sentant que Jess traînait un peu.

En dépit de son avertissement, je tournai la tête vers lui et remarquai qu'il avait l'air fasciné par la ligne aérienne de métro que nous étions en train de longer. À croire qu'il n'avait jamais vu ce moyen de transport !

— Au fait, tu n'as pas envie de savoir ce qu'on va manger ? le questionnai-je alors que nous étions bientôt arrivés.

Mon marchand de hot-dogs préféré ne se trouvait plus qu'à une centaine de mètres, dans une rue remplie de fast-foods et de commerces.

— Non, je te fais confiance.

Même si ces mots me faisaient plaisir, le simple fait qu'il soit resté chez moi la veille me le prouvait amplement.

Je souris, heureuse, avant de me rappeler soudain que je ne lui avais pas demandé son avis sur *A Game of Thrones*.

— Au fait, qu'as-tu pensé du roman ?

— Je n'ai pas accroché, je me suis arrêté au prologue.

Moi qui croyais que ça allait lui plaire, j'étais assez déçue.

— Peut-être que si tu avais continué…

— Non, je ne pense pas.

J'avais envie de lui demander ce qui l'avait dérangé, mais je craignais que mes questions ne l'agacent. D'un autre côté, si je ne les lui posais pas, il n'y aurait probablement aucune conversation entre nous.

— L'atmosphère était trop glauque, ajouta-t-il soudain.

Il est vrai que tout était loin d'être rose dans ce bouquin.

— Alors… Tu as lu autre chose à la place ?

Jess tourna la tête vers moi.

— Non, j'ai essayé d'imaginer la vie des passants comme tu le fais, puis je suis allé me rafraîchir aux toilettes.

— Tu as essayé mon jeu ? m'étonnai-je.

— Ouais, mais ce n'était pas terrible. Je n'ai pas autant d'imagination que toi.

Nous nous arrêtâmes devant le stand de hot-dogs. Hank, le vendeur, me reconnut aussitôt.

— Hé ! Lexie ! s'exclama-t-il. Comment ça va ?

Hank était un trentenaire grand et maigrichon, aux courts cheveux noirs. Il était vraiment sympathique, et même si je ne m'attardais jamais pour discuter avec lui, il appréciait que je vienne ici tous les samedis et me faisait toujours ses hot-dogs à moitié prix.

— Plutôt bien et toi ?

— Oh ! c'est assez calme ce midi, comme tu peux le voir.

À l'heure du déjeuner, il fallait d'habitude souvent faire la queue et attendre plusieurs minutes avant d'être servis.

— Et sinon, continua-t-il, tu viens faire goûter les meilleurs hot-dogs de tout New York à ton ami ?

Je jetai un coup d'œil à Jess. Il observait Hank et son stand avec intérêt.

— Évidemment, dis-je avec un sourire, ah, et j'aimerais aussi une bouteille d'eau en plus.

— Ça marche, je vous prépare ça de suite, les jeunes. Ce sera avec quelle sauce pour ton ami ? Moutarde ? Ketchup ?

Jess sembla hésiter un instant.

— Comme elle, finit-il par répondre en me désignant d'un signe de tête.

Eh bien, j'espère pour lui qu'il aime le mélange ketchup moutarde !

Hank acquiesça et nous prépara rapidement notre commande.

— Tenez, régalez-vous, les jeunes. Aujourd'hui c'est la maison qui offre.

Même si son acte de générosité me mettait mal à l'aise, je savais qu'il n'apprécierait pas que je proteste.

— Merci, Hank. Passe une bonne journée !

Je récupérai notre commande, puis nous allâmes nous asseoir sur un banc un peu plus loin pour déjeuner.

Jess croqua le premier dans son sandwich.

— Alors ? fis-je, curieuse.

— Pas mauvais, reconnut-il avant de prendre une autre bouchée.

Évidemment, les hot-dogs de Hank étaient les meilleurs !

Je mangeai à mon tour, silencieusement, tout en observant les gens défiler devant nous dans la rue. Certains s'arrêtaient aux restaurants du coin ou au stand de Hank, d'autres continuaient leur route vers le métro, ou en revenaient.

— Tu es en train d'imaginer la vie de qui ? m'interrogea Jess.

Je souris, amusée.

— Honnêtement ? De personne.

La plupart du temps, je m'adonnais à ce jeu idiot parce que inventer la vie des autres me permettait de m'échapper un peu de la mienne. Mais en ce moment précis, je n'avais aucune raison de vouloir être ailleurs qu'ici, avec Jess.

— Je peux te poser une question ? me demanda-t-il soudain.

J'avalai mon dernier morceau de hot-dog avant de tourner la tête vers lui.

— Seulement si je peux t'en poser une sur toi en retour.

Il réfléchit un instant.

— D'accord, mais je ne te promets rien quant à ma réponse.

Je fis mine de réfléchir à mon tour, puis acquiesçai.

— *Idem* pour moi. Vas-y.

— Qu'est-ce que tu imagines à mon sujet ?

Même si je ne m'attendais à aucune question en particulier, je n'imaginais pas qu'il me demanderait ça.

— Lorsque je t'ai vu entrer dans la cabane, j'ai d'abord cru que tu étais un voleur, avouai-je, mais comme tu y es resté, j'ai écarté cette option. Ensuite quand je t'ai rencontré, je me suis dit que tu étais peut-être recherché par la police, mais puisque tu es sorti au grand jour aujourd'hui, ça aussi, c'est tombé à l'eau.

Je parcourus son visage des yeux et croisai son regard intense. Celui-ci me déstabilisa, mais je réussis à le soutenir.

— Je pense, repris-je, que tu as dû fuir ta famille, pour je ne sais quelle raison, mais que tu as peur de rentrer chez toi. Tu étais armé, alors, je pourrais me dire que ta famille t'a déjà fait du mal. À moins que ce ne soit toi qui leur en aies fait.

Les battements de cœur s'accélèrent dans ma poitrine. J'avais prononcé cette dernière phrase sans réellement réfléchir, et je le regrettais. Jess n'était pas quelqu'un de méchant ni de dangereux, et je ne voulais pas qu'il croie que je le voyais vraiment de cette façon.

— Enfin, pas volontairement, ajoutai-je.

Mais j'avais détourné la tête malgré moi, et j'étais probablement en train de m'enfoncer.

— À ton tour, dit-il seulement.

J'inspirai profondément et essayai de sélectionner une des multiples questions le concernant et dont j'aimerais connaître la réponse.

Pourra-t-on se revoir après ton départ ?

Celle-ci me brûlait les lèvres, mais je craignais fortement qu'il ne refuse et je préférais ne pas me faire plus de mal comme ça. Il fallait également que je lui demande quelque chose qui ne serait pas trop intrusif, où il garderait probablement le silence.

— Est-ce que tu habites dans le Bronx ?

— Non.

Il avait répondu presque instantanément, et je doutais qu'il s'agisse d'un mensonge. En plus, cela expliquait pourquoi il passait son temps à observer tout ce qui nous entourait. Désormais, j'étais curieuse de savoir d'où il venait exactement.

Vit-il au moins à New York ?

Je soupirai face à tant de mystère, puis le regardai à nouveau. Il fixait Hank en train de préparer des hot-dogs à un couple de sexagénaires. Cela semblait vachement le fasciner.

— D'habitude, je vais me balader à Central Park l'après-midi, lui dis-je, mais on peut très bien rester ici ou aller ailleurs si tu préfères. À moins que tu n'aies envie de rentrer.

Jess reporta son attention sur moi.

— Non, Central Park, ça me va, m'assura-t-il.

Je ne pus m'empêcher de sourire. Bien que je me doute que retourner dans la cabane et d'y être enfermé le reste de la journée n'était pas un plan des plus tentants, je ne m'attendais pas à ce que Jess accepte de passer autant de temps à l'extérieur et avec moi.

Nous nous levâmes et Jess me suivit vers le métro. Même si Central Park n'était pas la porte à côté, j'adorais y aller. C'était à mes yeux un vrai havre de paix. Là-bas, au milieu de cet immense espace vert, tous mes soucis me paraissaient insignifiants.

Arrivée devant la station, je me retournai vers Jess.

— Est-ce que tu as une carte ? demandai-je.

Il secoua négativement la tête. Je récupérai 3 dollars dans mon porte-monnaie, puis lui achetai un ticket à un distributeur.

— Tiens, dis-je en lui donnant son ticket, allons-y.

Nous nous rendîmes sur le quai. Le métro venait tout juste d'arriver. Nous y montâmes et, même s'il y avait un peu de monde, nous trouvâmes deux places pour nous asseoir, au bout de la rame. Comme nous avions plus d'une vingtaine de minutes de trajet, je sortis mon portable, puis mes écouteurs de mon sac et lui en tendis un. Jess le mit dans son oreille sans poser de questions.

Puisque je lui avais déjà fait écouter *Let It Be* la veille et qu'il avait bien aimé, je décidai de lancer *Hello, Goodbye* des Beatles. Après plusieurs secondes, j'aperçus l'ombre d'un sourire traverser son visage.

— Tu connais ? demandai-je, curieuse.

— Non, mais je la trouve amusante.

C'était également mon avis. Les paroles, assez répétitives, ne cessaient de s'opposer tout au long de la chanson et rendaient le tout, à mes yeux, assez comique.

Étant donné que Jess avait l'air de plutôt apprécier les

Beatles, nous continuâmes d'écouter leurs chansons jusqu'à notre arrêt.

Après être sortis du métro, nous eûmes seulement à traverser la rue pour atteindre l'une des entrées de Central Park. Jess semblait à nouveau contempler les lieux comme s'il n'y avait jamais mis les pieds.

Est-il possible que ce soit vraiment le cas ?

Nous marchâmes tranquillement le long du lac Harlem Meer. L'automne était ma saison préférée pour me balader ici. Ce mélange de vert, de jaune, d'orange et de rouge qui nous entourait était magnifique.

— C'est beau, n'est-ce pas ? ne pus-je m'empêcher de lui demander.

Jess hocha lentement la tête, le regard perdu dans l'horizon. J'avais l'impression que cet endroit lui plaisait beaucoup, et j'en étais ravie.

Nous suivîmes mon chemin habituel, jusqu'à ce que je m'arrête devant un banc. Ce dernier offrait une vue imprenable sur le lac et la verdure autour, mais également sur de grands immeubles de Manhattan situés derrière.

Je m'assis sur le dossier, et admirai ce joli panorama. Après plusieurs secondes, Jess finit par s'installer à côté de moi. Nous profitâmes silencieusement de cet instant, qui, nous le savions, ne durerait pas éternellement. L'après-midi touchait bientôt à sa fin, et, si Jess n'avait aucune contrainte horaire, pour ma part, je devais être rentrée chez moi pour le dîner. Comme ma mère prenait toujours ses repas en décalé à cause de son travail, elle appréciait que nous mangions en « famille » le week-end quand elle était à la maison.

Je fermai les paupières et inspirai profondément.

Si seulement le temps pouvait s'arrêter. Si seulement je pouvais rester plus longtemps ici, avec lui. Si seulement…

Je rouvris les yeux et me tournai vers Jess. Il semblait être complètement subjugué par le paysage.

— Tu n'es jamais venu ici, n'est-ce pas ? supposai-je.

— Non. Je ne suis pas de New York.

Comme à chaque fois que j'en apprenais un peu plus sur lui, de nouvelles interrogations affluaient dans ma tête.

Pourquoi était-il à New York ? Et depuis combien de temps se trouvait-il en ville ?

Puisqu'il y avait peu de chances pour qu'il accepte de répondre à ces questions, je décidai de les chasser de mon esprit et de me concentrer sur le moment présent.

— Alors, ça te dit de jouer les touristes ?

Il reporta enfin son attention sur moi.

— Qu'est-ce que tu proposes ?

Je réfléchis un instant. Il y avait énormément de choses à faire à New York. Des choses que même moi je n'avais encore jamais faites. Mais puisque nous nous trouvions à Central Park, l'un des lieux les plus touristiques de la ville, j'estimais que nous n'étions pas obligés d'aller ailleurs. Il y avait ici suffisamment de coins sympas à découvrir, et j'étais même certaine que nous n'aurions pas le temps de tout voir. Ni de tout faire. Je pouvais déjà tirer un trait sur la patinoire, le zoo, et les autres activités payantes, cependant, j'étais sûre que nous n'avions pas besoin de ça pour passer un bon moment ensemble !

Je sautai du banc.

— Viens, lui lançai-je simplement.

Sans l'attendre, je pris la direction du Conservatory Garden, un jardin à la française qui était magnifique et peu fréquenté.

Si Jess aimait la nature, il allait être sous le charme de cet endroit ! Mais j'étais persuadée qu'il préférerait The Ramble. Il faudrait obligatoirement que je l'emmène là-bas. Je me souvenais m'y être baladée plus jeune avec ma mère, et avoir eu l'impression de me trouver dans une véritable forêt ! C'était génial. Oh ! et puisque nous avions écouté The Beatles, je devais lui montrer le mémorial en l'honneur de John Lennon. Enfin, si on avait le temps !

Chapitre 5

Jess

Alors que nous attendions le métro, assis sur des sièges à l'intérieur de la station, je repensai à cette étrange journée que je venais de vivre et que je ne regrettais pas le moins du monde.

Même si je savais que j'avais pris un risque en sortant, j'avais, pour la première fois de ma vie, goûté à la liberté. Jamais je n'avais mis les pieds dans une bibliothèque, jamais je n'avais emprunté le métro – à vrai dire, il n'y en avait pas à Sheltown. Jamais je n'avais mangé de hot-dog – ce qui d'ailleurs était vachement bon. Quant à Central Park, les photos que j'avais pu voir sur Internet ne lui rendaient pas justice. Cet endroit était gigantesque et regorgeait de lieux incroyables. New York était incroyable.

Soudain, la tête de Lexie se posa sur mon épaule. Surpris, je restai immobile durant plusieurs secondes avant de réaliser qu'elle s'était assoupie. Bon sang, cette fille pouvait vraiment s'endormir n'importe où, c'était impressionnant ! Mais elle devait aussi sacrément manquer de sommeil.

Je soupirai, ne sachant que penser de la situation. Même si

ça ne me dérangeait pas spécialement, jamais je n'avais été aussi proche de quelqu'un, et encore moins d'une personne du sexe opposé.

Les battements de mon cœur se firent étrangement de plus en plus rapides. Était-ce à cause de Lexie et de notre proximité ?

Je n'eus pas le temps de me questionner davantage, le métro arrivait, il fallait que je la réveille.

— Lexie.

Pas de réponse.

— Lexie, le métro est là, insistai-je en haussant le ton.

Elle remua légèrement contre moi, puis se redressa brusquement.

— Oh ! le métro ! Dépêche-toi !

Elle se leva d'un bond et courut jusqu'à la rame. Je la rejoignis rapidement avant que les portes se referment derrière moi. Contrairement à l'aller, cette fois toutes les places assises étaient prises. Mais cela m'était égal, j'aimais bien rester debout.

Le métro démarra.

— Désolée, dit Lexie d'une voix gênée, je n'ai pas beaucoup dormi la nuit dernière.

Est-ce à cause de ce qui s'est passé avec son beau-père ?

Je baissai les yeux sur elle et remarquai qu'elle fuyait mon regard.

— Ce n'est rien, la rassurai-je.

Une légère secousse nous fit trébucher l'un vers l'autre. Lexie me marcha accidentellement sur le pied.

— Désolée, répéta-t-elle en s'écartant aussitôt.

Je souris, amusé.

— Ce n'est rien, répétai-je à mon tour.

Elle leva enfin la tête vers moi, puis après plusieurs secondes, me rendit mon sourire.

Heureusement, le reste du trajet jusque chez elle se déroula sans problème. Nous nous arrêtâmes à quelques mètres de sa maison. Lexie allait entrer par la porte principale, quant à moi, je devrais une fois de plus m'introduire chez elle en toute discrétion.

— Je viendrai plus tard pour t'apporter de quoi manger, m'informa-t-elle.

— Tu n'es pas obligée, tu sais.

— Je sais.

Elle resta silencieuse un instant, puis ajouta :

— Je suis contente qu'on ait passé la journée ensemble. C'était sympa.

Sympa ? Cette sortie avait représenté bien plus à mes yeux qu'un moment « sympa ». Elle m'avait fait comprendre que je ne connaissais quasiment rien au monde qui m'entourait, et dans lequel, pourtant, je vivais.

Ne pouvant lui dire tout ça, je me contentai de hocher la tête.

— Bon, alors… À tout à l'heure, dit-elle.

Elle m'adressa un sourire timide, puis rentra chez elle sans plus tarder.

Après m'être assuré que personne ne m'observait dans le voisinage, je sautai par-dessus le muret et traversai le jardin jusqu'au cabanon. Une fois à l'intérieur, je posai mon sac à dos sur le sol, puis balayai la pièce du regard.

Même si j'avais décidé de rester ici plus longtemps que prévu, ce ne serait que pour un jour ou deux. Je ne pouvais pas continuer à squatter cet endroit, et j'avais passé suffisamment de temps à essayer vainement de fuir mon père, ma vie, mon destin.

Quant à Lexie… Durant une bonne partie de la nuit, je m'étais demandé de quelle façon je pourrais l'aider. Et étant donné qu'il était préférable que je n'intervienne pas directement dans ses problèmes familiaux, le seul moyen que j'avais trouvé était simplement d'être là pour elle comme je l'avais été aujourd'hui, et comme je le serais jusqu'à ce que je m'en aille. Ce ne serait peut-être pas grand-chose, mais si ma présence réussissait à lui faire oublier un peu ses soucis et la faire sourire – comme cela avait été le cas aujourd'hui –, alors ce serait toujours ça. Et lorsque je m'en irais…

Lexie était une fille forte, et j'étais certain qu'elle s'en sortirait comme elle s'en était toujours sortie sans moi. Et peut-être que nos souvenirs ensemble pourraient, de temps en temps, la faire sourire à nouveau. En tout cas, je l'espérais. Cette fille méritait d'être heureuse. Elle était gentille, drôle, jolie et…

Je sentis mon cœur s'emballer dans ma poitrine. Cette fois, aucun doute, Lexie en était la cause, et je craignais ce que cela représentait peut-être. J'avais suffisamment commis d'erreurs à New York, et il était hors de question que je commette la pire d'entre elles.

Pourtant, au fond de moi, je savais que c'était déjà trop tard. Car si je ne m'étais pas encore attaché à elle, je serais probablement parti la veille sans hésiter.

Mais qu'importent les sentiments que j'éprouvais pour Lexie, ils ne changeraient rien à mon futur départ.

Je ne connaissais pas le destin de Lexie, mais une chose était sûre, il n'allait pas dans la même direction que le mien.

Lexie

Après avoir pris ma douche et avoir enfilé un vieux bas de survêtement et un pull, je rejoignis ma mère dans la cuisine. Elle était aux fourneaux.

— Qu'est-ce que tu prépares ? demandai-je.

— Steak frites, répondit-elle en remuant la poêle.

Elle s'était donc levée assez tôt pour aller faire les courses. En général, c'était plutôt moi qui m'y collais le dimanche matin.

Je récupérai les couverts dans les placards et commençai à mettre la table.

— Bien passée ta journée ? me questionna-t-elle soudain.

Je m'arrêtai dans ma tâche et souris, heureuse.

Ce samedi avait probablement été l'un des meilleurs de ma vie. Et peut-être que demain serait tout aussi bien, voire encore mieux ? J'avais déjà réfléchi à ce que nous pourrions faire, si Jess acceptait de sortir. Nous pourrions prendre le ferry de Staten Island pour qu'il puisse voir la statue de la Liberté. C'était gratuit, et j'adorais la mer. En plus, à cette période de l'année, il y avait moins de touristes. Mais peut-être que Jess avait le mal de mer, et que ça ne l'intéresserait pas. Dans ce cas-là, nous pourrions aller…

— Lexie ?

La voix de ma mère me tira brusquement de mes pensées.

Je me tournai vers elle en essayant de ne pas laisser paraître la joie et l'excitation que je ressentais sur mon visage.

— Euh oui, ça a été.

Ma mère m'observa d'un air curieux avant de reprendre sa préparation culinaire.

Je terminai de mettre la table en réfléchissant à nouveau

à des idées de sorties. Il y avait tellement de choses à faire à New York. Je voulais lui en faire découvrir le plus possible avant son départ. J'ignorais d'où il venait, mais peut-être que comme ça, il souhaiterait revenir ici.

Je n'avais pas envie qu'il s'en aille ni de me retrouver seule à nouveau. Nous n'étions pas vraiment amis, et je ne savais toujours pas grand-chose à son sujet, mais je n'avais jamais été aussi proche de quiconque avant lui, et encore moins d'un garçon. J'ignorais ce que Jess représentait pour moi, mais il avait déjà pris une place dans ma vie et je ne voulais pas qu'il en sorte à tout jamais.

— Lexie, est-ce que tu peux dire à Ben qu'on passe à table ?

Un frisson me parcourut. Je détestai nos « repas de famille ». Ils étaient loin d'être chaleureux, et je préférais largement manger seule le soir dans ma chambre en rentrant des cours.

D'un pas lent, je me rendis jusqu'au salon. Ben était là, affalé sur le canapé, et regardait un match de base-ball à la télé. J'aperçus quelques bières vides sur la table basse, mais heureusement, il était encore trop tôt pour qu'il soit complètement torché.

— Ben, le repas est prêt, l'informai-je.

— Hum… J'arrive, grommela-t-il sans décoller les yeux de l'écran.

Je retournai dans la cuisine et pris place à table.

— Il arrive, dis-je à ma mère.

Elle déposa le plat devant moi, puis s'installa à ma droite.

— On va l'attendre.

Comme toujours…

Par chance, Ben ne tarda pas à nous rejoindre. Une fois sur

sa chaise, il remplit généreusement son assiette et commença à manger en premier.

— Lexie, apporte-moi une bière, marmonna-t-il entre deux bouchées.

Je m'exécutai et allai lui chercher une bière dans le frigo. Lorsque je la lui tendis, Ben me l'arracha presque des mains.

Je me rassis sans un mot. Ma mère termina de me servir.

— Le steak est trop cuit, se plaignit Ben, tu n'es plus capable de cuisiner correctement ?

— Désolée, répondit ma mère.

Je goûtai au steak. La cuisson était parfaite, mais forcément, il fallait toujours que quelque chose ne lui plaise pas.

— Au fait, reprit-il soudain, j'ai vu aux infos qu'un type avait été assassiné dans le Bronx jeudi soir.

Je manquai de lâcher ma fourchette. Cette nouvelle n'avait sans doute aucun rapport avec Jess, cependant, une boule semblait s'être formée dans mon estomac.

— J'en ai entendu parler au boulot, dit ma mère, une collègue connaissait un peu la victime. Apparemment c'était un homme honnête, marié, et père de deux enfants. C'est vraiment horrible.

— Ouais, bah, pour que quelqu'un le tue, c'est qu'il n'était peut-être pas si honnête que ça, répliqua Ben.

Ma mère garda le silence. Je me forçai à avaler quelques frites, mais cette histoire de meurtre m'avait coupé l'appétit.

Ce n'est certainement pas Jess. Il n'est pas un meurtrier. Et puis, pourquoi aurait-il tué cet homme ?

D'un autre côté, je me souvenais parfaitement qu'il avait une arme en sa possession, et que cela expliquerait son arrivée soudaine chez moi et le fait qu'il y soit resté caché jusqu'à aujourd'hui.

— Est-ce que vous savez de quelle façon il est mort ? m'entendis-je demander.

— Non, répondit Ben, ils ne l'ont pas encore dit. Pourquoi ça t'intéresse ?

Son ton était presque agressif.

— Pour rien, bredouillai-je en baissant les yeux sur mon assiette.

— Alors ne pose pas de questions.

Le reste du repas se termina sans un mot. Ben quitta la table le premier, il récupéra une énième bière dans le frigo avant de retourner dans le salon. J'aidai ma mère à débarrasser en essayant de me rassurer.

J'étais certaine de ne pas m'être trompée sur Jess. C'était quelqu'un de bien. Pourtant, le doute continuait de s'insinuer en moi.

— Tout va bien, Lexie ?

D'une main tremblante, je déposai les derniers couverts dans l'évier et pivotai vers ma mère. Elle m'observait avec intérêt.

— Est-ce que je vais bien ? répétai-je, surprise.

Est-ce une blague ? Depuis quand se soucie-t-elle de moi ?

— Tu as à peine touché à ton assiette ce soir. Tu ne serais pas malade quand même ?

Je souris tristement. Évidemment, il n'y avait que « la maladie » qui pouvait expliquer mon état. Parce que tout allait parfaitement bien dans ma vie, et que je n'avais aucune raison de ne pas me sentir bien !

Malgré la colère et la tristesse qui m'envahissaient, je pris sur moi.

— Non, je n'avais juste pas très faim, je vais dans ma chambre, il me reste encore des devoirs à faire.

Sans plus attendre, je sortis de la cuisine et regagnai ma chambre d'un pas rapide.

D'un revers de la main, j'essuyai les larmes qui coulaient sur mes joues et m'assis sur le rebord de la fenêtre. Je repliai les jambes contre ma poitrine et mis la tête sur mes genoux, le regard rivé sur la cabane de jardin.

Et dire que la seule personne qui a rendu mon existence un tout petit peu plus joyeuse ces derniers jours est peut-être un meurtrier.

Je soupirai et fermai les yeux.

Peut-être n'a-t-il pas eu le choix ? Dois-je lui poser la question, lorsque j'irai le voir dans la soirée ? Est-ce que sa réponse remettra en cause la durée indéterminée de son séjour ici ?

Un bâillement m'échappa. J'étais vraiment crevée.

Ma petite sieste de ce matin n'avait pas suffi à rattraper ma nuit blanche, et Jess et moi avions plutôt bien marché cet après-midi. Mais il était trop tôt pour que je m'endorme, et je devais encore aller le voir pour lui apporter à manger.

Je me levai et m'installai à mon bureau. Même si je n'avais pas la moindre envie de rédiger ma dissertation d'histoire, il était grand temps que je m'y mette !

Cela devait faire plus d'une heure que je travaillais, lorsque la voix de mon beau-père s'éleva dans le salon.

Ça y est, c'est reparti.

Je lâchai mon stylo et fermai les yeux.

Inspire… Expire…

Mais Ben criait à présent. Et je pouvais entendre clairement ce qu'il disait à ma mère.

— T'es même pas fichue de m'acheter des bières quand y en a plus dans le frigo ! Ça sert à quoi que tu ailles faire les courses si tu n'achètes pas ce qu'il manque ? ! T'es vraiment qu'une incapable, comme ta sale gosse !

Je me bouchai les oreilles en priant pour qu'il se calme. Mais sa colère semblait s'amplifier et certains de ses mots continuaient de parvenir jusqu'à moi. « Mon argent… Ma maison… Profiteuse… »

Inspire… Expire…

La main tremblante, je récupérai mon stylo et essayai de me concentrer à nouveau sur ma dissertation.

Thomas Paine… La révolution américaine…

— Ça suffit ! hurla soudain ma mère.

Je me figeai. Avais-je rêvé ? Jamais ma mère n'avait osé lui répondre. Jamais.

— Ça suffit ? répéta Ben, depuis quand tu ouvres ta gueule devant moi ? !

Il y eut un silence, mais je savais ce qui était en train de se passer. Il la frappait.

Je sentis des larmes couler à nouveau sur mes joues, mais cette fois, c'étaient des larmes d'espoir. Après toutes ces années, ma mère avait enfin trouvé le courage de tenir tête à Ben.

Je n'avais pas la moindre idée de comment elle en avait été capable, en revanche, son acte signifiait très clairement qu'elle voulait que les choses changent.

Cela ne serait sans doute pas suffisant pour qu'on puisse sortir de ce cauchemar aujourd'hui, mais peut-être le pourrions-nous bientôt.

Oui, je voulais y croire.

— Arrête ! Arrête, je t'en supplie ! se mit à crier ma mère.

Un frisson me parcourut. Ben ne s'arrêterait pas. Cet enfoiré allait lui faire regretter de s'être opposée à lui.

Inspire… Expire… Inspire… Expire…

Mais c'était trop dur à supporter. Je ne pouvais pas le laisser continuer à lui faire du mal. Pas aujourd'hui. Pas après ce qu'elle avait fait pour elle, pour nous.

Le corps tremblant, je me levai et me rendis d'un pas lent jusqu'au salon. La porte était ouverte, et je me figeai en apercevant ma mère allongée sur le sol en position fœtale, encaissant tant bien que mal les coups de pied que Ben lui mettait dans le ventre.

C'est pire que d'habitude.

Jamais il ne s'était acharné autant sur elle. Et si je n'intervenais pas…

Il risque de la tuer.

Mais je n'arrivais pas à bouger. J'avais peur. Peur qu'il ne me fasse la même chose et qu'aucune de nous deux ne s'en sorte.

J'avais toujours pensé que ma mère était une lâche, mais la vérité, c'est que nous l'étions toutes les deux. Du moins, jusqu'à aujourd'hui.

J'avançai dans la pièce. Si ma mère avait réussi à être courageuse, je me devais de l'être à mon tour.

Je débranchai la prise du lampadaire en métal situé sur ma droite, attrapai le pied de lampe, puis, sans réfléchir, fonçai sur mon beau-père en criant. Je le frappai violemment sur le dos avant de lâcher aussitôt mon arme, terrifiée par ce que j'avais fait et les conséquences que cela entraînerait.

Ben se retourna, le visage déformé par la colère. Mon coup ne sembla pas lui avoir causé autant de douleur que je l'aurais espéré, mais j'étais désormais le centre de son attention.

— Tu as osé me frapper ? me lança-t-il d'une voix menaçante.

J'observai rapidement ma mère. Elle avait l'air assez sonnée, mais au moins, elle était toujours vivante. Je fus immédiatement soulagée et me reconcentrai sur Ben.

Son regard noir m'assura qu'il allait se venger. Maintenant.

Effrayée, je reculai, mais il m'empêcha d'aller plus loin en me saisissant le bras.

— Où est-ce que tu crois pouvoir aller, sale gamine ? !

Ses yeux étaient emplis de haine.

— Lâche-la, Ben, entendis-je ma mère gémir.

— La ferme, Nicole, dit-il sans se retourner.

J'essayai de me libérer, mais il raffermit sa prise autour de mon bras et se rapprocha dangereusement de moi.

— Où est-ce que tu crois pouvoir aller, sale gamine ? répéta-t-il.

Je déglutis nerveusement. Son haleine empestait l'alcool.

— Nul… Nulle part, murmurai-je.

— Ben, je t'en prie ! pleura ma mère, laisse-la tranquille !

Mais je n'avais pas besoin de lire dans les pensées de mon beau-père pour savoir qu'il n'en avait pas encore fini avec moi.

Brusquement, il me relâcha, mais ma liberté ne fut que de courte durée. Ses mains se posèrent à nouveau sur moi, autour de ma gorge. Mon rythme cardiaque s'accéléra.

— Pour qui tu te prends, sale petite chienne ? grogna-t-il.

Ses doigts serrèrent davantage ma peau. Je commençais à avoir du mal à respirer. Je tentai vainement de me débattre, mais cela eut pour seule conséquence de nous faire tomber à la renverse sur le sol. Ben m'étranglait toujours, et m'écrasait désormais de tout son poids.

— Ben…, continua de l'implorer ma mère.

Mais il l'ignora.

— Tu crois que tu peux me frapper et t'en tirer comme ça ?

Il allait me tuer. Je pouvais le voir dans ses yeux. Il ne s'arrêterait pas.

Soudain, j'eus l'impression que mon cœur battait dans ma tête et il me fallut plusieurs secondes pour réaliser que j'étais en train de suffoquer. J'essayai d'appeler à l'aide, au secours, mais je ne pus y parvenir.

Ben sourit, visiblement satisfait de me voir souffrir ainsi. Je tentai d'inspirer, de trouver de l'air, quelque part, mais impossible.

Maman… Maman, s'il te plaît, fais quelque chose… Je ne veux pas mourir… Pas aujourd'hui… S'il te plaît… Je t'aime… Sauve-moi… À nous deux on peut y arriver… On…

Tout s'assombrit autour de moi. Le visage de Ben et tout ce qui nous entourait disparurent. Je ne me rappelais pourtant pas avoir fermé les yeux. La seule chose qui me rattachait encore à la réalité était les pleurs de ma mère et la douleur qui m'oppressait le larynx.

— Lexie !

Cette voix… Elle me dit quelque chose.

Soudain, je ressentis la pression autour de ma gorge se desserrer.

— Lexie, tu m'entends ? !

Jess !

Je luttai contre l'étrange sensation qui m'emportait ailleurs et rouvris les paupières. J'inspirai profondément, et cette fois, l'air parvint jusqu'à mes poumons.

— Dieu soit loué, soupira Jess.

Il me fallut plusieurs secondes pour reprendre mon souffle

et comprendre ce qui se passait. Je me redressai et observai Jess en train de maîtriser Ben en lui tordant le bras derrière le dos.

— Lâche-moi ! rugit Ben. Lâche-moi, enfoiré !

Mon beau-père paraissait hors de lui et je savais que Jess ne tiendrait pas bien longtemps comme ça.

— Allez-vous-en ! me cria Jess.

Mais ma mère semblait pétrifiée sur place. Recroquevillée sur elle-même, elle fixait la scène qui avait lieu devant nous, les yeux écarquillés.

Malgré ce que je venais de vivre et l'impression d'être totalement déconnectée de la réalité, j'essayai, tremblante, de ramper jusqu'à elle. Mais à peine avais-je avancé de quelques centimètres que Ben s'écria :

— Non ! Elles restent là !

— Dépêchez-vous ! me prévint Jess, je ne vais pas…

Ben avait réussi à se libérer. Il se retourna face à Jess et tenta de lui asséner son poing dans la mâchoire. Jess l'esquiva, mais Ben essaya à nouveau de se ruer sur lui.

Jess avait peut-être eu l'avantage en attrapant Ben par surprise tout à l'heure, mais maintenant qu'ils étaient face à face, je doutais que Jess s'en sorte victorieux face à lui. Même si Ben était bourré, il était solide comme un roc et pouvait probablement en un coup mettre Jess K-O.

Mais alors que Jess continuait d'esquiver les assauts de mon beau-père sans répliquer, je finis par comprendre sa stratégie. Il ne voulait pas l'attaquer, il cherchait seulement à gagner du temps pour que ma mère et moi puissions nous enfuir.

Inspire… Expire…

Malgré la foule d'émotions qui me submergeait, je réussis

à me rapprocher davantage de ma mère. Cependant, je m'arrêtai en voyant Jess continuer d'éviter les offensives de Ben en reculant dans un coin de la pièce.

Mon souffle se fit court. Il fallait que Jess se sorte de là. Tout de suite. Ou bien il se retrouverait coincé contre le mur et Ben finirait par l'avoir.

Soudain, Jess leva sa jambe avant et l'envoya dans le ventre de Ben. Même si le coup ne paraissait pas très puissant, cela fut suffisant pour que Ben trébuche sur une bouteille de verre qui traînait par terre et tombe en arrière. Sa tête heurta violemment l'angle de la table basse avant qu'il s'écroule sur le sol.

Le silence régna enfin dans la maison. Nous semblions tous guetter le moment où Ben se redresserait et reprendrait son combat avec Jess, mais il ne se passa rien. Ben restait immobile à terre. Et lorsqu'un liquide rouge commença à couler autour du crâne de Ben, je sus qu'il ne se relèverait pas de sitôt.

Ma mère parut enfin sortir de sa stupeur et s'avança vers lui en grimaçant, une main sous sa poitrine. Peut-être que Ben lui avait cassé une côte. Sans parler du nombre de bleus qui apparaîtraient sur sa peau d'ici peu, de son nez en sang et de ses joues meurtries. Ma mère était mal en point, et la voir ainsi me fit énormément de peine. Comment avions-nous pu endurer de telles souffrances jusqu'à présent ?

— Ben ? l'appela-t-elle d'une voix faible. Ben, réponds-moi…

Elle posa les mains sur son visage avant de les descendre lentement jusqu'à son cou. Et je compris alors qu'elle était en train de prendre son pouls.

Je tournai la tête vers Jess, qui semblait figé sur place,

le regard rivé sur Ben. Je voulais lui dire quelque chose, n'importe quoi, mais j'en étais complètement incapable. Ma gorge était nouée.

— Oh ! mon Dieu, non ! s'écria brusquement ma mère.

Je reportai mon attention sur elle, et l'aperçus commencer un massage cardiaque. Mon cœur rata un battement.

— Ben, je t'en supplie, gémit-elle, reviens…

Non. Je t'en conjure, ne reviens pas.

Peu importe si je risquais d'aller en enfer pour avoir souhaité sa mort, je ne voulais pas qu'il revienne. Jamais.

Cependant, lorsque ma mère finit par arrêter le massage cardiaque et que je compris que tout était terminé, j'eus juste le temps de me pencher sur le côté que je régurgitais entièrement mon dîner.

Je restai un long moment à fixer mon vomi, comme si mon cerveau avait été déconnecté. Ce furent les pleurs de ma mère qui me ramenèrent à la réalité.

Ben était mort. Mon beau-père était mort. Et même si je savais que mes pensées cruelles n'y étaient pour rien, je ne pouvais pas m'empêcher de me sentir mal d'avoir voulu qu'il nous quitte pour de bon, et je me sentais encore plus mal de culpabiliser pour ça alors que ce connard avait failli me tuer.

J'aurais dû être heureuse. Le cauchemar dans lequel ma mère et moi étions depuis des années se terminait enfin. Plus jamais nous n'aurions à subir ses coups, ses insultes, son rabaissement quotidien, cette vie misérable que nous menions par sa faute. Ben ne nous ferait plus jamais de mal.

Pourtant, je ne ressentais rien. Aucune satisfaction. Aucun soulagement. Et peut-être était-ce lié au fait que les conséquences de sa mort pouvaient s'avérer bien pires pour nous. Qu'allait-il nous arriver ?

D'un revers de la main, j'essuyai ma bouche puis observai à nouveau ma mère qui sanglotait contre le visage de Ben, puis Jess. Ce dernier n'avait toujours pas bougé d'un centimètre et continuait de fixer le corps inerte de Ben.

— Jess ?

Ma voix était revenue, mais elle était à peine audible.

— Jess, répétai-je.

Il ne réagit pas. Était-il en état de choc ?

— Jess, s'il te plaît… Regarde-moi.

Par miracle, il finit par tourner lentement la tête vers moi. Même s'il semblait essayer de garder son sang-froid, ses yeux le trahissaient. Il était terrifié, et le voir ainsi me brisait le cœur. Je voulais lui dire que ça irait, pour lui, pour nous, mais j'en étais incapable. Probablement car je n'en étais pas certaine.

À vrai dire, j'avais encore du mal à réaliser tout ce qui s'était produit. C'était peut-être pour cela que je ne ressentais toujours rien.

— Il faut que je parte, dit-il soudain.

Partir ?

— Quoi ? Non… Si tu pars, la police te cherchera et…

Je m'arrêtai en remarquant qu'il s'était mis à marcher dans ma direction.

Une fois devant moi, il s'accroupit pour être à ma hauteur et ses yeux me fixèrent avec intensité.

— Je ne veux pas aller en prison, Lexie. Et si je pars maintenant, j'ai peut-être une chance d'y échapper.

Je voulais le rassurer. Lui dire qu'il n'irait pas en prison. Que la mort de Ben était un accident et qu'il n'en était pas responsable. Mais une part de moi savait que si Jess n'avait pas donné ce coup de pied à Ben, ce dernier n'aurait jamais trébuché sur une de ses stupides bouteilles de bière qui traînait sur le sol et n'aurait pas fait de chute mortelle. Peut-être qu'il pouvait être accusé d'homicide involontaire et risquer réellement la prison. Cependant, j'étais certaine qu'il y avait de l'espoir pour qu'il y échappe. Jess m'avait sauvé la vie, et s'il n'avait pas donné ce coup de pied, alors Ben s'en serait pris à lui. Il y avait des circonstances atténuantes, et ma mère et moi pourrions témoigner en sa faveur. Cela ne l'innocenterait peut-être pas, mais sa peine pourrait éventuellement être plus légère.

— Je suis désolé, murmura-t-il avant de se redresser.

Comprenant qu'il était sur le point de partir, j'attrapai sa main et la serrai dans la mienne. Ses iris sombres se plantèrent à nouveau dans les miens.

— Si tu t'enfuis et que la police te retrouve, ce sera pire, dis-je.

Et je ne voyais pas comment il pourrait échapper aux forces de l'ordre. Où qu'il aille, où qu'il se cache, les flics finiraient par lui mettre la main dessus.

Mais je sus au regard triste qu'il m'adressa que, quoi que je dise ou fasse, je ne pourrais pas le faire changer d'avis. Il avait déjà pris sa décision, et elle était sans appel.

— Je suis désolé, répéta-t-il seulement.

Il retira sa main de la mienne, puis se retourna et quitta la pièce sans un mot. Je voulus me lever et tenter de le rattraper, mais mes jambes lâchèrent aussitôt sous mon poids. Mon corps était à bout de forces.

— Jess ! m'entendis-je crier d'une voix désespérée.

Mais il ne reviendra pas.

À cette pensée, mon cœur se serra douloureusement dans ma poitrine.

Pourquoi… Pourquoi agit-il aussi stupidement ? A-t-il déjà des problèmes avec la police ?

Je regrettais de ne pas en savoir davantage à son sujet. Peut-être alors aurais-je pu l'aider.

À moins que je n'en sois toujours pas capable.

Je tentai de réfléchir, de trouver un moyen, mais le temps m'était compté.

Peut-être que si je ne parlais pas de notre sortie du jour aux policiers, ils ne chercheraient pas Jess sur les caméras de surveillance de la ville et ne sauraient pas à quoi il ressemble. Ma mère l'avait vu, mais brièvement, et je pouvais essayer de fausser sa description. Cependant, la police trouverait probablement des traces de l'ADN de Jess dans le cabanon, peut-être même dans la maison, et si Jess avait bel et bien des soucis avec la police, alors il devait déjà exister un dossier sur lui et mes mensonges seraient vains. Et j'oubliais certainement d'autres détails.

Non, impossible de l'aider ainsi, mais je devais pourtant faire quelque chose.

Jess m'avait sauvé la vie, et la sienne risquait à présent d'être détruite. Il ne méritait pas ça.

Je sentis des larmes couler le long de mes joues et un énorme sentiment de culpabilité me gagna. S'il n'était pas intervenu, jamais tout cela ne serait arrivé. Mais il m'avait porté secours, peu importent les risques qu'il encourait, il l'avait fait.

Je fis volte-face en entendant du bruit derrière moi. Ma mère n'était plus auprès de Ben, non, elle avait traversé la pièce et était en train de composer un numéro sur le téléphone fixe. Probablement celui des secours.

— Attends ! lui dis-je.

Elle s'arrêta et tourna la tête vers moi. Son expression trahissait toute la douleur, le chagrin, et l'incompréhension qu'elle éprouvait.

Inspire… Expire…

— J'ai… J'ai besoin que tu m'accordes une faveur, continuai-je.

Je fermai les yeux un instant. L'unique moyen d'aider Jess était que nous ne parlions pas de lui à la police. Toutefois, si Jess n'existait plus, il ne resterait plus que ma mère et moi parmi les suspects.

Nous ne pourrions toujours pas faire passer la mort de Ben pour un simple accident, la police verrait nos marques de coups sur le corps et comprendrait probablement au fil de l'enquête que Ben n'était pas tombé tout seul. Il leur faudrait un coupable. Et ce serait moi.

— Quoi ? me demanda-t-elle d'une voix faible.

— Ne… Ne dis rien sur Jess et laisse-moi me dénoncer à sa place.

Ma mère me regarda comme si j'étais folle. À vrai dire, c'était sûrement le cas.

— Tu… Tu as perdu la tête ?

— S'il te plaît, mam…

Elle leva une main vers moi, m'intimant de garder le silence.

— Qui… Qui est ce garçon, Lexie ?

Chaque mot qu'elle venait de prononcer semblait la faire souffrir davantage.

— Peu importe qui il est, il m'a sauvé la vie, maman. Il nous a sauvées toutes les deux.

« Mais il a tué mon mari. » C'est ce que je pouvais lire dans son regard empli de douleur.

— Jess, repris-je, il voulait seulement nous aider et tu le sais. Ce qui est arrivé à Ben…

— Tais-toi ! cria-t-elle avant de se mettre à sangloter.

Je ne pouvais pas imaginer ce qu'elle devait ressentir en ce moment précis, mais il fallait que je continue. Hors de question d'abandonner Jess, pas après ce qu'il avait fait pour moi.

— Maman, sans Jess, je serais morte, poursuivis-je, Ben allait me tuer !

— Non, murmura-t-elle comme pour se rassurer elle-même, il n'aurait jamais fait ça… Il… Il…

— Tu l'as vu, maman, continuai-je, tu l'as vu et… tu n'as rien fait pour l'en empêcher.

La fin de ma phrase était sortie toute seule et je la regrettai aussitôt. La faire culpabiliser n'était pas mon intention, mais je mentirais en affirmant que je ne pensais pas ce que j'avais dit.

— C'est faux ! s'exclama-t-elle. Je lui ai demandé d'arrêter, j'ai essayé, Lexie, j'ai essayé…

Ses pleurs s'intensifièrent. Cependant, ses excuses ne me suffisaient pas. Elle s'était contentée de le supplier, dans l'espoir de lui faire entendre raison. Elle n'avait pas agi comme je l'avais fait pour que Ben cesse de la frapper. Elle n'avait pas eu le courage de le défier à nouveau après ce qu'il lui avait fait supporter, mais j'étais sa fille, elle aurait dû faire quelque chose. Et pas seulement aujourd'hui.

— Jess m'a sauvée, répétai-je, et c'est à mon tour de le sauver. Alors s'il te plaît, pour l'amour de Dieu, laisse-moi l'aider. Ce n'est pas sa faute, c'est la mienne. Il ne devrait pas avoir à subir tout ça à cause de moi.

Ma mère secoua la tête.

— Tu ne m'obligeras pas à mentir. Il est hors de question que tu…

— Si tu dis la vérité, la coupai-je, je raconterai que tu mens pour me protéger. Parce que tu viens de perdre ton mari et que tu ne veux pas en plus perdre ta fille. Et qui penses-tu que la police croira ? Tu ne sais rien de Jess, alors comment réussiras-tu à prouver qu'il existe et que c'est bien lui qui est responsable de la mort de Ben ? Tu n'y arriveras pas.

Elle me regarda d'un air effaré.

— Pourquoi… Pourquoi est-ce que tu ferais tout ça pour ce garçon ?

— Parce qu'il a fait ce que tu n'as jamais été capable de faire ces dernières années, il m'a protégée.

Une fois de plus, je regrettai de la faire culpabiliser alors qu'elle souffrait déjà énormément. Mais c'était peut-être le seul moyen de pression que j'avais pour la convaincre.

— Je t'en prie, maman, laisse-moi…

Elle secoua à nouveau la tête, les yeux emplis de larmes. Toutefois, je sentais sa résistance faiblir.

— Je… Je ne peux pas, Lexie… Tu pourrais aller en prison, est-ce que tu le sais ça ?

— Bien sûr que je le sais.

Et ça me faisait peur rien que d'y penser. Mais j'étais prête à y aller pour lui. Et j'espérais que comme j'étais mineure, la peine que j'encourais serait plus légère que si j'avais été majeure.

Nous nous observâmes longtemps en silence. Ma mère

aurait pu continuer à protester, mais elle n'en fit rien. Peut-être était-elle totalement désemparée. À moins qu'elle n'ait enfin compris à quel point j'étais certaine de ma décision.

En tout cas, c'était sûrement le moment ou jamais d'agir.

Je récupérai le téléphone et composai le numéro des urgences d'une main tremblante.

Inspire… Expire…

Je portai le combiné à mon oreille et attendis qu'on décroche à l'autre bout du fil.

— 911 urgences.

C'était une voix féminine. Il fallait que je réponde. Que j'explique la situation. Que je mente.

— J'ai… J'ai…

Je voulais vraiment le faire. Je voulais aider Jess parce que je me sentais redevable envers lui. Je pensais et je voulais en être capable, mais en réalité… ce n'était pas le cas. Je n'étais pas assez courageuse.

Soudain, ma mère m'arracha le téléphone et répondit à ma place.

— Je m'appelle Nicole Holmes.

J'aurais dû récupérer l'appareil ou l'empêcher de parler. J'aurais dû faire quelque chose, mais je me contentai de la fixer sans un mot.

Ma mère posa une main sur le téléphone afin que son interlocutrice ne l'entende pas. Elle m'adressa un regard empli de tristesse et souffla :

— Pardonne-moi.

Puis elle retira sa main et reprit à voix haute :

— Mon mari est mort… à cause de moi.

Chapitre 6

Huit ans plus tard

Jess

Cet endroit était parfait en tout point. Le lac qui se trouvait devant moi était grand, suffisamment profond pour y jeter un corps, et totalement encerclé par la nature. La barque en bois que j'avais empruntée appartenait à un vieux pêcheur solitaire qui capturait du poisson uniquement les dimanches, et ces deux dernières semaines, il avait été la seule personne à être venue ici à part moi. Autrement dit, il y avait peu de chances pour que quelqu'un me surprenne, et encore moins à une heure du matin.

Bien sûr, et parce que je ne prenais aucun risque, j'étais vêtu de noir des pieds à la tête et j'avais l'intention d'agir, comme toujours, vite et en silence.

Je montai dans la barque et commençai à ramer. Cette nuit d'automne était calme, paisible, et fraîche, et le ciel était étoilé. Cela me changeait de New York et de sa pollution lumineuse et sonore. Cependant, je n'étais pas là pour me détendre et apprécier le paysage.

J'atteignis rapidement le milieu du lac, puis baissai les yeux sur le sac mortuaire qui gisait à mes pieds. Avec toute la force dont je disposais, je le soulevai, non sans difficulté, puis le balançai dans l'eau. Les poids que j'avais glissés à l'intérieur du sac, avec le cadavre, le firent couler presque instantanément.

Parfait.

Je ramai à nouveau jusqu'au rivage et laissai la barque à l'endroit précis où je l'avais prise. Puis, sans perdre une minute de plus, je m'engouffrai dans la forêt en veillant, comme à l'aller, à effacer chacune de mes traces de pas derrière moi.

Je marchai silencieusement pendant plusieurs minutes à travers les bois. Mes yeux étant habitués à l'obscurité, je n'eus aucun mal à me repérer et à retrouver le chemin sur lequel j'avais garé mon SUV noir. Je montai dedans et démarrai aussitôt.

Après avoir roulé pendant trois quarts d'heure sur des routes de campagne sans avoir croisé le moindre véhicule, je décidai de m'arrêter sur le bas-côté pour changer mes plaques d'immatriculation. Comme j'étais accoutumé à ce genre de situations et que j'avais avec moi le matériel adéquat, l'opération ne dura que quelques minutes.

Quand j'eus terminé, je remontai dans ma voiture, ôtai ma cagoule, puis repris le volant jusqu'à New York.

Lorsque j'atteignis ma destination, il était presque 4 heures du matin. Je me garai sur le parking du Golden Hour et coupai le moteur.

J'étais soulagé d'avoir enfin fini cette mission, et surtout, qu'elle se soit déroulée sans problème.

Je retirai mes gants en cuir, puis récupérai ma casquette et mes lunettes de soleil noires dans ma boîte à gants. Même s'il faisait nuit, je ne me déplaçais quasiment jamais à visage découvert. Cela faisait partie de mes règles de sécurité.

Je sortis de la voiture et avançai vers l'entrée arrière de la boîte de nuit, qui était réservée au personnel. Malgré les murs insonorisés du bâtiment, la musique était perceptible. Mais personne n'allait s'en plaindre, bien au contraire. Le Golden Hour était l'un des meilleurs clubs de Manhattan, même de la ville, et il m'appartenait.

Bien qu'il m'eût fallu plusieurs années et dépenser de sacrées sommes d'argent pour faire venir les meilleurs DJ du monde et de nombreuses célébrités afin de forger sa réputation, je ne le regrettais pas. Aujourd'hui, mon affaire marchait suffisamment bien pour couvrir mon blanchiment d'argent.

Je sortis mon trousseau de clés de la poche de ma veste et entrai. Un long couloir aux murs sombres et éclairés de néons rouges menait aux toilettes des employés, à la salle principale, au bureau de Darren, mon assistant de direction, et au mien.

Je fis une rapide halte dans ce dernier pour me changer. Mon bas de survêtement et mes baskets n'étaient pas très adaptés dans une boîte de nuit où on recommandait de s'habiller « haut de gamme et tendance ».

Mon bureau était très simple. Il n'y avait qu'une table recouverte de papiers, deux chaises, un placard et un coffre-fort caché derrière un tableau sur lequel était peinte une femme de dos, nue, sur un fond écarlate.

J'ouvris le placard et troquai mes vêtements actuels contre un T-shirt et un pantalon cintré noir, accompagnés d'une veste, et des chaussures habillées de la même couleur. Je retirai ma casquette, mais gardai mes lunettes.

Je récupérai ensuite le téléphone jetable que j'avais rangé dans le tiroir de mon bureau, puis composai le numéro que m'avait donné Enzo Santini – mon contact pour chaque mission et également bras droit du parrain de la famille Santini, l'une des mafias les plus puissantes de New York. Si je l'appelais, c'était soit pour lui confirmer sa bonne exécution, soit pour annuler le boulot, car il y avait un problème, ou, dans le pire des cas, pour lui signaler mon échec, ce qui n'était encore jamais arrivé.

Enzo répondit dès la première sonnerie. J'étais la seule personne à avoir ce numéro, et il devait être impatient de savoir ce qu'il en était. Cela faisait plusieurs semaines que je travaillai sur ce « projet ».

— C'est fait, lui dis-je simplement.

— Bien.

Et il raccrocha aussitôt. À présent, il ne me restait plus qu'à récupérer l'argent à l'endroit habituel, mais cela devrait attendre lundi.

Je retirai la carte SIM de mon portable, attrapai la paire de ciseaux qu'il y avait dans le pot à crayons sur mon bureau puis découpai la carte avant de la mettre à la poubelle, avec le portable.

Je sortis dans le couloir, et suivis le son de la musique électro jusqu'à la pièce principale. Comme chaque week-end, la salle était remplie. Je me souvenais aussi que Darren avait engagé un DJ réputé pour la nuit, ce qui expliquait pourquoi il y avait autant de monde sur la piste de danse. Je me frayai un chemin parmi la foule jusqu'au bar le plus proche. Le second était situé à l'étage ouvert, à côté des tables VIP.

Je m'accoudai au comptoir tout en observant les gens autour de moi. Tous semblaient s'amuser et passer l'une des meilleures nuits de leur existence. Et regarder ces personnes rire aux éclats, draguer, danser de la pire façon possible, s'embrasser, s'enivrer, prendre des photos pour immortaliser ces moments, me faisait réaliser à quel point leurs vies et la mienne étaient différentes.

Du coin de l'œil, j'aperçus Kym, l'une de mes barmaids, s'avancer vers moi. C'était la plus jeune de mes employées, elle avait tout juste la vingtaine et je l'avais embauchée le mois dernier. Darren m'avait transmis sa lettre de motivation et son CV parce qu'il l'avait trouvée sexy et qu'il était certain qu'elle « attirerait davantage d'hommes au bar », ce qui signifiait par extension plus d'argent pour nous. Et, en effet, je pouvais déjà constater une augmentation de nos consommations en alcool ces dernières semaines. De plus, Kym se révélait être une employée motivée et efficace, ce que j'appréciais par-dessus tout.

— Bonsoir, boss, je vous sers quelque chose ? me demanda-t-elle assez fort pour que je l'entende malgré la musique.

— Un whisky, répondis-je.

Elle me le servit dans la minute qui suivit.

— Merci.

— Faites-moi signe s'il vous faut autre chose !

Puis elle se hâta d'aller retrouver d'autres clients.

Je portai mon verre à mes lèvres et fus satisfait de goûter à un bon whisky. Kym avait bien fait de ne pas me servir du bas de gamme. Je terminai mon verre tranquillement en continuant de regarder les gens et en imaginant la vie qu'ils pouvaient avoir.

Soudain, une jolie femme à la chevelure rousse s'approcha et commanda une vodka martini. Si elle pensait que je ne l'avais pas repérée, elle se trompait. Je l'avais vue se trémousser sur la piste, cherchant à attirer mon attention. Vêtue d'une courte robe rouge qui moulait parfaitement son corps aux formes généreuses, elle portait des escarpins qui la faisaient presque atteindre mon un mètre quatre-vingts, et une pochette Chanel. Je l'avais volontairement ignorée, me demandant jusqu'où elle irait pour se faire remarquer.

— Vous êtes seul ? m'interrogea-t-elle en sirotant son cocktail.

Je réprimai un sourire amusé. Cette femme n'y allait pas par quatre chemins. Et elle n'avait pas non plus peur du fait que je puisse être un psychopathe ou un tueur en série. Heureusement pour elle, je n'avais réellement pas l'intention d'éliminer quelqu'un d'autre aujourd'hui. Je m'en tenais généralement à mes contrats. Je ne tuais pas par plaisir, mais parce que c'était mon devoir. Mon destin. Ou parce qu'il en allait de ma survie.

— Si la réponse est oui, j'ai une chambre au Spring Hotel, continua-t-elle.

Je tournai la tête vers elle. Elle faisait mine d'observer la salle, comme si de rien n'était, mais plus je la contemplais, plus ses lèvres s'étiraient silencieusement. Elle savait que j'allais dire oui. Sinon j'aurais probablement déjà répondu que je n'étais pas intéressé. Concrètement, après mes heures de conduite et mon boulot terminé, m'envoyer en l'air me ferait certainement le plus grand bien.

Je reposai mon verre vide sur le comptoir derrière moi.

— J'ai mieux. Venez.

Malgré une légère hésitation, elle accepta la main que je lui tendais et me suivis à l'étage. Je la guidai dans une pièce réservée aux groupes qui étaient disponibles. Grâce à ses vitres teintées, cet endroit permettait une intimité totale et les clients pouvaient voir ce qui se passait en bas et bénéficier de la musique.

Mon invitée sembla subjuguée.

— Vous travaillez ici ? me demanda-t-elle en avançant dans la salle.

— Quelle importance ?

— En effet, admit-elle.

Elle s'appuya contre la vitre, et fit lentement glisser sa robe sur son corps. Instantanément, je ressentis le désir monter en moi.

Je refermai la porte derrière moi et m'approchai d'elle. J'attrapai ses bras, l'empêchant de retirer entièrement son vêtement, et les plaquai au-dessus d'elle contre la vitre. Un soupir d'excitation lui échappa.

— Je ne me suis pas trompée sur toi, murmura-t-elle.

— Comment ça ?

— Ça ne sera pas ennuyant.

Non, certainement pas. Et j'avais bien l'intention de le lui prouver immédiatement, et le reste de la nuit.

Lexie

— Hot-dog pour le déjeuner, ça te dit ? me proposa Dean. Ça fait longtemps que je n'en ai pas mangé.

Je tournai la tête vers lui. Comme il était concentré sur sa conduite, il ne sembla pas remarquer mon sourire amusé.

— Tu sais qu'il n'est même pas encore 11 heures ? lui dis-je.

Ses sourcils noirs se haussèrent, mais ses yeux gris continuèrent de fixer la route devant lui.

— Et alors ? Il faut bien commencer à réfléchir au menu ! Donc hot-dog, qu'en dis-tu ?

Je lui lançai un regard appuyé. Mon collègue et ami me connaissait suffisamment pour savoir que j'adorais les hot-dogs et que la probabilité pour que je refuse était inexistante.

Comme je ne répondais pas, Dean me jeta un coup d'œil avant d'éclater de rire.

— Ah oui, c'est vrai ! Excuse-moi, la prochaine fois je ne te poserai même pas la question !

Je reportai mon attention sur la route et les immeubles du quartier de Brooklyn, devant lesquels nous étions en train de circuler. Après tout, même s'il nous arrivait de parler de n'importe quel sujet durant nos heures de patrouille, nous étions en service et il fallait toujours rester vigilants. Nous pouvions être appelés à intervenir à tout instant, c'était notre boulot.

Alors que nous étions arrêtés à un feu, j'aperçus une petite fille assise sur des marches menant à l'entrée d'un immeuble. Ses cheveux étaient tressés sur un côté et elle portait un manteau kaki sur un pantalon noir avec une paire de baskets usées. Elle avait une poupée dans les mains, qu'elle fixait, mais elle ne jouait pas avec. Elle semblait perturbée par quelque chose.

— Hé, tu m'attends un instant ? lançai-je à Dean.

Je sortis aussitôt du véhicule et m'avançai tranquillement vers la fillette. Elle ne devait pas avoir plus de huit ou neuf ans.

— Salut, lui fis-je.

Elle leva les yeux vers moi et eut un léger recul. Peut-être que mon uniforme de police ne la mettait pas en confiance ?

Je lui adressai un sourire rassurant et restai en bas des marches, à une distance raisonnable.

— Elle est jolie ta poupée, elle s'appelle comment ?

La petite se détendit.

— Tracy.

— C'est un joli prénom. Moi, je m'appelle Lexie, et toi ?

— Charlotte.

— Oh ! c'est vrai ? J'ai une amie qui s'appelle aussi Charlotte ! Peut-être que tu la connais…

Charlotte secoua vivement la tête.

— Je ne connais pas d'autres Charlotte.

— Oh ! dommage. Toutes les Charlotte que je connais sont super gentilles ! Et sinon, qu'est-ce que tu fais ici ?

— Maman m'a dit d'aller jouer dehors, m'avoua-t-elle en baissant à nouveau les yeux sur sa poupée.

Sa mère l'avait envoyée dehors sans surveillance à son âge ? Je balayai l'immeuble du regard. Peut-être que sa mère la surveillait depuis le balcon… mais je n'étais même pas certaine que Charlotte habite bel et bien ici.

J'aperçus alors Dean sortir de la voiture et s'approcher de nous.

— Tout va bien ? demanda-t-il.

Je reculai jusqu'à Dean et lui chuchotai :

— Je ne sais pas, sa mère lui a dit d'aller jouer dehors, mais la petite semble perturbée par quelque chose. Elle ne joue même pas avec sa poupée. Et personne ne la surveille, il pourrait lui arriver n'importe quoi.

Dean prit le temps de réfléchir.

— Tu sais, à son âge, je vadrouillais déjà tout seul dans mon quartier. Et si elle habite l'immeuble, elle n'est pas très loin de chez elle.

Il s'arrêta un instant, puis ajouta :

— Mais si tu es vraiment inquiète, on peut aller voir sa mère et s'assurer que tout va bien.

— Oui, ce serait bien.

Sa mère nous enverrait probablement balader. Après tout, la façon dont elle élevait sa fille et les règles qu'elle lui imposait ne nous regardaient pas. Cependant, je me sentirais mieux en sachant que Charlotte n'avait pas été « jetée dehors » pour je ne sais quelle raison.

Nous nous rapprochâmes à nouveau de Charlotte.

— Est-ce que tu peux nous dire où tu habites, Charlotte ? On aimerait parler avec ta maman, déclarai-je avec un sourire agréable.

Elle se retourna et pointa du doigt la porte de l'immeuble derrière elle.

— Tu habites en bas, au milieu, ou en haut de l'immeuble ? la questionna Dean.

— En bas.

— Tu veux bien nous accompagner pour nous montrer ? lui demandai-je.

Charlotte secoua la tête.

— Maman m'a dit de rester dehors.

Je lançai un petit coup d'œil à Dean.

Est-ce que sa mère l'a punie ? Jusqu'à quand doit-elle rester dehors ?

— Écoute, ma chérie, reprit Dean, ce qu'on peut faire, c'est que tu nous montres où tu habites et je retourne dehors avec toi. Comme ça ta mère ne saura rien et mon amie pourra lui parler, ça te va ?

Charlotte hocha la tête et se leva. Nous entrâmes tous ensemble dans le bâtiment, et Charlotte nous conduisit jusqu'au fond du couloir.

— C'est ici que tu habites ? s'assura Dean.

Charlotte acquiesça.

— D'accord, alors viens, on peut retourner dehors.

Dean reporta son attention sur moi.

— Si tu as besoin de moi…

Je t'appelle aussitôt.

— Je sais, l'interrompis-je avec un sourire.

Il hocha la tête, puis posa une main sur le dos de la fillette et l'entraîna vers la sortie. Mais il s'arrêta en chemin en entendant, tout comme moi, une femme crier et un bruit de verre se casser depuis l'appartement.

— Reste là, dit Dean à Charlotte.

Il me rejoignit, puis frappa fortement à la porte.

— Police ! Est-ce que tout va bien là-dedans ? Répondez !

— Charlotte, est-ce que ta maman est avec quelqu'un ? lui demandai-je en essayant de ne pas la faire paniquer.

Mais elle semblait déjà apeurée par l'ampleur qu'avait prise la situation.

— Charlotte, répétai-je, s'il te plaît, c'est vraiment important. Est-ce que tu sais s'il y a une autre personne avec ta maman ? Ton papa peut-être ?

— Carl n'est pas mon papa, nous révéla-t-elle enfin.

Je jetai un coup d'œil à Dean. Il avait l'air soucieux et semblait désormais prendre la situation au sérieux. Et il avait raison. Peut-être que la mère de Charlotte était en danger avec ce dénommé Carl.

Dean frappa à nouveau à la porte.

— Police ! répéta Dean, ouvrez immédiatement !

— On devrait entrer, suggérai-je.

Je ne pouvais pas encore me permettre de décider. Bien que Dean et moi ayons le même grade, il avait, contrairement à moi, plusieurs années d'expérience dans le métier. En tant que jeune recrue, je me devais de l'écouter et de le respecter.

— Ouais, approuva-t-il.

Puis il s'adressa à nouveau aux personnes à l'intérieur :

— Police, on entre !

Il essaya de tourner la poignée et, heureusement pour nous, la porte s'ouvrit.

— Je préfère quand je n'ai pas à enfoncer la porte, lâcha-t-il avec soulagement, reste derrière moi et sois prudente.

Ce serait plutôt à lui d'être prudent puisqu'il était devant. Mais Dean était ce genre de personnes, il ne pouvait pas s'empêcher de veiller et de protéger les autres au dépit de sa propre vie.

— On revient, ma puce, dis-je à l'intention de Charlotte.

Nous pénétrâmes dans l'appartement. Dean s'arrêta presque aussitôt, la main sur l'étui de son arme. Quelqu'un avait surgi devant nous. Un homme brun, d'une quarantaine d'années, avec un survêtement gris. Il s'agissait probablement de Carl, et il affichait une expression furieuse.

— Comment osez-vous entrer chez moi ? nous lança-t-il. Vous avez un mandat ? !

Malgré sa colère, Dean se montra calme et poli.

— Bonjour, monsieur, navré de vous déranger, mais nous avons entendu quelqu'un crier ainsi qu'un bruit de casse. Est-ce que tout va bien ?

— Tout va très bien ! Et ce n'est pas une raison pour entrer chez les gens sans permission ! Sortez de chez moi !

Si cet homme n'est pas le père de Charlotte, alors pourquoi vit-elle chez lui ? S'agit-il d'un ami de sa mère qui les héberge ? Ou peut-être de son petit ami ?

— En fait si, continua Dean, lorsqu'il y a un motif raisonnable qui nous laisse penser qu'il y a une situation d'urgence ou qu'une personne est en danger, on a le droit de pénétrer dans une résidence. Vous permettez qu'on vérifie que la personne qui a crié va bien ?

Dean voulut poursuivre sa route dans l'appartement, mais Carl lui bloqua le passage.

— C'est moi qui ai crié, grogna-t-il, et comme je vous l'ai déjà dit, je vais bien ! Vous pouvez partir maintenant.

Pourtant, Carl était loin d'avoir une voix aiguë et féminine !

— On est quasiment certains qu'il s'agissait d'une femme, répliqua Dean, est-ce que cette personne peut se montrer ?

— Je vous dis que c'était moi, insista Carl, vous avez probablement mal entendu.

Même si j'étais derrière Dean et que je ne voyais pas son visage, je devinais qu'il se tordait légèrement. Il n'aimait pas qu'on le provoque ainsi. Et si nous ne pouvions pas prouver que le cri était celui d'une autre personne, nous savions, d'après Charlotte, que sa mère se trouvait ici. C'était, à mes yeux, suffisant pour nous permettre de fouiller les lieux et de nous assurer de son état.

Par chance, nous n'eûmes pas besoin d'insister davantage, car une femme finit par se montrer derrière Carl. Probablement la mère de Charlotte. Elle avait le visage pâle et le regard triste. Ses cheveux châtains étaient courts et ternes, et elle portait un long gilet en laine sur un jean délavé.

— Bonjour, madame, la salua Dean.

— Je t'avais dit de rester dans la cuisine, Rachel, la sermonna Carl.

Elle baissa aussitôt les yeux, l'air désolé.

— Est-ce vous qui avez crié, madame ? s'enquit Dean.

Rachel ne sembla pas savoir quoi répondre. Elle observa Carl et croisa son regard sombre. Il ne voulait pas qu'elle dise la vérité, quoi qu'elle puisse être. Et je commençais à avoir ma petite idée de la vérité en question.

Ils avaient dû se disputer, et Rachel avait probablement demandé à sa fille d'aller jouer dehors pour qu'elle n'assiste pas à la scène. La discussion avait été suffisamment violente pour qu'elle crie et que des objets ou de la vaisselle soient brisés. Cependant, trop d'éléments restaient dans le flou. Était-ce la première fois qu'ils se disputaient de la sorte ? Quelle en avait été la raison ? Est-ce que l'un d'eux en avait été blessé ? Même si aucun n'avait de blessures apparentes, peut-être en avaient-ils, cachés par leurs vêtements.

Lorsque mon beau-père nous battait, ma mère et moi, il veillait toujours à ne pas nous frapper au visage afin que personne ne se doute de rien. Et même s'il lui arrivait quelques fois de déraper, il était facile de camoufler les dégâts avec du maquillage.

Je chassai de mon esprit les mauvais souvenirs de mon enfance et me concentrai à nouveau sur mon analyse. Bien qu'il me soit impossible de savoir s'il y avait eu de la violence physique entre eux, la façon dont Carl la regardait et la nervosité de Rachel me laissaient penser qu'elle avait peur de lui et de ce qu'il pourrait lui faire ou dire si elle racontait ce qui s'était vraiment passé.

— Madame ? insista Dean.

Elle inspira profondément.

— Oui, c'est moi, mais tout va bien, j'ai seulement cassé une assiette dans la cuisine et ça m'a fait peur. Désolée de vous avoir inquiétés, officiers.

Je n'en crois pas un mot.

Sa voix était agitée, et elle ne cessait de triturer les manches de son gilet avec ses doigts. Je constatai également que ses ongles étaient rongés. Peut-être à cause de l'anxiété que cet homme lui faisait ressentir. Mais aucune preuve ne me permettait d'affirmer qu'il lui avait fait, lui faisait, ou lui ferait du mal d'une quelconque façon.

— Vous êtes sûre ? insista mon coéquipier.

Je n'avais pas besoin de voir le visage de Dean pour deviner qu'il pensait la même chose que moi.

— Puisqu'elle vous le dit, déclara Carl à sa place avec agacement.

— Tout va bien, s'empressa de répéter Rachel, ce n'est que de la vaisselle.

Elle semblait avoir repris un peu d'assurance, mais ce n'était pas suffisant pour me convaincre. Malheureusement, sans preuve, Dean et moi ne pouvions rien faire de plus pour elle.

— Bien, alors nous partons. Merci, messieurs-dames, et navré du dérangement.

Au même moment, mon regard croisa celui de Rachel, et je crus y déceler de la souffrance. La même qu'il y avait eu dans les yeux de ma mère et dans les miens lorsque nous vivions chez Ben. Une souffrance cachée, silencieuse, qu'elle n'avouerait jamais à voix haute. Elle avait besoin d'aide. Bien que je ne puisse le certifier, au plus profond de moi, je le sentais.

— Juste un instant, intervins-je soudain.

Je n'aurais pas dû, mais j'étais incapable d'abandonner cette femme et sa fille sans avoir fait mon maximum pour les aider. Peut-être car cela me rappelait ma mère et moi autrefois, et que je ne voulais pas que Charlotte grandisse dans un foyer similaire ni que Rachel n'ait jamais le courage de quitter cet homme.

— Je sais qu'on vous a déjà beaucoup dérangés, continuai-je, et j'en suis sincèrement désolée, mais serait-il possible d'utiliser vos toilettes ? Je ne demanderais pas si ce n'était pas aussi urgent.

L'homme soupira avec agacement, mais obtempéra devant mon regard suppliant.

— Rachel, montre-lui où c'est, lui dit-il en me laissant passer.

J'emboîtai le pas à Rachel. Nous traversâmes le salon. Cette pièce, qui donnait sur la cuisine, était plutôt étroite, sale et très en désordre. Du linge, des objets, et des déchets alimentaires traînaient partout autour de nous.

J'ai l'impression de me retrouver huit ans en arrière, chez mon beau-père.

Des morceaux de vaisselle sur le sol attirèrent mon attention. Rachel n'avait visiblement pas « cassé qu'une seule assiette ».

Je me retins cependant de lui en faire la remarque, car Carl et Dean ne se trouvaient qu'à quelques mètres derrière nous et qu'ils m'entendraient parler à coup sûr.

Par chance, Rachel m'entraîna dans un petit couloir qui menait à trois autres portes.

— C'est ici, déclara-t-elle en m'indiquant celle sur la droite.

Elle allait faire demi-tour, mais je posai la main sur son bras. Nous n'avions pas beaucoup de temps et c'était probablement l'unique occasion que j'aurais de lui montrer qu'elle n'était pas seule et qu'elle pouvait, si elle le souhaitait, compter sur moi pour l'aider à sortir de ce cauchemar.

— Vous avez du papier et un stylo ? demandai-je à voix basse. S'il vous plaît ?

Elle fronça les sourcils, puis entra dans la pièce voisine, visiblement une chambre. Elle en revint avec une feuille de dessin et un feutre, et me les tendit.

— Merci.

J'écrivis alors mon adresse et mon numéro de téléphone, puis lui redonnai le papier.

— Les assiettes se cassaient aussi dans ma famille, dis-je avec compassion, vous et votre fille pouvez venir chez moi n'importe quand, à n'importe quelle heure. Ma porte vous sera toujours ouverte.

Rachel détourna le regard, puis enfouit le papier dans la poche de son gilet.

— Vous devriez y aller, murmura-t-elle simplement.

J'étais soulagée par sa réaction. Même si ça ne voulait pas dire qu'elle accepterait mon aide, elle ne l'avait pas refusée pour autant.

J'entrai un instant dans la salle de bains pour tirer la chasse et me laver les mains, puis retournai auprès de Dean, Rachel sur mes talons.

— Merci encore, leur dis-je, au revoir.

— Encore désolé pour le dérangement, passez un bon dimanche, leur souhaita Dean.

Puis nous quittâmes l'appartement. Le « compagnon » de Rachel referma aussitôt la porte derrière nous. Nous nous tournâmes vers la sortie de l'immeuble. Charlotte était toujours là. Elle s'était assise par terre dans le couloir, et nous regardait avec un mélange de crainte et de curiosité.

— Avant de partir, il faut aussi qu'on s'assure que cette enfant ne risque rien ici, dis-je à Dean.

— Je suis d'accord.

Nous nous approchâmes de Charlotte. Dean s'accroupit pour être à sa hauteur.

— Tout va bien, lui dit-il, désolé si on t'a fait peur en criant, on ne voulait pas t'effrayer.

Charlotte haussa les épaules et commença à coiffer sa poupée.

— Dis-moi, ma chérie, maman te dit souvent d'aller jouer dehors ? demanda mon coéquipier.

Nouveau haussement d'épaules.

— Et ça fait longtemps que vous vivez ici ?

Encore un haussement d'épaules.

— Est-ce que tu aimes bien Carl ? Tu le trouves gentil ?

Comme nous nous y attendions, elle haussa encore une fois les épaules.

— Tu n'es pas très bavarde toi, dit Dean en lui souriant.

Je m'abaissai à mon tour au niveau de Charlotte.

— Tu sais, si on te pose toutes ces questions, c'est seulement pour être sûrs que toi et ta maman êtes heureuses avec Carl et que tout va bien à la maison.

— Ça va, lâcha-t-elle simplement en coiffant les cheveux de sa poupée.

Dean se redressa en soupirant. Soit Charlotte ignorait ce qu'il se passait entre sa mère et Carl, soit elle n'avait pas envie de nous le dire. Mais en tout cas, je ne pensais pas que Carl lui ait déjà fait du mal. Elle n'avait pas l'air angoissée par lui ni par le fait de vivre ici.

— On a fait notre boulot, Holmes, intervint Dean, on devrait y aller, en plus la voiture est sur la route et doit gêner la circulation.

J'observai encore Charlotte pendant quelques secondes. Je ne voulais pas que cette enfant connaisse et subisse ce que j'avais vécu. Mais je ne pouvais légalement rien faire pour elle pour le moment. Appeler les services de protection de l'enfance, arrêter Carl et l'interroger, ouvrir une enquête pour violence… Tout ça était absolument impossible sans preuves, témoignages, ou plaintes.

— Il faut qu'on y aille, Charlotte, lui dis-je, ravie de vous avoir rencontrées, Tracy et toi.

La fillette m'adressa un sourire timide.

J'hésitai un instant à lui conseiller de jouer dans l'immeuble plutôt qu'à l'extérieur, mais si c'était pour entendre sa mère et Carl se disputer, ce n'était peut-être pas une meilleure chose pour elle. D'un autre côté, un kidnapping ou un accident pouvait vite arriver.

— Ne t'éloigne pas trop de chez toi quand tu joues dehors, d'accord ? ajoutai-je simplement, ta mère pourrait avoir besoin de toi.

Je me retins de lui rappeler de ne pas parler aux inconnus ni de les suivre. Je supposai que sa mère avait déjà dû le lui apprendre, et je ne voulais pas qu'elle ait l'impression que je lui fasse une leçon de bonne conduite.

Puis Dean et moi nous partîmes.

— Qu'est-ce que tu as dit à Rachel ? me questionna Dean. Je me doute que tu n'as pas réellement utilisé les toilettes.

Même si ce que j'avais fait n'était pas très professionnel, je savais que je pouvais avoir confiance en Dean.

— Je lui ai laissé mes coordonnées.

Dean me lança un regard contrarié, mais n'ajouta rien. Nous montâmes dans la voiture et reprîmes notre patrouille.

— Tu sais, s'il avait été possible de faire quoi que ce soit de plus pour elles, je l'aurais fait.

Il avait probablement dit ça en raison de mon silence. Et si j'avais beau essayer de m'en persuader, je ne pouvais pas m'empêcher de penser qu'on aurait pu faire davantage. Qu'on aurait dû. S'il leur arrivait quoi que ce soit à cause de Carl, je ne me le pardonnerais pas.

— Hé, Lexie, arrête de te tourmenter. Cette femme n'a pas voulu de notre aide, et sa gamine semble aller bien. Je te le répète, on ne pouvait rien faire de plus.

— Je sais, murmurai-je en regardant par la vitre.

Je n'étais pas aussi sensible d'habitude, mais cette famille me rappelait la mienne.

J'espérais seulement que Rachel ne laisserait jamais ce salaud faire du mal à sa fille et qu'elle le quitterait le plus tôt possible. Peu importe qu'elle ait besoin d'un toit, d'argent, ou qu'elle soit amoureuse de lui, s'il la battait, elle ne devait pas rester avec lui. Il allait détruire sa vie et risquait de détruire celle de sa fille.

S'il te plaît, Rachel, fais le bon choix… Pense à toi et à ta fille.

— Si lors d'une de nos prochaines patrouilles ensemble, on aperçoit Charlotte, on pourra s'arrêter prendre des nouvelles, me dit Dean.

Je tournai la tête et lui souris.

— Merci.

Dean était au courant de mon passé. Du moins, il en connaissait une partie. Il était probablement le collègue dont j'étais le plus proche depuis que j'avais rejoint le commissariat il y a deux ans. Au fur et à mesure de nos journées de travail, on avait noué une forte amitié, et j'avais fini par me confier un peu sur mon passé. Il était au courant que mon beau-père était un homme violent, et que ma mère avait été emprisonnée quatre ans pour homicide involontaire. Je ne lui avais cependant pas avoué que je me trouvais sur les lieux lorsque « l'accident » s'était produit, et il ne savait pas non plus à quel point mon enfance et adolescence avaient été des périodes horribles et difficiles pour moi, bien qu'il puisse essayer de l'imaginer.

Je regardai à nouveau le paysage. Et bien sûr, Dean ne connaîtrait jamais la vérité. Elle resterait pour toujours entre ma mère, Jess – où qu'il puisse être – et moi.

Chapitre 7

Jess

En attendant que le serveur m'apporte l'addition, je m'éclipsai aux toilettes du restaurant. Côté hommes, il n'y avait personne. J'entrai dans la deuxième cabine que je fermai derrière moi, rabaissai l'abattant et grimpai dessus. Il y avait une petite grille d'aération juste au-dessus de ma tête. C'était là que Nicola cachait, dans une enveloppe scellée, soit l'argent qui m'était dû, soit les informations nécessaires et relatives à ma nouvelle cible.

Aujourd'hui, il n'y avait que de l'argent. Lorsque la famille Santini avait besoin de mes services, Nicola dessinait un plat de spaghettis sur leur panneau de trottoir où figuraient les menus. Et comme je passais tous les jours devant le restaurant, que ce soit à pied ou en voiture, je savais pertinemment quand un nouveau contrat d'assassinat m'attendait.

Je récupérai le petit tournevis que j'avais apporté dans la poche de ma veste, puis ouvris la grille. Je plongeai la main dans le trou et attrapai l'enveloppe qui se trouvait bel et bien au fond.

Avant de refermer la grille, je vérifiai que le compte était bon et que les billets étaient vrais. Même si Enzo et la famille Santini ne me l'avaient jamais fait à l'envers, je préférai rester méfiant. On n'était jamais à l'abri d'une trahison.

De retour dans la salle avec mes 20 000 dollars bien cachés sur moi, je récupérai ma veste et allai régler ma note au comptoir.

Comme d'habitude, Nicola se chargea de m'encaisser.

— Tout s'est bien passé, monsieur ?

Je me contentai d'acquiescer et de payer.

— Je vous souhaite une très bonne fin de soirée, dit-il en me donnant mon reçu.

— Merci.

Je glissai le bout de papier dans ma poche puis m'en allai. Il était déjà 22 h 30, et j'avais encore quelque chose à faire avant de rentrer chez moi. Anton, mon fournisseur d'armes, devait avoir reçu ma dernière commande.

Je regagnai ma voiture, garée sur le parking à l'arrière du restaurant et pris la route jusqu'au Bronx. À chaque fois que je me trouvais ici, je ne pouvais m'empêcher de penser à Lexie. Bien qu'elle n'habite plus dans cet arrondissement désormais, les souvenirs de nos courts moments passés ensemble me revenaient en mémoire. Mais à chaque fois, j'avais l'impression que ce n'était pas moi qui les avais vécus. Je n'étais plus la même personne. Je n'étais plus ce Jess qu'elle avait connu, et qui, à l'époque, n'avait encore jamais eu de sang sur les mains. Les choses avaient changé, et nous aussi.

Je me garai non loin de chez Anton, dans une rue calme et déserte. J'ouvris mon coffre et récupérai un long étui dans lequel était rangé un saxophone. Bien évidemment, je ne jouais pas d'instrument de musique. Cet étui avait un double fond, dans lequel je comptais dissimuler ma future arme.

Je refermai le coffre, puis me rendis chez Anton à pied. Même s'il n'y avait pas de caméras de surveillance dans les environs et qu'Anton était un gars très prudent, je gardai, comme à mon habitude, ma casquette et mes lunettes de soleil.

L'appartement d'Anton se trouvait au rez-de-chaussée d'un immeuble de huit étages. Je frappai trois coups à sa porte, et il ne tarda pas à venir m'ouvrir. C'était un homme d'une quarantaine d'années, aux cheveux courts et noirs, qui était aujourd'hui, tout comme moi, vêtu de noir.

— Tu as de la chance, j'ai reçu ton nouveau bébé aujourd'hui, m'annonça-t-il avec son accent russe.

Il se poussa et me laissa entrer.

Si son appartement semblait en apparence normal, Anton avait une pièce cachée derrière l'un des murs de sa chambre. À chaque fois que je m'y rendais, j'avais l'impression d'être dans un film. Mais l'idée de sa pièce secrète était plutôt bonne pour ne pas se faire attraper.

À l'intérieur, c'était rempli d'armes. Certaines étaient accrochées aux murs, d'autres posées sur des tables, comme mon fusil de précision.

Je m'approchai de ce dernier, et l'admirai. Il était vraiment magnifique. Et surtout, il avait une précision extrême, jusqu'à mille cinq cents mètres de distance. Ce qui, pour certaines de mes missions, me permettrait d'avoir plus de choix quant à l'endroit d'où tirer.

Je posai lentement une main sur la poignée ergonomique,

puis le soulevai. Il était léger, et ne devait peser pas plus de six kilos.

Anton s'appuya sur le mur en face de moi, et m'observa avec intérêt. Si je ne lui avais jamais dit qui j'étais ni ce que je faisais, à force que je lui commande des armes haut de gamme illégales, il devait commencer à en avoir sa petite idée.

— Tu as également les accessoires que je t'ai demandés ? ajoutai-je.

Grâce à son système de fixation par rail, je pourrais, au besoin de ma mission, installer des accessoires comme une lunette de vision nocturne ou une lunette télescopique.

— Évidemment.

Il s'avança jusqu'à un placard et en sortit une mallette.

— Tout est là-dedans, m'informa-t-il.

Je récupérai la mallette et m'assurai de la qualité du matériel en question.

— Tu ne me fais toujours pas confiance ? s'étonna Anton.

Jusqu'à présent, Anton et ses armes ne m'avaient jamais déçu. Néanmoins, cela ne suffirait jamais. Je ne faisais confiance à personne.

— Bien, déclarai-je seulement au bout de plusieurs minutes d'examen.

Anton acquiesça. Cela signifiait que la vente était bel et bien conclue. À vrai dire, je l'avais déjà payé pour cette arme. C'était ainsi que fonctionnait Anton. Cependant, si l'arme n'était pas telle que je l'espérais, ou qu'il y avait une imperfection, la vente pourrait tomber à l'eau et il se devrait de me rembourser, sinon je lui exploserais la tête.

Heureusement pour lui, ce genre d'incidents ne s'était pas encore produit, et il était toujours vivant.

Je démontai avec précaution mon nouveau fusil et le rangeai dans mon étui, sous le saxophone.

— C'est toujours un plaisir de faire affaire avec toi, dit-il alors que j'allais m'en aller.

Vu la coquette somme que je lui avais versée, il avait de quoi être content. Mais puisque je l'étais également, je n'allais pas faire le rabat-joie.

— À la prochaine, Anton, répondis-je.

Je quittai son appartement et sortis de son immeuble par la porte de derrière. Je ne prenais jamais de risques.

Après avoir regagné ma voiture, je partis en direction de Brooklyn. Même si j'avais plutôt hâte de rentrer chez moi après la longue journée que j'avais eue, il fallait encore que je dépose mon nouveau fusil de précision dans une de mes planques. Il s'agissait d'un box situé dans un centre d'entreposage à Bushwick et dans lequel se trouvaient toutes mes armes et équipements. Les lieux étaient sécurisés par un code à l'entrée et constamment surveillés par un gardien pour éviter les intrusions et cambriolages. Ce qui, étant donné la valeur de mon arsenal, me rassurait. Il était de toute façon plus prudent pour moi de le stocker dans un endroit que je louais avec du cash et de façon anonyme plutôt que dans mon appartement.

En raison de l'heure tardive, la circulation fut assez fluide et il me fallut seulement une quarantaine de minutes pour arriver au local. Je me contentai de ranger mon nouveau fusil à l'intérieur, et de faire un rapide check-up de mon matériel avant de repartir. Heureusement, Prospect Heights, le quartier dans lequel je vivais, ne se trouvait qu'à un quart d'heure d'ici.

Je garai ma voiture dans un parking souterrain à quelques

rues de chez moi, et fis le reste du trajet à pied. Prospect Heights n'était pas le secteur le plus « dangereux » de Brooklyn, et j'estimais être suffisamment apte à me défendre ou à me tirer d'affaire en cas de besoin.

Je m'arrêtai devant un immeuble de deux étages en briques rouges, le temps de sortir les clés de ma poche, puis entrai. Il n'y avait pas d'ascenseur, et mon T2 se trouvait au premier. Si je disais à Darren que je vivais ici, il ne me croirait probablement pas. Avec tout l'argent dont je disposais, j'avais de quoi m'acheter un penthouse à Manhattan. Et pourtant…

J'entrai chez moi sans allumer les lumières et avançai jusqu'à la fenêtre du salon. Elle n'était pas très grande, mais offrait une vue suffisante sur l'immeuble voisin.

Je fixai l'appartement en face situé au second étage. Évidemment, tout était éteint. Il était plus de minuit, et nous étions en semaine. Lexie devait dormir depuis un moment.

Je restai immobile durant une longue minute, me demandant si elle avait passé une bonne journée, puis allai me changer dans ma chambre. Cette dernière était très étroite et ne disposait que d'un placard encastré dans le mur, mais cela m'était égal. J'étais prêt à supporter cet appartement misérable ne serait-ce que pour *la* voir quelques secondes quotidiennement.

Je retirai mes lunettes et ma casquette, troquai ma tenue du jour contre un survêtement noir, puis retournai dans le salon. Désormais plus à l'aise, je récupérai une bouteille de whisky dans mon placard et me servis. La première gorgée d'alcool me réchauffa aussitôt.

Je m'installai sur mon fauteuil, mon verre en main, et réfléchis au programme chargé qui m'attendait demain.

Gérer une boîte de nuit n'était pas de tout repos, et encore moins quand il fallait à côté blanchir de l'argent et éliminer des gens en toute discrétion. Heureusement, j'avais Darren pour m'épauler au Golden Hour. C'était un gars d'une trentaine d'années qui, avec son expérience dans le milieu du marketing et de la communication, faisait du bon boulot avec le club. Il se démenait toujours pour nous faire de la pub auprès des médias, embaucher les DJ les plus réputés du moment, et inviter énormément de gens influents pour attirer davantage de clients. C'était grâce à lui que le Golden Hour était devenu l'une des boîtes de nuit les plus prisées de New York. Certaines personnes venaient même de Philadelphie, ou de Boston pour s'y amuser, et la plupart y revenaient souvent. Mon père serait probablement fier de moi.

Je terminai mon verre d'une traite, puis me levai pour m'en resservir un second. Alors que j'étais en train de me rasseoir, un faisceau de lumière dans la rue attira mon attention.

Je m'approchai de la fenêtre et observai un individu, muni d'une lampe de poche, essayer de forcer la porte d'entrée de l'immeuble d'en face avec un pied-de-biche. La personne était de dos et avait rabattu une capuche sur sa tête. Bien que je ne puisse pas la voir, j'étais plutôt certain qu'il ne s'agissait pas d'un locataire ayant oublié ses clés.

Après quelques minutes, l'intrus finit par pénétrer à l'intérieur. Même si je ne connaissais pas ses intentions, je supposai qu'il était venu pour cambrioler. Mais quel appartement ? Heureusement, Lexie laissait toujours les stores de sa fenêtre du salon ouverts. S'il entrait chez elle, je le saurais.

Je restai immobile, et attendis pendant de longues minutes,

espérant que Lexie et son logement ne soient pas la cible de ce type.

Je lâchai un juron en apercevant à nouveau le faisceau de lumière. Cet enfoiré s'était introduit chez elle. Et je ne pouvais clairement pas me contenter de la regarder se faire cambrioler sans réagir. Appeler la police ? Non, elle arriverait probablement trop tard, et je n'avais pas de téléphone jetable sur moi pour les contacter en tout anonymat. Intervenir ? Peut-être pouvais-je choper ce voleur dehors, lorsqu'il aurait fini, et lui faire sa fête. Oui, cela me semblait être la meilleure des solutions.

Soudain, la lumière du salon s'alluma. Merde. Lexie était sortie de sa chambre. Et si je ne pouvais pas la voir, car elle était cachée derrière les murs, je pouvais à présent discerner le visage de son cambrioleur. Il s'agissait d'un homme d'une quarantaine d'années. Il avait abaissé sa capuche et semblait crier sur Lexie. Merde, ce n'était pas un cambrioleur, sûrement la connaissait-il.

Le type lâcha brusquement sa lampe et sortit un couteau de sa poche. Mon sang ne fit qu'un tour. Qu'importe que Lexie soit flic, qu'elle sache se défendre si nécessaire et qu'elle ait probablement déjà eu affaire à des situations plus dangereuses que celle-ci durant ses interventions, cet homme était armé. Il pouvait lui faire du mal, et cette simple éventualité suffisait à me faire perdre la raison.

Je partis enfiler une cagoule et une paire de gants dans ma chambre, puis quittai l'appartement en courant. Je dévalai les marches de mon immeuble, sortis et traversai la rue sans regarder. Comme cet enfoiré avait brisé la porte d'entrée de l'immeuble, je pénétrai à l'intérieur sans problème et fonçai jusque chez Lexie. Sa porte à elle, dont la serrure avait été cassée, était entrouverte. Cet abruti avait laissé son pied-de-biche sur le sol. Je restai dans le couloir, l'oreille tendue, et prêt à intervenir en cas de besoin.

— Je veux savoir où elles sont ! cria l'homme.

— Je vous le répète, Carl, je n'en sais rien, répondit Lexie.

Mon cœur rata un battement. Sa voix. Cela faisait huit ans que je ne l'avais pas entendue… Elle était vraiment belle. Et elle m'avait manqué.

— Pourtant, j'ai trouvé dans la poubelle un petit bout de papier sur lequel était écrite votre adresse, répliqua Carl, je sais que vous la lui avez donnée lorsque vous avez prétendu aller aux toilettes !

— C'est la vérité, avoua Lexie, mais Rachel et Charlotte ne sont jamais venues chez moi. Maintenant, est-ce que vous voulez bien lâcher ce couteau, s'il vous plaît ?

Elle avait peur. Je pouvais le sentir. Et je dus prendre sur moi pour ne pas entrer et défoncer la gueule de ce type. Jamais je n'avais été aussi tendu qu'à cet instant. Le sang-froid était mon point fort. Je ne me laissais jamais emporter par mes émotions. Pourtant, j'étais actuellement sur le point de le faire. Je m'imaginais déjà en train de briser la nuque de ce salaud avant qu'il se rende compte de ma présence. S'il osait toucher à un seul de ses cheveux, il le regretterait.

— Vous mentez, grogna Carl.

— Non, je vous assure que je n'ai pas la moindre idée de l'endroit où elles peuvent être. Mais si vous lâchez votre arme, on pourra aller voir la police et essayer de les retrouver…

— La police ? C'est justement à cause de vous qu'elles sont parties ! C'est votre faute !

Je l'entendis se déplacer dans l'appartement.

— Restez où vous êtes, Carl, lui ordonna Lexie.

— Ou sinon quoi ? la provoqua-t-il.

Je vais t'éclater la gueule sur le sol, petit malin. Et je n'attendrai pas plus longtemps pour le faire.

Je donnai un violent coup de pied dans la porte et entrai dans l'appartement. Carl se retourna aussitôt et m'observa d'un air sidéré. Quant à Lexie, son angoisse se lisait sur son visage. Et cela pouvait se comprendre. Deux étrangers se trouvaient dans son appartement, dont l'un armé, et l'autre cagoulé. Il y avait de quoi paniquer.

Quand bien même j'aurais aimé la contempler davantage, je savais que ce n'était pas le bon moment pour ça.

— C'est quoi ce délire ? demanda Carl en nous regardant tour à tour.

Je m'avançai vers lui sans plus attendre. Il pointa son couteau vers moi, prêt à m'attaquer si je faisais un pas de plus.

S'il pense m'impressionner.

Je lui saisis le bras avant qu'il ait eu le temps de faire quoi que ce soit, et le désarmai. Son couteau tomba sur le sol. Mais je n'avais pas l'intention d'en rester là.

J'attrapai Carl par le cou et le plaquai brutalement contre le mur. La pression que j'exerçais sur sa gorge le fit suffoquer.

— Arrêtez ! cria Lexie.

Mon regard quitta Carl pour se poser sur Lexie. Elle avait ramassé le couteau de Carl et l'avait levé vers moi. Son expression terrifiée me fit desserrer mon emprise sur Carl. Je n'étais pas venu ici pour l'effrayer davantage, bien au contraire.

— Appelle la police, lui dis-je.

Ses yeux s'écarquillèrent face à ma demande, qui, de son point de vue, pouvait en effet paraître étrange. Heureusement, malgré son incrédulité, elle finit par se précipiter dans sa chambre. Je reportai mon attention sur Carl, toujours en mauvaise position.

— Tu as de la chance qu'elle soit là, murmurai-je, sinon j'en aurais déjà terminé avec toi.

Il garda le silence. S'il pensait que cela signifiait qu'il allait s'en tirer, il se trompait. Quoi que la police fasse de lui, je le retrouverais et je m'occuperais de lui plus tard.

J'entendis Lexie passer son appel, puis revenir vers nous, un flingue dans les mains.

— Lâchez-le, m'ordonna-t-elle en pointant son pistolet sur moi.

C'est une drôle de façon de me remercier d'avoir neutralisé ce connard…

— Tout de suite, ajouta-t-elle d'un ton sec.

Je soupirai, mais lui obéis à contrecœur. Carl respira profondément, soulagé.

— Maintenant à plat ventre et les mains sur la tête, tous les deux, continua Lexie.

Bien qu'elle ait l'air toujours agitée et complètement troublée, elle semblait aller mieux que tout à l'heure.

Carl ne se fit pas prier. Même si j'étais certain que Lexie ne tirerait pas, ce type avait probablement compris que s'il s'enfuyait, cela ne ferait qu'aggraver son cas.

Quant à moi… il était temps de partir. La police ne tarderait pas à arriver, et Lexie avait le contrôle sur la situation à présent.

— J'ai dit « tous les deux », me lança-t-elle en retirant le cran de sûreté de son glock.

Je l'observai encore un instant. Ses cheveux noirs mi-longs, son visage ovale, ses yeux noisette, ses lèvres parfaites…

À moins de la croire à nouveau en danger, je ne devrais plus jamais intervenir dans son existence. C'était une promesse que je m'étais faite à moi-même lorsque j'avais retrouvé sa trace l'année dernière, après la mort de mon père. Lexie pouvait à nouveau faire partie de ma vie – du moins d'une certaine façon, en revanche, je ne devrais jamais refaire partie de la sienne. Je ne le pouvais pas, et je ne le pourrais jamais. J'avais tué son beau-père et, sûrement par manque de preuves contre moi et parce qu'il fallait un coupable, sa mère avait été le parfait bouc émissaire et avait donc été accusée, puis condamnée à tort. Lexie me détestait sans doute pour ça. En plus, elle était flic, et j'étais un assassin. Il n'y avait probablement rien d'autre à ajouter.

Je reculai vers la porte.

— Restez où vous êtes ! cria-t-elle.

Mais, persuadé qu'elle ne tirerait pas, je me retournai et pris la fuite.

— Merde ! l'entendis-je jurer.

J'eus juste le temps de regagner mon appartement dans la plus grande discrétion que j'aperçus des voitures de police se garer dans la rue.

Je retirai ma cagoule et observai les flics débarquer dans l'appartement de Lexie et menotter Carl. Elle posa son arme sur la table et commença à expliquer ce qu'il s'était passé aux policiers.

J'allai me servir un troisième verre de whisky, puis retournai m'asseoir sur mon fauteuil. La nuit serait longue pour elle, mais au moins, elle était saine et sauve. C'était tout ce qui importait.

Lexie

Un bâillement m'échappa. Heureusement, j'étais seule dans la salle de repos. Je passai une main dans mes cheveux emmêlés. Je devais avoir une sale tête. Étant donné que j'avais dû accompagner mes collègues et Carl au commissariat en pleine nuit, je m'étais dépêchée de m'habiller et n'avais pas pris le temps de faire ma toilette. Mais peu importe, la situation ne m'avait pas vraiment laissé le choix.

Je me levai du canapé et allai me faire un café. Il était bientôt 6 heures du matin. Après que j'eus déposé plainte contre Carl, mes collègues m'avaient informée que je pouvais rentrer chez moi, mais j'avais refusé. J'avais besoin de savoir où se trouvaient Rachel et Charlotte. Peut-être étaient-elles à la rue ou dans un hôtel miteux. Il fallait que je m'assure qu'elles allaient bien. Mais pour l'instant, personne n'avait de nouvelles et nous n'en aurions peut-être pas avant un petit moment. Nous ne pouvions pas lancer de recherches, car il ne s'agissait pas d'une disparition ni d'un enlèvement. Rachel et sa fille étaient parties d'elles-mêmes et Carl n'était pas le père de Charlotte, ce qui le privait de tout droit sur l'enfant.

Heureusement, et parce qu'une enquête sur Carl avait été ouverte, la police avait tout de même besoin de retrouver Rachel et Charlotte afin de les interroger.

Soudain, le capitaine Mayers entra. C'était un homme d'une quarantaine d'années, à la peau foncée et au crâne rasé.

— Vous avez des nouvelles, capitaine ? demandai-je aussitôt.

Je posai mon café sur la table ronde et attendis sa réponse.

— Oui, l'officier Heck a réussi à avoir la sœur de Rachel au téléphone. Charlotte et sa mère sont chez elle à White Plains. Elles passeront au commissariat dans la matinée.

Je soupirai, rassurée de les savoir en sécurité.

— Vous devriez rentrer chez vous à présent, ajouta-t-il.

— Je commence mon service dans deux heures, je ne pense pas que…

— Officier Holmes, me coupa-t-il, vous n'avez pas dormi de la nuit. Il est hors de question que je vous laisse travailler dans cet état.

— Je pourrais rester au poste aujourd'hui, recevoir les plaintes ou…

— Lexie, m'interrompit-il à nouveau, même si vous allez bien, cette nuit deux hommes sont entrés par effraction chez vous et l'un d'entre eux vous a menacée avec une arme blanche. Prenez votre journée pour vous reposer, c'est un ordre.

— Bien, capitaine, répondis-je à contrecœur.

Il hocha la tête, satisfait, puis quitta la salle sans plus attendre.

Je baissai les yeux sur mon café, et choisis de ne pas le boire. Il n'était pas très bon, et puisque j'avais ma journée, je décidai de le prendre ailleurs.

Même si j'aurais aimé rester, revoir Rachel et Charlotte, et savoir si Rachel allait profiter de cette histoire avec Carl pour porter plainte contre lui, je pourrais toujours passer un coup de fil à Dean ou Olivia, une autre collègue et amie avec qui je m'entendais bien, pour me renseigner. De toute façon, avec ma plainte, mon témoignage, les preuves dont disposait la police, et les accusations qui pesaient sur Carl, ce dernier risquait déjà la prison. Bien sûr, le procès ne serait pas pour tout de suite, mais Rachel avait emmené sa fille loin de lui, et j'espérais sincèrement qu'elle continuerait toutes les deux à se tenir à distance de cet homme.

Je saluai mes collègues, quittai le commissariat, puis me rendis jusqu'à la station de métro la plus proche.

Une fois assise dans la rame, je sortis de mon sac mon portable et mes écouteurs, puis lançai *Let It Be.*

Après ce qui m'était arrivé cette nuit, c'était exactement la musique qu'il me fallait écouter pour me vider l'esprit. Je fermai les yeux et me laissai emporter par la mélodie, puis par les chansons suivantes de ma playlist.

Mais rapidement, l'homme à la cagoule revint me hanter. Qui était-il ? Carl avait juré ne pas le connaître, et je le croyais. Cet inconnu m'avait défendue. Mais d'où sortait-il ? S'agissait-il d'un voisin qui avait voulu jouer les héros ? Mais dans ce cas-là, pourquoi avoir porté une cagoule ? La police n'avait déniché aucune trace de lui. La rue dans laquelle j'habitais n'était pas surveillée par des caméras, et il n'y avait pas eu d'autres témoins que Carl et moi. Autrement dit, les chances pour que l'on retrouve cet homme étaient quasi inexistantes.

Je soupirai, et, descendis du métro après trente minutes de trajet. Ma mère travaillait au Rock Coffee à quelques rues d'ici. Et leur café était bien meilleur que celui de mon commissariat.

Le Rock Coffee venait tout juste d'ouvrir, et je constatai en y entrant qu'il n'y avait encore aucun client. En général, la plupart arrivaient aux alentours de 7 heures, et prenaient leur café soit à emporter avant d'aller au travail, soit sur place s'ils avaient le temps.

Ma mère était, comme à son habitude, derrière le comptoir, avec David, un de ses collègues.

— Bonjour, leur dis-je.

— Bonjour, Lexie, répondit David avec un sourire.

Ma mère sembla surprise. Il est vrai que durant ma semaine de travail, je n'avais pas l'occasion de venir ici.

Je passais en revanche tous les samedis matin prendre mon petit déjeuner. Cela me permettait de voir un peu ma mère, car bien que nous habitions dans le même arrondissement, en raison de nos horaires de boulot différents, nous ne nous fréquentions pas souvent en dehors du Rock Coffee.

— Tu ne travailles pas aujourd'hui ? me demanda-t-elle.

Je m'installai au comptoir et retirai mon manteau.

— Non, j'ai ma journée, dis-je seulement.

Lui raconter ce qui m'était arrivé cette nuit n'était pas une bonne idée. Elle s'inquiéterait probablement pour moi, et pour mon métier à risques qu'elle n'approuvait pas. Nous risquions encore de nous disputer, et je n'avais vraiment pas envie de me prendre la tête avec elle après la nuit que j'avais eue.

— C'est rare, murmura-t-elle.

Elle se retourna et me prépara un cappuccino. C'était ce que je commandais toujours ici. Lorsqu'il fut prêt, elle déposa ma tasse devant moi, accompagnée d'un donut au chocolat.

— Merci. Au fait, le plombier est passé ? lui demandai-je.

Cela faisait une semaine que le mécanisme de sa chasse d'eau était cassé. En attendant qu'un plombier vienne s'en occuper, elle devait jeter un seau d'eau dans ses toilettes pour les rincer. Même si la situation aurait pu être plus critique, cela n'était pas pratique pour autant.

— Non, pas encore, soupira-t-elle, il m'a dit qu'il me trouverait un créneau pour cette semaine, mais il est débordé.

Je bus une gorgée de mon café. Un vrai délice.

— Tu veux que je m'en occupe ? lui proposai-je. Vu que j'ai ma journée, je peux essayer de la changer. Je pense qu'en regardant quelques tutos sur YouTube, et en achetant le matériel et les outils nécessaires, ça devrait aller.

Je ne m'en sortais pas trop mal en bricolage. À vrai dire, c'était grâce à Jack, le mari de la cousine de ma mère chez qui j'avais vécu pendant plusieurs années, qui m'avait appris quelques trucs. Jack adorait réparer ou améliorer toutes sortes de choses chez lui, et comme sa femme Hannah n'aimait pas cette activité, je l'avais assisté de temps en temps, lorsqu'il avait besoin d'un coup de main.

Un sentiment de nostalgie me traversa. Jack et Hannah me manquaient. Depuis mon retour à New York, je n'étais pas allée les voir. Il faut dire que la ville de Brownville n'était pas la porte à côté, et que nous avions tous des vies bien chargées. Heureusement, nous nous appelions au moins une fois par mois pour prendre respectivement de nos nouvelles.

— Non, ça ira, répondit ma mère.

— Tu es sûre ? insistai-je. Ça ne me dérange vraiment pas.

Un client entra dans le magasin, mais David s'occupa de lui.

— Certaine. Ne t'inquiète pas pour moi.

Ce n'était pas la première fois qu'elle refusait mon aide pour quelque chose, et même si je ne pouvais pas m'empêcher de la lui proposer, je savais qu'elle voulait me prouver, et surtout se prouver à elle-même, qu'elle était parfaitement capable de se débrouiller seule depuis que Ben n'était plus là. J'étais fière d'elle et de la femme forte et indépendante qu'elle était devenue aujourd'hui, après tout ce qu'elle avait traversé.

De nouveaux clients firent leur entrée et ma mère dut se mettre au boulot. Comme elle était débordée et que les gens continuaient d'affluer dans le café, je compris que nous n'aurions probablement pas de temps pour discuter davantage.

Je terminai donc mon petit déjeuner en silence, et David se chargea de m'encaisser, ma mère étant occupée à servir un couple installer à une table.

Après avoir enfilé mon manteau et récupéré mon sac, je me levai.

— J'y vais, annonçai-je à ma mère, qui revenait vers le comptoir.

— D'accord, rentre bien.

J'acquiesçai, puis me tournai vers David.

— Au revoir.

— À bientôt, Lexie.

Je quittai le Rock Coffee et marchai en direction du métro, sans vraiment savoir où aller. Bien que je sois fatiguée, je n'avais pas envie de rentrer chez moi.

Ma porte était toujours cassée et mon appartement sans surveillance, cependant, je doutais que quelqu'un essaye de pénétrer à nouveau chez moi. Et si c'était le cas, il n'y avait de toute façon pas grand-chose à voler à l'intérieur. Tous les papiers et objets qui avaient de la valeur à mes yeux se trouvaient dans mon sac à main.

En revanche, il fallait que j'alerte mon proprio de la situation.

Il viendrait probablement voir l'état de la porte dans la journée et contacterait par la suite un menuisier.

Je tentai de l'appeler sur le chemin, mais il ne décrocha pas. Peut-être dormait-il encore. Je laissai un message sur son répondeur qui disait que c'était urgent et qu'il devait me contacter rapidement, puis je pris le métro en direction de Manhattan.

J'avais besoin de m'aérer l'esprit. Et je ne connaissais pas meilleur endroit que Central Park pour ça.

Chapitre 8

Jess

Deux pas j'inspire.

Deux pas j'expire.

Deux pas j'inspire.

Deux pas j'expire.

Lorsque je courais, j'étais toujours concentré sur ma respiration et ce que ressentait mon corps. Courir me procurait une sensation de bien-être et de liberté immense.

Je terminai mon footing en longeant, comme chaque matin, le lac de Prospect Park, puis rentrai chez moi en marchant. Sur le chemin, j'attrapai ma gourde d'eau attachée à ma ceinture de course et bus quelques gorgées pour me réhydrater.

Je croisai peu de monde dans les rues. Il était à peine 6 h 30. Mais faire un footing à l'aube était le meilleur moment. Je pouvais apprécier la solitude, le calme, ainsi que le lever du soleil.

En entrant dans mon appartement, je bus à nouveau un peu, puis m'étirai dans mon salon avant de prendre ma douche. Lorsque j'eus terminé, je regagnai ma chambre et ouvris mon armoire. J'enfilai un boxer, un pantalon, ainsi qu'un pull noir, et retournai dans le salon me préparer un café.

Lexie ne tarderait pas à se réveiller.

Je m'approchai de la fenêtre en veillant à rester caché dans l'ombre, et dégustai ma boisson énergétique en attendant qu'elle apparaisse.

Après plusieurs minutes, Lexie sortit enfin de sa chambre. Vêtue d'un pyjama à carreaux, elle alla se servir un verre d'eau, puis récupéra ses écouteurs et son téléphone avant de disparaître dans sa salle de bains.

Je souris en sachant déjà ce qu'elle allait faire par la suite. Deux minutes plus tard, Lexie réapparut dans la pièce principale. Je l'observai danser, les écouteurs dans les oreilles, tout en se brossant les dents. Elle faisait ça tous les matins. Peut-être que cela la mettait de bonne humeur et la motivait pour aller au travail. J'adorais la regarder se déhancher dans son salon en pyjama, avec une brosse à dents dans la bouche.

Écoute-t-elle The Beatles ? Est-ce que cela lui fait penser à moi quelques fois ?

En tout cas, j'étais content qu'elle aille bien. Ce qui s'était passé avec Carl et moi il y a quinze jours aurait pu la perturber, mais cela n'avait pas été le cas.

Je me souvenais qu'elle n'avait pas dormi chez elle la nuit suivant l'incident, probablement car la porte de son appartement n'avait pas encore été réparée, mais le jour d'après, lorsque tout avait été en ordre, elle avait repris sa routine matinale comme avant. Cela ne m'étonnait pas. Lexie avait toujours été une personne forte, qui ne se laissait pas abattre, peu importe la situation. C'était l'une des raisons pour lesquelles je l'admirais. Elle avait enduré les violences de son beau-père pendant des années, puis sa mort, ainsi que la condamnation de sa mère pour un crime qu'elle n'avait pas commis. Elle avait dû quitter New York, habiter chez la cousine de sa mère et son mari qu'elle ne connaissait pas, et continuer d'aller en cours malgré tout ça. Elle avait eu son diplôme, puis étudié en fac de droit pendant trois ans tout en ayant un petit boulot à côté. Elle avait ensuite retrouvé sa mère, et était retournée vivre avec elle à New York. Elle avait alors préparé son concours de police, puis l'avait réussi avec brio. Après six mois de formation, Lexie était devenue officier de la police de New York.

Toutes ces informations, je les avais eues l'année dernière, par le biais d'un enquêteur que j'avais engagé. Si j'avais pu la chercher plus tôt, je l'aurais fait. Mais mon père ne me l'aurait jamais permis. Il aurait même été capable de l'éliminer parce qu'elle pouvait représenter un danger pour moi et pour mon destin.

Cependant, aujourd'hui mon père n'était plus de ce monde et j'avais pu réintégrer Lexie dans ma vie, du moins, d'une certaine façon. Malgré les risques que cette décision me faisait encourir, je ne regrettais absolument pas de l'avoir prise.

J'avais toujours eu envie de la revoir parce qu'elle avait compté pour moi. Et lorsque ce jour était arrivé, j'avais immédiatement compris qu'il me serait impossible de m'en tenir à une unique fois. Parce qu'elle comptait toujours pour moi, et qu'elle était désormais la seule personne qui réussissait, juste en traversant mon champ de vision, à éclairer un peu le monde obscur dans lequel je vivais.

Malgré toute la noirceur de mon âme, je ne voulais pas

me perdre complètement dans les ténèbres. J'avais besoin de cette lumière. De sa lumière.

Je reportai mon attention sur Lexie. Elle avait fini de se laver les dents, et s'habillait probablement dans sa chambre.

Comme elle partirait bientôt, j'allai nettoyer ma tasse de café, puis enfilai mes chaussures et mon long manteau noir. Après avoir récupéré mon sac de travail et ma casquette, je quittai mon appartement et sortis dans la rue. Mes lunettes de soleil se trouvaient dans mon sac, mais je ne les mettais pas pour observer Lexie le matin. C'était le seul moment de la journée où je pouvais la regarder sans aucune barrière de verre entre nous, alors j'en profitais.

Après une dizaine de minutes, elle sortit de son immeuble. Elle avait attaché ses cheveux en queue-de-cheval et portait un jean, des baskets, ainsi qu'une parka vert kaki. Comme d'habitude, elle serait juste à l'heure au commissariat. C'était probablement parce qu'elle habitait à quelques rues du poste de police qu'elle avait pris cette mauvaise habitude de partir à la dernière minute.

Je la suivis prudemment sur le trottoir d'en face. Elle marchait vite, mais cela m'était égal. Elle pouvait bien courir, cela ne m'empêcherait jamais de l'accompagner secrètement au travail chaque matin.

Alors qu'elle n'avait plus que trois cents mètres à parcourir, je dus rejoindre son trottoir pour pouvoir, par la suite, entrer dans la petite supérette qui s'y trouvait.

Je restai cependant à une distance raisonnable derrière elle, et lorsqu'elle arriva enfin au commissariat, je pénétrai dans le magasin pour acheter le journal. Bien que je ne fasse que le feuilleter, j'avais pris cette habitude pour justifier si besoin que Lexie et moi empruntions le même chemin chaque matin.

De nouveau dans la rue, je fis demi-tour. Je ne comptais pas rentrer chez moi, mais le parking où j'avais garé ma voiture était dans la même direction. Malgré le fait qu'il soit encore tôt, j'avais du travail au Golden Hour.

Je m'arrêtai devant un passage piéton, car le feu était au rouge. Sentant une présence sur ma droite, je pivotai la tête et le regrettai aussitôt.

Lexie se trouvait là. À quelques centimètres de moi.

Comment ? Pourquoi ?

Par chance, son regard était fixé sur le feu, comme si elle attendait avec impatience qu'il passe au vert.

A-t-elle oublié quelque chose chez elle ?

J'aurais dû détourner les yeux de son visage. D'autant plus que je ne portais même pas mes lunettes. Mais jamais Lexie n'avait été aussi proche de moi qu'à cet instant précis. Je pouvais voir avec précision ses traits, le petit grain de beauté sur sa joue droite et celui sur son menton. Elle était magnifique.

Lexie soupira avec agacement, puis ses yeux vinrent se poser sur moi. Ma respiration se bloqua et il me fut impossible de bouger.

Le regard de Lexie quitta presque aussitôt mon visage et je crus m'être sorti d'affaire jusqu'à ce qu'il revienne, moins de trois secondes plus tard, à nouveau sur moi.

La façon dont elle m'observait, avec un mélange d'intérêt et d'incrédulité, m'assura qu'elle m'avait reconnu. Elle ne semblait éprouver aucune haine envers moi, ce que je ne comprenais pas.

J'avais rompu la promesse que je m'étais faite à moi-même. J'étais une fois de plus entré dans sa vie.

Je détournai un instant mes yeux des siens, et constatai que le feu pour piétons était passé au vert. Visiblement, cela n'avait plus d'importance pour Lexie. J'étais désormais le centre de son attention.

— Jess ?

J'hésitais à l'ignorer et à partir, ou bien à répondre que ce je n'étais pas celui qu'elle croyait, mais cela aurait été stupide.

Alors, je fis ce qui me semblait le plus logique dans cette situation impensable. Je clignai plusieurs fois des paupières et essayai d'avoir l'air complètement stupéfait.

— Lexie ?

Lexie

Je hochai lentement la tête, complètement abasourdie. Même si je l'avais déjà souhaité, jamais je n'aurais pensé le revoir un jour. C'était tellement… incroyable. Bien qu'il ait grandi, qu'il se soit épaissi, qu'il ait désormais de la barbe, et que sa voix soit plus virile, son visage n'avait pas changé. Il était toujours le même qu'il y a huit ans.

Mon cœur s'était mis à battre la chamade.

Je n'en reviens toujours pas.

À tel point qu'il me fallut plusieurs secondes supplémentaires avant de me souvenir de l'endroit où nous étions, et que je devais à tout prix me dépêcher d'aller récupérer mon portable chez moi, puis retourner au boulot.

Nos retrouvailles tombaient un peu au mauvais moment,

mais je décidai de nous accorder quelques minutes. Il s'agissait de Jess, je ne pouvais pas le quitter sans en savoir plus à son sujet. Que faisait-il ici, à Prospect Heights ? Habitait-il à New York désormais ? Qu'avait-il fait ces huit dernières années et que faisait-il maintenant ? Et lui, n'avait-il pas de questions ? Ne souhaitait-il pas savoir pourquoi ma mère était allée en prison à sa place ni ce que j'étais devenue ?

— Il faut que j'y aille, déclara-t-il brusquement.

Non… Non…

— Attends, l'arrêtai-je alors qu'il allait traverser la route.

Il semblait vouloir me fuir.

Préférerait-il ne jamais me revoir ?

Cette simple pensée me serra le cœur.

Mais il était possible qu'en me regardant, Jess songe à Ben et à ce qu'il s'était passé *ce* soir-là. J'ignorais comment il avait vécu cet événement, mais cela avait sûrement été très dur pour lui. Et peut-être était-ce la raison pour laquelle il ne m'avait jamais recontactée.

D'ailleurs, je ne savais pas s'il avait essayé, mais j'avais tout fait pour lui faciliter la tâche. Je m'étais inscrite sur la plupart des réseaux sociaux, puis, avant de partir vivre chez Jack et Hannah, j'avais donné une lettre aux nouveaux propriétaires de la maison de Ben et leur avais demandé de la remettre à « Jess » si un jour ce dernier venait à sonner chez eux. J'étais même allée graver le numéro de Hannah sur mon banc préféré à Central Park, au cas où Jess y retournerait un jour – j'avais toutefois regretté cette action, car Hannah, qui n'était au courant de rien, avait reçu plusieurs appels bizarres et, agacée, elle avait fini par changer de numéro.

Bref, de toute façon, cela n'avait plus aucune importance

à présent. Jess se trouvait là, devant moi, en chair et en os. Et je ne pouvais pas me résoudre à le laisser partir de cette façon, sans avoir au moins essayé de le retenir dans ma vie. Bien sûr, je n'allais pas le forcer. S'il ne voulait pas, alors je respecterais sa décision… Même si le perdre à nouveau me brisait le cœur encore une fois.

— Est-ce qu'on pourrait se revoir un jour ? lui demandai-je en espérant de toutes mes forces.

Il ne répondit pas tout de suite, et son hésitation confirma mes doutes.

Cela me fit affreusement mal, et je dus prendre sur moi pour contenir les larmes qui me montaient aux yeux. Je ne pouvais pas pleurer. Pas ici, pas maintenant, et encore moins devant lui.

J'avais toujours pensé que Jess et moi partagions un lien particulier. Qu'on pourrait compter l'un sur l'autre, quoi qu'il arrive. Que nos trois jours passés ensemble il y a huit ans avaient été bien plus forts que n'importe quelle amitié ou relation possible, et qu'il ne m'avait pas retrouvée, car il habitait peut-être très loin de New York, que sa vie était compliquée, et qu'il n'avait jamais pu.

Mais à en voir sa réaction, je m'étais probablement trompée sur toute la ligne.

— OK.

Je crus rêver.

— OK ? répétai-je d'une voix incertaine.

Il acquiesça, et une immense vague de soulagement me traversa et me rendit légèrement euphorique.

— D'accord, alors… Je peux te donner mon numéro… Ou tu peux me donner le tien si tu préfères, je n'ai pas mon portable sur moi pour le noter, mais j'ai une bonne mémoire... À moins que tu ne veuilles qu'on se donne rendez-vous quelque part ? Enfin, quand je dis rendez-vous, ce n'est pas vraiment...

— Lexie, me coupa-t-il.

Oh. Mon. Dieu. Mais qu'est-ce qui m'avait pris de lui dire tout ça ? ! Je me maudis intérieurement et priai pour qu'il ne revienne pas sur sa décision.

— Demain soir, au Golden Hour, ça te va ? me proposa-t-il.

Le Golden Hour ? J'ai déjà entendu ce nom quelque part. Sûrement est-ce un bar.

— À quelle heure ?

— Le club ouvre à 22 heures.

Je haussai les sourcils, surprise.

Il m'a réellement donné rendez-vous à 22 heures ? Dans un club ?

Ce n'était, selon moi, pas vraiment le lieu le plus adapté pour discuter. Heureusement, je ne travaillais pas le samedi. De toute façon, même si j'avais été de service le lendemain et qu'il avait voulu qu'on se voie dans un supermarché ou sur une aire d'autoroute en plein milieu de la nuit, je n'aurais probablement pas refusé. J'étais si contente qu'il ait recroisé mon chemin que j'étais prête à tout pour ne pas le perdre à nouveau. Et bien que son hésitation cache quelque chose, peut-être qu'elle n'avait aucun rapport avec moi, ou le passé. Après tout, je n'avais pas la moindre idée de la vie qu'il menait aujourd'hui. J'espérais juste qu'il m'en parlerait.

— OK, alors... À demain, lui dis-je.

Il hocha la tête, puis traversa la route sans plus attendre.

Je le regardai partir et réalisai seulement après plusieurs

secondes – lorsqu'il eut disparu de mon champ de vision – que j'aurais dû traverser moi aussi.

Eh merde.

Je jetai un coup d'œil à ma montre. 8 h 05. J'étais déjà en retard, et je n'étais pas encore repassée chez moi.

Mais j'ai retrouvé Jess… Et je vais le revoir demain.

À cette simple pensée, je sentis les battements de mon cœur s'accélérer.

Je n'avais jamais pu lui dire à quel point je lui étais reconnaissante de m'avoir sauvé la vie il y a huit ans. Sans lui… je ne serais pas ici aujourd'hui, et je voulais qu'il le sache.

Je me dépêchai de regagner mon appartement, de récupérer mon téléphone, et de repartir au poste de police. Le tout en moins de dix minutes. Un record.

Je me faufilai le plus discrètement aux vestiaires des femmes pour me changer.

Je venais tout juste de finir d'enfiler mon uniforme lorsque Olivia, une grande et belle brune à la peau mate et aux yeux noirs, ouvrit brusquement la porte des vestiaires. Le soupir soulagé qu'elle lâcha me fit comprendre qu'elle me cherchait.

— Briefing dans deux minutes ! lança-t-elle de sa voix légèrement aiguë.

— J'arrive !

Je fermai mon casier puis la rejoignis en courant.

— Ton réveil n'a pas sonné ce matin ? demanda-t-elle tandis que nous nous rendions jusqu'à la salle de briefing. Tu n'as jamais été aussi en retard qu'aujourd'hui.

Le visage de Jess réapparut dans mon esprit, et je ne pus m'empêcher de sourire. J'avais tellement hâte de le revoir demain !

— OK, ce n'était clairement pas une panne de réveil, s'esclaffa Olivia, comment s'appelle-t-il ?

Je la regardai avec étonnement. Même si en réalité Jess n'était pas la raison principale de mon retard, elle avait réussi à deviner à mon air bienheureux qu'il y avait un homme dans l'histoire.

— Je ne suis pas flic pour rien, plaisanta-t-elle comme si elle avait lu dans mes pensées. Alors ?

Par chance, nous étions arrivées devant la salle de briefing. Bien que je considère Olivia comme une amie, je ne lui avais jamais parlé de mon passé avec Jess, et je ne savais pas si je le ferais un jour. Je ne voulais pas non plus lui mentir, mais il fallait que je réfléchisse aux informations que je souhaitais lui dévoiler à mon sujet, et celles que je préférais garder pour moi.

— Je te raconterai plus tard, d'accord ?

Elle acquiesça, l'air ravi, puis nous entrâmes enfin dans la pièce. Je saluai mes collègues et m'installai à une table avec Olivia. Il ne manquait plus que le capitaine Mayers et le sergent Garcia pour que le briefing commence.

Dean apparut devant moi et me tendit un gobelet de café.

— J'ai supposé que tu n'avais pas eu le temps d'en boire, dit-il avec un clin d'œil.

Oh ! il était vraiment adorable.

— Merci beaucoup ! Tu me sauves la vie !

Je m'empressai de récupérer ma boisson encore chaude et d'y tremper les lèvres. Le goût du café me réchauffa aussitôt la gorge et me fit le plus grand bien.

— Et pour moi ? lui demanda Olivia en haussant les sourcils.

— Toi, t'es arrivée à l'heure, répliqua Dean.

— Et alors ? Tu pourrais quand même offrir un café à la meilleure flic de New York ! plaisanta-t-elle.

— Tu ne voudrais pas déjà essayer de devenir la meilleure flic de notre commissariat pour commencer ? lui lança moqueusement le détective Jim Mursley, qui était juste derrière nous.

Il y eut des rires amusés autour de nous. Dean retourna s'asseoir à sa place. Olivia, quant à elle, pivota sur sa chaise et, après avoir adressé un regard noir à Jim, déclara avec assurance :

— Le jour où je serai votre capitaine, vous ferez moins les malins !

— En attendant, c'est toujours moi votre capitaine, intervint une voix que nous reconnûmes tous, bonjour à tous.

Le capitaine Mayers, suivi du sergent Garcia, était entré dans la salle. Nous les saluâmes avec respect tandis qu'ils traversaient la pièce pour monter sur l'estrade devant nous.

Olivia, un peu gênée, se fit toute petite sur sa chaise. Le capitaine représentait pour elle un modèle, alors, et même s'il se moquait sûrement de ce qu'elle avait dit, j'étais certaine qu'Olivia irait s'excuser à la fin du briefing.

Le capitaine Mayers prit place devant le pupitre tandis que le sergent Garcia, toujours muni d'un porte-documents sous le bras, resta derrière lui en affichant un air sérieux et attentif.

— Alors, commença Mayers, j'espère que vous êtes en forme aujourd'hui car on a du boulot. On vient de recevoir un appel, une femme se serait fait cambrioler cette nuit sur Classon Avenue. Apparemment, le voleur aurait emporté avec lui une dizaine de bijoux et objets de valeur.

Le capitaine nous observa rapidement avant d'ajouter :

— Mursley, je veux que vous vous rendiez immédiatement sur les lieux afin de constater l'infraction et de mener l'enquête. Richards, vous l'accompagnez.

Olivia soupira.

— C'est mon jour de chance aujourd'hui, murmura-t-elle.

En effet, Olivia détestait devoir bosser avec le détective Jim Mursley. Ce dernier la charriait constamment et elle n'en pouvait plus. Même si cela ne justifiait pas pour autant le comportement de Jim à son égard, je devais reconnaître que mon amie lui tendait souvent la perche…

— Un problème, Richards ? releva Mayers.

— Non, aucun capitaine, répondit Olivia en secouant négativement la tête.

Évidemment, elle n'allait pas se plaindre du détective Mursley pendant un briefing, et encore moins devant tous nos collègues.

— Bien, alors allez-y. Harrington vous donnera l'adresse à l'accueil.

Je fis un sourire compatissant à mon amie avant qu'elle se lève et quitte la salle à contrecœur avec le détective Mursley.

Olivia m'avait déjà dit un jour qu'elle préférait passer sa journée à faire des tâches administratives ennuyantes au commissariat plutôt que d'aller sur le terrain avec Jim. La journée risquait d'être dure pour elle… Sans oublier qu'elle n'avait même pas pu faire ses excuses à notre capitaine !

— Wilson, enchaîna ce dernier, où en est l'affaire des voitures vandalisées ?

Ah ! c'était l'une des affaires sur laquelle je travaillais avec le détective John Wilson et qui s'avérait d'ailleurs assez compliquée à résoudre.

Depuis deux semaines, quelqu'un s'amusait à casser les rétroviseurs des voitures de Prospects Heights. Soit cette personne était du coin, soit elle avait quelque chose contre les habitants de ce quartier. En tout cas, c'était un individu très doué, car il agissait toujours en journée et ne s'était, jusqu'à présent, jamais fait repérer.

Je me retournai à moitié sur ma chaise et cherchai John du regard. Il était debout au fond de la pièce, appuyé contre le mur.

— On a reçu une troisième plainte mardi, répondit-il, mais comme pour les plaintes précédentes, il n'y avait aucun témoin ni indice pouvant nous conduire à un éventuel suspect. Cependant, nous avons peut-être un plan pour le coincer. Holmes, comme c'est ton idée, je te laisse leur expliquer.

Tous les regards se tournèrent vers moi. Bien que je ne sois pas accoutumée à être au centre de l'attention, cela ne me dérangeait pas vraiment, j'étais plutôt à l'aise à l'oral.

— Tout d'abord, il faut déjà supposer que notre vandale décide de récidiver encore une fois, et même si c'est le cas, cela ne veut pas dire qu'il suivra ses habitudes. Nous avons constaté, d'après le témoignage des victimes, que le délinquant avait à chaque fois commis ses infractions en début de semaine et dans l'après-midi. Alors je pense qu'on pourrait essayer de localiser des endroits qu'il pourrait cibler, comme des parkings ou des rues dans lesquelles il y a peu de passages, et surveiller discrètement ces emplacements les jours et heures où il serait susceptible de passer à l'action. Mais comme il y aura plusieurs zones à couvrir, on aurait besoin de renforts.

— Combien vous en faudrait-il ? m'interrogea le capitaine.

Je visualisai le quartier de Prospect Heights dans ma tête. Même s'il n'était pas immense, il y avait tout de même une bonne dizaine de rues. Cependant, je pouvais déjà éliminer celles où il y avait beaucoup de monde et où notre délinquant ne prendrait pas le risque d'agir.

— Au moins trois équipes de deux.

Le capitaine réfléchit quelques secondes. Il est vrai que mettre autant de policiers sur une petite affaire de vandalisme était peut-être un peu exagéré, mais d'un autre côté, si nous n'arrêtions pas cet individu, ce dernier pourrait continuer à vandaliser tranquillement les voitures de tout le quartier.

— Vous avez mon autorisation, finit par déclarer Mayers.

— Merci capitaine, dis-je en même temps que John.

Je jetai un regard à ce dernier et l'aperçus m'adresser un sourire satisfait. Bien sûr, j'étais également ravie.

Bien que l'approbation de mon plan par le capitaine ne garantisse pas pour autant notre réussite, cela nous permettrait d'augmenter nos chances de coincer ce vandale. Et nous finirions par l'attraper, il le fallait !

Chapitre 9

Jess

La porte de mon bureau s'ouvrit brusquement.

Je levai aussitôt les yeux de mon ordinateur et fusillai Darren du regard. C'était un homme d'un mètre soixante-dix, aux courts cheveux noirs et à la mâchoire carrée. Ce dernier, tout comme l'ensemble de mes employés, avait l'obligation de toujours frapper avant d'entrer ici. Même si je n'avais rien à cacher dans cette pièce, il s'agissait d'une question de respect.

Mais à voir l'expression paniquée de mon assistant de direction, peut-être que ce qu'il avait à me dire excuserait son acte.

— On a un souci, Vayso a eu un accident de voiture, il ne pourra pas venir ce soir.

Merde.

Vayso était notre DJ guest pour cette nuit. Enfin plus maintenant, et cela allait nous poser quelques problèmes. Vayso était internationalement connu et populaire, autrement dit, nos tables et salles VIP étaient toutes réservées, et nous nous attendions à avoir beaucoup plus de monde que d'habitude en raison de sa venue.

Or il allait désormais falloir annoncer à nos clients que Vayso ne pourrait malheureusement pas être là, et cela risquait d'engendrer beaucoup de déception et de mécontentement.

D'un autre côté, je doutais que les gens partent tous en apprenant la nouvelle une fois sur place. Certains venaient peut-être exclusivement pour Vayso, mais la grande majorité souhaitait surtout boire, danser, et s'amuser, et notre club était l'un des meilleurs de New York – avec ou sans Vayso. Il fallait simplement…

— Jeremy peut assurer toute la soirée ? demandai-je.

Jeremy était notre DJ résident. Il aurait normalement dû jouer jusqu'à 2 heures du matin. Après quoi, Vayso aurait pris la relève jusqu'à la fin de la soirée.

— Je ne lui ai pas encore posé la question, mais je pense que ça sera bon pour lui.

Eh bien, je l'espérais aussi, car trouver un autre DJ à la dernière minute allait s'avérer assez compliqué sinon. Quant aux problèmes restants…

— OK, alors, je veux que tu offres une bouteille à toutes nos tables VIP, et une conso avec ou sans alcool à tous nos autres clients, déclarai-je. Vois aussi si tu peux engager quelques gogo danseurs et gogo danseuses.

Bien sûr, cela nous coûterait un peu d'argent, mais c'était selon moi le prix à payer pour que nos clients passent une bonne soirée malgré tout et que la réputation de notre club ne prenne pas un trop gros coup à cause de l'annulation de Vayso.

— D'accord, je vais m'en occuper.

Darren sortit aussitôt de mon bureau. Il ne lui restait pas

beaucoup de temps pour agir, le Golden Hour ouvrait précisément dans quinze minutes.

Je soupirai, puis reportai mon attention sur mon ordinateur. Il fallait que je finisse de passer ma commande pour de nouvelles banquettes pour les salles VIP avant que Lexie arrive.

Lexie…

Jamais je n'aurais dû accepter de la revoir, et encore moins prendre le temps de réfléchir à la question. Mais son comportement envers moi m'avait déstabilisé, et il m'avait été impossible de résister à son regard presque suppliant, à l'envie de l'approcher davantage que je réprimais depuis des mois, et à ma curiosité.

Pourquoi ne me détestait-elle pas ? Elle avait même eu l'air heureuse lorsque j'avais fini par céder. Avait-elle fait semblant ? Et si oui, dans quel intérêt ? Me piéger ? Se venger ? J'avais du mal à imaginer Lexie faire quelque chose de ce genre, mais peut-être me trompais-je. Après tout, j'avais beaucoup changé en huit ans, et il était probable qu'elle aussi. Quoi qu'il en soit, je comptais bien découvrir ses intentions ce soir.

Je terminai d'acheter mes banquettes, puis me rendis dans la salle principale. Le Golden Hour venait à peine d'ouvrir, mais les clients affluaient déjà.

Jeremy, qui était installé derrière ses platines et mixait de la musique *electro house* plutôt douce pour débuter la soirée, m'aperçut. Il leva son pouce dans ma direction et je devinai par ce geste qu'il avait accepté de remplacer Vayso. Tant mieux, il nous sauvait bien la mise !

Après avoir balayé toute la foule du regard, je finis par *la* repérer. Lexie était debout, près de l'entrée. Elle portait une robe noire, simple à bretelles, mais qui moulait parfaitement sa fine taille et ses longues jambes. Quant à ses cheveux, qu'elle avait l'habitude d'attacher pour aller travailler, ils flottaient aujourd'hui sur ses épaules. Je constatai également qu'elle n'avait pas de veste ni de sac, mais elle avait très certainement dû déposer ses affaires aux vestiaires.

Je pris quelques secondes supplémentaires pour la contempler de loin. Elle était vraiment très belle, et je savais déjà que je devrais lutter contre l'envie de la toucher lorsque je serais près d'elle. En revanche, je ne pourrais probablement rien faire pour ralentir les battements de mon cœur. Heureusement, elle ne pourrait pas les entendre.

Soudain, Lexie tourna la tête vers moi et m'aperçut. Il était temps d'aller la voir.

Lexie

Il me fallut plusieurs secondes pour comprendre que l'homme qui avait la tête tournée dans ma direction était Jess. Des lunettes de soleil noires recouvraient ses yeux, et il portait un pantalon habillé et une chemise noire qui lui donnaient un air élégant et distingué que je ne lui connaissais pas.

Était-ce son style vestimentaire habituel, ou bien s'était-il habillé ainsi pour qu'on le laisse entrer au Golden Hour ? Après tout, j'avais fait quelques recherches sur le Net, et il s'agissait d'un club assez chic et branché avec un *dress code* à respecter. C'était d'ailleurs la raison pour laquelle j'avais mis une – et ma seule – robe accompagnée de mon unique paire de talons.

Peut-être que Jess était aussi un peu surpris que je sois

dans cette tenue. Que ce soit il y a huit ans, ou bien lors de notre rencontre dans la rue, je n'avais jamais été apprêtée de cette façon.

Soudain, Jess s'avança jusqu'à moi et mon rythme cardiaque s'accéléra. J'étais très heureuse de le revoir, mais aussi assez nerveuse. Beaucoup de choses s'étaient passées dans ma vie depuis, et cela devait également être le cas pour lui.

De plus, je ne comprenais pas vraiment pourquoi il m'avait donné rendez-vous ici. Je n'étais pas venue pour danser, ni boire avec lui. Je voulais prendre de ses nouvelles, discuter, et avec la musique *electro house* qui résonnait à fond dans la salle, communiquer s'avérerait sans doute compliqué.

— Salut, me dit-il assez fort pour que je l'entende.

— Salut.

Jess se pencha vers mon oreille. J'étais si troublée que ma respiration se figea un instant.

— Tu veux boire quelque chose ? me demanda-t-il.

Son souffle chaud m'effleura la peau et me fit frissonner.

— Euh… Un mojito sans alcool, répondis-je d'une voix mal assurée.

Il s'écarta et se tourna vers le bar. Je profitai de ce moment pour essayer de me détendre, mais Jess me fit rapidement face à nouveau.

— Viens, suis-moi, dit-il, Kym nous apportera nos verres dans mon bureau.

Son bureau ? Il travaille ici ?

Je lui emboîtai le pas tout en me demandant si je trouvais ça plus compréhensible, ou bien encore plus bizarre, qu'il m'ait donné rendez-vous ici. Enfin, au moins, j'avais déjà appris quelque chose à son sujet.

Nous nous arrêtâmes devant une porte sur laquelle il était écrit « Accès réservé au personnel ». Jess composa un code sur la poignée équipée d'un boîtier électronique, puis nous pénétrâmes dans un long couloir éclairé par des néons rouges.

Jess s'arrêta à nouveau devant une seconde porte. Il n'y avait aucune inscription sur celle-là, mais je supposai qu'il s'agissait de son « bureau ». Il l'ouvrit, puis me laissa entrer la première.

La pièce était de taille moyenne et assez vide. Il n'y avait qu'une table sur laquelle on pouvait trouver un ordinateur et des piles de papier, un placard, et un tableau sur lequel était peinte une femme de dos, nue, sur un fond écarlate. Les murs noirs assombrissaient les lieux, mais ils étaient plutôt bien insonorisés. Cela allait être plus pratique de discuter ici.

— C'est donc ici que tu travailles, constatai-je.

Jess s'appuya contre son bureau, puis hocha lentement la tête.

Il semble toujours aussi peu bavard…

— Et… Qu'est-ce que tu fais exactement ?

Je ne voulais pas être trop indiscrète, mais après tout, s'il avait eu envie de garder sa vie professionnelle secrète, il ne m'aurait probablement pas invitée ici.

— C'est mon club.

Je haussai les sourcils, surprise. Jess était le propriétaire du Golden Hour ? À seulement… Bon, je ne savais pas précisément son âge, mais il ne devait pas avoir plus de vingt-cinq, ou vingt-six ans. C'était tout aussi impressionnant qu'intrigant. Où avait-il trouvé les fonds pour ouvrir un club aussi grand dans l'un des quartiers les plus huppés de Manhattan ? Avait-il travaillé énormément ces dernières années, pour économiser, puis obtenir un prêt bancaire ? Ou peut-être venait-il d'une famille aisée et que cette dernière l'avait aidé ?

J'eus soudain l'impression de me retrouver huit ans en arrière, à analyser chacune de ses réponses pour essayer d'en savoir davantage sur lui, et cela me fit sourire.

Mais bien que j'ignore quasiment tout à son sujet et les années qui nous avaient séparés, cela ne changeait rien à ce que Jess représentait pour moi. Et j'osais espérer que nous partagions encore ce lien spécial qui nous unissait à l'époque, malgré ce qui s'était passé *cette* nuit-là, et que c'était pour cette raison qu'il avait accepté de me revoir aujourd'hui.

— Qu'est-ce que tu veux, Lexie ?

Sa question me tira brusquement de mes réflexions et me déconcerta.

— Ce que je veux ? répétai-je.

Jess se contenta de hocher la tête.

— Prendre de tes nouvelles, savoir comment tu vas et ce que tu es devenu…

Il resta silencieux un moment, et la situation me mit un peu mal à l'aise.

— Tu penses vraiment que je vais te croire ? finit-il par me demander.

Je le fixai, perplexe.

— Comment ça ?

— Pourquoi est-ce que tu voudrais prendre de mes nouvelles après ce qu'il s'est passé ? Tu devrais me haïr.

Jess avait l'air très sérieux et je devinai qu'il faisait référence à la mort de Ben.

En revanche, je ne comprenais pas pourquoi j'aurais dû le haïr. C'était d'ailleurs bien loin d'être le cas.

— Jess… Tu as sauvé ma vie, et celle de ma mère… Comment pourrais-je te haïr ?

Et surtout, pourquoi le pense-t-il ? Et depuis quand ?

Mon cœur se serra douloureusement. Et si… Et s'il se l'était imaginé durant ces huit dernières années ? Peut-être était-ce pourquoi il ne m'avait pas retrouvée et qu'il avait hésité à me revoir.

— Pourquoi la police ne m'a jamais recherché ?

Même si je m'attendais à ce qu'il me pose cette question, j'aurais préféré qu'elle n'arrive pas aussi vite dans notre discussion. Pourquoi ? Parce que j'allais lui avouer que j'avais voulu me sacrifier à sa place *ce* soir-là, mais que je n'en avais pas eu le courage. Il m'avait sauvée, et j'avais été incapable d'en faire autant pour lui. Quant à ma mère et à ce qu'elle avait fait pour moi…

Je ravalai les larmes qui me montaient aux yeux. Ce n'était pas le moment de me laisser envahir par mes émotions.

— J'ai voulu te protéger… comme tu l'as fait avec moi. J'ai voulu me dénoncer à ta place… Mais je n'ai pas pu. Ma mère… Elle l'a fait pour moi, et pour elle.

— Pour elle ? répéta-t-il.

Je ne pus m'empêcher de repenser à la conversation que j'avais eue avec ma mère ce soir-là, juste avant que la police arrive chez nous.

— Pourquoi ? lui avais-je demandé d'une voix tremblante.

— Tu veux protéger ce garçon, moi, c'est toi que je veux protéger.

— En… En m'abandonnant ?

Elle avait levé une main vers mon visage et caressé tendrement ma joue.

— Non… en te donnant l'opportunité d'avoir une vie meilleure…

— Comment pourra-t-elle être meilleure si tu vas en prison ? ! m'étais-je écriée. En plus, tu n'as rien fait !

Elle avait cessé de me toucher, et avait reporté son regard sur le corps inerte de Ben.

— Justement, m'avait-elle répondu dans un murmure, j'aurais dû… J'aurais pu faire quelque chose.

Je m'étais empressée de prendre sa main tremblante dans la mienne. J'avais eu envie de lui dire que je savais que ce n'était pas facile, que je comprenais qu'elle n'ait rien pu faire, mais… une part de moi lui en voulait quand même de ne jamais avoir agi, pour moi, pour elle, pour nous.

— Maman… S'il te plaît…

Elle avait à nouveau posé ses yeux remplis de larmes sur moi.

— Je suis désolée, Lexie… Je suis tellement désolée…

J'avais secoué la tête, puis l'avais placée contre sa poitrine en espérant que la chaleur de son corps et les battements de son cœur me rassureraient. Mais cela n'avait pas été suffisant.

— Ma cousine Hannah s'occupera de toi, avait-elle repris d'une voix étrangement douce.

— Je ne veux pas, m'étais-je mise à sangloter contre elle.

— Elle est très gentille, et son mari Jack aussi, tu verras…

— Je dirais que ce n'est pas toi…

Elle m'avait enlacée.

— Pardonne-moi, ma chérie… Je te promets que tout ira bien à présent… Oui… Tout ira bien… Fais-moi confiance.

Puis la police était arrivée, et je les avais laissés arrêter ma mère sans protester. Pourquoi ? Peut-être car j'avais voulu lui faire confiance. J'avais voulu croire ses paroles, j'avais voulu espérer qu'elle ait raison. Et ça jusqu'au procès. Lorsque le jugement était tombé, et qu'elle avait pris quatre ans ferme pour homicide involontaire... J'avais profondément regretté d'avoir menti à la police et d'avoir suivi ce que m'avait dit ma mère. La culpabilité m'avait rongée pendant des semaines, jusqu'au jour où j'avais pu rendre visite à ma mère au parloir. Elle m'avait accueillie avec le sourire et m'avait semblé heureuse et apaisée, ce que je trouvais complètement insensé compte tenu de sa situation. On avait beaucoup parlé, de sa vie en prison, qui n'était pas aussi mauvaise qu'elle se l'était imaginée, puis de la mienne à Brownville, auprès de Hannah et Jack, et à laquelle j'avais encore un peu de mal à m'adapter. Mon quotidien avec eux était totalement différent de celui que j'avais eu. Pas de coups, pas d'insultes... Je ne recevais de leur part que de la gentillesse et de l'attention.

Après cette première visite, j'avais fini par comprendre pourquoi ma mère avait pris cette décision, pourquoi elle avait eu besoin de faire ça pour moi, et surtout pour elle, et je l'avais enfin accepté.

— Ma mère se sentait coupable de n'avoir jamais pu me protéger des coups de Ben. Je pense qu'aller en prison était en quelque sorte un moyen pour elle de se repentir...

Jess resta silencieux un instant.

— Je ne sais pas laquelle de vous deux est la plus cinglée, lâcha-t-il, ta mère, pour être allée en prison à ma place alors que son mari est mort à cause de moi ? Ou toi, pour avoir voulu te dénoncer et ne pas avoir empêché ta mère de le faire ?

Ses mots me surprirent et me blessèrent profondément.

Même s'il ne comprenait pas nos raisons, jamais je n'aurais imaginé que Jess réagirait ainsi. Il y avait d'ailleurs tant de jugement dans sa voix qu'il réussit, pendant quelques secondes, à me faire culpabiliser à nouveau pour n'avoir rien dit ni rien fait pour ma mère.

— Bon, reprit-il soudain, puisqu'on a chacun eu les réponses à nos questions, je pense qu'on devrait s'en tenir là.

Je le fixai, complètement déconcertée.

— « Les réponses à nos questions » ? répétai-je.

Il soupira, visiblement ennuyé par mon incompréhension.

— J'étais curieux de savoir pourquoi tu ne me détestais pas et pour quelle raison j'avais évité la prison, et toi, tu voulais voir ce que j'étais devenu et si j'allais bien, non ? Maintenant que c'est fait, notre petit rendez-vous peut prendre fin. Tu peux partir, ou rester au Golden Hour et profiter de la soirée. Après tout, tu as payé ton entrée.

Alors c'était juste pour cette raison qu'il avait accepté de me revoir ? Et maintenant qu'il avait obtenu des explications, je n'avais plus rien à faire ici, avec lui ? Après ce que nous avions vécu, ce que nous avions fait l'un pour l'autre… Étais-je aussi insignifiante que ça à ses yeux ? Ce lien que je croyais partager avec lui n'avait donc finalement été qu'à sens unique ?

Je sentis mes jambes vaciller sous le poids de mes questionnements, mais je pris sur moi et réussis à rester debout. Je ne pouvais pas m'effondrer, pas maintenant.

— Il faut que je t'ouvre la porte ? me lança Jess avec agacement.

Pourquoi se montrait-il aussi désagréable avec moi ? Le

Jess que je connaissais ne m'aurait jamais parlé ainsi. Avait-il changé au point de devenir un vrai connard sans cœur ? Ou bien peut-être qu'il ne voulait tout simplement pas perdre son temps à discuter avec « une cinglée ».

— Pas la peine, dis-je d'une voix tremblante.

De toute façon, même si je n'avais pas les réponses à mes questions, je risquais de ne pas les supporter et ne pouvais pas rester plus longtemps ici. Cela me faisait beaucoup trop mal.

Je m'avançai jusqu'à la porte, posai la main sur la poignée, puis m'arrêtai.

Ne te retourne pas, Lexie… Ne cède pas à la tentation de le regarder une dernière fois…

Mais je ne pus résister et tournai la tête vers lui en espérant qu'il ne verrait pas – grâce à ses lunettes – les larmes qui perlaient à mes yeux.

Je n'étais pas en colère contre lui. J'étais seulement confuse, triste et déçue. J'avais imaginé que nos retrouvailles se dérouleraient différemment et, surtout, qu'il ne me ferait pas ressortir de sa vie aussi vite que j'y étais à nouveau entrée. Mais je m'étais trompée, et je ne pouvais m'en prendre qu'à moi-même.

— Merci de m'avoir sauvé la vie, murmurai-je.

Il ne répondit pas, et son silence fut le coup de grâce pour clôturer notre rendez-vous.

Je quittai son bureau sans plus attendre, et manquai de percuter une serveuse qui tenait un plateau avec deux verres. C'était probablement la dénommée « Kym », qui nous apportait nos boissons.

— Désolée, dis-je seulement.

Je fis abstraction du regard curieux qu'elle me lançait, et m'en allai au pas de course. J'avais besoin de partir le plus loin possible de cet endroit, de Jess, et de laisser enfin mes larmes sortir librement.

Chapitre 10

Jess

J'avais d'abord été étonné que la famille Santini me propose aussi tôt un nouveau contrat. En général, ces derniers étaient espacés de plusieurs mois, or, cela ne faisait même pas deux semaines que j'avais éliminé ma dernière cible.

Mais finalement, après avoir ouvert l'enveloppe et lu les diverses informations qu'elle contenait, j'avais compris pourquoi. Ma future victime était Claire Windsburg, une jeune procureur qui avait décidé de se lancer dans la politique, et qui commençait à être assez populaire en ville. Elle avait d'ailleurs pour ambition de se présenter aux prochaines élections afin de devenir membre de l'Assemblée de l'État de New York, et avait déjà évoqué son désir de proposer de très intéressants projets de loi visant à lutter contre les organisations criminelles. Autrement dit, contre la mafia et ses diverses activités illégales.

La famille Santini souhaitait apparemment que je l'assassine avant qu'elle soit trop influente, et surtout nuisible. En plus, sa mort servirait d'avertissement. Personne ne remonterait jusqu'à moi ou jusqu'aux Santini, cependant, la possibilité que

Claire ait été tuée en raison de ses idées serait sans doute évoquée comme étant l'hypothèse la plus plausible. Cela découragerait probablement quiconque à les reprendre, et si quelqu'un voulait malgré tout s'y risquer… il finirait par connaître le même sort.

Le feu passa au vert. J'appuyai sur l'accélérateur et continuai tout droit.

Parmi les renseignements qu'Enzo m'avait fournis sur Claire, il y avait une liste avec des adresses, et pour chacune d'entre elles une date, une plage horaire et quelques annotations. Il s'agissait vraisemblablement du planning de Claire pour les prochains jours. Enzo avait probablement dû la faire suivre et faire pirater son téléphone ou son ordinateur pour avoir toutes ces informations. La famille Santini ne manquait pas de moyens pour parvenir à ses fins. Et puisque aujourd'hui j'allais m'occuper de Claire pour eux, j'en étais un moi aussi.

Je tournai à droite et repérai aussitôt le Gala, un restaurant gastronomique dans lequel Claire irait déjeuner à midi, soit dans une heure.

Je roulai encore pendant un bon kilomètre, puis pénétrai dans un parking souterrain. Je me garai au -1, récupérai dans mon coffre mon étui de saxophone – qui contenait en réalité deux instruments bien différents –, puis regagnai l'extérieur.

D'un pas tranquille, je traversai la route puis me rendis dans l'immeuble en briques situé en face. J'avais obtenu le code d'entrée après avoir observé une jeune femme le composer la semaine dernière. Car évidemment, j'étais déjà venu dans ce quartier plusieurs fois pour faire du repérage et préparer le terrain pour le jour J. Il m'avait d'ailleurs fallu un peu de temps pour trouver l'endroit idéal, mais le lieu que j'avais finalement choisi était parfait.

Depuis le toit qui était plat, avec mes lunettes de visée, j'avais une vue plongeante sur le Gala et, grâce à ses grandes fenêtres extérieures, sur une partie de la salle principale.

Apparemment Mme Windsburg venait quotidiennement manger dans ce restaurant, seule, et elle s'installait toujours à la même table, la numéro six. Cette dernière se trouvait justement près des vitres, et donc dans mon champ de vision.

En revanche, je devrais redoubler de prudence et, surtout, me montrer très rapide. Car bien que les bâtiments voisins soient moins hauts et n'aient pas de vis-à-vis sur mon emplacement, il y avait toujours la possibilité qu'un passant dans la rue relève la tête dans ma direction et me remarque. Heureusement les dix étages me séparant du sol limiteraient ce risque.

Une fois sur le toit, je m'allongeai par terre et rampai jusqu'au bord. Je récupérai la paire de jumelles rangée dans la poche de ma veste, puis me redressai légèrement et observai discrètement les environs.

Certes, on pouvait me repérer dès maintenant, mais si cela se produisait, les conséquences seraient toujours moins mauvaises que si j'avais une arme dans les mains. Je ne pouvais pas m'empêcher d'être sur mes gardes et d'analyser constamment tout ce qui m'entourait. C'était également la raison pour laquelle j'étais arrivé avec autant d'avance. J'avais beau être le méchant dans l'histoire, mon père m'avait appris qu'un tueur à gages n'est jamais à l'abri d'une trahison de la part de ses commanditaires, et que toute mission peut être un piège. Même si les Santini n'avaient aucune idée de ma position ni du moment précis où je comptais éliminer Claire, ils pouvaient parfaitement surveiller les adresses qu'Enzo m'avait transmises, et finir par me trouver.

J'observai les piétons, les commerces dans la rue en contrebas, les voitures, puis les bâtiments un peu plus éloignés.

RAS… Pour le moment.

Je me baissai à nouveau, posai mes jumelles à côté de mon étui de saxophone, puis fixai ce dernier en me demandant ce qu'aurait été ma vie si j'avais vraiment été musicien… avant de secouer la tête.

C'était stupide. Déjà parce que être un tueur était mon destin, et que même si j'avais songé à le fuir ou à le changer il y a huit ans, je n'avais pas pu. La mort de Ben me l'avait bien fait comprendre.

En plus, si j'avais eu une vie différente, je n'aurais sans doute jamais rencontré Lexie. Et je ne voulais pas d'une existence normale, mais sans elle. Non… Lexie comptait beaucoup trop pour moi pour que je l'oublie ou la perde à jamais.

Huit ans plus tôt, elle m'avait ouvert les yeux sur le monde qui m'entourait, et sur des sentiments que je ne pensais jamais éprouver un jour. Elle avait été là pour moi, elle m'avait aidé alors que je ne le méritais pas, elle m'avait fait confiance, et elle avait apprécié passer du temps avec moi. Lexie était la seule personne à laquelle mon cœur s'était lié et le serait toujours. Et c'était justement parce qu'elle était si importante pour moi que j'avais dû me montrer aussi dur et odieux avec elle lors de notre rendez-vous.

J'avais toujours pensé que sa mère était allée en prison, parce qu'il n'y avait pas eu assez de preuves contre moi, et qu'il fallait un coupable. Étant donné les circonstances de la mort de Ben, il était plus plausible d'imaginer que sa femme ou sa belle-fille soit responsable, plutôt qu'un garçon sans identité qui avait squatté la cabane de jardin depuis trois jours.

J'avais toujours été persuadé que Lexie me détestait pour cette raison, et j'avais encore du mal à croire que la vérité était tout autre. Comment Lexie avait-elle pu vouloir me protéger et laisser sa mère se dénoncer à ma place alors j'avais tué son beau-père ? Honnêtement, je ne regrettais pas de l'avoir traitée de cinglée, parce qu'il fallait un sacré degré de folie pour faire une chose pareille.

Cependant…

J'étais tout de même heureux qu'elle ait fait ça pour moi. Cela m'avait permis de comprendre que j'avais, moi aussi, beaucoup compté pour elle il y a huit ans. Et, parce qu'elle était contente de me revoir et qu'elle avait eu les larmes aux yeux lorsque je lui avais demandé de partir, j'avais aussi compris que c'était toujours le cas.

Mon cœur se serra douloureusement dans ma poitrine. Je n'avais pas aimé devoir lui mentir et lui faire de la peine. Mais lui faire croire qu'elle ne représentait absolument rien pour moi était le seul moyen que j'avais trouvé pour qu'elle n'ait plus jamais envie de me revoir. Entrer à nouveau dans sa vie avait été une grosse erreur de ma part, et le rester plus longtemps aurait été beaucoup trop dangereux, pour elle, comme pour moi. Plus Lexie se tenait loin de moi, mieux je pourrais la protéger. Bien que j'eusse aimé…

Non, j'ai pris la bonne décision.

Je chassai aussitôt Lexie de mes pensées. Ce n'était pas le moment de songer à elle, il fallait que je sois concentré sur la mission.

Après avoir récupéré mes jumelles, je me redressai et fis un nouveau contrôle de la situation.

RAS.

Je poursuivis ma surveillance de la même façon jusqu'à 11 h 45, puis je restai en observation constante et me focalisai davantage sur le Gala, sur ce qui se passait autour, et sur chaque individu qui y entrait ou en sortait.

À midi, j'aperçus une voiture grise se garer dans la rue. Il y avait deux personnes à l'intérieur, mais une seule en descendit. C'était un homme d'une quarantaine d'années, aux courts cheveux noirs, en jean, chemise et Perfecto. Il sembla regarder un peu autour de lui, puis finit par se rendre au restaurant.

Quelques minutes plus tard, la seconde personne quitta le véhicule. C'était un homme à la peau foncée et au crâne rasé.

Au même moment, un taxi s'arrêta près des portes du Gala, et lorsque la portière s'ouvrit, ma cible apparut enfin.

Claire Windsburg, une trentaine d'années, de courts cheveux blonds, et de petits yeux verts. Elle portait un pantalon de tailleur blanc, un pull noir, et une veste cintrée de couleur rouge. Des bijoux en perle de culture, un sac à main de marque, et de belles chaussures à talons complétaient sa tenue déjà chic et élégante.

Elle entra rapidement dans le restaurant, et fut suivie de peu par le gars au crâne rasé. La situation me paraissait étrange.

Deux hommes venus ensemble qui se rendaient séparément au Gala, à quelques minutes d'intervalle, et surtout, comme par hasard, l'un avant l'arrivée de Claire, comme s'il était allé sécuriser les lieux, et l'autre juste après, comme s'il assurait ses arrières.

OK, je me faisais peut-être des films, ces types pouvaient

très bien n'avoir aucun rapport avec Claire et peut-être que le second avait voulu finir d'écouter une émission ou une chanson à la radio avant de rejoindre son compagnon. Cependant, j'avais le pressentiment que Claire était bel et bien suivie, ou plutôt qu'elle était sous protection.

Malheureusement, le seul moyen d'en être sûr revenait à attendre qu'elle ait terminé son déjeuner, afin de constater si ses pseudo-gardes du corps agissaient de la même façon. Et cela signifiait également de ne pas la tuer maintenant, alors que les conditions étaient parfaites pour ça.

Enfin… Pas si parfaites que ça en fin de compte. Car cela faisait un moment que Mme Windsburg était entrée au Gala et qu'elle ne s'était toujours pas assise à sa place habituelle. Soit elle discutait avec quelqu'un, soit elle s'était installée à une autre table, hors de mon champ de vision.

Je patientai encore quelques instants, avant de conclure que la seconde hypothèse était malheureusement la bonne. Claire Windsburg ne mourrait donc pas aujourd'hui. Mais il y avait plus problématique que ça.

Il était concevable que Claire ait soudain eu envie de changer d'endroit pour déjeuner, ou qu'une connaissance l'ait invitée à sa table… Toutefois, cet événement fortuit combiné à la présence éventuelle de gardes du corps me faisait aussi imaginer le pire : peut-être que Claire savait que quelqu'un avait l'intention de l'éliminer, et c'était ce pour quoi elle avait engagé une protection rapprochée, mais discrète, et avait préféré se tenir loin des fenêtres.

Cependant, et si tel était vraiment le cas, cela signifiait qu'il y avait un traître chez les Santini, ou bien que ces derniers étaient espionnés par la police ou le FBI. Ce qui ne présagerait rien de bon pour eux ni pour moi.

Bien évidemment, rien n'était sûr, et j'allais déjà m'assurer que les deux types de la voiture grise étaient bien là pour Mme Windsburg.

Je repris ma surveillance pendant une bonne heure, tout en regrettant de ne pas avoir pu essayer ma nouvelle arme au grand jour. Enfin, je l'avais notamment choisie pour cette mission, car Enzo souhaitait une mort propre, rapide et précise pour ma cible, et que mon fusil remplissait tous les critères.

À 13 heures, le gars aux cheveux noirs sortit du restaurant. Il fuma une clope à l'extérieur, puis finit par regagner sa voiture.

Et si j'avais vu juste, Claire Windsburg serait la prochaine à quitter le Gala…

Bingo ! Elle s'engagea dans la rue, suivie par le second type au crâne rasé. Ce dernier fit semblant de passer un coup de téléphone à quelques mètres d'elle, le temps que le taxi de Mme Windsburg arrive et qu'elle monte dedans, puis il rejoignit son camarade.

Bon, eh bien… Il allait falloir que je discute de tout ça avec Enzo, et vite.

Je soupirai, ennuyé. S'il y avait bel et bien une brèche de sécurité au sein des Santini, la mission serait compromise et, surtout, de gros problèmes seraient à prévoir.

Quant à moi, et même si rien n'était impossible, je doutais d'avoir déjà été démasqué. Parce que personne ne connaissait mon identité au sein de la mafia, que je me montrais toujours très prudent et vigilant lors de mes rendez-vous avec Enzo, ou de mes repas au restaurant italien – seuls liens directs que j'avais avec les Santini, que ma dernière mission s'était déroulée sans aucun souci, et que rien ni personne ne m'avait paru suspect avant aujourd'hui.

En revanche, je n'avais pas la moindre idée de ce que les flics ou le FBI pouvaient déjà savoir sur les Santini ni depuis combien de temps ils les surveillaient. Peut-être avaient-ils suffisamment de renseignements sur eux et de preuves de leurs activités illégales pour les arrêter, mais qu'ils espéraient pouvoir remonter jusqu'à moi avant de tous nous coincer d'un coup. Si tout ça était vrai, il faudrait que je fasse encore plus attention.

Bon, il était d'ailleurs grand temps que je me tire d'ici. Je rangeai mes jumelles dans la poche de ma veste, attrapai mon étui de musique et regagnai, en rampant, l'intérieur de l'immeuble.

Tout en descendant les escaliers, je récupérai mon téléphone jetable et composai le nouveau numéro qu'Enzo m'avait donné. Il décrocha avant la troisième sonnerie.

— On peut se voir ? demandai-je aussitôt.

Cela aurait été sans doute moins risqué pour moi de lui dire ce que je suspectais au téléphone, mais le sujet était trop important pour que je lui en parle de cette façon.

— Pas possible aujourd'hui et demain, je suis en déplacement. OK pour dimanche, 15 heures ?

Enzo semblait avoir compris l'urgence de la situation. Après tout, je ne requérais d'entrevue qu'en cas de problèmes. Et autant dire que c'était assez rare.

— Ouais. Et viens seul.

En réalité, Enzo n'était jamais venu accompagné à nos quelques rendez-vous passés – ces derniers ayant d'ailleurs toujours lieu au même endroit. Mais cette petite précision était un moyen de lui faire comprendre de faire attention à ne pas être suivi, et lui donnait un avant-goût de ce que je m'apprêtais à lui dire.

— D'accord.

Et il raccrocha.

Je glissai le portable dans ma poche, car il n'y avait actuellement pas de poubelle où le jeter, puis je quittai l'immeuble.

Même si Enzo s'attendait à ce que je lui annonce quelque chose d'important ou de grave demain, je doutais fort qu'il soit préparé à ce qu'il entendrait…

Lexie

Comme la plupart des vendredis soir, j'étais en route pour retrouver mes collègues et amis au Amazing Night. C'était un bar tout ce qu'il y a de plus classique, mais la majorité des clients étaient soit flics, soit issus du milieu médical. Et cela était probablement dû au fait que l'établissement était situé à proximité d'un hôpital, et de notre commissariat.

Quoi qu'il en soit, c'était plutôt une bonne chose, car on s'y sentait vraiment en sécurité. Deux médecins avaient d'ailleurs pu, un jour, porter secours à un vieil homme qui faisait une crise cardiaque. Sans eux, et sans l'intervention rapide de l'ambulance, le vieil homme n'aurait sûrement pas survécu.

Étant arrivée, je poussai la porte vitrée et entrai. Malgré le monde, il ne me fut pas difficile de repérer Dean et Olivia, installés à une table ronde au fond de la salle. Ils avaient beau se trouver à une dizaine de mètres de moi, je les entendais rire à gorge déployée.

Curieuse de connaître la cause de leur hilarité, je me hâtai de les rejoindre. En m'apercevant, mes amis se turent aussitôt et m'adressèrent des regards contrariés.

OK, il est vrai que je suis légèrement en retard… de quarante-cinq minutes.

— C'est pas trop tôt ! s'exclama Dean en tapotant sa montre.

— Ouais, renchérit Olivia, Dean m'a convaincue de t'attendre pour commander à boire. J'étais à deux doigts de mourir de soif.

Je haussai un sourcil, complètement sceptique. Deux verres vides étaient posés devant eux.

— Liv, on a oublié d'enlever les preuves, lui fit remarquer Dean.

Le visage de ma collègue se décomposa un instant, avant de redevenir impassible.

— Ce n'est pas à nous, protesta-t-elle, c'était aux clients d'avant !

Mais oui, bien sûr !

— Je pense aussi que les « clients d'avant » n'en sont pas qu'à leur première tournée, répondis-je avec amusement.

Car pour avoir oublié de cacher leurs verres, mes amis devaient déjà être un peu éméchés !

Olivia hésita à poursuivre son petit numéro, avant de finalement se résigner et de lever les mains en l'air.

— D'accord, je plaide coupable ! Mais Dean est de mèche avec moi !

Ce dernier lui pinça l'avant-bras.

— Traîtresse !

— Aïe ! s'écria-t-elle. Si tu me touches encore une fois, je porte plainte pour agression !

Je souris. Cela me faisait réellement du bien de passer du temps avec mes amis, et surtout, cela me changeait les idées – ce dont j'avais vraiment besoin !

Suite à ma conversation avec Jess, après avoir pleuré une bonne partie de la nuit, j'avais beaucoup réfléchi et fini par comprendre son comportement.

Jess m'avait répété plusieurs fois que Ben était mort à cause de lui. Il devait beaucoup culpabiliser, et me revoir avait dû raviver cette émotion, des souvenirs qu'il aurait probablement préféré oublier, et une certaine souffrance. Une souffrance qu'il avait sans doute cachée derrière son attitude désagréable et blessante.

Je m'en voulais de ne pas l'avoir réalisé lors de notre rendez-vous, et de n'avoir pensé qu'à moi et à mes sentiments. J'avais été stupide d'imaginer que Jess serait heureux de me retrouver et qu'il voudrait renouer avec moi alors que j'étais la raison pour laquelle il devait vivre avec la mort de Ben sur la conscience.

Est-ce qu'il regrettait de m'avoir sauvée ? Il ne m'avait pas répondu lorsque je l'avais remercié. J'osais espérer que non, car s'il n'était pas intervenu, c'est moi qui serais morte. Et je voulais continuer à croire que Jess n'aurait jamais laissé Ben m'étrangler, même s'il avait su qu'il le tuerait accidentellement en me protégeant.

Pour autant, je n'avais pas la moindre idée de ce que ça faisait de se sentir responsable du décès de quelqu'un. Je ne pouvais pas imaginer à quel point ça avait dû être dur pour lui à l'époque de vivre ça ni à quel point cela l'était encore aujourd'hui.

Mon cœur se serra douloureusement dans ma poitrine.

— Lexie ?

Je sortis de mes pensées et reportai mon attention sur Olivia, qui me faisait signe de revenir sur Terre avec la main.

Je ravalai la vague de peine et de tristesse qui commençait à m'envahir et repoussai Jess au fin fond de mon esprit. J'étais venue pour me changer les idées, cela avait plutôt bien fonctionné jusqu'à présent, et je voulais que ça continue.

— Désolée, tu disais ?

Elle soupira, puis posa brutalement les poings sur la table, ce qui me fit légèrement sursauter.

— Maintenant c'est à ton tour, déclara-t-elle avec sérieux.

Ne comprenant absolument pas de quoi elle parlait, je tournai la tête vers Dean dans l'espoir qu'il me donne la réponse. Mais Dean avait lui aussi adopté une expression grave.

Ouh là… Cela ne présage rien de bon pour moi !

— Qu'est-ce qui vous prend ? demandai-je en remuant nerveusement sur ma chaise.

— C'est l'heure de votre interrogatoire, madame Holmes, dit Olivia, pourquoi avez-vous quarante-cinq minutes de retard ?

Je soupirai intérieurement.

— Je me suis accidentellement assoupie sur mon canapé cet après-midi, et si des bruits de klaxons dans ma rue ne m'avaient pas tirée de mon profond sommeil, je crois que je serais encore dans les bras de Morphée à l'heure qu'il est.

Il faut dire qu'avec toutes les pensées qui se bousculaient dans ma tête, j'avais très peu dormi cette semaine.

— Avez-vous une preuve de cette sieste et de sa durée exacte ? me questionna Dean en haussant un sourcil.

Il ne semblait guère convaincu par mon excuse.

— Malheureusement, je n'ai pas encore de caméras de surveillance dans mon appartement, donc non, je n'ai pas de preuves.

— C'est bien dommage, déclara Olivia, cela aurait pu jouer en votre faveur pour alléger votre peine. Toutefois, et comme il est tout à fait possible que vous n'ayez pas voulu être à l'heure de votre plein gré, je ne serai pas clémente envers vous, madame Holmes. C'est pourquoi je vous condamne… à nous offrir la prochaine tournée !

Je secouai la tête en m'esclaffant.

— Très bien, très bien, madame la juge… J'accepte ma peine. Mais, au fait, tu n'étais pas censée être flic de base ? Bref, j'y vais de ce pas !

Je me levai, récupérai mon sac à main, puis me dirigeai vers le bar, détendue et le sourire aux lèvres.

Oui… J'ai vraiment bien fait de sortir ce soir.

La soirée se déroula dans la joie et la bonne humeur. Nous dûmes cependant y mettre un terme aux alentours de 22 heures. Montana, la femme de Dean, n'appréciait pas que son mari rentre trop tard à la maison. De plus, Dean souhaitait également se reposer, car il devait se lever de bonne heure demain matin. Pour l'anniversaire de Katerina, sa fille aînée, il avait prévu d'emmener toute sa petite famille passer la journée au parc d'attractions. Katerina, qui adorait les attractions, allait être ravie !

— Tu peux me ramener, s'il te plaît ? Je te payerai le Uber pour rentrer.

Je tournai la tête vers Olivia. Mon amie m'avait avoué

qu'elle était venue en voiture, ce qui était bizarre. D'habitude, et notamment lorsqu'elle prévoyait de se soûler, elle arrivait et repartait toujours en Uber, comme Dean. Et même si elle avait arrêté de boire il y a plus d'une heure, et paraissait « presque » sobre, elle avait encore trop d'alcool dans le sang pour conduire !

Bien sûr, Olivia pouvait rentrer en Uber et revenir chercher son véhicule demain, mais je savais qu'elle détestait laisser sa jeep garée dans la rue la nuit. En grande partie parce qu'il s'agissait de celle de sa mère, et que si quelqu'un la volait ou l'abîmait, sa mère allait l'étriper ! En plus, comme j'étais parfaitement sobre…

— Ai-je vraiment le choix ? lançai-je avec un demi-sourire.

Olivia me sauta au cou.

— Merci, merci, merci ! ! !

— Allez, donne-moi les clés et va t'asseoir.

Mon amie s'exécuta aussitôt et j'allai, pour ma part, m'installer derrière le volant.

J'étais déjà montée dans sa jeep – pour la même raison que ce soir d'ailleurs –, mais cela ne m'empêchait pas d'être à nouveau agréablement surprise par son confort intérieur et ses diverses fonctionnalités.

Conduire une voiture de ce genre était un luxe que je n'avais pas en temps normal, alors, et même si j'allais rouler prudemment, je comptais bien savourer nos vingt minutes de trajet !

Je quittai la place de stationnement et pris la direction de Brownsville[1].

1. Quartier de l'arrondissement de Brooklyn à New York.

— Est-ce que ça va ? me demanda soudain Olivia.

Je lui lançai un rapide regard avant de reporter mon attention sur la route.

— Comment ça ?

— Tu avais l'air d'aller bien ce soir, mais cette semaine, c'était autre chose. Tu n'étais vraiment pas dans ton assiette. Du coup… est-ce que tu vas mieux, ou est-ce que tu as fait semblant avec nous ?

Je soupirai. Moi qui pensais avoir réussi à ne rien laisser paraître de mon état au boulot… Mon amie avait un œil de lynx ! Mais ce qui m'embêtait à présent, c'est qu'Olivia avait sûrement dû faire le lien avec Jess… même si elle ne l'avait – pas encore – évoqué.

Bien sûr, elle ne savait pas grand-chose à son sujet, juste que j'avais retrouvé un « ami d'enfance », que cela s'était « mal passé » et que je ne voulais pas en parler davantage.

Mais Olivia était intelligente, et cet événement était le seul, à sa connaissance, qui pouvait expliquer pourquoi j'avais été assez déprimée ces derniers jours.

— Je n'ai pas fait semblant, et ça m'a vraiment fait du bien de sortir et de vous voir, mais… je ne pense pas aller mieux. Pas encore.

J'avais préféré être honnête avec elle. De toute façon, si je lui avais menti, elle aurait sans doute fini par le découvrir, une nouvelle fois. Mon amie avait bien choisi sa voie professionnelle !

— Il devait beaucoup compter pour toi.

Voilà. Le moment que je craignais était arrivé. Elle avait mentionné Jess, et changer de sujet allait s'avérer compliqué…

Soudain, je pris conscience du piège que m'avait tendu Olivia, et cela me contraria un peu.

— Tu es venue exprès en voiture parce que tu savais que je te ramènerais si tu avais bu et que tu pourrais alors essayer de me faire parler de Jess, c'est ça ?

Je l'aperçus se mordiller nerveusement la lèvre du coin de l'œil.

— OK, j'avoue, lâcha-t-elle après plusieurs secondes, tu ne veux pas en discuter, mais je pense sincèrement que ça te ferait du bien d'exprimer ce que tu ressens à son sujet.

— Mais pourquoi avoir manigancé tout ça ? Je veux dire, tu pouvais très bien me questionner au…

— Boulot ? me coupa-t-elle. Non, on a été débordés cette semaine, et puis Dean se trouvait presque toujours dans les parages, et je ne savais pas s'il était au courant pour Jess…

Il est vrai que nous avions eu une grosse semaine, quant à Dean… je ne lui avais rien dit, mais de toute façon, il n'y avait plus rien à dire.

Et si mon ami avait dû, lui aussi, remarquer que je n'allais pas très bien ces derniers jours, comme j'avais prétendu le contraire et que cela ne m'avait pas empêchée de faire mon travail à peu près correctement, il n'avait pas cherché à savoir pourquoi.

C'était quelque chose que j'aimais bien chez Dean. Il respectait ma vie privée et n'essayait jamais de se mêler de mes problèmes personnels lorsque je n'avais pas envie de les lui partager… Sauf s'il estimait que j'allais vraiment très mal et/ou que mon état avait des répercussions sur mon boulot.

— Et me proposer qu'on se voie demain pour discuter, tu n'y as pas pensé ?

— Si, mais je suis prise.

Elle soupira avant d'ajouter :

— Ma mère va à Washington rendre visite à sa sœur. Elle compte y rester tout le week-end et avait l'intention d'emmener Eva et Tony avec elle, sauf que les deux petits monstres ont fait un caprice tout à l'heure parce qu'ils ne voulaient pas l'accompagner… Ma mère a fini par capituler, résultat : je suis chargée de baby-sitting !

Même si je savais qu'Olivia aimait son frère et sa sœur plus que tout au monde, les jumeaux n'en faisaient toujours qu'à leur tête et adoraient se chamailler entre eux. Son week-end serait sans doute loin d'être reposant…

— Quoi qu'il en soit, reprit-elle, je ne voulais pas te piéger, et si tu ne veux toujours pas en parler, je n'insisterai pas…

Bon, de toute façon, j'avais conscience qu'elle avait agi ainsi parce qu'elle s'inquiétait, alors je ne lui en voulais pas. Et bien que je ne puisse jamais tout lui révéler à propos de Jess et moi, il m'était quand même possible de lui expliquer la situation actuelle en restant assez vague.

— Quand on s'est séparés il y a huit ans, il s'est produit quelque chose qui a impacté nos vies. Et même si j'espérais naïvement que cet événement ne nous empêcherait pas de reprendre contact, Jess m'a bien fait comprendre que ce serait impossible. Car lorsqu'il me voit, il repense sans doute à ce qui s'est passé et ne peut pas le supporter.

— Ce n'est pas vraiment ce à quoi je m'attendais comme histoire, m'avoua Olivia, et je suppose que tu ne rentreras pas dans les détails ?

Je souris légèrement.

— En effet.

— Hum… Est-ce que tu étais responsable de « cet événement » ? me questionna-t-elle.

— Non… Ni lui. Personne ne pouvait prévoir ce qui s'est produit, mais cela a eu des conséquences différentes sur chacun, et disons que pour Jess, c'est probablement mieux pour lui que je ne refasse pas partie de sa vie.

Olivia resta silencieuse un moment, puis me demanda :

— Tu es triste de ne pas pouvoir renouer avec lui c'est ça ?

— Oui… Et je suis aussi désolée des conséquences qu'a pu avoir cet événement. J'aurais aimé être là pour lui à l'époque… et l'être aussi aujourd'hui…

Mais c'était impossible. J'étais la raison pour laquelle il souffrait encore, et il m'avait bien fait comprendre qu'il ne désirait pas que je refasse partie de sa vie.

— Tu lui as dit ? me questionna Olivia.

— Non.

Je l'ai simplement remercié.

— J'aurais dû, ajoutai-je.

— Et c'est impossible maintenant ? Tu ne sais pas où il habite ? Où il travaille ?

— Il ne veut plus me revoir, Olivia, et je ne pense pas que ça soit une bonne chose.

— Au contraire, tu es liée à « cet événement » qu'il a vécu et qui semble encore l'impacter. Tu es sûrement la personne la plus à même de comprendre ce qu'il ressent et de pouvoir l'aider à… aller mieux, je suppose.

Olivia n'avait pas tort. Et ce n'était pas l'envie qui me manquait. Mais pour autant, je craignais qu'il refuse de me parler, qu'il demande à ses agents de sécurité de me virer de son club ou que cette nouvelle rencontre nous fasse souffrir davantage tous les deux.

— Je pense aussi que ça te ferait du bien de le lui dire, ajouta Olivia, même s'il te rejette à nouveau, au moins tu auras essayé d'être là pour lui et tu pourras tourner la page sans avoir de regrets.

Tourner la page me serait sans doute impossible. Jess faisait et ferait toujours partie de ma vie.

Mais Olivia avait raison, peut-être que je pouvais réellement l'aider. Alors il fallait que je prenne ce risque. Pour lui, et pour moi.

— Tu es fatiguée ? demandai-je soudain.

— Non, pourquoi ?

— On peut faire un petit détour par Manhattan ? Je te paierai l'essence.

— D'accord, mais ce n'est pas un peu tard pour débarquer chez Jess ? Parce que je suppose que c'est pour lui que tu veux faire ce détour, non ?

— On ne va pas chez lui. Il travaille dans une boîte de nuit qui s'appelle le Golden Hour, répondis-je en prenant la direction du club.

— Ah, je connais, enfin seulement de réputation. Par contre… j'espère que ton Jess est videur, parce que sinon je ne suis pas sûr qu'on te laisse entrer en pull et jean.

Je grimaçai. Mince, j'avais oublié ce léger détail. Et il est vrai que le club était assez strict à propos du *dress code*. Quant à Olivia, étant donné qu'elle portait une ravissante robe bleu roi et des talons, elle n'avait aucun souci à se faire.

— Ah, c'est bon, j'ai un plan, reprit Olivia, on peut y aller.

Je lui jetai un rapide regard interrogateur.

— Ah non, je ne te dirai rien, gloussa-t-elle, ce sera la surprise !

Est-ce que lui faire confiance là-dessus était une bonne idée ? Peut-être pas, mais je n'avais pas non plus envie de faire demi-tour.

Chapitre 11

Lexie

Devant le Golden Hour, je fus assez surprise par l'immense queue qu'il y avait pour pouvoir – ou non – entrer.

La dernière fois, comme j'étais venue pour l'ouverture, je n'avais pas attendu bien longtemps dehors. Mais aujourd'hui, il était déjà 23 heures, les gens commençaient à affluer, et nous devrions sans doute patienter une bonne vingtaine de minutes avant d'arriver devant le videur.

Je baissai un instant les yeux sur ma tenue et soupirai. La probabilité pour que je ne me fasse pas refouler malgré mon non-respect du *dress code* était très faible. Autrement dit, il ne restait plus qu'à espérer que le plan secret d'Olivia nous permette de passer. J'étais en train de m'insérer dans la queue lorsque sa main m'arrêta.

— Non, suis-moi.

Est-ce que cela fait partie de sa ruse ?

Je la suivis, intriguée, avant de comprendre que nous nous dirigions droit sur le videur.

— Si tu as l'intention de tenter de le soudoyer, je ne pense vraiment pas que ça va marcher, l'avertis-je.

Olivia me lança un regard amusé.

— Et si je lui dis que nous sommes des stars ?

— Par pitié, ne me dis pas que c'était ça ton plan.

— Non, le mien est infaillible, je te le promets.

Je soupirai, mais essayai de rester confiante. Je n'avais de toute façon pas d'autre choix.

Nous nous arrêtâmes à proximité du videur, derrière les poteaux de guidage qui nous séparaient de lui et de la queue.

— Excusez-moi ! l'interpella Olivia, vous pouvez approcher, s'il vous plaît ?

Le videur nous dévisagea un instant, laissa entrer un groupe de trois personnes, puis vint vers nous.

— Qu'est-ce que vous voulez ? nous demanda-t-il, légèrement agacé.

Olivia se pencha vers lui et lui montra discrètement son insigne de police.

— Je suis l'officier Richards, et voici l'officier Holmes, dit-elle doucement en me désignant. Nous sommes actuellement en mission de surveillance, et la personne sur laquelle nous enquêtons se trouve dans votre établissement. Vous n'avez rien à craindre, ce n'est pas quelqu'un de dangereux, et nous avons seulement pour ordre de les surveiller, lui et les individus avec qui il pourrait entrer en contact. Nous avons besoin que vous nous conduisiez directement dans la salle principale et, surtout, que vous gardiez le silence. Le contraire pourrait nuire au bon déroulement de notre mission, et à votre boîte de nuit.

C'est donc ça son plan…

Autant dire que cela m'étonnait énormément d'Olivia. C'était une policière exemplaire, et je n'aurais jamais imaginé qu'elle serait capable d'abuser de son pouvoir et encore moins de cette façon.

D'un autre côté, à en juger par le hochement de tête du vigile, je sus qu'elle l'avait convaincu par son mensonge bien construit et l'assurance qu'elle dégageait. Je doutais même qu'il souhaite vérifier nos cartes d'identité, ou mon badge.

— Euh oui, bien sûr, je comprends, déclara-t-il avec sérieux, suivez-moi.

Nous enjambâmes les poteaux de guidage tandis qu'il demandait aux personnes dans la queue de patienter un instant, puis nous lui emboîtâmes le pas en faisant abstraction des regards noirs, jaloux, ou curieux, que nous jetaient les gens.

Une fois que nous fûmes à l'intérieur, le videur nous évita le passage obligatoire par la caisse, où il y avait à nouveau une longue file d'attente, et nous conduisit directement jusqu'à la zone de contrôle-sécurité, dernière étape avant d'avoir accès au reste du club.

Soudain, il se retourna et nous demanda à voix basse :

— Est-ce que… vous êtes armées ?

— Non, l'informa Olivia.

— D'accord. Je vous laisse quand même passer au détecteur de métaux avec mon collègue, puis la salle principale se trouvera sur votre droite. Si vous avez besoin de quoi que ce soit d'autre… n'hésitez pas.

— Merci, lui dit Olivia.

Elle attendit qu'il se soit éloigné puis se tourna vers moi en affichant un air victorieux.

— Alors, qu'est-ce que t'en dis ? Pas mal ma technique, non ? En plus, on n'a même pas eu à payer l'entrée.

Honnêtement, j'étais très mitigée, entre l'envie de la sermonner et celle de la remercier.

— Je n'arrive pas à croire que tu aies fait ça, toi qui prônes le respect des lois…

— On va mettre ça sur le coup des quatre verres que j'ai bus au Amazing Night.

— Pourtant, tu m'as l'air d'avoir bien dessoûlé depuis.

Elle sourit.

— Bon, allez, allons chercher ton Jess. Il fait quoi du coup ? Barman ? DJ ? Ou agent de sécurité à l'intérieur ?

— Non, proprio. Et ce n'est pas « mon » Jess, soupirai-je.

Elle me fixa, stupéfaite.

— Ton Jess est le proprio du Golden ? ! s'exclama-t-elle.

Je n'eus pas besoin de tourner la tête pour sentir qu'on avait attiré l'attention, et des agents de sécurité, et d'un petit groupe de personnes en train de passer les contrôles de sécurité. Et je n'aimais pas ça.

— Liv ! Parle moins fort, la réprimandai-je.

— Désolée. Il doit être sacrément riche en tout cas. Il l'était déjà quand vous étiez enfants ?

Je n'en avais aucune idée, mais puisque j'avais dit à Olivia que nous étions des « amis d'enfance », j'étais probablement censée le savoir.

Amis… Ce mot était d'ailleurs loin de nous correspondre. Jess avait toujours été bien plus qu'un ami pour moi, mais cela n'avait peut-être jamais été réciproque.

— Il l'est devenu, mentis-je.

— Et tu es certaine qu'il n'a pas souhaité renouer avec toi à cause de votre « événement du passé » ? Enfin, il a peut-être changé, comme son compte en banque, et ça pourrait expliquer pourquoi il n'a pas voulu renouer avec toi…

Non. Bien que cette idée m'ait traversé l'esprit durant notre rendez-vous, Jess ne pouvait pas être devenu un connard sans cœur et m'avoir blessée gratuitement et sans raison. Il n'était pas comme ça, et ne pouvait pas avoir changé à ce point.

Et même si Jess ne souhaitait pas que je refasse partie de sa vie, parce qu'il n'en avait pas envie ou qu'il me trouvait complètement cinglée, il m'aurait simplement demandé de partir calmement.

— Je ne pense pas, répondis-je avec conviction.

Elle m'adressa un sourire.

— D'accord. Bon, assez discuté, on devrait y aller.

J'approuvai d'un hochement de tête, puis nous nous avançâmes vers les agents de sécurité.

Une fois que nous eûmes passé les contrôles, Olivia voulut déposer ses affaires aux vestiaires, mais je réussis à l'en dissuader.

Il y avait encore une longue queue, et nous ne devrions pas rester ici très longtemps. Jess refuserait peut-être de me revoir, et s'il acceptait, je ne voulais pas que nous ayons une vraie conversation ce soir ni dans cet endroit.

Bien qu'il soit tôt, la piste de danse, tout comme les tables, était déjà remplie.

— Alors, où est-ce qu'on le trouve ton Jess ? cria Olivia pour couvrir la musique électro bien trop forte pour nos tympans.

Mes yeux se posèrent rapidement sur la porte du personnel, celle qui menait à son bureau, mais je me souvenais aussi qu'elle était verrouillée par un code que je ne connaissais pas.

Je balayai la foule du regard, en espérant que peut-être

Jess était quelque part dans la salle, en train de discuter avec quelqu'un, ou afin de s'assurer que la soirée se déroulait bien, mais il y avait beaucoup de monde et je ne l'aperçus nulle part.

J'allais répondre à Olivia que je n'avais pas vraiment d'idées lorsque je repérai la barmaid de la dernière fois. Celle que j'avais croisée dans le couloir avec nos boissons. Si mes souvenirs étaient bons, elle s'appelait Kym.

— Viens, dis-je à Olivia.

Je m'avançai jusqu'au bar, en direction de Kym.

— Excusez-moi, l'interpellai-je.

— Attendez un instant, dit-elle.

Elle me tourna le dos, alla servir un jeune homme, puis revint vers moi.

— Que souhaitez-vous commander ? me demanda-t-elle alors.

— Je ne sais pas si vous vous souvenez de moi, j'avais un rendez-vous avec votre patron vendredi dernier, et je vous ai croisée en sortant de son bureau…

Kym fronça les sourcils, ne comprenant probablement pas où je voulais en venir.

— Il faudrait que je voie votre patron, ajoutai-je, je sais que vous êtes très occupée et je suis désolée de vous déranger, mais est-ce que vous pourriez lui dire que Lexie est là ? C'est très important.

Elle soupira, visiblement agacée.

— Comme vous l'avez dit, je suis très occupée. Désolée.

— S'il vous plaît, insistai-je avant qu'elle s'éloigne vers un autre client.

Kym respira profondément, probablement parce qu'elle avait du boulot et que je commençais à l'énerver.

— Écoutez, je ne me souviens pas de vous, et si vous le connaissez, pourquoi est-ce que vous ne l'appelez pas pour lui dire que vous êtes là ?

— Je n'ai pas son numéro.

Ses lèvres s'étirèrent en un sourire amusé.

— Ah, vous êtes sûrement une de ses femmes…

Je fronçai les sourcils.

— Pardon ?

— Vous avez couché avec lui, et vous espérez obtenir plus, c'est ça ?

— Non, ce n'est pas…

Elle se pencha sur le bar.

— Je ne suis pas là depuis très longtemps, me coupa-t-elle, mais de ce que j'ai vu et entendu, Seth n'est pas du genre à avoir des relations sérieuses. Peut-être que ce sera différent avec vous, mais s'il ne vous a pas laissé son numéro, je pense que cela veut tout dire. Vous feriez mieux de l'oublier, car c'est sûrement ce qu'il a déjà fait avec vous. Ah, et de toute façon, il n'est pas encore là.

Ses paroles m'avaient déconcertée un instant, avant que je comprenne qu'elle se méprenait sur la personne que je cherchais.

— Je ne viens pas voir Seth, mais Jess, lui indiquai-je.

— Jess ?

Elle semblait ne pas avoir la moindre idée de qui je parlais.

— Le propriétaire du Golden… ?

— Le proprio s'appelle Seth, m'assura-t-elle. Ah, il vous a sûrement donné un faux nom… Vous feriez vraiment mieux de l'oublier. Quoi qu'il en soit, je ne peux rien pour vous, bonne soirée.

Puis elle partit servir un client à l'autre bout du bar.

Je restai immobile pendant de longues secondes. Mon cœur battait à tout rompre dans ma poitrine. Est-ce que Kym avait menti sur son nom pour que je la laisse tranquille ? Ou bien… Jess s'appelait-il en réalité Seth ?

Jess était sans doute bel et bien le propriétaire du Golden. Déjà parce qu'il avait le code de la porte du personnel, que la tenue vestimentaire qu'il portait la dernière fois correspondait plutôt bien à celle d'un patron, et qu'il avait demandé à Kym de nous apporter des boissons dans son bureau.

Mais je n'arrivais pas à croire que Jess m'ait menti sur son prénom. Il avait eu du mal à me faire confiance à l'époque, et m'avait dit très peu de choses à son sujet… Mais à mon avis ces informations étaient vraies. À commencer par son prénom. Je me souvenais parfaitement du moment où il me l'avait révélé, lorsqu'il avait failli partir en pleine nuit.

Heureusement, il était resté. Il ne m'avait pas abandonnée.

— Lexie ?

La voix d'Olivia me tira de mes pensées. Elle était demeurée silencieuse durant toute ma conversation avec Kym, mais comme elle se trouvait à mes côtés, je savais qu'elle avait tout entendu.

— Est-ce que ça va ? s'enquit mon amie.

Elle avait l'air vraiment inquiète.

— Ça va, la rassurai-je, c'est juste que…

Je baissai les yeux sur mes mains et remarquai qu'elles tremblaient.

Non, ça ne va pas.

— Si tu veux, je peux aller voir un agent de sécurité et utiliser ma super méthode…

— Non, laisse tomber… Je crois que j'ai besoin de prendre l'air.

— Lexie, si on part maintenant…

Je n'aurais probablement plus le courage de revenir ici. Mais je ne me sentais vraiment pas bien. Je ne pouvais pas dire si c'était à cause du fait que Jess m'ait peut-être menti, de la chaleur qui régnait dans cette pièce – il fallait dire que je portais toujours mon manteau – ou de la musique beaucoup trop forte qui me détruisait les tympans. Probablement un peu des trois.

— Je sais.

Mais mes jambes ne me soutiendraient certainement pas debout encore très longtemps. Sans plus attendre, je me frayai un chemin jusqu'à la sortie sans m'assurer qu'Olivia me suivait.

Une fois dehors, j'inspirai un grand bol d'air.

— Votre mission de surveillance est déjà terminée ?

Je tournai la tête vers le videur de tout à l'heure, mais je n'avais pas la force de trouver une quelconque excuse pour justifier notre départ.

— La personne qu'on surveillait n'était pas à l'intérieur, répondit Olivia, je crois qu'on l'a perdue. Mais merci quand même pour votre aide.

Puis elle passa son bras sur mes épaules et ajouta en m'entraînant avec elle :

— Venez, Holmes, il faut qu'on retourne au commissariat faire notre rapport.

— Merci, lui soufflai-je.

Elle resserra son emprise autour de mon corps.

— Si tu me remercies d'être là pour toi, je te rappelle que

je n'ai pas eu le choix, c'est toi qui conduisais, plaisanta-t-elle une fois que nous fûmes loin du videur.

Je souris.

— Mais, reprit-elle alors que nous arrivions devant la voiture, tu veux bien m'expliquer ce qui t'a mise dans cet état ? C'est à cause de ce que Kym a dit ? Sur comment Jess se comporte avec les femmes ? Honnêtement, je pense que ce sont des mensonges, comme pour son prénom. Elle est sans doute amoureuse de Jess et a cherché à t'éloigner de lui par jalousie ! Ah, et je vais conduire.

— Non, tu as sûrement encore trop d'alcool dans le sang, protestai-je en ignorant le reste de ses propos.

De toute façon, ce n'était pas à cause de ce que Kym avait dit au sujet des conquêtes de Jess que j'allais mal.

— J'ai un test dans ma voiture, je vais le faire si ça peut te rassurer.

Étant donné que mes mains tremblaient toujours et que je ne me sentais pas non plus en pleine forme pour conduire, je décidai de ne pas insister.

Nous grimpâmes dans la voiture, moi côté passager, et je laissai Olivia effectuer son test d'alcoolémie en silence.

Une fois le résultat tombé, il s'avéra qu'elle pouvait bel et bien reprendre le volant.

— Tu vois, je te l'avais dit, déclara-t-elle fièrement.

Elle patienta jusqu'à ce qu'un SUV se gare en face avant de démarrer.

Soudain, j'aperçus Jess sortir du véhicule devant nous. Comme la dernière fois, il était entièrement vêtu de noir et portait un pantalon, une chemise, un long manteau et ses habituelles lunettes de soleil.

— Attends ! dis-je à Olivia.

Le souffle court, j'observai Jess marcher en direction du Golden.

Kym n'avait pas menti là-dessus. « Seth » ne se trouvait pas encore au club.

— C'est lui ? demanda Olivia, intriguée.

J'acquiesçai.

— Eh bah… Je ne l'imaginais pas aussi… sombre. Il fait un peu « tueur en série » ou « mafieux ». Mais… Pourquoi tu ne vas pas le voir ?

Oui, on était venues pour ça. Pour que je puisse essayer de lui parler. Pour que je puisse être là pour lui.

Mais…

— Lexie ? Si tu n'y vas pas maintenant, ce sera trop tard, me prévint Olivia.

Je ne pouvais pas. J'étais perdue. Il ne s'agissait peut-être que d'un nom, que d'un seul mensonge… mais pour moi cela changeait beaucoup de choses.

Je lui avais, à l'époque, offert toute ma confiance. S'il m'avait menti, cela signifiait qu'il avait pu me mentir sur le peu d'informations que je connaissais à son sujet. Peut-être était-il en fait originaire de New York, après tout, il travaillait bien dans cette ville aujourd'hui.

Cela voudrait également dire que ce lien que j'avais imaginé entre nous n'avait jamais été réciproque.

Je refusais d'y croire. Et même si j'avais toujours, au fond de moi, envie d'être là pour lui, je savais que je serais actuellement incapable de lui parler sans m'effondrer en larmes et de le questionner sur son identité.

— Bon, il est entré au Golden Hour, soupira Olivia.

Oui, je l'avais également vu contourner l'entrée principale et pénétrer dans le bâtiment par une porte située sur le côté. Cette dernière devait sans doute directement donner sur la zone réservée au personnel de l'établissement.

— Je te ramène, m'informa Olivia en sortant de sa place de parking.

Mes yeux se posèrent à nouveau sur la voiture de Jess, et en particulier sur sa plaque d'immatriculation.

Non, Lexie… Ne fais pas ça…

Mais mon cerveau était déjà en train de mémoriser tous les chiffres.

C'était le seul moyen. Le seul moyen de m'assurer qu'il ne m'avait pas menti et que je pouvais encore me fier à lui. Parce qu'il avait toujours été l'unique personne à qui j'avais accordé toute ma confiance, et j'espérais sincèrement qu'il le resterait…

Jess

Il était 14 h 45, et Enzo venait d'entrer à l'intérieur du Cosmosart, la galerie d'art dans laquelle nous avions bientôt rendez-vous. Il était un peu en avance, mais rien de surprenant, ce type détestait être en retard.

Quant à moi… j'étais installé dans un café, situé juste en face du Cosmosart, depuis un bon moment. La table que j'avais choisie, ni trop près ni trop loin des fenêtres, me permettait de guetter toutes les entrées et sorties de la galerie et de m'assurer, du mieux que je le pouvais, que tout avait l'air normal.

Pour l'instant, cela semblait être le cas. Il y avait du monde à l'intérieur de la galerie, je n'avais vu aucun individu au comportement étrange pénétrer au Cosmosart ni rôder dans la rue, et Enzo s'était bien pointé au lieu de rendez-vous. Il était peu probable que les Santini me trahissent et tentent de m'éliminer, ou que la police m'attrape aujourd'hui.

Pour autant, je pouvais toujours tomber dans un piège. Le risque était même accru aujourd'hui, étant donné que je suspectais les Santini d'être actuellement surveillés.

Après quelques minutes supplémentaires d'observation, je me levai, allai payer ma boisson au comptoir et me rendis tranquillement au Cosmosart. Je balayai la pièce principale du regard. Il y avait du monde, et de nouvelles œuvres qui m'avaient l'air assez originales.

Je me souvenais de la première fois où j'avais mis les pieds ici. Je n'avais à l'époque aucun intérêt pour l'art. Pourtant, au fur et à mesure de mes visites, j'avais commencé par m'attarder, et de plus en plus longtemps, devant certaines peintures ou sculptures abstraites qui m'intriguaient, et j'essayais toujours de leur donner un sens qui me plaisait. Je le ferais encore d'ailleurs aujourd'hui, mais avant, je devais parler avec Enzo.

Je jetai un rapide coup d'œil à ma montre, qui affichait 14 h 59, puis me rendis dans une petite salle, toujours au rez-de-chaussée, où Enzo m'attendait. Il était debout, de dos, face à un tableau où diverses formes géométriques colorées s'emboîtaient les unes aux autres. Comme à son habitude, ses cheveux noirs étaient parfaitement bien coiffés en arrière, et il était vêtu d'un costume sombre, chic, accompagné d'une paire de lunettes.

J'attendis qu'il soit 15 heures, puis m'avançai jusqu'à lui

avant de m'arrêter sur sa droite, à une distance raisonnable. Parce que je savais qu'il était, tout comme moi, armé, et que même s'il y avait peu de chances qu'il tente quoi que ce soit contre moi, alors qu'il était seul et qu'il y avait du monde autour, mieux valait rester vigilant.

— Toujours aussi ponctuel, me dit-il en relevant les yeux de sa montre.

— Évidemment.

Nous fixâmes tous deux le tableau, mais toute notre attention était en réalité portée sur notre conversation.

— Que se passe-t-il ? demanda-t-il avec sérieux.

Je ne pouvais pas lui avouer de façon directe que je soupçonnais la présence d'un traître ou d'un flic infiltré au sein de leur mafia, à moins qu'ils ne soient étroitement surveillés et écoutés par les flics.

Non, je ne pouvais pas. Déjà parce que je n'en avais pas la certitude et, surtout, parce que déclarer qu'ils avaient peut-être une brèche au sein de leur sécurité sous-entendrait que je ne les considérais plus comme dignes de confiance et qu'il était désormais dangereux de travailler pour eux.

Enzo le prendrait sans aucun doute comme un affront, et les choses pourraient dégénérer entre nous.

— Deux types assuraient sa sécurité, mais de façon discrète, lui expliquai-je à voix basse, et elle a aussi changé de place au restaurant, loin des fenêtres.

Enzo resta silencieux un moment, et je savais qu'il réfléchissait à la situation. Il pouvait me demander de poursuivre la mission, de choisir un nouveau lieu parmi ceux qu'il m'avait transmis, et de réessayer de la tuer. Peut-être réussirai-je, ou peut-être qu'il me serait à nouveau impossible d'agir.

Mais cela ne réglerait pas l'éventuel problème sous-jacent qui existait sans doute. Non, cela l'aggraverait même peut-être. Car si les flics savaient que les Santini avaient commandité le meurtre de Claire Windsburg, et que je parvenais bel et bien à l'assassiner, cela donnerait raison à leur source de renseignements, et la police pourrait ensuite leur tomber dessus. Ou peut-être qu'elle ne ferait rien pour le moment et continuerait de les espionner à leur insu, jusqu'à avoir suffisamment d'informations sur eux pour réussir à tous les arrêter.

— La mission est suspendue, finit-il par me dire, je vais demander à mes hommes de la surveiller à nouveau, pour voir si ces nouveaux changements persistent et s'avèrent étranges. En parallèle…

Il s'interrompit un instant, et je sus que cela lui coûtait beaucoup de m'avouer la suite.

— … Je vais également en parler au patron et m'assurer qu'il n'y a pas de fuite de l'intérieur, termina-t-il.

— Entendu.

Enzo n'ajouta rien, et s'en alla sans plus attendre.

Il avait fait, selon moi, les bons choix. J'espérais qu'il réglerait ses très probables soucis de sécurité au plus vite, afin que je puisse reprendre du service, et surtout, m'occuper une bonne fois pour toutes de cette Claire Windsburg, car je détestais les missions inachevées. Elles avaient le goût de l'échec, et ce mot était l'un de mes pires ennemis. Cela me rappelait toujours ma première mission il y a huit ans, ma lâcheté, ma fuite et, surtout, l'immense déception que j'avais lue dans le regard de mon père lorsque je l'avais retrouvé.

Je restai un instant face au tableau aux formes géométriques sans parvenir à lui donner le moindre sens. Probablement car mon cerveau était encore focalisé sur cette histoire avec les Santini.

S'il était déjà et malheureusement trop tard pour eux, ou qu'Enzo ne réussissait pas à découvrir la source de ses éventuels problèmes, cela pouvait signifier la fin de mon travail pour eux pendant un moment, ou de manière définitive. Dans le pire des cas, il faudrait que je me trouve une nouvelle famille mafieuse avec qui collaborer, et toutes étaient loin d'être aussi sérieuses que les Santini.

Je soupirai, légèrement agacé par ces possibles soucis à venir, puis me retournai.

Mes yeux se posèrent sur la peinture en face moi. Sur un fond blanc se trouvait le visage aux traits fins d'une femme aux longs cheveux bruns. Son regard semblait empli de tristesse et de douleur, et il me fit aussitôt penser à celui qu'avait eu Lexie, avant de quitter mon bureau au Golden.

Oui, je l'avais blessée et j'aurais aimé ne jamais avoir à le faire. D'ailleurs, cela n'avait visiblement pas suffi à la dissuader de vouloir me revoir.

Kym m'avait appris vendredi, alors que nous étions en train de fermer le club, qu'une jeune femme avait demandé après moi en début de soirée. Mais comme elle ne la connaissait pas et qu'elle lui paraissait étrange, elle l'avait informée que je n'étais pas au club – ce qui était vrai à ce moment-là, et la femme avait fini par partir.

Intrigué, je l'avais interrogée pour qu'elle me fournisse quelques précisions. Kym m'avait expliqué que cette personne croyait que mon nom était « Jess » et qu'elle voulait me dire quelque chose de « très important ». Kym avait trouvé cela bizarre puisque cette femme, qui lui avait dit s'appeler Lexie, ne connaissait pas ma vraie identité.

J'avais passé la nuit à me demander pour quelles raisons Lexie avait cherché à me revoir.

Mon comportement lors de notre rendez-vous l'avait bouleversée sur le coup, mais peut-être qu'elle était désormais en colère contre moi et qu'elle avait besoin de me l'exprimer. Peut-être même qu'elle regrettait à présent de m'avoir protégé avec sa mère huit ans plus tôt. À moins qu'il ne s'agisse d'autre chose.

Quoi qu'il en soit, je savais que si Lexie souhaitait vraiment me parler, elle finirait par trouver un moyen. Elle n'était, malheureusement pour moi, pas du genre à baisser les bras aussi facilement.

En revanche, j'espérais qu'elle ne m'oblige pas à me montrer à nouveau blessant envers elle pour la faire fuir de ma vie une bonne fois pour toutes…

Ah, et puis, il y avait encore une chose. Lexie avait découvert que je m'appelais Seth. Me reprocherait-elle de lui avoir menti à l'époque ?

La vérité était que ce n'était pas le cas. Seth Thompson n'était qu'une couverture, et Lexie était en réalité la seule personne à connaître mon vrai prénom. La seule à avoir été et à être toujours aussi importante pour moi.

Même si je ne pourrai jamais le lui dire.

Je contemplai encore un moment la peinture, le cœur serré, puis m'éloignai vers une autre œuvre.

Chapitre 12

Lexie

Je n'arrivais pas à croire ce que j'étais en train de faire. Alors que j'avais jugé Olivia pour avoir abusé de ses pouvoirs de policière au Golden Hour, voilà que j'utilisais les miens pour essayer de vérifier l'identité de Jess.

Il ne me restait plus qu'à appuyer sur une seule touche de mon clavier d'ordinateur, et, grâce au numéro de sa plaque d'immatriculation, j'aurais accès à diverses informations concernant le véhicule, mais surtout le propriétaire – en espérant que ce soit bien Jess.

Mais… j'hésitais.

Une petite voix au fond de moi me hurlait de ne pas le faire. Déjà car je n'avais pas le droit de me servir de la base de données de la police à des fins personnelles, mais surtout parce qu'il s'agissait de fouiller dans la vie privée de Jess et que c'était mal, très mal.

D'un autre côté, j'avais vraiment besoin de savoir, de m'assurer qu'il ne m'avait pas menti, qu'il n'avait pas trahi ma confiance. Et il n'y avait que de cette façon que je pourrais en avoir la certitude.

L'estomac noué, je respirai profondément, puis, d'une main tremblante, appuyai sur la touche.

Tous les renseignements concernant le SUV et son propriétaire s'affichèrent sur l'écran. J'eus donc accès à son nom : Seth Thompson. À son âge : 24 ans… Puis son adresse…

J'en restai abasourdie pendant de longues secondes, et clignai plusieurs fois des yeux en croyant halluciner, mais ce n'était pas le cas.

J'avais beau lire et relire ces données, elles demeuraient les mêmes. Jess habitait dans ma rue, et plus précisément, dans l'immeuble situé juste en face du mien.

Non… C'est impossible… Comment… Pourquoi… Depuis quand ?

Mes pensées s'embrouillaient complètement. Il fallait que j'aille prendre l'air.

Je fermai la base de données, me déconnectai rapidement du serveur, récupérai mon manteau et quittai le commissariat presque en courant, sous les regards mi-curieux mi-inquiets de mes collègues.

Une fois dehors, je m'appuyai contre le mur du bâtiment et tentai de calmer mes esprits. La probabilité pour que Jess soit mon voisin, dans une ville comptant entre huit et neuf millions d'habitants, devait être assez faible, pourtant… c'était le cas.

Dans un sens, cela expliquait pourquoi je l'avais croisé dans le quartier il y a deux semaines. Et le fait que je ne l'aie jamais vu dans notre rue pouvait également se justifier par ses horaires de travail nocturne.

Pour autant… Mon bâtiment, et celui d'en face, avaient été conçus de façon identique. Autrement dit, je savais que Jess vivait dans un T2, et j'avais un peu de mal à imaginer que le propriétaire d'un des meilleurs clubs de New York, qui devait sans doute gagner plus d'une centaine de milliers de dollars par an, se contentait d'habiter dans un petit appartement, qui en plus était assez loin de son lieu de travail.

Bien sûr, il était possible que Jess soit simplement attaché à cet endroit, et/ou qu'il préfère vivre modestement. Il était aussi envisageable qu'il attendait d'avoir assez d'argent pour s'acheter un penthouse avant de déménager. Bref, bien des choses pouvaient justifier sa situation, je ne pouvais pas m'empêcher de la trouver assez étrange.

Soudain, je repensai à cet homme cagoulé qui avait surgi de nulle part et qui m'avait défendue contre Carl avant de disparaître. Et si… Et si cet homme… était Jess ? Après tout, en tant que voisin, il aurait parfaitement pu voir ce qui se passait dans mon appartement grâce à nos fenêtres respectives.

Cela expliquerait aussi le fait que l'homme soit intervenu rapidement et pourquoi il avait le visage masqué. À ce moment précis, Jess croyait à tort que je le détestais, et je savais également qu'il ne voulait pas que je refasse partie de sa vie. S'il s'agissait bien de lui, peut-être avait-il préféré que je ne le reconnaisse pas pour ces deux raisons.

J'essayai alors de me souvenir des témoignages du voisinage qu'avait recueillis la police. Si ma mémoire était bonne, tous ceux de l'immeuble d'en face avaient assuré dormir au moment des faits. Or Jess avait un rythme de vie plutôt nocturne, et il aurait pu parfaitement mentir, encore une fois, pour me tenir loin de lui.

Bon sang… Cette théorie me paraissait totalement plausible !

Bien plus que celle de la police, qui pensait que l'homme

cagoulé était sans doute un complice de Carl, qui ne s'attendait pas à ce que les choses tournent de cette façon, et qui s'en était pris à Carl pour lui éviter de faire quelque chose qu'il pourrait regretter et/ou pour me protéger.

J'étais certaine que Carl ne connaissait pas cet individu. J'avais vu l'incompréhension totale dans son regard lorsque l'homme cagoulé avait surgi dans mon appartement.

En plus, l'inconnu ne s'était pas contenté de désarmer Carl. Il avait été très violent avec lui, au point de le faire suffoquer.

S'il s'était agi d'un complice, et qu'il était intervenu simplement pour éviter que la situation dégénère, pourquoi aurait-il eu ce comportement ? C'était contradictoire. Sans oublier qu'il m'avait intimé d'appeler la police, alors pourquoi Carl aurait prétendu ne pas le connaître malgré sa trahison ?

En revanche, si cet homme était Jess… cela m'étonnait beaucoup moins. Après tout, il m'avait menacée avec une arme lors de notre première rencontre… Et aussi quand j'étais entrée dans la cabane alors qu'il dormait. Bien que je sois persuadée que Jess n'était pas une mauvaise personne, je savais qu'il avait quand même un côté agressif, probablement lié à son passé… et je venais de découvrir son côté menteur.

Seth Thompson.

C'était donc son vrai nom.

Je soupirai, puis me laissai glisser contre le mur. Bien sûr, j'étais triste qu'il m'ait trompée. D'ailleurs, peut-être l'avait-il fait plusieurs fois dans le passé, comme dans le présent. Il avait brisé la confiance aveugle que j'avais en lui, mais pour autant… je ne pouvais pas oublier qu'il souffrait à cause de la mort de Ben, et puis… il m'avait peut-être sauvé la vie une deuxième fois.

Alors, et peu importe qui il était, ce qu'il avait fait, et pourquoi, je me devais moi aussi d'essayer d'être là pour lui et de l'aider, comme je l'avais fait il y a huit ans. Mon cœur m'y obligeait.

Cela faisait plusieurs minutes que je fixais avec hésitation l'Interphone et le nom de « Seth Thompson » inscrit dessus.

Et s'il refusait de m'ouvrir ? Et s'il acceptait, il allait forcément me demander comment j'avais trouvé son adresse. J'avais pensé à lui raconter que je l'avais aperçu un jour entrer dans son immeuble depuis ma fenêtre, mais je ne souhaitais pas mentir moi aussi. Il n'apprécierait sans doute pas mon acte et risquait d'avoir encore moins envie d'écouter ce que j'avais à lui dire, mais je voulais rester honnête avec lui.

De toute façon, peut-être que je stressais pour rien, car je ne savais même pas s'il se trouvait chez lui. On était lundi, le Golden Hour était fermé ce soir, mais peut-être que Jess gardait les mêmes horaires de travail en semaine que le week-end. Il pouvait également être sorti pour faire des courses, ou autre chose.

J'inspirai profondément, pris mon courage à deux mains, et levai le bras vers la sonnette.

— Bonjour.

Je m'arrêtai, surprise, et me retournai. C'était une femme, grande, brune d'une quarantaine d'années. Elle tenait par la main un petit garçon de trois ou quatre ans qui lui ressemblait comme deux gouttes d'eau.

— Bonjour, répondis-je.

Elle me regarda avec intérêt.

— Vous venez voir Mme Willington ? me demanda-t-elle curieusement.

— Euh, non, Seth Thompson.

— Ah bon ! s'exclama-t-elle.

Je fronçai les sourcils, ne comprenant pas pourquoi elle avait l'air si surprise que ça.

— Désolée, reprit-elle, c'est juste que ça fait un an qu'il habite ici, et je ne l'ai jamais croisé. Pas une seule fois ! En plus, il n'y a jamais eu le moindre bruit en provenance de son appartement. Bref, j'ai fini par croire qu'il n'y vivait peut-être plus… C'est pour ça que je suis un peu étonnée de rencontrer quelqu'un venant lui rendre visite.

Cela fait donc un an que Jess habite ici…

— Vous êtes la troisième locataire ? devinai-je.

— Oui, je suis Mme Vanny. J'habite au rez-de-chaussée.

— Maman, j'ai faim, se plaignit soudain le petit garçon.

— Tu as toujours faim, Lucas, soupira-t-elle.

De sa main libre, elle fouilla dans son sac et en ressortit un trousseau de clés. Elle ouvrit alors la porte d'entrée, puis reporta son attention sur moi.

— Vous venez ?

— Euh, non, allez-y sans moi, il faut que je prévienne Seth que je suis là.

— Oh ! voyons, vous le préviendrez en sonnant chez lui, ça vous évitera d'attendre qu'il vous réponde à l'Interphone et vous déverrouille la porte d'entrée.

Même si je craignais de surprendre encore plus Jess en apparaissant devant son appartement, lui parler directement en face à face serait beaucoup mieux.

Je hochai la tête et suivis Mme Vanny à l'intérieur.

— Merci, lui dis-je.

— Avec plaisir.

Elle m'adressa un sourire, puis entra chez elle avec son fils.

Comme il n'y avait pas d'ascenseur, je pris les escaliers jusqu'au premier étage, puis tombai nez à nez avec sa porte.

Bon… Je n'avais plus qu'à espérer que Jess soit bien chez lui, et qu'il ne m'envoie pas balader aussi vite qu'il l'avait fait au Golden Hour !

L'estomac noué, j'appuyai sur la sonnette, puis attendis.

Une minute. Deux minutes. Trois minutes. Soit il n'était pas là, soit il m'avait vue à travers le judas et préférait ne pas m'ouvrir…

Quoi qu'il en soit, je ne pouvais pas rester plantée devant sa porte pendant des heures.

J'étais sur le point de m'en aller lorsque la porte s'ouvrit brusquement. Mon cœur rata un battement.

Jess était là, et l'air impassible qu'il affichait me déconcerta.

— Salut…, lui dis-je d'une petite voix.

— La base de données de la police. C'est comme ça que tu as su où j'habitais, n'est-ce pas ?

Je le fixai, complètement abasourdie.

— Je ne t'ai jamais dit que je faisais partie de la police, lui fis-je remarquer.

Parce qu'il ne pouvait pas avoir dit ça sans le savoir. Est-ce que Jess était au courant que nous étions voisins et qu'il m'avait suivie un jour jusqu'à mon lieu de travail ? Mais qui lui disait que j'étais vraiment flic ? J'aurais très bien pu aller au commissariat pour déposer une plainte, ou pour toute autre raison. Ou peut-être que Jess m'avait déjà croisée dehors, lorsque j'étais en service…

En tout cas, il semblait sûr de lui.

— J'ai retrouvé ta trace il y a un an, m'avoua-t-il soudain, j'ai engagé un détective privé, et c'est comme ça que j'ai su ce que tu étais devenue, et où tu habitais.

Jess m'avait fait chercher ? Mais pourquoi ? Pourquoi après tout ce temps ? Et puis… un an… Cela correspondait aussi à la date à laquelle il avait emménagé ici. Non… Il ne pouvait quand même pas…

— Pourquoi est-ce que tu as emménagé ici, Jess ?

— Pour toi.

Mon cœur faillit s'arrêter de battre.

OK, s'il ne s'agissait pas de Jess, j'aurais sans doute trouvé ses aveux carrément flippants.

Mais c'était bel et bien lui, et même si j'avais des difficultés à le croire et à le comprendre, cela ne m'apeurait pas le moins du monde. Après tout, dans le passé, nous avions vécu ensemble des situations bien plus étranges. Et bien que je doute à présent de chacune de ses paroles, je restais intimement persuadée que Jess ne me ferait jamais le moindre mal.

— Pour moi ? répétai-je dans un murmure.

— J'avais besoin de te voir, au moins de loin, de m'assurer que tu allais bien, et d'être là pour toi si nécessaire.

Non… C'était trop beau pour être vrai.

Et surtout, comment justifiait-il son comportement au Golden Hour ?

Je pouvais comprendre qu'il n'ait pas osé venir me confronter avant notre rencontre, parce qu'il pensait que je le détestais, mais je lui avais assuré le contraire lors de notre rendez-vous. Alors pourquoi m'avait-il blessée et repoussée si je comptais autant pour lui comme il le prétendait ?

— Je ne te crois pas. Tu m'as affirmé que tu ne voulais pas renouer avec moi la dernière fois.

— Et c'est toujours le cas. Je ne peux pas faire partie de ta vie, Lexie.

J'étais totalement perdue.

— Pourquoi ?

— Parce que je ne suis pas quelqu'un de bien, et que plus loin tu resteras de moi, mieux tu te porteras.

Mon cœur se serra dans ma poitrine. Jess se considérait sûrement comme tel à cause de la mort de Ben, parce qu'il l'avait tué.

Même si je ne savais pas grand-chose sur lui, je ne pouvais pas imaginer que Jess soit réellement quelqu'un de mauvais. Il avait été là pour moi il y a huit ans, il m'avait sauvé la vie. Et s'il disait vrai, il avait emménagé pour veiller sur moi.

— Tu te trompes, dis-je avec certitude, ce qui s'est passé à l'époque était un accident. Tu es intervenu ce soir-là pour me défendre, et quand tu as repoussé Ben, c'était uniquement pour te protéger. Oui, il a trébuché et il est mal tombé, mais je sais que tu ne voulais pas qu'il meure. Tu n'avais même pas l'intention de le blesser, tu ne l'attaquais pas ! Tu essayais juste de l'occuper pour nous permettre, à ma mère et moi, de nous enfuir. Tu es quelqu'un de bien, Jess, je te l'assure.

Il soupira.

— Il n'y a pas que ça, Lexie. J'ai fait des choses horribles. Et je continue d'en faire.

Des choses horribles ? Est-ce qu'il dit ça uniquement pour me faire fuir ?

— Je te le répète une dernière fois, reprit-il d'un ton dur, je ne peux pas faire partie de ta vie et je ne le pourrai jamais. Alors cesse d'insister.

Et sans me laisser le temps de répondre, il rentra chez lui et me ferma la porte au nez.

Stupéfaite, je restai immobile pendant de longues secondes. Je ne savais absolument pas quoi penser de tout ça ni quoi faire.

Dans un sens, j'étais vraiment heureuse d'apprendre que j'étais aussi importante à ses yeux, même si je trouvais un peu exagéré le fait qu'il ait été jusqu'à emménager ici seulement pour moi…

J'étais d'ailleurs désormais certaine qu'il était l'homme cagoulé qui m'avait protégée l'autre nuit et que ce lien que j'avais cru imaginer entre nous existait réellement.

Mais d'un autre côté, Jess ne souhaitait pas que je fasse partie de sa vie, sous prétexte qu'il avait fait et faisait toujours « des choses horribles ». Je n'avais pas la moindre idée de ce qu'il entendait par là, mais c'était loin d'être suffisant pour me faire fuir. Je comptais pour lui, peut-être autant qu'il comptait pour moi, alors il était hors de question que je l'abandonne aussi facilement, sans savoir ce qui se cachait derrière ces « choses horribles ».

Peut-être que découvrir la vérité me ferait bien plus souffrir que si je me contentais de l'écouter, mais je ne pouvais pas faire autrement. C'était à moi de juger si ce qu'il avait fait et faisait pouvait réellement m'empêcher de faire partie de sa vie. Après tout, il avait bien décidé tout seul de faire partie de la mienne !

Toutefois, mon enquête allait s'avérer compliquée. Jess refuserait certainement de me voir ou de me parler à nouveau.

Et même s'il acceptait, je n'avais actuellement pas la moindre idée de comment le convaincre de m'en dire davantage à son sujet.

Je pouvais toujours l'espionner ou engager un détective privé – après tout, il l'avait bien fait avec moi –, mais je n'avais pas envie d'utiliser ces méthodes.

Je me sentais mal de m'être servie de la base de données de la police pour vérifier son identité, et je ne voulais pas fouiller davantage dans sa vie à son insu. Ce n'était pas légal, correct envers lui, ou sain pour notre relation déjà bien compliquée.

Je soupirai en comprenant que j'étais dans une impasse, et décidai de rentrer chez moi en espérant que je finirais par trouver une solution.

Jess

Après la conversation que j'avais eue avec Lexie, j'avais décidé d'aller courir à Prospect Park pour essayer, en vain, de m'aérer l'esprit.

Lexie ne cessera jamais de me surprendre, songeai-je en accélérant mon rythme déjà rapide.

Après avoir, dans le passé, menti aux autorités pour me protéger et laisser sa mère aller en prison à ma place, elle avait utilisé la base de données de la police pour obtenir des renseignements sur moi. Elle devait l'avoir fait après que Kym lui avait révélé que je m'appelais Seth, puisque justement, à ce moment-là, elle n'était pas encore au courant.

Cela signifiait que je ne savais toujours pas pour quelles raisons elle était revenue au Golden Hour vendredi dernier.

Mais pourquoi avoir enquêté sur moi par la suite ? Était-ce pour vérifier mon identité ? Ou bien avait-elle cherché mon adresse pour venir me parler de ce qu'elle aurait souhaité me dire au club ?

Quoi qu'il en soit, Lexie avait pris un risque en se servant de la base de données de la police à des fins personnelles. Si elle s'était fait surprendre par un collègue, ou un supérieur, elle aurait pu avoir des problèmes.

Encore une fois, tout ça était ma faute. Si je n'étais pas réapparu dans sa vie… Non. Le pire, c'est que je ne le regrettais pas autant que je l'aurais dû. J'avais été heureux de lui parler et d'être près d'elle. Mais cela m'avait également fait comprendre que Lexie et moi partagions un lien très spécial.

J'avais pensé que celui-ci était à sens unique et que Lexie devait me détester, mais je m'étais trompé. Malgré ce qui s'était passé, j'avais été et j'étais toujours important à ses yeux, peut-être autant qu'elle l'était aux miens.

Je l'avais déjà compris lors de notre conversation au Golden Hour, quand j'avais senti à quel point mon comportement l'avait blessée, mais notre discussion d'aujourd'hui me l'avait réellement prouvé. À aucun moment elle ne s'était énervée contre moi, ou n'avait eu peur, alors qu'elle aurait eu toutes les raisons du monde de réagir ainsi.

Je lui avais menti sur mon identité, j'avais engagé un détective privé pour la chercher, j'avais emménagé en face de chez elle pour la surveiller, je l'avais espionnée pendant plus d'un an, et je lui avais caché tout ça lors de nos retrouvailles. Pourtant, elle ne m'avait fait aucune remarque là-dessus, comme si cela n'était absolument pas grave. Et surtout, elle désirait toujours et malgré tout que je fasse partie de sa vie.

Je ralentis ma cadence, puis m'arrêtai complètement et repris mon souffle. Si elle tenait à moi autant que je tenais à elle, alors Lexie n'abandonnerait pas facilement, j'en étais persuadé. Malgré mes avertissements, elle essaierait de découvrir qui j'étais vraiment et de comprendre pourquoi je voulais qu'elle reste loin de moi. Il faudrait que je redouble de vigilance et de prudence au quotidien.

Pour autant, j'avais bien fait d'admettre pourquoi j'étais son voisin, et à quel point elle comptait pour moi. Prétendre qu'il s'agissait d'une coïncidence ne m'avait pas paru très crédible comme justification.

Quant aux restes de mes aveux… Au moins, Lexie savait à quoi s'en tenir avec moi à présent. Je lui avais sans doute donné envie de résoudre le mystère qui m'empêchait de renouer avec elle, mais je lui avais également fait comprendre que je ne le lui avouerais jamais. Autrement dit, si Lexie n'en trouvait pas la raison par elle-même, elle n'aurait pas d'autre choix que d'accepter la situation telle qu'elle était actuellement. Après tout, elle ne pouvait pas me forcer à parler ni m'obliger à la voir si je ne le souhaitais pas.

Lui révéler une partie de la vérité était bien mieux que de lui sortir un énième mensonge qu'elle n'aurait sans doute pas cru. D'ailleurs, je n'aurais de toute façon pas su quoi inventer pour tenter de la faire fuir à nouveau. D'autant plus que je ne m'attendais pas à discuter avec elle aujourd'hui et encore moins devant chez moi…

Je soupirai, puis repris mon petit footing nocturne. Même si mon esprit était toujours focalisé sur Lexie, au moins, courir détendait les muscles de mon corps.

De retour à l'appartement, je restai, comme à mon habitude,

dans l'obscurité et me servis un verre d'eau au robinet. Puis, après avoir bu une grande gorgée, je me retournai et regardai par la fenêtre.

Dites-moi que je rêve !

Lexie était en train de danser dans son salon, une bouteille à la main, et je n'avais pas besoin d'être près d'elle pour savoir qu'il s'agissait d'alcool. Il me suffisait d'observer la façon dont elle se déhanchait pour deviner qu'elle était déjà bien torchée.

Mes mains se crispèrent automatiquement autour de mon verre. Avait-elle bu à cause de moi ? Cela ne lui ressemblait pas de se soûler seule chez elle. C'était même la première fois que je la voyais dans cet état, et cela m'inquiétait un peu.

Je décidai de reporter ma douche à plus tard et m'installai dans mon fauteuil pour continuer de la regarder. Elle venait de prendre une nouvelle gorgée, directement au goulot.

J'espérais sincèrement que Lexie ne chercherait pas à dépasser ses propres limites avec l'alcool ce soir.

Je passai nerveusement une main dans mes cheveux, puis soupirai. En mission, j'étais toujours calme et serein. Je ne paniquais jamais, même lorsque la situation se compliquait. Mes émotions étaient constamment et parfaitement maîtrisées, alors que je risquais ma vie.

Pourtant, la simple idée qu'il puisse arriver quelque chose à Lexie, qu'importe la gravité, m'angoissait énormément. Comme à cet instant précis, où je sentais mon rythme cardiaque et ma respiration s'accélérer.

Je soupirai à nouveau, tout en continuant de la regarder. Elle dansait toujours, mais à présent, elle était debout sur une chaise.

Soudain, elle sembla essayer de retirer son débardeur.

Sûrement avait-elle chaud. Mais au moment de le passer au-dessus de sa tête, elle vacilla et mon souffle se coupa lorsqu'elle tomba sur le sol et que sa bouteille s'éclata en mille morceaux autour d'elle.

Je bondis de ma chaise et me rapprochai de la fenêtre, le cœur battant à tout rompre dans ma poitrine.

Relève-toi, Lexie. Relève-toi. Tout de suite.

Mais elle restait allongée par terre.

Eh merde. Et si… Et si elle était inconsciente ? Ou, pire, si elle s'était blessée dans sa chute ou à cause des bouts de verre ?

Je ne pris pas la peine de me questionner davantage, je quittai mon appartement au pas de course, rabattis la capuche de mon sweat-shirt en descendant les escaliers de mon immeuble, et me rendis devant celui de Lexie.

Je sonnai plusieurs fois à son Interphone, espérant que Lexie se soit relevée. Mais comme je n'obtins aucune réponse, je supposai que ce n'était pas le cas.

Je sonnai alors chez les autres locataires.

— Si quelqu'un pouvait m'ouvrir cette putain de porte, grognai-je en serrant les poings.

D'autant plus que je n'avais rien avec moi pour m'en occuper, et que je doutais de réussir à la défoncer avec la seule force de mon corps.

— Oui ? fit soudain une voix.

C'était Mme Miller. Une vieille dame de quatre-vingts ans qui habitait au rez-de-chaussée.

— Bonsoir, madame, je suis Seth Thompson, un ami de Lexie Holmes, votre voisine du dessus. Lexie s'est blessée chez elle et m'a appelé pour que je vienne l'aider, mais elle ne répond pas à l'Interphone et impossible de l'avoir à nouveau au téléphone. Est-ce que vous pouvez m'ouvrir la porte, s'il vous plaît ?

— Euh, oui, bien sûr.

— Merci.

Un petit bip retentit dans la foulée, m'indiquant que la porte était verrouillée. Je pénétrai dans le hall, au même moment où Mme Miller, vêtue d'une robe de chambre rose bonbon et de pantoufles assorties, sortait de chez elle.

— Rien de grave, j'espère ? me demanda-t-elle.

Elle semblait plus curieuse qu'inquiète.

— Je n'en sais rien, je vais aller voir ça, dis-je.

Je montai rapidement les marches jusqu'à l'appartement de Lexie et frappai plusieurs fois à sa porte.

— Lexie, c'est Jess, ouvre-moi !

Pas de réponse.

— Lexie !

— Vous voulez que j'appelle les secours ?

Je me retournai, surpris de trouver Mme Miller derrière moi. Elle m'avait donc suivie.

— Non, attendez, il faut d'abord que je la voie.

Mais cela s'avérerait compliqué, car j'étais à nouveau bloqué par une porte que je ne pouvais pas ouvrir ni défoncer, sans matériel adapté.

J'allais demander à Mme Miller si elle n'avait pas un objet chez elle qui pourrait m'aider lorsque, soudain, Lexie apparut devant moi.

Je parcourus aussitôt son corps du regard et une vague de soulagement me traversa en constatant qu'elle n'avait rien.

— Qu'est-ce que tu fais là, Jess ?

Je reportai mon attention sur son visage rosi par l'alcool

et réalisai que ses sourcils étaient froncés et qu'elle avait l'air très énervée.

— Mais… Vous ne m'aviez pas dit que vous vous appeliez Seth ? me questionna soudain Mme Miller.

— Je t'ai vue tomber, répondis-je simplement à Lexie, j'étais inquiet.

Sa mâchoire se contracta.

— Et donc tu penses que ça te donne le droit de débarquer quand tu veux dans ma vie ? Pourquoi est-ce que toi t'aurais le droit d'être là pour moi quand bon te semble et pas l'inverse ? Hein ? Dis-moi ! cria-t-elle.

Mon cœur se serra dans ma poitrine. Elle avait raison. C'était injuste pour elle. J'étais injuste. Et il était temps pour moi de partir.

— Hum, je pense que je vais vous laisser, nous dit Mme Miller d'une voix gênée.

Puis des bruits de pas s'éloignèrent rapidement derrière moi.

— Je suis désolé, dis-je alors à Lexie, et… je ferais mieux d'y aller moi aussi.

— Non, m'arrêta-t-elle.

Je la fixai, intrigué.

— Tu as dit que je devais rester loin de toi parce que tu n'étais pas quelqu'un de bien, continua-t-elle, mais tu sais, je ne le suis pas non plus. J'ai menti à la police pour…

Je plaquai la main sur sa bouche. Peut-être que Mme Miller n'était pas rentrée chez elle et qu'elle nous écoutait toujours depuis le rez-de-chaussée.

Lexie retira aussitôt ma main et me fusilla du regard. Sans lui donner d'explications, je lui saisis le bras et l'entraînai à l'intérieur de son appartement puis fermai sa porte derrière nous avant de la lâcher.

— Qu'est-ce qui te prend ? ! s'énerva-t-elle à nouveau.

— Les murs ont des oreilles, répondis-je.

Malgré sa colère et son niveau d'alcoolémie, elle sembla comprendre la situation, et les traits de son visage se détendirent un peu.

— Donc, ce que je disais, continua-t-elle d'une voix plus calme, c'est que moi aussi j'ai fait des choses horribles. J'ai menti aux flics pour te couvrir il y a huit ans, j'ai laissé ma mère aller en prison alors qu'elle était innocente, j'ai utilisé les serveurs de la police pour vérifier ton identité, et…

— Lexie, la coupai-je, tout ça n'est pas comparable à ce que je te cache. Et puis, tu vois, toutes ces choses que tu as faites, c'est à cause de moi. Si je n'étais pas entré dans ta vie, ça ne serait jamais arrivé.

Elle baissa soudain la tête.

— Tu te trompes, murmura-t-elle, je n'ai pas fait ça à cause de toi… mais pour toi. Et parce que je le voulais.

Elle me regarda à nouveau, et ses yeux étaient à présent emplis de larmes.

La voir ainsi me brisa le cœur. Je voulais la prendre dans mes bras. Je voulais la réconforter. Lui dire à quel point j'étais reconnaissant de ce qu'elle avait fait pour moi dans le passé, et surtout ce que je ressentais pour elle.

Mais je ne pouvais pas. Cela ne nous ferait que souffrir davantage, et surtout, j'avais déjà bien trop dépassé les limites que je m'étais imposées et je nous mettais tous les deux en danger. Il fallait vraiment que je m'en aille, et vite.

— Tu n'aurais jamais dû, répondis-je, et s'il te plaît, ne le fais plus.

Je me retournai, prêt à partir, mais Lexie m'attrapa par la main.

— Ne me dis pas ce que je dois faire, marmonna-t-elle.

Je soupirai, puis lui fis face à nouveau.

— Très bien. Alors fais ce que tu veux.

De toute façon, je savais que cette discussion ne mènerait nulle part. Les choses ne pouvaient pas changer entre nous, de plus, Lexie était toujours ivre. Peut-être même qu'elle ne se souviendrait de rien demain matin.

Soudain, elle passa un bras autour de ma nuque et rapprocha mon visage du sien. Si près que je pouvais sentir son souffle chaud, alcoolisé, et rapide sur ma peau. Si près que sa bouche ne se trouvait qu'à quelques centimètres de la mienne. Si près que mon rythme cardiaque s'accéléra et que ma raison me quitta.

Je déglutis nerveusement, tandis que ses beaux yeux m'étudiaient étrangement. Puis, après une légère hésitation, elle finit par poser doucement ses lèvres sur les miennes. Et je crus que mon cœur allait lâcher.

J'aurais pu l'en empêcher. J'aurais dû… mais je n'en fis rien. Parce que je ne le voulais pas. Je souhaitais même que le temps s'arrête à tout jamais.

Pour autant, il me fut impossible de lui rendre son baiser. Bien que j'en meure d'envie, mon cerveau était complètement déconnecté de la réalité et j'étais incapable de faire le moindre mouvement.

Je n'arrivais pas à croire ce qui était en train de se passer.

J'avais tellement imaginé cet instant qu'il ne pouvait pas être vrai.

Lorsque Lexie s'écarta, bien trop rapidement à mon goût, il me fallut plusieurs secondes pour réaliser qu'elle m'avait bel et bien embrassé.

Et je l'ai laissée faire.

Putain de merde. Qu'est-ce qui m'avait pris, bon sang ? ! J'avais complètement perdu l'esprit !

Un long soupir contrarié m'échappa, et sembla mettre Lexie mal à l'aise.

— Je... Je suis désolée, bredouilla-t-elle, tu m'as dit de faire ce que je voulais et...

Je fronçai les sourcils.

M'a-t-elle embrassé uniquement pour me provoquer ?

— C'était stupide, continua-t-elle, vraiment stupide, je n'aurais jamais dû...

Et elle le regrette.

Évidemment. Elle avait agi ainsi à cause de l'alcool et de la colère et ne partageait sans doute pas les mêmes sentiments que moi. Bien que cela soit probablement mieux comme ça, mon cœur se serra douloureusement dans ma poitrine.

— En effet, confirmai-je, l'alcool et la réflexion ne font jamais bon ménage. La prochaine fois que tu bois, vas-y mollo, d'accord ?

Elle recula, et mes yeux la quittèrent pour se poser sur les bouts de verre sur le sol, non loin derrière elle. Je comblai aussitôt l'espace qui nous séparait, lui attrapai le bras et la tirai vers moi avant qu'elle se plante un morceau sous le pied.

— Regarde un peu où tu marches ! la réprimandai-je.

Lexie baissa la tête, puis m'observa à nouveau.

— Lâche-moi, m'ordonna-t-elle sèchement.

Je lui obéis. Elle ferma les yeux un instant, et respira profondément avant de les rouvrir.

— Arrête… Arrête de me protéger, reprit-elle. T'avoir dans ma vie uniquement pour cette raison, c'est encore pire que de ne pas t'avoir du tout.

La douleur dans sa voix me frappa de plein fouet.

— Et puis, ajouta-t-elle.

Elle recula brusquement, et le bout de verre se planta dans son pied.

Je la fixai, stupéfait.

— De toute façon, tu ne pourras pas toujours être là pour me protéger, murmura-t-elle.

— Lexie…, soufflai-je.

D'un revers de la main, elle essuya les nouvelles larmes qui perlaient à ses yeux.

— Si tu veux vraiment que je te laisse tranquille, Jess, alors fais-le aussi avec moi. S'il te plaît.

Lexie avait encore raison. Je ne pouvais pas constamment veiller sur elle. Et surtout, je ne pouvais pas continuer à le faire si cela la faisait souffrir.

— Je n'ai jamais voulu te faire du mal, chuchotai-je.

Un sourire triste étira légèrement ses lèvres.

— Je sais.

Je levai une main vers son visage, et Lexie retint son souffle lorsque mes doigts effleurèrent sa joue. Ses yeux se refermèrent, et elle pencha la tête sur le côté pour sentir davantage ma paume sur sa peau.

Elle est si douce…

Mon rythme cardiaque s'accéléra et je dus prendre sur moi pour réussir à prononcer les mots suivants :

— Je ne reviendrai plus.

Elle me regarda à nouveau, surprise.

— Fais attention à toi, ajoutai-je.

Puis, à contrecœur, je cessai de la toucher et quittai son appartement.

Je ne savais pas si je serais capable de sortir définitivement de sa vie, de ne plus la surveiller quand j'en avais le temps et l'envie, de ne plus intervenir lorsque je le jugeais nécessaire ou que j'étais inquiet… mais il fallait que j'essaye.

Pour elle. Pour moi. Pour nous.

Chapitre 13

Lexie

J'eus juste le temps de me pencher au-dessus de la cuvette des toilettes avant de vomir. C'était déjà la deuxième fois, et probablement pas la dernière.

Après avoir terminé, je m'essuyai la bouche avec du papier puis me rassis sur le sol en ramenant mes genoux contre ma poitrine. Mon corps tremblait sans que je puisse l'arrêter, et je me sentais toujours terriblement malade.

Honnêtement, je ne savais pas ce qui m'avait pris. Boire la moitié d'une bouteille de vin alors qu'il s'agissait de ma première fois avait été la deuxième pire idée que j'avais eue de toute ma vie.

La première était d'avoir simplement touché à l'alcool alors que je m'étais promis de ne jamais le faire. Il était capable de nous faire littéralement perdre le contrôle de nous-mêmes. Mon enfance passée aux côtés de Ben me l'avait bien fait comprendre.

Bien sûr, je savais que Ben n'avait jamais été quelqu'un de bien, avec ou sans alcool dans le sang, et que, bien heureusement, tout le monde ne finissait pas par devenir violent après avoir bu ! Mais l'alcool changeait notre attitude. Je l'avais constaté en voyant mes amis ivres à plusieurs reprises, et surtout, en l'étant moi-même ce soir.

Je regrettais la façon dont je m'étais comportée avec Jess. Si j'avais été sobre, jamais je ne me serais énervée contre lui, et jamais je ne lui aurais dit de me laisser tranquille.

Parce que, et bien que ce ne soit sans doute pas la meilleure chose à faire pour nous, ce n'était pas ce que je souhaitais réellement, non. C'était égoïste, mais j'avais besoin de lui. Même si l'avoir seulement en guise de garde du corps ne me suffisait pas, et que j'aurais aimé également être là pour lui, je préférais malgré tout le savoir présent dans ma vie que pas du tout. La colère, la frustration et la douleur de ne pas pouvoir partager plus avec lui, mais surtout le vin, m'avaient fait lui mentir.

Un frisson me parcourut. J'avais froid tout à coup. J'hésitai plusieurs secondes à quitter les toilettes, car je craignais d'avoir à nouveau envie de vomir et de ne pas pouvoir les atteindre à temps. Pour autant, j'avais vraiment besoin de me réchauffer, et aussi, de chasser l'odeur de l'alcool qui émanait de moi.

Je finis par me relever lentement et me rendis, à la vitesse d'un escargot, dans la salle de bains. Je retirai mes vêtements, fis couler de l'eau chaude dans la douche, puis me glissai doucement dans la cabine. Je restai un long moment sous le jet brûlant, et cela me fit le plus grand bien.

Lorsque je jugeai que cela était suffisant, je m'enveloppai dans ma serviette et allai me brosser les dents. Le reflet de mon visage dans le miroir me fit grimacer. Même si je me sentais un peu mieux, je ressemblais à un vrai zombie.

Mes yeux fixèrent soudain mes lèvres, et je repensai à la énième chose stupide que j'avais faite ce soir.

J'avais embrassé Jess et, surtout, j'avais aimé ça, et j'aurais souhaité continuer. Les battements de mon cœur s'accélèrent dans ma poitrine. L'alcool ne justifiait pas l'envie qui m'avait pris de le faire ni ce que je ressentais toujours à présent.

Jess et moi tenions énormément l'un à l'autre, mais jamais je n'avais éprouvé ce désir pour lui avant aujourd'hui. Et surtout, jamais je n'aurais pensé que ce serait réciproque.

Je ne lui avais pas sauté dessus. Je lui avais amplement laissé le temps de comprendre mon intention, et de m'arrêter s'il ne souhaitait pas que je l'embrasse. Mais il ne l'avait pas fait, et il ne m'avait pas non plus repoussée pendant.

Alors oui, il ne m'avait pas rendu mon baiser pour autant, et cela semblait également l'avoir contrarié, mais c'était sans doute parce que notre relation était déjà bien compliquée et que ce baiser n'arrangerait rien. C'était d'ailleurs la raison pour laquelle je m'étais morfondue en excuses juste après. Mais résultat, Jess avait fini par penser à tort que je l'avais embrassé sans réfléchir, à cause de l'alcool, et ses propos m'avaient blessée. Et l'alcool m'avait ensuite fait dire des choses que je regrettais profondément.

Je me brossai rapidement les dents, puis me rendis dans ma chambre. Une fois en pyjama, je me glissai sous les draps de mon lit et fermai les yeux.

Demain, je lui écrirai une lettre.

Après notre conversation de cette nuit, il y avait peu de chances pour que Jess accepte de me revoir, et je voulais respecter sa décision de me tenir loin de lui et de sa vie mystérieuse. Mais je voulais aussi m'excuser pour mon comportement, lui avouer que je ne pensais pas ce que je lui avais dit ce soir et que je souhaitais qu'il continue de veiller sur moi comme il l'avait fait ces derniers temps.

Parce que je ne veux pas le perdre entièrement à nouveau…

Je me retournai sur le côté et posai un doigt sur mes lèvres.

Quant au baiser… Bien qu'il soit bel et bien sincère, mieux valait que je ne fasse aucune remarque là-dessus. De toute façon, je ne me voyais pas lui écrire dans le même message : « Je suis désolée pour ce que j'ai dit. Reste, s'il te plaît, je te promets de garder mes distances. Ah et je ressens vraiment quelque chose pour toi et je crois que toi aussi. »

Ouais, non, mieux valait ne pas en rajouter une couche, du moins, pour le moment.

Je me réveillai à l'aube avec un horrible mal de crâne. Ma journée commençait bien, mais je ne pouvais m'en prendre qu'à moi-même !

Je me redressai et me dirigeai d'un pas lent jusqu'à la cuisine pour me servir un verre d'eau. Après m'être hydratée, je m'avançai devant la fenêtre de mon salon en me demandant si Jess était levé, et si lui aussi m'observait depuis son appartement.

Mes yeux s'écarquillèrent soudain en se posant sur la grande pancarte fixée sur sa vitre. Il était écrit dessus « Appartement à vendre », suivi d'un numéro de téléphone.

C'était… C'était sûrement une blague. Une très mauvaise blague. Jess ne pouvait pas… déménager. Non…

Je courus récupérer mon portable dans ma chambre et composai le numéro de l'affiche.

Après plusieurs sonneries, je tombai sur le répondeur.

« Bonjour, vous êtes bien sur le répondeur de M. Flawers, agent immobilier, je ne suis pas disponible pour le moment, merci de me laisser un… »

Je raccrochai, complètement stupéfaite.

C'était réel. Jess avait vraiment l'intention de s'en aller. Mais… Pourquoi ? Et surtout pourquoi ne m'avait-il rien dit hier ?

Peut-être parce que tu étais bourrée, Lexie…

Je soupirai, puis fis les cent pas dans mon salon.

Est-ce que cela avait un rapport avec moi ? Il ne pouvait pas avoir pris cette décision suite à notre conversation de la veille. Cela signifierait qu'il aurait contacté son agent immobilier en pleine nuit et… Non, c'était complètement absurde, et excessif.

Car même si notre discussion lui avait donné envie de partir, il aurait très bien pu attendre aujourd'hui pour s'en occuper. Il n'avait aucune raison de précipiter autant les choses !

Dans un sens, cela me rassurait un peu, mais d'un autre côté, j'étais perdue et, surtout, je ne voulais pas qu'il s'en aille.

Bien que je n'aie pas mon mot à dire dans ce choix, et que je ne pouvais pas le forcer à rester, il fallait que je lui avoue ce que j'avais sur le cœur. Et maintenant, avant qu'il soit trop tard.

J'enfilai une veste par-dessus mon pyjama, puis une paire de baskets, et quittai mon appartement presque en courant.

Une fois devant l'immeuble de Jess, je repris mon souffle et appuyai sur son Interphone.

S'il te plaît, Jess… Réponds-moi.

Mais il ne le fit pas. Peut-être ne se trouvait-il pas chez lui. Peut-être était-il au Golden Hour, ou bien avait-il passé la nuit ailleurs… À moins qu'il ne se doute que c'était moi et qu'il refuse de me voir.

Je me mordis nerveusement la lèvre. Agir comme j'étais en train de le faire était stupide. Et je m'étais promis de me tenir loin de lui, mais…

Je fermai les yeux et essayai de ralentir les battements effrénés de mon cœur. Je ne voulais pas qu'il parte. Je ne voulais pas qu'il sorte à nouveau de ma vie. Et je ne voulais pas que le seul espoir qu'il me restait de le retenir soit une simple lettre de ma part. Car des fois, les mots n'étaient pas suffisants pour tout dire. Mais, Jess ne me laissait visiblement pas d'autre choix…

Je soupirai, frustrée, puis retournai chez moi. Il fallait que je me prépare pour aller au travail.

Jess

Je terminai de ranger mes courses dans mon sac en carton, puis relevai les yeux vers Roger, le caissier de la supérette. Depuis que j'étais entré dans le magasin, il n'avait cessé de me fixer avec curiosité, et je le comprenais.

Sheltown était une toute petite ville comptant à peine mille cinq cents habitants et située au milieu de nulle part à plus de deux cents kilomètres au nord-ouest de New York. En dehors des habitants, peu de monde connaissait son existence, alors les visiteurs se faisaient très rares.

Seulement, je n'étais pas un visiteur. J'avais grandi et vécu ici pendant dix-huit ans. Mais ça, Roger ne le savait pas. Car si moi je le connaissais, lui, en revanche, ne m'avait jamais vu avant aujourd'hui.

J'avais passé quasiment toute mon enfance et mon adolescence à la maison, mais il le fallait.

Mon père m'avait trouvé il y a vingt-quatre ans, affamé et en pleurs, près du corps inerte de ma mère, qui avait une seringue plantée dans le bras. En décidant de me sauver, et de faire de moi son héritier, il m'avait alors caché aux yeux du monde pour me protéger, et pour mieux me former. Officiellement parlant, je n'existais pas. Et c'était justement pour cette raison que j'avais dû rester à la maison. Si les habitants de Sheltown m'avaient vu à l'époque, ils se seraient sans doute posé des questions. Quelle était mon identité ? Qui étaient mes parents ? Pourquoi n'allais-je pas à l'école ?... C'était trop dangereux.

Pour autant, et bien que les dix hectares de terrain me permettent de ne pas être enfermé à l'intérieur toute la journée, la curiosité m'avait poussé à désobéir aux règles imposées par mon père et à explorer Sheltown, lorsqu'il partait en mission.

Mais, et même si mon père avait découvert mes premières fugues – en raison des caméras qu'il avait installées un peu partout sur la propriété –, et qu'il me punissait sévèrement à chaque fois, j'étais certain qu'il avait toujours espéré que je continue de m'enfuir lors de ses déplacements et que je réussisse un jour à ne pas me faire attraper.

Parce que échapper à sa surveillance signifiait que j'étais devenu doué en discrétion. Et que la discrétion était l'une des aptitudes que je devais obligatoirement maîtriser pour ne pas me faire prendre à l'extérieur et, surtout, pour être un bon tueur à gages. Sinon, c'était la mort, ou la prison assurée.

Mon père devait se douter que j'avais fini par y arriver. Car même si ma première sortie « officielle » avait été avec lui, à New York, et que cette ville m'avait impressionné, je n'avais pas été ébahi par tout ce que je voyais, ou entendais. Et cela lui prouvait que j'en savais bien plus que je n'aurais dû.

Mes sorties à Sheltown, qui consistaient pour la plupart à observer les choses et les personnes, ainsi qu'à écouter les conversations des gens à leur insu, m'avaient permis de découvrir et d'apprendre énormément sur la vie, et sur le monde qui m'entourait.

Je n'oublierais d'ailleurs jamais ma première expédition. J'avais dix ans, et j'avais été à la fois choqué et émerveillé de mettre les pieds dans une ville. Même si je savais de quoi il s'agissait, grâce aux explications de mon père, ainsi qu'aux films et aux livres, en observer une de ses propres yeux et s'y trouver n'avait rien à voir.

C'était d'ailleurs durant cette sortie que j'avais aperçu Roger pour la première fois. Il travaillait déjà à la supérette, et, caché dans l'ombre de la ruelle qui faisait face à la vitrine du magasin, je l'avais regardé pendant un long moment. À l'époque, il n'avait pas autant de cheveux blancs ni de rides, mais pour le reste, il n'avait pas changé d'un poil.

Je me rappelais avoir découvert son prénom en entendant une cliente le saluer en quittant le magasin. Mais ce dont je me souvenais le plus de cette journée, c'était le regret que j'avais ressenti en rentrant chez moi le soir. Celui de ne pas pouvoir me montrer aux gens, leur parler, me présenter, rire avec eux, m'amuser avec eux... Celui de ne pas avoir une vie différente.

Cela m'avait ensuite fait éprouver un énorme sentiment de doute quant à mon avenir. Tuer des êtres humains comme moi ? N'avais-je aucune chance d'y échapper ?

Ces questions avaient persisté, et s'étaient même renforcées après l'échec de ma première mission et durant les jours passés avec Lexie. J'avais songé à fuir mon destin, à me convaincre que peut-être, quelque chose d'autre et de différent m'attendait. Parce que pour la première fois de ma vie, je m'étais senti réellement libre et capable de choisir ce que je voulais faire et devenir.

Lexie m'avait donné espoir, et envie. Je m'étais même stupidement imaginé un futur avec elle, parce qu'à ses côtés, j'avais été plus que bien et que je ne voulais pas la quitter.

Cette fille avait réussi à illuminer le monde obscur dans lequel je vivais, et elle le faisait encore aujourd'hui, à chaque fois que mes yeux se posaient sur elle.

Pour autant, tuer Ben m'avait ramené à la raison et fait comprendre que je ne pouvais pas fuir mon destin. J'existais pour devenir un assassin, et il n'y avait aucun moyen qu'il puisse en être autrement.

Je pouvais laisser la lumière avoir un peu de la place dans mon univers, mais il était hors de question que l'obscurité en ait une dans le sien.

— Vous avez de la famille en ville ?

Roger me tira de mes pensées.

— Non.

— Alors vous allez loger au Sheltown House, n'est-ce pas ?

Le Sheltown House était le seul hôtel-restaurant de la ville.

Il était géré par Mme Hockins, une sexagénaire qui m'avait toujours paru très sympathique, bien que trop bavarde !

— Non, j'ai une maison ici. Je vous dois combien ?

Ses yeux s'écarquillèrent.

— Ah ! alors vous devez être celui qui a racheté l'ancienne ferme de M. Weasley l'année dernière ! Vous allez enfin vous y installer ? C'est la première fois que je vous vois en ville, c'est pour ça que je sais que vous n'y vivez pas encore !

Je n'étais pas étonné qu'il ait fini par deviner où j'habitais. Si les habitants ne me connaissaient pas jusqu'à aujourd'hui, en revanche ils avaient bien connu mon père. Et ce dernier les avait prévenus de son départ de Sheltown, et de la vente de sa maison.

— Combien vous dois-je ? répétai-je simplement.

Roger en savait déjà suffisamment sur moi, en plus, je n'aimais pas discuter. Surtout lorsque le sujet me concernait ou que je n'y voyais aucun intérêt.

— Euh… Ça fera 22 dollars et 50 cents, me répondit-il d'une voix gênée.

Je le payai sans un mot, et quittai le magasin sans lui laisser le temps de me dire possiblement « merci » et « au revoir ». Peu m'importait d'avoir la réputation d'un type désagréable dans la ville. De toute façon, c'était ce que j'étais. Mais je devais reconnaître que j'étais heureux de pouvoir enfin apparaître au grand jour à Sheltown.

Bien sûr, j'aurais pu le faire ces dernières années, depuis que j'avais usurpé l'identité de Seth Thompson. Mais il avait été préférable, pour ma propre sécurité et celle de mon père, que les habitants d'ici ne sachent pas où je vivais ni les liens que j'avais avec « M. Weasley ».

Cependant, lorsque mon père avait appris qu'il avait un cancer en phase terminale et qu'il ne pourrait pas en guérir, les plans avaient changé et il m'avait demandé de racheter sa maison. Pas parce que nous y étions attachés, ou pour que je garde un souvenir de mon enfance, mais parce que cette maison était spéciale, et qu'il valait mieux que personne d'autre ne découvre tous ses secrets.

Après avoir chargé les courses dans le coffre de ma voiture, je m'installai au volant et démarrai la voiture. Alors que je commençais à faire une marche arrière, je m'arrêtai brusquement en apercevant le visage de mon père dans le rétroviseur.

Je fermai les yeux un instant, puis les rouvris. Il avait disparu. Évidemment. Mais pas totalement. Car une part de lui était toujours là, avec moi, dans mon cœur et dans mon esprit. Sa voix continuait de me guider au quotidien et me sermonnait lorsque je ne l'écoutais pas.

S'il était apparu devant moi aujourd'hui, c'était sans doute pour me rappeler à la raison, encore une fois. Mais…

Je suis désolé, papa.

Je sais que je ne serai jamais à la hauteur de tes attentes. Je ne serai jamais le tueur à gages d'exception que tu as été, et que tu espérais que je devienne. J'ai fait des erreurs, et je continuerai d'en faire.

Je suis désolé de te décevoir autant. Je ne suis pas comme toi. Pas complètement. J'ai essayé, mais je ne suis pas aussi fort mentalement que tu l'étais. En tout cas, pas en ce qui la *concerne.*

Si ça avait été le cas, je ne me serais jamais attaché à elle il y a huit ans. Je serais parvenu à l'oublier. Je n'aurais jamais cherché à retrouver sa trace l'année dernière, et ne serais pas allé jusqu'à emménager en face de chez elle uniquement pour espérer la voir au moins quelques secondes par jour.

Si j'avais été plus fort, j'aurais réussi à sortir de sa vie aussi vite que j'y étais accidentellement et à nouveau entré, et surtout… je n'aurais jamais été en incapacité de pouvoir la faire sortir de la mienne.

Mes mains agrippèrent fermement le volant. J'étais en colère contre moi-même. Si j'étais venu ici, à Sheltown, c'était pour essayer de me raisonner et m'obliger à tirer un trait définitif sur Lexie. Parce que c'était le mieux pour elle, comme pour moi.

Cependant… je n'y parvenais pas. Depuis mon arrivée, je n'avais fait que penser à elle et à son baiser. Peut-être que l'alcool ou la provocation ne justifiaient pas totalement son acte. Peut-être qu'elle aussi ressentait la même chose que moi… Bien sûr, si c'était le cas, cela ne ferait que compliquer la situation entre nous, et il était préférable que je ne connaisse jamais la réponse.

Quoi qu'il en soit, il m'était impossible de laisser partir le peu de lumière qu'il y avait dans mon monde. Car rayer Lexie de mon existence était comme rayer ce qui restait d'humanité en moi. Et que je ne voulais pas me perdre à tout jamais dans l'obscurité.

Lexie continuerait donc à faire partie de ma vie. En revanche, j'avais bien l'intention de lui faire croire le contraire. C'était une décision égoïste, qui la ferait sans doute souffrir, mais c'était la meilleure façon de la protéger, de moi et des dangers qui allaient avec.

En la laissant me tourner autour ces dernières semaines, je lui avais déjà fait encourir des risques. Si les Santini, ou n'importe qui me connaissant en tant que Ghost, avaient découvert ma seconde identité et avaient décidé de me filer au quotidien, Lexie figurerait dans leurs rapports et ils pourraient s'en prendre à elle pour m'atteindre.

Même si j'étais persuadé que Lexie n'avait absolument rien à craindre pour le moment, il existait quand même une infime possibilité que je me trompe et, surtout, je devais tout faire pour empêcher que cette situation se produise un jour. Sinon, je ne me le pardonnerais jamais.

Alors oui, j'allais déménager et ne plus jamais croiser son regard. Mais je continuerais à veiller sur elle, en étant encore plus discret et vigilant qu'auparavant, pour qu'elle me pense réellement parti.

J'inspirai profondément, puis repris ma marche arrière.

En arrivant devant la propriété, j'ouvris à l'aide de ma télécommande le portail électrique, puis m'engageai sur le chemin en gravier menant jusqu'à la maison. Je me garai près de la fontaine, éteinte et vide depuis plusieurs années, puis allai récupérer les courses dans le coffre.

La maison était une grande et vieille bâtisse qui comprenait plusieurs entrées. Mon sac dans les bras, je me dirigeai vers celle qui donnait directement accès à la cuisine. Cette dernière était, comme les autres pièces, dans un style vieillot. Mais je m'en moquais. J'avais vécu vingt-trois ans ici, je pouvais très bien y habiter quelques semaines ou mois de plus.

En fait, je ne savais pas vraiment combien de temps je resterais. Pour le moment, je jugeai qu'il était préférable que je me tienne éloigné de Lexie, de crainte qu'elle ne tente de me retenir, ce qui ne rendrait les choses que plus difficiles pour nous. Mon absence de New York lui permettrait de commencer à « m'oublier », et me permettrait de m'habituer à la voir moins souvent qu'avant.

Et de toute façon, je n'étais pas pressé. Je pouvais m'occuper du Golden en télétravail, et si besoin déléguer certaines tâches à Darren.

Quant à mon second boulot, j'étais toujours en « vacances », et si ces dernières devaient prendre fin, j'avais laissé un numéro de téléphone à Nicola avant de partir, et lui avait demandé de le donner à Enzo. Ce dernier comprendrait sans nul doute qu'il n'aurait qu'à me contacter lorsqu'il aurait du nouveau sur la situation, ou en cas de besoin.

Je rangeai rapidement les courses dans le frigo et les placards, puis descendis sans plus attendre au sous-sol. Il y avait diverses armoires fortes blindées dans lesquelles se trouvaient des armes. Il ne s'agissait que de carabines, ou de petites armes à feu. Les plus grosses, dangereuses, et illégales étaient cachées ailleurs.

Je récupérai un fusil, dans le but d'aller faire un peu de tir au stand extérieur.

Cette propriété, qui désormais m'appartenait, était un terrain d'entraînement géant : salle de sport, salle de combat, salle de tir… Il y avait tout ce dont j'avais besoin pour renforcer mes capacités physiques et psychologiques. Bien que je m'exerce quotidiennement à New York, je n'avais pas là-bas le même matériel, le même espace, ni le même temps qu'ici. Forcément, certaines de mes aptitudes avaient un peu diminué. Mais maintenant que j'étais ici, j'avais bien l'intention d'y remédier.

J'étais en train de remonter au rez-de-chaussée lorsque mon téléphone jetable se mit à sonner.

Enzo.

De ma main libre, je récupérai mon portable dans la poche de ma veste.

— Samedi prochain, 16 heures, c'est bon pour toi ? demanda-t-il aussitôt.

— OK.

Et il raccrocha le premier. Avait-il réglé la situation chez les Santini, ou celle-ci était-elle plus grave que je ne le craignais ? À moins qu'il ne veuille me parler d'autre chose…

Mes vacances s'avéraient finalement bien plus courtes que prévu. Mais puisqu'il y avait un peu plus d'une semaine avant notre rendez-vous, je comptais bien rester ici et en profiter au maximum !

Chapitre 14

Lexie

Cela faisait une quinzaine de minutes que nous patrouillons dans les rues de Brooklyn. Dean était, comme à son habitude, au volant.

— Au fait, je ne pourrai pas vous rejoindre au Amazing Night demain soir, déclara-t-il soudain avec regret, il y a ce nouveau dessin animé qui est sorti au cinéma, celui avec des crocodiles qui veulent sauver le monde d'une catastrophe naturelle, et Maisie m'a supplié ce matin pour qu'on y aille ce soir, parce que toutes ses copines de classe y vont aussi…

Et je me doutais que Montana, sa femme, ne pouvait pas l'emmener, car elle avait, comme chaque vendredi, une réunion avec son club de lecture.

— Katerina vient avec vous ? demandai-je.

— Ouais. Je ne pense pas que l'histoire des crocos la tente beaucoup, mais je ne veux pas la laisser seule à la maison.

Pour avoir déjà rencontré et discuté avec Katerina plusieurs fois, j'estimais personnellement que la jeune fille de quinze ans était suffisamment mature, responsable, autonome, et digne de confiance pour pouvoir rester quelques heures à la maison sans surveillance.

Mais même si Dean était mon ami, je n'avais absolument pas mon mot à dire sur les décisions qu'il prenait concernant l'éducation de sa fille avec Montana.

— Tu crois que je la surprotège ? me questionna Dean.

Je tournai la tête vers lui en fronçant les sourcils.

— Je n'ai rien dit.

— Ouais, mais tu le penses, n'est-ce pas ?

Je soupirai.

— Même si c'était le cas, je n'ai pas…

— Ah ! ça, ça veut dire que tu le penses.

— Tu sais que t'es un peu lourd parfois ?

Un sourire se dessina sur ses lèvres.

— Je sais, ma femme me le dit souvent.

Je secouai la tête avec amusement, puis observai le paysage défiler par la fenêtre.

— Donc, reprit Dean…

— Dean ! Arrête-toi ! lui intimai-je soudain.

— Quoi ? Qu'est-ce qu'il y a ? s'inquiéta-t-il en freinant.

Il mit rapidement les warnings et immobilisa totalement le véhicule.

Je n'étais pas certaine de ce que j'avais aperçu dans l'une des ruelles que nous venions de dépasser. Peut-être que la fatigue physique et psychologique que j'éprouvais depuis que Jess avait disparu me jouait des tours, mais… il fallait qu'on aille vérifier.

— Je crois avoir vu un homme frapper quelqu'un, lui révélai-je en sortant de la voiture.

Dean m'imita, puis me suivit en direction de la ruelle.

— Tu crois ou tu en es sûre ? m'interrogea-t-il, tu as remarqué s'ils étaient armés ?

— Je n'en sais rien.

Nous nous arrêtâmes à un mètre du passage étroit situé entre deux immeubles.

— OK, bon, on dégaine, m'avertit-il, mieux vaut être prudent. Reste derrière moi, OK ?

J'acquiesçai, et sortis mon revolver en même temps que lui.

— À trois, me prévint-il, un… deux… trois…

Nous sautâmes devant l'entrée de la ruelle en brandissant nos armes.

Je n'avais pas rêvé. Un jeune homme, grand, brun et plutôt bien baraqué était en train de cogner violemment quelqu'un contre le mur.

— Police ! cria Dean, plus un geste !

L'agresseur nous jeta un regard, puis relâcha aussitôt sa victime, qui s'écroula au sol, avant de prendre la fuite.

— Eh merde, grogna Dean avant d'ajouter : Occupe-toi du blessé, je me charge de l'autre type !

Puis il se mit à courir à la poursuite du fugitif.

— Sois prudent ! lui lançai-je.

Je me précipitai auprès du jeune homme, à présent allongé sur le sol, et m'accroupis à côté de lui.

— Bonjour, je suis l'officier Holmes, est-ce que vous m'entendez ? lui demandai-je en tâchant de garder une voix calme.

Il ne devait pas avoir plus de vingt ans, et ses blessures n'étaient pas très belles à voir. Il saignait à la lèvre, à l'arcade et à la tête, ce qui n'était pas très rassurant.

Et surtout, ses yeux étaient fermés, et il ne m'avait pas répondu. Non, ce n'était pas bon signe du tout.

Je me penchai vers lui, et vérifiai sa respiration. Elle était trop lente et irrégulière. Je pris son pouls. Beaucoup trop rapide.

Je fouillai les poches de sa veste, en espérant y trouver ses papiers, mais elles étaient vides.

— Je vais vous mettre en position latérale de sécurité, lui indiquai-je, puis j'appellerai les secours.

Je le déplaçai doucement sans qu'il émette le moindre signe de contestation, puis j'attrapai ma radio et contactai mes collègues pour les avertir et leur demander de nous envoyer une ambulance. Une fois mon appel terminé, je reportai mon attention sur le blessé.

— Les secours sont en route, ne vous inquiétez pas, tout ira bien, dis-je en prenant sa main dans la mienne, je suis là.

Soudain, ses doigts se serrèrent autour des miens.

— Vous m'entendez ?

Une nouvelle pression sur ma paume m'assura que oui. Je soupirai, un peu soulagée. Au moins il n'était pas inconscient. Enfin, pour le moment.

— Est-ce que vous pouvez me parler ? demandai-je.

Ses lèvres remuèrent faiblement, mais aucun son ne sortit de sa bouche.

— D'accord, ce n'est pas grave, gardez vos forces.

De ma main libre, je récupérai ma radio et essayai de contacter Dean, mais il ne me répondit pas. Je priai intérieurement pour qu'il aille bien, puis me concentrai à nouveau sur le garçon devant moi.

Je ne bougeai pas d'un millimètre, et continuai de lui parler et de surveiller son état jusqu'à ce que les secours arrivent et me demandent de m'écarter. Je leur obéis, puis tentai une seconde fois de joindre Dean par radio.

— Holmes !

Je me retournai, et soupirai encore de soulagement en apercevant mon collègue revenir. D'autant plus qu'il n'était pas seul. Il tenait fermement l'agresseur du jeune homme par le bras et l'avait menotté.

— Oh ! bon sang, pourquoi est-ce que tu ne m'as pas donné de nouvelles ? lui reprochai-je.

— Désolé, je n'ai pas pu, dit-il une fois devant moi, il n'arrêtait pas de se débattre. Comment va le garçon ?

Je jetai un coup d'œil au concerné. Les ambulanciers venaient de le placer sur une civière.

— Je ne sais pas. Il est toujours conscient, je suppose que c'est déjà une bonne chose, mais sa blessure à la tête m'inquiète…

— Qu'il crève ! cracha son agresseur, ça lui apprendra à poser ses sales mains sur ma petite sœur !

Dean me lança un regard entendu. Même si l'interrogatoire et le reste de l'enquête nous le confirmeraient, l'agresseur venait sûrement de nous donner une idée des « motivations » de son acte.

— Bon, il est temps de l'emmener visiter les belles cellules de notre commissariat, dit Dean avec un sourire malicieux.

— Je suis d'accord, déclarai-je en lui rendant son sourire.

— Officier Holmes ? m'appela soudain une ambulancière.

Je pivotai vers elle, intriguée.

— Oui ?

— Le jeune homme vous demande.

Je m'avançai vers la civière, et fus heureuse de constater que le garçon avait ouvert les paupières. En m'apercevant, il retira son masque à oxygène.

— Merci, murmura-t-il.

Les larmes me montèrent aux yeux.

— Il va s'en tirer, n'est-ce pas ? questionnai-je l'ambulancière.

— Oui, je pense que oui, répondit-elle d'un air plutôt confiant.

Tant mieux.

C'était pour aider les gens que j'étais devenue policière. Et aujourd'hui était un jour où je me disais que j'avais vraiment bien choisi ma voie.

J'inspirai profondément, puis me retournai vers Dean.

— Allons-y, dis-je en me dirigeant vers la voiture.

— Holmes, m'arrêta-t-il.

Je lui fis à nouveau face.

— Oui ?

— Bon boulot.

Je fronçai les sourcils.

— Merci, mais je n'ai pas fait grand-chose, c'est toi qui l'as attrapé, fis-je remarquer en désignant l'agresseur d'un signe de la tête.

— Ouais, mais si tu n'avais pas vu ce qui se passait dans cette ruelle, le gamin se serait peut-être fait tabasser à mort.

Il n'avait pas tort. J'avais peut-être sauvé une vie aujourd'hui. Et j'en étais très heureuse.

— Ça c'est clair, grogna son agresseur.

— Toi, je te conseille de la fermer, lui recommanda Dean avant de le pousser vers la voiture, parce que dire ce genre de choses ne va pas améliorer ton cas.

— Rien à foutre.

Le trajet jusqu'au commissariat risquait d'être tout à fait charmant !

Chapitre 15

Lexie

J'allumai la lumière de mon salon, puis refermai ma porte d'entrée. Un nouveau bâillement m'échappa. Même s'il n'était que 21 heures, et qu'Olivia aurait voulu que je reste plus longtemps avec elle au Amazing Night, j'étais vraiment crevée et j'avais préféré rentrer.

Pourtant, je savais qu'il était fort possible qu'une fois dans mon lit, comme c'était le cas depuis plus d'une semaine, je mette plusieurs heures avant de m'endormir.

Je posai mon sac à main sur la table, puis m'avançai vers la fenêtre de mon salon. Mon cœur se serra douloureusement dans ma poitrine.

Cela faisait précisément onze jours que je ne l'avais pas vu et que son appartement était « en vente ».

D'ailleurs, des visites avaient déjà eu lieu chez lui. J'en avais remarqué une hier, et une autre mercredi.

À chaque fois, j'avais repéré les potentiels acheteurs, accompagnés du même homme – sûrement ce M. Flawers –, entrer dans l'immeuble, et en ressortir peu de temps après.

Bien sûr, je ne surveillais pas constamment son appartement ! Je passais juste un peu plus souvent que d'habitude devant ma fenêtre, dans l'espoir d'apercevoir Jess. Parce qu'il me manquait.

Mais je commençais à penser qu'il avait déserté les lieux, le soir même de notre dernière conversation.

Dans un sens, cela me rassurait. Parce que cela voudrait dire qu'il n'avait pas encore trouvé ma lettre, et qu'il pourrait revenir sur sa décision de déménager. De l'autre, je craignais qu'il ne la lise trop tard, une fois son appartement vendu. Il était aussi possible que mes mots ne changent rien à la situation, mais…

Cette simple pensée me fit mal à nouveau. Je commençais à me détourner de la fenêtre, lorsque j'aperçus une silhouette marcher sur le trottoir d'en face. Soudain, elle s'arrêta entre deux lampadaires. Mon cœur rata un battement.

C'est lui.

Même si je ne discernais pas son visage dans la nuit, j'en étais persuadée. Et, il me regardait, sans aucun doute.

Plusieurs secondes s'écoulèrent sans qu'aucun de nous deux bouge, puis il reprit sa route et entra dans son immeuble.

Je demeurai immobile un long moment. Il devait forcément être chez lui à présent, pourtant, son appartement restait plongé dans l'obscurité.

Est-ce qu'il m'observait, lui aussi ? Pour avoir débarqué deux fois chez moi, en pleine nuit, et parce qu'il me croyait en danger, c'est qu'il devait avoir l'habitude de le faire. En plus, il me l'avait dit : il veillait sur moi.

Jess…

Mon cœur se mit à battre plus rapidement. Il fallait que je lui parle, que je sache s'il avait lu ma lettre. Mais il y avait de grandes chances pour qu'il refuse de me répondre si j'allais sonner à son Interphone.

Une idée me traversa l'esprit, probablement pas la meilleure, mais je pouvais toujours essayer.

J'allai chercher une large feuille de papier et un stylo dans ma chambre, puis revins près de la fenêtre. J'écrivis en gros mon numéro de téléphone sur la feuille, puis la plaquai sur la vitre.

Après une dizaine de secondes, je me rendis compte à quel point c'était stupide. Déjà parce que je n'étais pas sûre qu'il me regarde, et il fallait que je sois réaliste, la possibilité pour qu'il m'appelle était très faible. Il ne voulait pas me voir ni me parler, peu importe la façon. Alors, que nous soyons physiquement loin l'un de l'autre ne changerait rien.

Je soupirai, puis jetai mon affiche dans la poubelle. Il était temps que j'aille prendre ma douche, puis me coucher. D'un pas lent, je me rendis dans ma chambre, et rangeai mon manteau dans mon armoire.

Soudain, mon portable se mit à sonner.

Non… Impossible.

Je me précipitai dans le salon, ouvris mon sac à main et récupérai mon téléphone.

Numéro inconnu.

Le souffle court, je décrochai.

— Jess… ?

Pas de réponse.

Mais c'était forcément lui. Il ne pouvait pas en être autrement.

Je me rapprochai de la fenêtre.

— Tu… Tu as lu ma lettre ? demandai-je, la gorge nouée.

— Oui.

Entendre à nouveau sa voix me réchauffa le cœur. Mais j'étais à présent encore plus nerveuse à l'idée qu'il s'en aille, malgré ce que je lui avais écrit. Je ne souhaitais pas qu'il parte. J'avais besoin de lui.

— Tu… Tu vas quand même déménager ?

— Oui.

Non… Non… Il ne peut pas…

— Pourquoi ?

— Parce qu'il le faut. Regarde, tu m'as promis dans ta lettre de me laisser tranquille si j'acceptais de rester, et pourtant tu voulais déjà que je t'appelle.

Je fronçai les sourcils.

— Je ne t'ai pas forcé à le faire, lui fis-je remarquer, piquée au vif.

— Non, et c'est tout autant un problème. J'ai de plus en plus de mal à te résister.

Les battements de mon cœur s'accélèrent dans ma poitrine.

— Alors ne le fais plus, murmurai-je.

Il soupira.

— J'aimerais, mais…

— Mais tu n'es pas quelqu'un de bien, tu fais des « choses horribles », et c'est mieux pour moi que je me tienne loin de toi, terminai-je avec sarcasme.

— Exactement.

J'hésitai un instant à lui dire d'aller se faire foutre, pour ses justifications qui ne valaient rien du tout. Mais cela ne mènerait nulle part, et je ne voulais pas prendre le risque qu'il mette, suite à ça, fin à la conversation.

— Pourquoi est-ce que tu ne m'en parles pas ? De quoi

as-tu peur ? Que je te vois différemment ? Que je te dénonce à la police ?

Il garda le silence.

J'avais beaucoup réfléchi à ses prétendues « choses horribles ». Elles étaient sans doute illégales, peut-être dangereuses, ce qui expliquerait pourquoi il souhaitait que je n'en sache rien et que je reste loin de lui.

Peut-être qu'il se déroulait au Golden des activités clandestines en semaine – lorsque le club était fermé au public, ou bien le week-end dans des salles VIP ou des pièces au sous-sol.

Peut-être que cela n'avait aucun rapport avec sa boîte de nuit. J'avais repensé à ce qui s'était passé il y a huit ans. Au fait qu'il possédait une arme, et qu'il m'avait agressée physiquement lorsque je l'avais rencontré. Et il y avait eu cette histoire de meurtre dans le quartier, qui avait eu lieu peu de temps avant que Jess vienne se réfugier dans le cabanon.

Je me souvenais avoir, à l'époque, songé à la possibilité que Jess ait pu être un meurtrier. Mais j'avais écarté cette hypothèse au moment même où il m'avait sauvé la vie. Il n'avait jamais voulu faire de mal à Ben, et encore moins le tuer. Il avait seulement souhaité me protéger, parce qu'il était quelqu'un de bien.

Mais aujourd'hui, à cause de ses paroles, de ses mensonges, et de ses secrets, le doute s'insinuait à nouveau en moi. Peut-être que Jess n'avait pas tort de refuser de m'en dire davantage sur lui. Peut-être le verrais-je différemment en découvrant la vérité. Peut-être arrêterais-je de vouloir à tout prix qu'il fasse partie de ma vie, ou de le retenir dans la mienne. Mais ça, actuellement, j'en étais incapable.

Parce que ma raison écoutait mon cœur, et que mon cœur lui disait de tout faire pour ne pas qu'il s'enfuie encore une fois.

— Est-ce que je peux venir te dire au revoir ? demandai-je.

Je savais qu'il me serait impossible de le convaincre de ne pas déménager par téléphone, car il pouvait me raccrocher au nez à tout moment. En revanche, en face à face, s'il acceptait, il me restait une petite chance.

— Je ne crois pas que ce soit une bonne idée.

— S'il te plaît, insistai-je, laisse-moi te voir une dernière fois…

Il ne répondit pas tout de suite, et mon espoir commença à s'envoler.

— D'accord, souffla-t-il.

Je faillis sauter de joie, mais, consciente qu'il me regardait probablement, je me contentai de sourire.

— J'arrive, dis-je avant de mettre fin à l'appel.

Je ne pris pas la peine de récupérer mon manteau avant de sortir de chez moi. Même s'il faisait froid dehors, j'avais bien l'intention de courir jusqu'à son immeuble, et c'est ce que je fis.

Avant que j'eusse le temps de sonner à l'Interphone, j'entendis la porte d'entrée se déverrouiller. Il m'avait sans doute regardée traverser la route depuis sa fenêtre.

Je montai jusqu'au premier étage d'un pas rapide, et ne fus pas surprise de le voir m'attendre sur son palier. Je m'appuyai sur mes genoux pour reprendre mon souffle.

— Tu n'étais pas obligée de courir, me fit-il remarquer.

— J'ai eu peur que tu changes d'avis, avouai-je en me redressant.

Il ne répondit pas. Cela signifiait-il qu'il en aurait vraiment été capable ?

Je m'avançai nerveusement vers lui.

— Reste, soufflai-je.

Il garda encore le silence, alors je me rapprochai davantage, de sorte qu'il n'y ait plus que quelques centimètres entre nous.

— S'il te plaît, Jess… Ne pars pas. J'ai besoin de toi.

Je ne pouvais pas être plus sincère que je l'étais actuellement. C'était mon cœur qui parlait, pas ma raison.

— J'ai besoin de toi, répétai-je dans un murmure.

Il ferma les paupières un instant et inspira profondément, comme s'il essayait de réprimer ce qu'il éprouvait, puis me regarda à nouveau d'un air impassible.

— Au revoir, Lexie.

Jess allait se retourner, mais je le stoppai en posant la main sur son torse.

— Attends.

Il baissa les yeux sur ma main, puis les replongea dans les miens. Je ne lui laissai pas le temps de parler ou de tenter de s'enfuir à nouveau, je l'agrippai par son pull et le tirai vers moi pour l'embrasser.

— Non, chuchota-t-il avant que je pose mes lèvres sur les siennes.

Je m'arrêtai aussitôt.

Pourtant, il en avait envie lui aussi. Terriblement. Je pouvais le deviner grâce à son souffle devenu rapide, comme le mien, à son regard avide rivé sur ma bouche, et au fait qu'il ne m'avait, à nouveau, pas repoussée physiquement.

Nous restâmes tous deux immobiles un moment, puis,

alors que je croyais que Jess allait s'écarter, il avança son visage et m'embrassa.

Mon cœur s'emballa dans ma poitrine. Je sentis ses bras musclés m'enlacer la taille et me rapprocher de son corps. Notre baiser s'intensifia rapidement, et devint plus passionné, plus sauvage, et surtout vital.

Mes mains lâchèrent son pull pour aller s'enrouler autour de sa nuque, tandis que les siennes remontèrent et se pressèrent contre mon dos. Sans que nous cessions de nous embrasser, Jess me fit reculer avec lui à l'intérieur de son appartement, jusque dans son salon. Bien que nous soyons plongés dans le noir, son T2 était conçu de la même façon que le mien, alors je savais parfaitement ou nous nous trouvions.

Jess me plaqua contre un mur et ma tête appuya accidentellement sur un interrupteur. L'apparition soudaine de la lumière, des meubles, et des objets qui nous entouraient ne nous stoppa pas pour autant.

Jess me souleva comme si j'étais aussi légère qu'une plume et me fit asseoir sur ce que je supposais être sa table à manger. Je penchai la tête en arrière lorsque sa bouche descendit dans mon cou. C'était si agréable… Mais je voulais plus que des baisers. J'avais besoin de plus.

Je retirai mes bras de sa nuque et commençai à déboutonner mon chemisier blanc. Jess sembla s'en rendre compte, et s'écarta brusquement de moi.

— Non, murmura-t-il entre deux respirations saccadées, on… on ne peut pas.

Je sautai de la table, comblai la distance qui nous séparait et pris son visage entre mes mains.

— Bien sûr que si, dis-je d'une voix rassurante.

Il m'observa avec un mélange de tristesse et de douleur, puis posa son front contre le mien et soupira.

— J'ai toujours l'intention de partir, Lexie.

Mon cœur se serra dans ma poitrine. Évidemment, j'avais espéré qu'en lui montrant que j'éprouvais ce même désir, ce même besoin qu'on se touche, qu'on s'embrasse, qu'on sente l'autre contre soi, cela pourrait le convaincre de rester.

Mais visiblement, cela n'avait pas suffi. Jess voulait toujours sortir de ma vie. J'étais certaine qu'il le ferait, et je n'avais plus aucun moyen de le retenir.

Une part de moi avait envie d'éclater en sanglots. Parce que j'allais le perdre à nouveau, et peut-être pour toujours. Mais je ne pouvais pas me mettre à pleurer maintenant. Je ne souhaitais pas gâcher nos derniers instants ensemble. Et je savais également que tenter de le convaincre encore une fois serait vain.

— Alors… Profitons-en ? lui proposai-je en caressant sa joue.

Je l'embrassai avec douceur, et lui souris.

Il sembla hésiter, puis, je sentis ses mains retirer le dernier bouton de mon chemisier. Jess baissa les yeux sur ma poitrine, recouverte d'une brassière noire, puis fit lentement glisser ses doigts dessus, avant de les faire descendre sur ma peau. Un frisson de plaisir me traversa.

Impatiente de pouvoir en faire autant avec lui, j'agrippai le bas de son pull et le remontai. Il m'aida à le passer au-dessus de sa tête. Mon regard se fixa avec surprise sur son torse parsemé de plusieurs cicatrices en tout genre : perforations, brûlures, petites, larges… La plupart semblaient anciennes, mais il y en avait des plus récentes.

Oh ! mon Dieu. Mais… Que lui est-il arrivé ?

Cela avait forcément un lien avec les choses horribles qu'il faisait. Pourquoi… Pourquoi faisait-il des choses qui infligeaient autant de souffrance à son corps ? En infligeait-il aussi à d'autres personnes ? Est-ce qu'il aimait faire ces choses, ou bien y était-il contraint ? Et est-ce qu'il y risquait sa vie ? Certaines blessures semblaient avoir été graves.

Je posai une main hésitante sur lui et fis lentement glisser mes doigts sur sa peau meurtrie.

Essayer de le questionner à ce propos était inutile. Jess ne me donnerait jamais d'explications. Mais…

Non, Lexie. Votre temps est compté.

Je ravalai les mots et les émotions qui me brûlaient la gorge, puis me concentrai à nouveau sur le moment que nous étions en train de partager et qui serait sans doute le dernier.

Sans plus attendre, je me débarrassai de mon chemisier, puis détachai ma brassière et la lassai tomber sur le sol.

Jess m'observa avec désir. La tension venait de monter d'un cran entre nous, et nos respirations, désormais plus lourdes, me le prouvaient.

J'attrapai sa main, et entrelaçai mes doigts aux siens avant de l'entraîner vers sa chambre.

C'était une pièce assez simple, avec pour seul objet de décoration un tableau accroché au mur.

Je fis abstraction de ce détail, poussai Jess sur le lit pour qu'il s'y assoie et m'installai sur ses jambes afin de pouvoir l'embrasser à nouveau. Ma langue trouva rapidement la sienne, mes mains se glissèrent dans ses cheveux, et Jess me pressa davantage contre lui pour intensifier notre baiser.

C'était… parfait

J'avais déjà rêvé de ses lèvres sur les miennes, de ses mains caressant ma peau nue et de la chaleur de son corps sur le mien, mais cela n'avait rien de comparable avec ce que je ressentais à cet instant précis.

Mon cœur battait à tout rompre dans ma poitrine et jamais je n'avais éprouvé autant de désir pour qui que ce soit.

— Jess, gémis-je contre sa bouche.

Il me fit soudain basculer sur le côté, et, sans cesser de m'embrasser, se plaça au-dessus de moi en se maintenant sur les coudes pour ne pas m'écraser complètement.

J'enroulai alors mes jambes aux siennes, posai les mains sur la peau brûlante de son dos, puis les glissai lentement sous son pantalon et son caleçon, jusqu'à ses fesses bien fermes.

Un grognement étouffé émana de lui et je compris que mon geste l'avait excité davantage.

Soudain, il mit fin à notre baiser et plongea son regard dans le mien. Nos respirations étaient lourdes, et nos yeux trahissaient sans nul doute à quel point nous avions envie de l'autre.

Je me redressai légèrement et enfouis la tête dans son cou, pour lui lécher et mordiller la peau. Un soupir de bien-être lui échappa.

Cette nuit ne nous suffirait sans doute pas, mais c'était tout ce que nous avions. J'avais bien l'intention de savourer chaque seconde passée avec lui, chaque partie de son corps, chaque baiser, chaque caresse…

Oui, si nous n'avions que cette nuit pour être ensemble, alors nous allions l'être pleinement. Nos adieux seraient inoubliables.

Jess

Je retombai lourdement sur le matelas, à côté de Lexie, et repris mon souffle.

Cela avait été… exceptionnel. *Elle* était exceptionnelle.

Bien sûr, jamais je n'aurais dû l'appeler ni la laisser venir chez moi, et encore moins coucher avec elle. Ce soir, j'avais largement dépassé les limites et, surtout, je nous avais peut-être encore une fois mis tous les deux en danger. Le risque était toujours très faible, mais il restait réel.

Le pire dans tout ça, c'est que je ne regrettais aucune de mes décisions. J'avais eu besoin de la voir une dernière fois de près, d'entendre sa voix, et de croiser son regard. J'avais eu besoin de l'embrasser, lorsque j'avais compris à quel point elle me désirait – même sobre – et que ce serait ma seule chance de pouvoir le faire.

Quant au sexe… Malgré l'envie qui m'avait rapidement animé, j'avais hésité. Parce que je craignais de la faire souffrir davantage en couchant avec elle, puis en disparaissant à tout jamais le lendemain. Et parce que je ne voulais pas lui donner de faux espoirs.

Cependant, lorsque je lui avais avoué que cela ne changerait rien à la situation et qu'elle m'avait quand même fait comprendre son souhait d'aller plus loin avec moi, je n'avais pas pu résister. Parce que je le voulais autant qu'elle, et que je savais qu'il n'y aurait pas de « prochaines fois ».

Non, je ne regrettais pas mes choix. Ils avaient été vitaux pour moi. Ils n'en restaient pas moins égoïstes, irresponsables et risqués. Et si par malheur il arrivait quelque chose à Lexie par ma faute… Non. Je ne laisserais pas cela se produire. Jamais.

Je tournai la tête et observai Lexie, allongée nue près de moi.

Elle avait les yeux rivés sur le tableau accroché au mur sur sa gauche. C'était une peinture qui représentait un village de pêcheurs en Italie. C'était là-bas que mon père avait mis fin à ses jours, avant que la maladie s'en charge pour lui.

Au début, je n'avais pas compris pourquoi il avait choisi cet endroit… jusqu'à ce que j'y mette les pieds. Porto Stanzo. Je n'avais jamais vu un lieu aussi beau et reposant. C'était un vrai havre de paix. Sûrement mon père avait-il voulu profiter un peu du paradis sur Terre avant d'aller tout droit en enfer…

Cette toile me rappelait nos derniers instants passés ensemble. Lorsque je la regardais, elle me donnait l'impression d'être encore là-bas, avec lui.

Peut-être y retournerai-je un jour…

— Tu as l'air de beaucoup l'aimer. Ce tableau.

Perdu dans mes pensées, je n'avais pas remarqué que Lexie avait reporté son attention sur moi.

— Étant donné qu'il est accroché chez moi, le contraire serait étonnant, non ? dis-je avec un sourire amusé.

Ouh là. Un sourire. Moi. Le sexe m'avait visiblement un peu trop détendu.

Lexie se retourna complètement vers moi. Malgré l'effort considérable que cela me demandait, je me retins de baisser les yeux sur son magnifique corps dévêtu, ou de le toucher.

— Ce n'est pas ce que je voulais dire. C'est la façon dont tu le regardais… Comme si tu aimerais être là-bas. Cet endroit existe ?

Je la fixai un instant, surpris qu'elle ait réussi si facilement à lire en moi.

En revanche, je ne comprenais pas pourquoi elle continuait de s'intéresser à la toile, et indirectement, à moi.

Dans peu de temps, je sortirais définitivement de sa vie. Alors pourquoi essayait-elle de discuter, comme si de rien n'était ? J'avais été clair avec elle. Coucher avec elle, bien que ce moment ait été incroyable, ne me ferait pas revenir sur ma décision. Avait-elle encore de l'espoir ?

— Oui, c'est en Italie, finis-je tout de même par lui révéler.

De toute façon, qu'elle le sache ou non n'avait aucune importance.

— Je vais prendre une douche, ajoutai-je plus sèchement.

Sans plus attendre, je me levai et me rendis dans la salle de bains.

À peine avais-je commencé à faire couler l'eau chaude sur mon corps que j'entendis la porte de la cabine s'ouvrir derrière moi. Mon souffle se fit court lorsque je sentis Lexie se coller contre moi et m'enlacer la taille.

Nous restâmes immobiles un moment, puis, je retirai ses bras et pivotai vers elle. Mon cœur se serra douloureusement quand je croisai son regard empli de peine et de tristesse. Je voulais lui dire à quel point j'étais désolé de la faire souffrir. À quel point j'aurais souhaité la faire sourire, rire, la rendre heureuse, faire partie de sa vie, l'aimer.

Mais c'était impossible. Nous ne pouvions pas être ensemble. Nous ne le pourrions jamais.

Sans un mot, Lexie coupa l'eau, attrapa mon savon et commença à l'appliquer sur ma peau. Je la laissai me laver en silence, et savourai chacune de ses caresses – parce que c'était les dernières, tout en essayant de contrôler mon désir sexuel grandissant de seconde en seconde.

J'étais également soulagé qu'elle n'ait pas posé de questions à propos de mes cicatrices. Probablement car elle savait que je n'aurais jamais répondu…

Lorsqu'elle eut terminé, ce fut à mon tour. Je fis glisser mes doigts sur chaque partie de son corps, même les plus intimes, ce qui lui arracha quelques gémissements et accéléra considérablement mon rythme cardiaque.

J'étais à deux doigts de craquer et de lui faire l'amour dans la douche, lorsque Lexie décida de nous rincer.

Une fois qu'elle eut fini, je sortis le premier de la cabine avant de commettre une erreur supplémentaire.

Bien que mon corps et mon cœur me dictent le contraire, ma raison me hurlait de m'éloigner d'elle, et vite. Et je savais qu'il était nécessaire que je l'écoute ce soir.

Je me séchai rapidement, enroulai ma serviette autour de la taille, puis en tendis une propre à Lexie. À peine l'avait-elle saisie que je m'enfuis aussitôt dans la chambre.

J'ouvris mon armoire et commençai à m'habiller, face au meuble.

— Tu t'en vas ?

Lexie m'avait déjà rejoint dans la pièce. J'avais seulement pu mettre un caleçon.

— Il faut que j'aille bosser, répondis-je sans me retourner.

J'attrapai un pantalon noir et l'enfilai rapidement.

— Tu es obligé ?

Je lui fis face, déconcerté par sa question.

— Pourquoi ?

— On aurait pu profiter encore, murmura-t-elle.

Même si l'idée était bien plus que tentante, il était déjà suffisamment dur de la quitter maintenant. Et plus je restais avec elle, plus je nous mettais potentiellement en danger. J'avais fini de jouer au con.

— Il faut que j'y aille.

Je terminai de m'habiller sans la regarder, puis reportai mon attention sur elle. Lexie n'avait pas bougé d'un pouce.

Il est temps… Temps de lui faire mes adieux.

J'inspirai profondément, l'estomac noué, puis m'avançai vers elle.

Mais lorsque mes yeux plongèrent dans les siens, il me fut impossible de prononcer le moindre mot. Parce que je voyais ses larmes sur le point de couler, et que je ressentais sa douleur.

Va-t'en, Jess… Va-t'en maintenant.

Mais je n'en avais absolument pas envie.

Cette simple pensée me fit réaliser à quel point une des règles que mon père m'avait apprises était vraie.

« Un tueur à gages ne peut pas s'attacher à qui ou à quoi que ce soit. Car l'attachement est une faiblesse, et qu'avoir une faiblesse peut nous être fortement préjudiciable. »

Je le savais pertinemment, mais je m'étais tout de même attaché à Lexie il y a huit ans, et elle était bel et bien devenue aujourd'hui ma seule et plus grande faiblesse. À tel point que je peinais à lui résister, à la repousser, et à la fuir.

Pourtant, il le faut. Pour elle. Pour sa sécurité. Pour son propre bien.

Je finis par trouver la force nécessaire de quitter Lexie du regard.

— Je prends les clés avec moi, la prévins-je, alors veille à ne rien laisser, car tu ne pourras pas revenir ici.

Bon, de toute façon, il me semblait qu'en dehors de ses

vêtements, elle n'avait avec elle que les clés de son appartement. Au moins, mon sous-entendu était clair. Même si je ne « déménageais » pas demain, je ne lui permettrais plus jamais de remettre les pieds ici.

Lexie se contenta de hocher lentement la tête.

— Fais attention à toi, ajoutai-je simplement.

Puis, je passai à côté d'elle, récupérai mes affaires et quittai mon appartement d'un pas rapide.

Bien qu'une petite voix me souffle de me retourner, de courir jusqu'à elle, de l'embrasser avec passion, puis de la serrer contre moi et de ne plus jamais la lâcher, je me forçai à ne pas l'écouter. Parce que nous n'en souffririons que davantage, et qu'il fallait que je la protège. De moi, et du monde obscur dans lequel je vivais.

15 h 45. Enzo entra au Cosmosart.

Je restai assis encore quelques minutes, puis me levai et allai payer mon café au comptoir.

15 h 57. Je pénétrai dans la galerie d'art.

Après avoir fait une rapide analyse des lieux, et notamment des personnes présentes dans la pièce principale, je me rendis dans la petite salle habituelle, où Enzo m'attendait. Cette fois, il ne se trouvait pas devant un tableau, mais près d'une magnifique sculpture en bronze, qui avait l'air de représenter le corps d'une femme nue.

Je m'avançai jusqu'à lui et fis semblant de m'intéresser à l'œuvre.

— C'était un type qu'on avait recruté il y a quelques semaines, me dit soudain Enzo à voix basse, on le pensait digne de confiance, mais il nous espionnait et balançait les infos qu'il obtenait aux flics.

Dans un sens, j'étais soulagé qu'il ait trouvé et sans doute réglé la source du problème – puisqu'il parlait du type au passé. Toutefois, je ne savais pas encore s'il pouvait quand même y avoir des conséquences pour les Santini, ou pour moi.

— Vous savez de quels renseignements il disposait et ceux qu'il a communiqués ?

Enzo soupira.

— Malheureusement, non. Il est *parti* avant qu'on puisse l'interroger.

Et « parti » dans le langage d'Enzo ne voulait pas dire qu'il avait pris la fuite, mais qu'il s'était donné la mort avant qu'ils l'attrapent, ou le torturent.

Super.

— Merde, grognai-je.

— Comme tu dis. On a bien sûr revu entièrement nos systèmes de sécurité, changé nos planques, nos entrepôts, et compagnie. Et nous allons certainement rester en hyper vigilance pendant un petit moment. Mais personnellement, je ne pense pas que nous risquions grand-chose.

Je lui jetai un rapide coup d'œil. Enzo avait l'air sûr de lui.

— On l'a grillé en transmettant subtilement et à plusieurs de nos membres des informations fausses, différentes et très importantes, reprit-il, le concernant, on l'a laissé nous écouter parler d'un de nos dépôts qui contenait des dizaines de caisses remplies de drogues… Les flics ont débarqué le jour suivant.

Un petit rire amusé lui échappa et il ajouta :

— Je regrette de ne pas avoir été là pour voir leurs têtes ahuries lorsqu'ils ont découvert un dépôt totalement vide et désert. Enfin bref… Ce gars était du genre à balancer rapidement aux flics tout ce qu'il avait. S'il était au courant d'autres choses importantes à notre sujet, je crois que les flics nous seraient déjà tombés dessus. S'ils ne l'ont pas fait, c'est sûrement parce qu'ils ne savent rien, ou manquent de preuves.

— Ou qu'ils attendent le bon moment pour le faire.

Enzo demeura silencieux durant quelques secondes, puis me répondit d'un air pensif :

— Seul le temps nous le dira.

Je soupirai. Il ne restait donc plus qu'à espérer que la police n'en sache pas trop au sujet des Santini ni à mon propos. De toute façon, nous jouions déjà quotidiennement avec le feu, alors… Un peu plus, un peu moins, cela ne ferait sans doute pas de différence.

— Et pour Claire ? demandai-je.

— On laisse tomber. Si ce type nous avait enregistrés lorsqu'on parlait d'elle et que la police détient ces enregistrements…

Cela démontrerait que les Santini avaient commandité son meurtre. En effet, mieux valait ne pas prendre de risques supplémentaires, étant donné la situation actuelle.

Et il était inutile de lui proposer de se débarrasser d'elle en faisant passer sa mort pour un accident, ou de laisser de fausses preuves pour accuser quelqu'un d'autre. Son assassinat avait notamment pour but que les gens comprennent qu'il avait été organisé par la mafia, seulement, il ne fallait pas qu'on sache laquelle.

— Et puis, ajouta Enzo, même si je ne doute pas de tes

talents, la tâche aurait peut-être été plus compliquée en raison de sa surveillance rapprochée.

Il n'avait pas tort. Cependant…

— Mais si on ne fait rien, elle risque de poser problème par la suite.

— Je sais. C'est pourquoi on a décidé de se rabattre sur quelqu'un d'autre pour faire passer notre petit message.

Cela signifiait que ma future victime partageait les mêmes idées politiques que Mme Windsburg, et que sa mort servirait de menace : si quelqu'un d'autre s'avisait de soutenir Claire et sa lutte contre la mafia, il subirait le même sort.

C'était, je devais bien l'avouer, un excellent compromis.

— Tu trouveras toutes les infos le concernant à l'endroit habituel, me dit Enzo.

— Bien.

Puis, il se retourna et s'en alla.

Bon… J'allais donc déjà reprendre du service.

Étrangement, je sentis qu'une part de moi aurait préféré que ce ne soit pas le cas.

Même si cela ne me procurait aucun plaisir d'éliminer des gens, c'était mon devoir de le faire en tant que tueur à gages. Alors peu importe que j'en aie envie ou pas, que j'approuve ou non les choix de mon commanditaire, je le faisais et c'est tout. Parce que c'était mon job, ma voie, ce pour quoi j'existais et avais été formé.

Pourtant, à cet instant précis, je sus que cette part de moi aurait aimé tout arrêter.

Cette même part qui, huit ans plus tôt, avait désiré pouvoir échapper à son destin.

Celle qui aurait souhaité être quelqu'un d'autre, quelqu'un de bien.

Celle qui aurait voulu être l'homme que Lexie espérait que je sois.

Je secouai la tête et refoulai ces pensées et émotions qui commençaient à me submerger au plus profond de moi. Parce que je n'étais pas cette personne, et que je ne le serais malheureusement jamais.

La mort de Ben et les paroles répétées par mon père me l'avaient bien fait comprendre, j'étais un putain de tueur, et je ne pouvais pas fuir ni changer ce que j'étais.

Alors pourquoi ? Pourquoi ai-je l'impression qu'être un assassin n'a en réalité jamais été fait pour moi ?

Chapitre 16

Lexie

Je retirai mon pyjama puis me plaçai sous l'eau chaude de la douche.

Cela faisait plus de deux semaines que je ne l'avais pas vu. Et il me manquait terriblement.

Je fermai les paupières et l'imaginai derrière moi. Ses doigts m'effleurèrent la nuque, avant de glisser lentement le long de mon dos. Un frisson de plaisir me traversa et me fit rouvrir les yeux.

Il fallait que j'arrête de faire ça, de fantasmer de cette façon, parce que lorsque la réalité me rattrapait, la douleur aussi.

Jess ne me touchera plus jamais. Jess ne me verra plus jamais. Jess ne me parlera plus jamais.

Je sentis mon corps se mettre à trembler, et essayai de repousser ces horribles pensées au fin fond de mon esprit.

Je me lavai vite, puis sortis de la cabine et allai m'habiller dans ma chambre.

Un rapide coup d'œil au radioréveil me fit prendre conscience de mon retard.

Eh merde.

Je me dépêchai de récupérer mes affaires et quittai mon appartement au pas de course.

La température semblait encore avoir chuté de quelques degrés aujourd'hui. Je resserrai mon manteau autour de moi, puis me mis en route.

À quelques centaines de mètres du commissariat, je m'arrêtai. Je me trouvai devant un passage piéton, et face à l'endroit où j'avais revu Jess pour la première fois après huit ans. Je me souvenais précisément de ce que j'avais ressenti en le reconnaissant.

C'était si étrange. J'avais été heureuse ces dernières années. Je faisais un travail que j'aimais et qui me passionnait au quotidien. Je m'étais fait des amis formidables et j'adorais passer du temps avec eux. Ma mère et moi avions chacune le contrôle de nos vies et la liberté qui allait avec. Cette vie que j'avais, c'était un rêve que j'avais lorsque j'étais adolescente et que je n'aurais jamais imaginé pouvoir réaliser un jour. J'étais heureuse, vraiment. Cependant… Il m'avait toujours manqué quelque chose, quelqu'un. Et c'était lui. Il n'y avait qu'à ses côtés que je me sentais entière.

Bien sûr, je survivrais sans lui. Après tout, j'avais bien réussi depuis *cette* nuit-là. La douleur de son absence finirait une nouvelle fois par s'atténuer avec le temps. Mais je savais qu'il y aurait toujours un vide en moi, et qu'il ne serait jamais comblé.

J'inspirai profondément, puis, après avoir vérifié le feu, traversai le passage piéton.

De toute façon, je n'avais pas le choix. Je ne pouvais pas forcer Jess à faire partie de ma vie.

Enfin, il m'était toujours possible d'essayer de découvrir ses secrets, en espérant que cela ne m'empêcherait pas, par la suite, de lui assurer que ce qu'il avait fait ou ce qu'il faisait ne changeait rien à ce que je ressentais pour lui.

Cependant, le fait de percer le mystère qui l'entourait me faisait de plus en plus peur. Et si la vérité était trop dure à supporter ? Et si Jess méritait d'aller en prison ? Le dénoncerais-je ?

Il y a quelques jours, j'aurais très certainement continué de creuser à son sujet malgré mes craintes.

Mais, si Jess gardait le silence et déménageait malgré tout ce qui s'était passé entre nous, malgré notre lien particulier et notre besoin de l'autre, c'est qu'il avait une raison. Peut-être que plus je me tiendrais loin de lui, mieux je me porterais. Et peut-être que cela me permettrait également de le protéger en retour… De moi, et de ce que je pourrais faire si je découvrais ses secrets.

Je saluai brièvement mes collègues en entrant dans le commissariat et filai aux vestiaires pour me changer.

À peine avais-je terminé d'enfiler mon uniforme qu'Olivia ouvrit la porte.

— Briefing dans deux minutes ! me lança-t-elle.

— Je suis prête !

Je fermai mon casier et la rejoignis dans le couloir.

— Tu t'es encore endormie à l'aube, n'est-ce pas ? devina-t-elle.

Je n'avais pas besoin de lui demander comment elle l'avait compris, la fatigue se lisait clairement sur mon visage. En plus, je lui avais parlé de mes insomnies. Olivia m'avait conseillé d'aller chez le médecin, parce que cela pouvait être dangereux, notamment par rapport à mon métier. Si je manquais d'attention ou de vigilance, je risquais de rater des éléments lors d'une enquête, de faire des erreurs et même de nous mettre, moi ou d'autres personnes, en danger…

Bref, son inquiétude était légitime. D'autant plus qu'elle n'avait pas la moindre idée de ce qui causait mon manque de sommeil et que je n'avais pas l'intention de lui en parler. Si je lui avouais que cela avait un rapport avec Jess, elle ne comprendrait pas. Car après notre sortie au Golden, je lui avais menti en lui disant que je ne chercherais plus à le revoir.

— J'ai mieux dormi que les nuits précédentes, tentai-je de la rassurer.

C'était faux, mais j'étais persuadée qu'au fil du temps, mon esprit et mon cœur cesseraient de penser autant à Jess.

— Bon… Tant mieux.

Elle ne semblait pas totalement convaincue. Et en réalité, je ne l'étais pas non plus.

Nous entrâmes dans la salle de briefing, où la plupart de nos collègues étaient déjà présents. Nous les saluâmes rapidement, puis allâmes nous installer à une table, au fond.

Dean, qui était assis juste devant, se retourna sur sa chaise.

— Encore en retard ? me lança-t-il avec un sourire.

Même s'il n'en avait pas l'air, je savais que lui aussi s'inquiétait un peu de mon état.

— Je le fais exprès pour que tu m'offres un café chaque matin, chuchotai-je en lui rendant son sourire.

Il secoua la tête en rigolant, puis déposa bel et bien un gobelet sur ma table.

— Savoure-le bien, car il s'agira de ton dernier, me prévint-il.

— Et comme toujours, moi je n'en ai pas, râla Olivia.

— Et comme toujours, tu arrives suffisamment en avance

pour aller t'en chercher un au distributeur, répliqua Dean avec malice.

— Rhaaa, je te déteste !

— Menteuse, je sais que tu m'adores.

— Alors offre-moi un café demain matin !

— Non.

Dean sourit de toutes ses dents.

En réalité, il ne faisait pas de préférences entre nous. Il était également très attentionné avec Olivia au quotidien. Et bien évidemment, ma collègue n'était pas réellement contrariée et s'amusait autant que lui en rentrant dans son petit jeu.

Elle s'apprêtait d'ailleurs à lui rétorquer quelque chose, mais ravala ses mots en voyant le capitaine Mayers entrer dans la pièce.

Il était accompagné du sergent Garcia, mais aussi d'un autre homme que je ne connaissais pas. Ce dernier était grand, brun et plutôt bien bâti.

— Bonjour à tous, nous dit Mayers, j'espère que vous allez bien.

Il monta sur l'estrade, suivi par ses deux acolytes, puis s'adressa à nous :

— Pour commencer, j'aimerais vous présenter l'agent David Houseman, qui travaille pour le FBI. L'agent Houseman enquête sur le crime organisé et plus particulièrement la mafia italienne. Il aurait besoin que nous collaborions avec lui et son équipe sur une mission. Agent Houseman, vous avez la parole.

— Merci, capitaine Mayers, lui répondit Houseman.

Mayers recula et lui laissa le devant de la scène.

— Donc, comme vous l'a dit votre capitaine, je suis ici

pour vous demander de collaborer avec le FBI. Ces derniers mois, mon équipe et moi nous sommes particulièrement intéressés à la famille mafieuse Santini, qui s'est beaucoup développée à New York. Suite à nos enquêtes, nous savons que l'activité criminelle principale des Santini est le trafic de drogue, vient ensuite le trafic d'armes, et de personnes. Mais nous avons également découvert que les Santini auraient commandité une vingtaine d'assassinats qui ont eu lieu ces dernières années. Et que ces assassinats auraient tous été commis par la même personne : un tueur à gages qui travaille pour eux, et qui se fait appeler « Ghost ».

C'était un bon choix de pseudonyme pour un assassin… Et donc ce Ghost aurait éliminé vingt personnes sans se faire attraper ? C'était… horrible, et impressionnant à la fois.

— Ghost va agir à nouveau, continua l'agent Houseman, très bientôt. Et nous avons réussi à obtenir l'identité de sa prochaine cible. C'est Brian Erikson, un homme politique et membre de l'Assemblée de l'État de New York.

— Tu penses qu'un agent du FBI est infiltré chez les Santini ? me demanda discrètement Olivia.

C'était possible. Tout comme l'éventualité qu'ils aient un indic, ou qu'ils aient mis les Santini sur écoute. Quoi qu'il en soit, ils avaient visiblement une bonne source d'information.

— Peut-être, répondis-je à voix basse.

— Malheureusement, poursuivit Houseman, nous n'avons pas connaissance du lieu ni de la date ou de l'horaire de l'assassinat. Mais Brian Erikson est et était déjà sous protection rapprochée en raison de ses idées politiques affirmées contre la mafia, et d'autres mesures de sécurité ont été prises depuis que nous avons appris la menace le concernant. Il sera donc très difficile pour Ghost d'atteindre sa cible au quotidien, sans risquer d'échouer ou de se faire démasquer, cependant...

Il s'arrêta un instant pour respirer profondément, puis continua :

— Brian Erikson va donner un discours demain après-midi, à l'entrée de Prospect Park, à Grand Army Plaza. Il y aura énormément de monde, et bien évidemment, nous pensons qu'il y a de grandes chances pour que Ghost profite de cet événement pour passer à l'action.

En effet. Le lieu serait avantageux pour lui car il se trouvait à l'extérieur et qu'il était entouré de plusieurs routes et immeubles. Autrement dit, Ghost aurait la possibilité de se cacher à divers endroits et pourrait même s'enfuir assez aisément après avoir effectué sa mission.

Quant à la foule qui serait présente le jour J, elle ne ferait que lui faciliter la tâche.

— Pourquoi est-ce que Erikson n'annule pas son discours ? demanda l'officier Mawn.

— Nous le lui avons suggéré, bien évidemment, mais il a refusé, répondit l'agent Houseman, Erikson ne souhaite pas se taire ni se cacher de la mafia. Et c'est donc pour le protéger, mais aussi pour tenter d'arrêter Ghost que je fais appel à vous aujourd'hui. Il va nous falloir du monde pour sécuriser la zone, la faire évacuer en cas de problème, mais également, et ce en toute discrétion, contrôler le quartier. Il faudra vérifier les toits des immeubles, surveiller les entrées et sorties de bâtiments, ainsi que chaque coin de rue et intersection. La plupart d'entre vous seront habillés en civil. Trop de policiers dans les environs pourraient alerter Ghost et le faire décamper. Les autres, ceux qui seront dissimulés dans des planques ou des véhicules, pourront garder leurs uniformes.

Il serait donc primordial pour nous de ne pas nous faire repérer et, surtout, d'appréhender cet assassin avant qu'il passe potentiellement à l'action.

— C'est peut-être notre seule chance de l'attraper, alors nous devons tout mettre en œuvre et donner le meilleur de nous-mêmes pour ça, termina Houseman.

Nous hochâmes tous la tête d'un air entendu.

— Concernant ce Ghost, intervint Mursley, vous ne semblez pas avoir découvert son identité, je me trompe ?

— En effet, son identité reste à ce jour inconnue. Cependant, nous suspectons une certaine personne. Sergent Garcia, est-ce que vous pouvez leur distribuer les dossiers que je vous ai remis tout à l'heure ?

Le sergent acquiesça, puis donna à chacun un petit porte-documents.

Lorsque j'ouvris le mien, je constatai qu'il était composé de plusieurs photos. Sur la première, on pouvait voir un homme de grande taille s'avancer vers ce qui me semblait être une galerie d'art.

Sur la deuxième image, il s'agissait d'un autre homme, de dos et vêtu de noir, qui marchait lui aussi en direction de la galerie.

Sur la troisième, prise par une caméra de sécurité à l'intérieur de la galerie, nous pouvions apercevoir ces deux individus, toujours de dos, côte à côte et face à une sculpture qui avait l'air de représenter le corps d'une femme.

— Samedi dernier, nous avons suivi Enzo Santini, le neveu et bras droit du parrain de cette mafia, Francesco Santini, nous expliqua Houseman, nous ne pouvons affirmer avec certitude qu'il a bien rencontré Ghost ce jour-là, mais nous sommes sûrs qu'il avait bel et bien rendez-vous avec lui dans la journée.

— Pourquoi aurait-il rendez-vous avec un assassin dans une galerie d'art ? s'étonna Olivia.

— Probablement car Enzo Santini et Ghost ne se font pas suffisamment confiance pour se voir seul à seul, que la police ne pourrait pas intervenir pour les arrêter à l'intérieur sans risquer que les choses tournent mal et que des civils soient blessés, et surtout, parce que nous n'avons aucune preuve de leur lien ainsi. Deux personnes contemplant une œuvre, dans une galerie d'art… Il pourrait s'agir de n'importe qui.

En effet, c'étaient des justifications assez plausibles.

— Mais, reprit Houseman, l'homme à côté de lui près de la sculpture est le seul à s'être tenu aussi près de lui et pendant, selon la caméra de surveillance, précisément quatre minutes et seize secondes. On ne sait pas s'ils ont parlé, et il n'y a eu aucun contact physique entre eux, cependant, Enzo Santini a quitté la galerie juste après, sans même l'avoir visitée.

Effectivement, c'était très étrange. Si Enzo Santini était réellement venu pour admirer les œuvres d'art, pourquoi n'avait-il contemplé que cette statue ? Il n'avait pas non plus reçu d'appel pouvant expliquer son départ précipité.

— Quant à l'autre individu, lui est resté plus longtemps et a fait un tour entier de la galerie. Cependant, comme vous pouvez le constater sur les photos, même de face, en raison de sa casquette et de ses lunettes, nous ne pouvons pas discerner complètement son visage.

Je passai au cliché suivant et je crus que j'allais faire un arrêt cardiaque.

Non… Non… C'est impossible.

Pourtant… il lui ressemblait. Il ressemblait à Jess. Et surtout, Jess portait ce genre d'accoutrement. Lorsqu'il était sorti de sa voiture, sur le parking du Golden par exemple, ou encore, lorsque je l'avais vu dans la rue, depuis ma fenêtre.

J'eus soudain l'impression de me retrouver huit ans en arrière, lorsque l'hypothèse que Jess ait pu tuer un homme dans le Bronx m'avait effleuré l'esprit. J'avais fini par la réfuter, par me persuader que Jess était quelqu'un de bien, qu'il ne pouvait pas être un meurtrier.

Et c'était encore ce que j'étais en train de faire dans ma tête aujourd'hui, malgré les doutes qui grandissaient en moi à chaque seconde.

Jess ne pouvait pas être un dangereux criminel. Un tueur à gages ayant une vingtaine de meurtres à son actif, et travaillant avec la mafia ? N'importe quoi.

Oui, il faisait des choses horribles, mais… tuer des gens, sans aucune pitié, et simplement pour de l'argent, ce n'était pas horrible, c'était inhumain.

Et Jess avait un cœur. Je le savais. Sinon il ne m'aurait pas sauvé la vie dans le passé. Il ne m'aurait pas cherchée, n'aurait pas voulu veiller sur moi et me protéger comme il l'avait fait.

Ce n'était pas un assassin. Ce n'était pas lui.

— Nous avons bien entendu essayé de le retrouver à l'aide des caméras de surveillance de la ville, mais en vain, nous informa Houseman, il a réussi à se volatiliser dans les rues de Manhattan. Et cela augmente notre suspicion à son sujet. Malheureusement, rien n'est sûr et ce sont les seuls éléments dont nous disposons à ce jour. Bien évidemment, il ne vous faudra pas vous limiter à chercher quelqu'un ressemblant à cet homme. Vous devrez observer chaque personne, et nous alerter en cas de comportement étrange. Il est fort probable que Ghost utilise un fusil de précision, et donc qu'il le transporte dans un sac, ou une valise par exemple…

Soudain, j'eus la nausée. Je me levai brusquement, et perçus les regards surpris et curieux de mes collègues se poser sur moi.

— Excusez-moi, je… Je ne me sens vraiment pas bien, bredouillai-je.

Et sans laisser à quiconque l'occasion de me demander ce qui m'arrivait, je quittai la salle de briefing et courus jusqu'aux toilettes. J'eus tout juste le temps de m'enfermer dans une cabine et de me pencher au-dessus de la cuvette avant de vomir.

— Lexie ? Tu es là ?

C'était Olivia. Sa voix était inquiète.

— Oui, répondis-je en me redressant lentement.

J'attrapai du papier toilette et m'essuyai la bouche avec avant de le jeter dans les W-C et de tirer la chasse.

— Qu'est-ce qui se passe ? Tu es malade ?

J'hésitai à lui ouvrir, mais mon corps tremblait, alors je décidai d'attendre un peu, le temps de me ressaisir.

— Non… Ce sont mes règles, mentis-je, je viens de les avoir et j'ai eu peur de tacher mes vêtements.

— Ah ! tu as des protections avec toi ? J'en ai dans mon sac si besoin…

— Oui, j'en ai, ne t'inquiète pas pour moi, tu peux retourner au briefing. Je vous rejoins dans cinq minutes.

— Ça marche. Ah, au fait, je sais que tu ne voulais plus parler de lui, mais tu ne trouves pas que le type de la galerie a un petit air de Jess ?

Mon cœur rata un battement.

— Quand on l'a aperçu sur le parking du Golden, continua-t-elle, il était habillé exactement de la même façon. Ah, et il a aussi la même carrure !

Oh ! bon sang.

Le fait qu'Olivia ait également fait le rapprochement alors qu'elle n'avait vu Jess qu'une seule fois, et juste pendant quelques secondes me fit à nouveau imaginer le pire.

Je ne croyais pas qu'elle le soupçonnait réellement, mais si je restais silencieuse, elle risquait, là pour le coup, de trouver ça étrange et d'y réfléchir vraiment. Et je ne pouvais pas laisser cela arriver, parce que je ne savais moi-même pas quoi penser ni quoi faire au sujet de Jess.

J'inspirai profondément, puis entrouvris la porte de ma cabine et essayai de prendre un air sidéré.

— Ne me dis pas que tu imagines sérieusement que mon ami d'enfance puisse être un assassin uniquement en te basant sur deux éléments totalement dérisoires ?

— Non, bien sûr que non ! C'est une pensée qui m'a traversé l'esprit et je voulais juste savoir si elle avait aussi traversé le tien… Enfin visiblement, non.

Elle soupira, puis ajouta :

— Désolée, c'était stupide et absurde. Et je te promets de ne plus jamais reparler de Jess à partir de maintenant.

Je me forçai à sourire et à plaisanter :

— Reparler de qui ?

— Aucune idée, j'ai déjà oublié ! Au fait, pourquoi est-ce que tu ne sors pas des toilettes ?

— Euh, je n'ai pas encore mis mon tampon, bredouillai-je.

— Ah, d'accord ! Bon, bah, je retourne au briefing la première. À tout de suite !

Je l'entendis quitter les toilettes et soupirai de soulagement avant de m'enfermer à nouveau dans la cabine et de me laisser glisser sur le sol.

L'excuse que j'avais fournie à Olivia ne me permettrait pas de rester planquée ici indéfiniment, mais je ne me sentais toujours pas en état de rejoindre le briefing. Le simple fait de m'imaginer les écouter parler d'un assassin qui était peut-être la personne qui comptait le plus pour moi me redonnait la nausée.

Pourtant, je savais qu'il fallait que j'accepte cette possibilité. Aussi douloureuse et incompréhensible soit-elle.

Jess pouvait être Ghost. Il pouvait travailler avec la mafia italienne et avoir éliminé une vingtaine de personnes.

Mais pourquoi ? Pourquoi serait-il un tueur à gages ? Pourquoi le serait-il devenu ? Pour le plaisir d'ôter la vie à des gens ? Pour l'argent ? Pour une tout autre raison ?

Je pris ma tête entre mes mains et inspirai profondément. De toute façon, et si Jess était bel et bien Ghost, les réponses à ces questions ne changeraient rien à qui il était, et aux crimes qu'il avait commis.

Cependant, pour le moment, je n'en avais pas la certitude. Alors qu'étais-je censée faire ?

Parler de Jess à Olivia, à Dean, à l'agent Houseman ou au capitaine Mayers ? C'était sans doute la chose la plus raisonnable à faire. Parce que demain, une vie était en jeu.

Et si Erikson mourait, alors que j'aurais peut-être pu le sauver, jamais je ne me le pardonnerais.

Mais… il y avait ce lien entre nous. Ce foutu lien qui me faisait devenir un monstre moi aussi. Parce que je savais déjà que je garderais le silence pour me protéger de la vérité, et surtout, pour le protéger. Parce que mon cœur m'obligeait à le faire.

Je venais de signer un pacte avec le diable. J'irais droit en enfer. Mais au moins, Jess et moi nous retrouverions un jour là-bas.

Jess

Comme chaque matin, je terminai mon circuit de course habituel autour de Prospect Park, puis rentrai tranquillement chez moi. Je m'hydratai, m'étirai, me douchai, puis m'habillai avant de me préparer un café et de le boire tout en observant discrètement l'appartement de Lexie.

Bien que je n'aie pas encore vendu, j'avais pris la décision d'aller habiter ailleurs d'ici quelques jours. Tant que je resterais son voisin, et même si Lexie savait pertinemment que je ne reviendrais pas sur mon choix de déménager, il y avait des chances pour qu'elle m'aperçoive, depuis sa fenêtre, entrer ou quitter mon immeuble. Et tant que je faisais partie de sa vie, elle ne réussirait sans doute pas à tirer définitivement un trait sur moi.

Soudain, Lexie apparut dans mon champ de vision. Depuis nos retrouvailles, elle avait totalement abandonné sa routine énergique matinale. Elle ne mettait plus ses écouteurs, et ne dansait plus en se brossant les dents. Elle se contentait de traverser son salon pour se rendre de sa chambre à sa salle de bains, puis inversement. Une fois prête, elle jetait un bref regard par la fenêtre, dans ma direction, puis s'en allait.

J'avais à nouveau bouleversé son existence. Son cœur. Et je lui avais enlevé sa joie de vivre. Je ne pouvais pas rester ici et continuer à lui faire du mal.

Comme Lexie partirait bientôt pour se rendre au commissariat, je me dépêchai d'attraper mes affaires et allai patienter dans le hall de mon immeuble qu'elle sorte de son bâtiment avant de la suivre – à très bonne distance, jusqu'au commissariat.

Passe une bonne journée, lui souhaitai-je mentalement avant de faire demi-tour et de récupérer ma voiture au parking.

Une fois installé au volant, j'allumai le contact et regardai l'heure affichée sur le tableau de bord : 8 h 15.

Ma journée s'annonçait chargée. Du travail m'attendait au Golden, notamment plusieurs commandes à passer et une livraison à réceptionner, ainsi qu'un peu de comptabilité. Et il fallait que tout soit fait avant 11 heures. Parce que cet après-midi, Seth Thompson laissait la place à Ghost.

Ma nouvelle cible – et accessoirement remplaçant de Claire Windsburg – était Brian Erikson, un homme politique et membre de l'Assemblée de l'État de New York. Enzo m'avait demandé de le tuer publiquement, lors d'un discours qu'Erikson donnerait à 15 heures à l'entrée de Prospect Park, à Grand Army Plaza.

L'avantage de ce type d'assassinats, c'est qu'en raison de la foule, et du mouvement de panique que je provoquerais grâce à la mort d'Erikson, je pourrais m'échapper furtivement sans trop de difficultés.

Même s'il existait toujours des risques et des imprévus, cette mission serait sans doute un vrai jeu d'enfant pour moi.

À 11 heures, je quittai le Golden et allai récupérer mon arme cachée dans l'une de mes planques. Comme pour la dernière fois, je la plaçai dans le bas-fond d'un étui de saxophone et emportai également l'instrument avec moi. Mieux valait être trop prudent que pas assez.

Comme Prospect Park ne se trouvait qu'à deux kilomètres de chez moi, je garai ma voiture à mon parking habituel et m'y rendis tranquillement à pied.

Sur le chemin, je m'arrêtai à un vendeur de hot-dogs et lui en achetai un, avec sauce ketchup-mayo que j'allai déguster sur un banc au parc. Cela me permit au passage de voir une vingtaine de personnes en train de finir de préparer la scène et de sécuriser les lieux pour le discours d'Erikson. Il y avait d'ailleurs quelques policiers, mais leur présence n'avait rien d'anormal pour ce genre d'événements. Je m'attendais même à en trouver une bonne dizaine, voire plus, tout à l'heure, prêts à intervenir en cas de problème.

Une fois mon déjeuner terminé, je quittai le parc par l'entrée principale. Le hot-dog avait été bon, mais il ne battait en aucun cas ceux de Hank.

D'ailleurs, je pouvais remercier Lexie de m'avoir fait découvert ce type de sandwichs. J'adorais en manger de temps en temps, même si… le fait qu'ils me rappelaient toujours *cette* journée passée ensemble y était pour beaucoup. *Cette* journée où je m'étais senti, pour la première fois de ma vie, vraiment libre, où j'avais su que Lexie ne quitterait plus jamais mon cœur ni mon esprit.

Je chassai rapidement ces pensées et me dirigeai vers un immeuble situé à une centaine de mètres de l'entrée de Prospect Park.

Après avoir sorti le trousseau de clés que m'avait fourni Enzo pour la mission, je pénétrai dans le bâtiment, pris les escaliers, et montai jusqu'au cinquième étage avant d'accéder à l'appartement numéro 32.

Je n'avais pas la moindre idée de qui était le propriétaire, ou le locataire. Et je ne savais pas non plus comment Enzo s'était débrouillé pour obtenir les clés. D'autant plus que la fenêtre de la chambre et celle du salon m'offraient des vues parfaites sur le lieu de l'événement. J'étais bien évidemment déjà venu faire un peu de repérage dans la semaine.

L'appartement était à moi le temps de la mission, et personne ne me dérangerait.

Je déposai mon étui sur le canapé bleu marine de la pièce à vivre, puis allai ouvrir la fenêtre. J'abaissai ensuite un peu les stores en laissant assez d'espace entre les lattes pour y glisser mes jumelles, puis je commençai ma phase d'observation pendant deux bonnes heures.

J'assistai donc à la fermeture des routes entourant la place, à l'installation de barrages et déviations, de barrières autour de la scène, et d'un chapiteau blanc dans lequel irait probablement se préparer Erikson avant son discours.

À 13 heures, tout était en place. À 13 h 30, les premiers spectateurs commencèrent à arriver et à se positionner au plus près de la scène.

Jusqu'à présent, tout me paraissait normal. Aucun comportement suspect, que ce soit de la part de la police, du public, ou de n'importe quel passant. Rien à signaler du côté de la circulation ou des bâtiments aux alentours également.

Il faut dire que c'était surtout moi le danger aujourd'hui. Enfin, uniquement pour Erikson.

À 14 heures, il devait y avoir plus d'une centaine de personnes présentes. Et je m'attendais à ce que cela monte à deux cents.

J'avais aperçu Erikson un peu plus tôt. Une belle berline avec chauffeur l'avait déposé au plus près de la place. Il était accompagné de deux gardes du corps, et s'était très rapidement rendu sous le chapiteau, où des gens se trouvaient déjà. J'avais notamment reconnu quelques hommes politiques ainsi que d'autres personnalités publiques de notre ville, et de notre pays.

À 14 h 15, on devait avoir atteint les deux cents auditeurs, et la foule commençait un peu à s'impatienter.

Erikson ferait bientôt son entrée, alors je décidai de me mettre en place. Je bougeai la table à manger, de sorte qu'elle soit face à la fenêtre. Je sortis ensuite mon fusil de son étui et le déposai sur la table. Après avoir terminé, j'allai remonter les stores, suffisamment pour qu'ils ne gênent pas mon champ de vision, puis m'installai derrière mon fusil, pour faire les derniers réglages.

Erikson apparut à ce moment sur la scène, et fut acclamé par la foule. Il s'avança jusqu'à la petite tribune en bois sur lequel se trouvait un micro, y déposa son porte-documents, qu'il tenait jusqu'alors sous le bras, et l'ouvrit calmement.

J'aurais déjà pu tirer et mettre fin à sa vie. Mais je décidai de lui accorder quelques minutes d'existence supplémentaires. Je savais qu'attendre n'était pas une bonne idée. Si on est prêt, il faut toujours saisir la première occasion, car peut-être que la suivante peut nous passer sous le nez. Je n'étais pas à l'abri qu'un événement arrête soudain Erikson dans son discours et/ou qu'il quitte rapidement la scène. Et plus je restais longtemps en position, plus les risques, bien qu'infimes, de me faire repérer augmentaient.

Cependant, j'avais envie de laisser cet homme profiter de quelques instants de gloire. Il avait l'air heureux d'être là, et c'était sa dernière scène, et le dernier public qu'il verrait avant de disparaître à tout jamais. Je pouvais au moins faire ça pour lui.

Soudain, je me rendis compte que j'étais en train d'éprouver de la pitié pour ma future victime. C'était la première fois que cela m'arrivait et, surtout, je ne comprenais pas pourquoi ni comment c'était possible. Cela faisait des années que je ne ressentais plus rien pour mes cibles. Tout simplement parce que je n'avais pas d'autre choix, si je ne voulais pas devenir fou.

Même si la mort de Ben m'avait convaincu de mon destin, elle avait bien failli me détruire psychologiquement. La culpabilité m'avait collé à la peau pendant plusieurs semaines. J'avais cessé de m'alimenter, je ne dormais quasiment plus, je revoyais le visage de Ben partout, dans mon sommeil, et même lorsque j'étais éveillé. Je vivais dans un cauchemar et commençais réellement à perdre la tête. Mon père l'avait rapidement deviné et n'avait pas trouvé meilleure solution que de m'obliger à commettre de nouveaux meurtres assez rapprochés.

À ce moment-là de ma vie, j'avais compris que si je voulais réussir mes missions, et surtout survivre mentalement, je n'avais pas d'autre choix que de bloquer mes émotions et mes sentiments lors de mes assassinats.

Depuis, je fonctionnais toujours comme ça. Mon cerveau était habitué à ne rien éprouver du tout pour mes cibles. C'était mon automatisme de protection et de survie psychologique. Visiblement, il connaissait un bug aujourd'hui.

Était-ce à cause de ce que je ressentais pour Lexie ? Mes sentiments pour elle m'avaient rendu plus faible, moins dur, et même sensible avec elle. Mais peut-être était-ce également d'une manière générale.

Après tout, mes moments passés avec Lexie ces dernières semaines avaient aussi ravivé mes espoirs absurdes et rêves d'enfant de pouvoir être complètement libre de mes choix et de mon destin.

Je soupirai et fermai les paupières pour essayer de faire le vide total dans mon esprit. Je devais reprendre le contrôle. Peu importe ce que je désirais, je devais effectuer cette putain de mission. Parce que j'étais Ghost. Un assassin.

J'ouvris à nouveau les yeux et me concentrai entièrement sur ma cible. Seule son élimination comptait à présent. Il le fallait.

J'inspirai profondément, avant de retenir mon souffle, de viser avec précision sa tête, puis, après quelques secondes… de presser la détente.

La balle partit à toute allure et se logea, comme je l'avais souhaité, en plein milieu de son front. Erikson s'effondra sur le sol comme une poupée de chiffon, et simultanément, la foule se mit à hurler et à courir dans tous les sens.

D'un côté, j'étais soulagé d'avoir réussi mon assassinat en

beauté et d'en être débarrassé. De l'autre, un nœud étrange s'était formé dans mon ventre.

De la culpabilité ? Du regret ?

Non, je ne voulais pas savoir ce que c'était, ni comment c'était parvenu à traverser à nouveau mon système de protection. En plus, je n'avais surtout pas le temps d'essayer de le savoir.

Ma mission n'était pas encore terminée, et à présent, tout n'était qu'une question de rapidité, et de discrétion.

Dans les prochaines minutes, les flics présents sur les lieux allaient être occupés à tenter vainement de calmer, rassurer et évacuer plus de deux cents personnes complètement paniquées.

Il fallait que j'en profite pour décamper, avant que les renforts arrivent. Car ensuite, la zone serait vite bouclée, et chaque bâtiment fouillé.

Je me dépêchai de ranger mon fusil dans son étui, de remettre les lieux exactement comme je les avais trouvés et de replacer mes lunettes sur mon visage avant de quitter l'appartement.

Même si la police découvrait probablement que j'avais été ici pour tirer, je ne laissais jamais de trace aussi flagrante de mon passage. J'étais, et je me devais toujours d'être aussi invisible qu'un fantôme.

D'un pas rapide, mais tout en veillant à rester prudent et attentif au moindre bruit, je descendis les escaliers.

Je poussai lentement la porte me permettant d'accéder au hall de l'immeuble, et tombai nez à nez avec deux policiers. Mon cœur rata un battement.

Bordel de merde. Mais pourquoi est-ce qu'ils étaient là tous les deux ? ! Ils ne pouvaient pas déjà être en train de fouiller les bâtiments ni avoir deviné que j'avais été ici pour tirer. C'était beaucoup trop tôt ! Et, surtout, ils n'étaient pas assez nombreux actuellement pour faire ça.

Pourtant… le fait qu'ils tenaient tous les deux fermement leurs armes dans leurs mains me confirma qu'ils étaient bel et bien là pour me chercher. Et ils m'avaient trouvé. Mais le savaient-ils ? La réponse à cette question ne se fit pas tarder.

La femme, une jolie brune à la peau mate, brandit son pistolet vers moi et me cria :

— Police ! Pas un geste !

C'était Olivia Richards, une amie et collègue de Lexie. Je l'avais reconnue, car j'avais déjà vu plusieurs fois Lexie en sa compagnie, et que j'avais également un peu enquêté sur elle.

Sa réaction me fit comprendre qu'ils n'avaient aucun doute quant à mon « identité ». Ils avaient compris que j'étais le tireur. Et la seule façon qu'ils l'aient deviné était qu'ils savaient à quoi je ressemblais.

Autrement dit… la police était au courant pour Ghost, et pour cette mission.

Comment ? De quelles informations disposent-ils exactement ? Et surtout, en ont-ils aussi sur Seth Thompson ?

Non, j'avais plus important à faire que de réfléchir maintenant à comment j'avais pu me faire griller et à quel point.

J'analysai rapidement la situation, et constatai que le policier qui se trouvait aux côtés d'Olivia et m'était totalement inconnu n'avait toujours pas levé son arme.

Désolé, mec. Tu ne faisais pas partie du contrat, mais il va falloir que je t'élimine si je veux espérer me tirer de là.

Oh ! merde. J'étais sérieusement en train de regretter par

avance de devoir le tuer ! Bon sang, je ne savais pas ce qui m'arrivait aujourd'hui, mais je délirais complètement.

Reprends-toi, Ghost.

Dans un mouvement rapide, je me penchai sur le côté et attrapai les mains d'Olivia avant qu'elle ait le temps de réagir. Je dirigeai son arme vers son collègue, qui levait enfin la sienne vers moi, mais c'était trop tard. Pour lui.

J'appuyai sur le doigt d'Olivia et pressai la détente. La balle vint se planter en plein milieu de son front, et tout comme Erikson, il s'écroula sur le sol.

— Non ! hurla Olivia.

Utiliser à nouveau une arme dans le bâtiment était une mauvaise idée. Même si je doutais qu'on ait entendu le coup depuis l'extérieur, en raison du bruit dehors, les habitants présents dans l'immeuble étaient peut-être en train d'alerter la police. Mais j'avais dû agir rapidement, il le fallait toujours.

Je n'eus pas l'occasion de penser davantage, car Olivia se débattait furieusement pour essayer de me faire lâcher son arme. Un nouveau coup de feu partit accidentellement, mais heureusement dans le vide.

Bon, il était temps de mettre fin à ce ridicule combat, avant que d'autres flics rappliquent.

Je lâchai soudain l'arme, ce qui déstabilisa Olivia, et je profitai de cet instant de confusion pour lui asséner un violent crochet du droit à la mâchoire, qui la fit tituber en arrière, puis enchaînai avec un coup de pied sur son bras, ce qui la fit lâcher aussi son revolver. Je shootai dans l'arme et la projetai à plusieurs mètres, loin de nous.

Olivia me fixa avec effroi, et recula jusqu'au mur derrière elle.

Je ne pouvais pas la tuer. Cette femme comptait pour

Lexie, et je savais que sa mort l'aurait beaucoup attristée. Je ne pouvais pas encore la faire souffrir.

Toutefois, il était hors de question que je laisse Olivia partir comme ça. Il fallait que je l'attache, ou que je la mette K-O, au moins le temps que je disparaisse. Et je n'avais pas de corde sur moi alors…

— Tu… Tu es Jess ?

Ma respiration se figea.

Jess. Elle avait dit Jess, et non Seth Thompson. Elle ne connaissait donc pas mon identité officielle, ce qui signifiait que le reste de la police ne devait pas être au courant non plus.

En revanche, je ne comprenais pas comment elle avait pu faire un lien entre Jess et Ghost. Même si Lexie lui avait parlé de moi, Olivia ne m'avait jamais rencontré…

Mais elle m'a peut-être vu.

Le soir où Lexie était venue au Golden pour discuter avec moi alors que je n'étais pas encore arrivé, je me souvenais que Kym m'avait dit qu'une femme l'accompagnait. Cette femme était sans doute Olivia. Et toutes les deux m'avaient par la suite aperçu quand je sortais de ma voiture sur le parking.

Toutefois j'étais alors méconnaissable, comme aujourd'hui. Olivia n'aurait pas pu, uniquement en se basant sur ma silhouette et mon style vestimentaire un peu sombre, faire un lien entre Jess et Ghost… Si ?

Au moins, cela me rassurait sur un point. Bien que la police semble savoir ce à quoi je ressemblais, c'était probablement plus dû à un témoignage, ou à des photos assez floues ou de dos, car sinon Olivia, et surtout Lexie, m'aurait reconnu avant aujourd'hui et je serais déjà complètement foutu.

Mon regard glissa jusqu'à son revolver un peu plus loin, puis revint se poser vers elle. Si je la laissais en vie, cela signifiait que Seth Thompson devrait disparaître de la circulation dès aujourd'hui. Car Olivia partagerait ses doutes me concernant avec Lexie ainsi qu'avec la police, et il y aurait une enquête.

Bien que les seuls soupçons d'Olivia ne suffisent pas à démontrer avec certitude que j'étais la même personne, il était possible que la police retrouve des traces de mon ADN ici, et les compare avec celles qu'il y avait chez moi.

De plus, ils risquaient de découvrir que je n'étais pas le vrai Seth Thompson en étudiant mon dossier médical ou en tombant sur des photos de Seth Thompson adolescent – qui n'était pas non plus mon sosie, et cela me causerait de nouveaux et gros ennuis.

Alors que si j'éliminais Olivia maintenant, la police ne viendrait pas m'arrêter, m'interroger, enquêter sur moi, et je pourrais continuer d'utiliser l'identité de Seth Thompson. Et surtout, Lexie ne saurait rien.

Mais… Si Seth disparaissait, Olivia pourrait avoir la vie sauve. Lexie découvrirait forcément la vérité me concernant, et elle me haïrait de tout son cœur.

Mais peut-être est-ce justement le meilleur moyen de la tenir éloignée de moi.

J'avais beau avoir l'intention de déménager et de l'ignorer, je craignais qu'elle n'essaye de revenir un jour dans mon existence. Et elle le pourrait. Soit par le biais du Golden Hour, soit en utilisant à nouveau la base de données de la police.

Je serrai les poings, puis assénai un nouveau coup de poing à Olivia, à la tempe. Sa tête cogna contre le mur et elle s'écroula par terre.

Je vérifiai rapidement son pouls, puis, rassuré et certain

qu'elle ne tarderait pas à reprendre conscience, je déposai mon étui sur le sol, retirai mon manteau et ma casquette.

La zone était peut-être déjà bouclée, les entrées et sorties filtrées ou surveillées, et les flics n'auraient aucune difficulté à me repérer dans cet accoutrement. Quant à mon fusil, même si ça me faisait énormément mal au cœur de l'abandonner, notamment en raison de son prix élevé, je savais que je n'avais pas le choix si je voulais me tirer d'ici. Heureusement, l'arme était totalement intraçable. La police ne pourrait pas remonter jusqu'à son fabricant ni jusqu'à mon fournisseur. Bien qu'honnêtement, je me moque de ce qui pouvait bien leur arriver.

J'allai ôter la veste et la casquette du policier que j'avais tué, et les enfilai rapidement avant de sortir de l'immeuble.

Contrairement à ce que je pensais, il n'y avait pas tant de monde que ça en train de courir dans les rues, tentant de fuir le plus loin possible de la Grand Army Plaza, ou d'essayer de se réfugier dans les bâtiments qui nous entouraient.

La police avait peut-être mis en place un plan d'évacuation de la foule pour éviter le chaos que j'aurais aimé qu'il se produise. Tant pis.

Il fallait que je me dépêche. Olivia était sans doute déjà en train de reprendre conscience et ne tarderait pas à alerter ses collègues de la situation et de ma « nouvelle tenue ». Parfait. Comme ça, d'ici quelques minutes, les flics ne rechercheraient plus un homme aux vêtements sombres mais un faux policier.

Cependant, j'avais bien l'intention de me débarrasser le plus vite possible de mon déguisement et de le planquer quelque part. Ensuite, il n'y aurait plus aucun signe de Ghost.

Pour autant, je ne savais pas encore comment fonctionnait

le périmètre de sécurité sûrement déjà installé. Les personnes qui n'habitaient pas le quartier pouvaient-elles sortir ou étions-nous obligés de rester dans le secteur et de nous mettre à l'abri ? Si nous étions autorisés à partir, la police vérifiait-elle les identités de chacun ? Utiliser les papiers de Seth serait sans doute trop dangereux, car ma seconde identité serait très bientôt compromise. Il faudrait donc que je trouve un moyen intelligent et discret de me tirer d'ici au plus vite !

Chapitre 17

Quelques minutes plus tôt

Lexie

Gérer une foule de deux cents personnes complètement paniquées n'était pas une chose facile.

Nous nous étions préparés à l'éventualité de la mort de Brian Erikson, notamment parce que, malgré une fouille et une surveillance des lieux, Ghost n'avait pas été localisé avant le début du discours. Mais personne n'imaginait qu'elle se produirait réellement.

Certains s'étaient convaincus que Ghost ne passerait pas à l'acte aujourd'hui. D'autres l'espéraient seulement, comme moi. Parce que c'était notre mission à nous de le protéger, et surtout, de trouver et d'arrêter cet assassin avant qu'il tire. Mais nous avions échoué sur tous les points.

Et actuellement, nous faisions face au pire scénario possible : un mort, un criminel en fuite, et plus de deux cents personnes affolées que nous essayions de calmer et d'évacuer de la zone. Malgré les précautions et dispositions que nous avions prises, cela restait une tâche bien difficile.

— Mamaaaaaaaan ! hurla une petite voix sur ma droite.

Je tournai la tête et repérai une fillette en pleurs, debout sur le trottoir.

Sûrement avait-elle été séparée de sa mère à cause des bousculades dans la rue. Cependant, je trouvais étrange que sa mère ne s'en soit pas rendu compte et ne soit pas revenue sur ses pas.

Quoi qu'il en soit, la fillette ne pouvait pas rester seule ni dans la rue. C'était bien trop risqué pour elle.

Il y avait d'ailleurs déjà des blessés, dont un vieux monsieur qui avait chuté par terre et qui s'était sans doute foulé la cheville. Dean était actuellement en train de le raccompagner chez lui, dans l'immeuble derrière moi, et j'étais à l'extérieur pour continuer à aider les gens.

Sans plus attendre, je me précipitai vers la fillette et lui adressai un sourire rassurant.

— Hé, tout va bien, d'accord ? Je m'appelle Lexie et toi ?

— June…, répondit-elle entre deux sanglots.

— Tu as perdu ta maman, c'est ça ?

Elle cessa de pleurer et hocha la tête.

— D'accord. Écoute, June, je ne peux pas te laisser toute seule ici, c'est dangereux. Alors je vais aller te mettre à l'abri, et ensuite je te promets de faire tout ce que je peux pour chercher ta maman.

Retrouver quelqu'un dans cette foule serait quasiment impossible. D'autant plus que sa mère avait peut-être déjà quitté la zone, ou s'était réfugiée quelque part.

— Je veux maman, recommença à pleurer June.

— June, plus vite je t'aurai mise en sécurité, plus vite je

pourrai la ramener auprès de toi, dis-je en lui tendant la main. Viens, ma puce.

June finit par la prendre.

— Est-ce que je peux te porter ? demandai-je. On ira plus vite, et comme ça si tu vois ta maman, tu pourras me le dire.

Elle acquiesça.

Je la soulevai alors dans mes bras et la serrai contre moi.

Au moins, elle ne risque plus de se faire bousculer ou marcher dessus.

Maintenant il était temps qu'on parte d'ici.

— Maman ! cria soudain June.

— Tu l'as vue ? Où ça ?

Elle me désigna un magasin alimentaire situé à une cinquantaine de mètres de là.

— Là-bas !

— Tu es sûre que c'était elle ?

La petite hocha vivement la tête.

— D'accord, allons-y.

Je me mis à marcher rapidement vers le commerce, en évitant du mieux que je le pouvais de me faire bousculer par des gens.

Une fois devant la porte d'entrée, je tentai d'ouvrir mais elle était verrouillée.

— Tu es vraiment sûre que ta maman est entrée ici ? demandai-je à nouveau à June.

— Oui !

Alors peut-être que les gens à l'intérieur s'étaient enfermés pour se protéger. Ils avaient bien agi.

— Police ! Ouvrez, s'il vous plaît ! criai-je en frappant.

Après quelques secondes, une jeune femme m'ouvrit enfin.

— Merci.

Je pénétrai dans le magasin et l'entendis verrouiller à nouveau la porte derrière moi.

Une cinquantaine de personnes s'était réfugiée ici. La plupart étaient cachées derrière les rayons, ou accroupies.

Certains semblèrent un peu soulagés et heureux de me voir. D'autres avaient l'air curieux. Sûrement voulaient-ils des explications sur la situation actuelle.

— June ! s'exclama soudain quelqu'un.

Une femme bondit de derrière une allée et accourut vers moi.

— Maman ! cria la fillette.

Je la reposai sur le sol et laissai sa mère la prendre à son tour dans ses bras.

— Mais… Je te croyais avec ton père ! déclara la mère, à la fois surprise et confuse.

Puis elle reporta son attention sur moi et écarquilla grand les yeux.

— Non… Ne me dites pas qu'il est arrivé quelque chose à Paul ? !

J'hésitai un instant à la rassurer, mais en réalité, je n'en avais pas la moindre idée, et je préférai ne pas lui mentir.

— Je suis désolée, je ne sais pas. J'ai trouvé votre fille seule dans la rue, j'allais la mettre en sécurité, mais elle vous a aperçue entrer ici alors nous sommes venues.

— Oh ! merci mille fois ! dit-elle en serrant sa fille contre elle.

— Pourquoi croyez-vous que June était avec son père ? lui demandai-je.

— C'était la folie dehors. On essayait de fuir la scène, Paul tenait June par la main, puis soudain quelqu'un m'a poussée, je suis tombée par terre et quand je me suis relevée, mon mari et ma fille avaient disparu. Je les ai appelés et cherchés mais ils étaient nulle part. Puis j'ai entendu quelqu'un crier que le tireur était derrière nous, alors j'ai couru jusqu'ici pour me cacher…

— Que le tireur était derrière vous ? répétai-je. Vous avez vu quelqu'un avec une arme ? Ou qui vous paraissait suspect ?

— Non, je n'ai pas fait attention aux autres. J'ai eu peur, donc j'ai juste cherché un endroit où me mettre à l'abri.

C'était probablement une fausse alerte.

Ghost avait la réputation d'être aussi invisible qu'un fantôme, alors je doutais qu'il ait pu se faire repérer par quelqu'un aussi facilement. Si tel avait été le cas, nous l'aurions sans doute déjà arrêté.

D'autant plus que seuls la police et le FBI avaient une idée de ce à quoi pouvait ressembler le potentiel suspect.

Quant à Paul… Peut-être avait-il lâché la main de sa fille dans la panique et qu'il la cherchait actuellement, ainsi que sa femme.

— À quoi ressemble votre mari ? lui demandai-je.

— Euh, il est grand, les cheveux bouclés, châtain. Il porte des lunettes de vue, un long manteau beige, un jean et des baskets.

— D'accord. Restez ici avec les autres jusqu'à ce que la situation soit plus calme et sous contrôle. Si j'aperçois votre mari, je lui dirai que vous êtes là.

Dans le cas contraire, j'étais certaine qu'il finirait par les retrouver après la tempête qui balayait actuellement le quartier.

— Excusez-moi, officier, intervint un homme, vous êtes sûre que nous sommes en sécurité ici ? Et si… Et si le tireur…

Ghost était un tueur à gages. Il n'éliminait normalement que ses cibles. Cependant, rien ne nous certifiait qu'il ne commettait pas d'autres meurtres hors contrat, et qu'il n'en commettrait pas aujourd'hui. D'autant plus que la zone était bouclée, que chaque coin de rue était surveillé et contrôlé, et qu'il y avait de grandes chances pour qu'il se fasse attraper. Cela pourrait le faire stresser, paniquer, et il pourrait tout tenter pour se sortir de là.

— Gardez la porte fermée à clé, leur conseillai-je, restez cachés et loin des vitres, et n'ouvrez qu'aux personnes qui ont l'air d'avoir peur et qui semblent chercher un endroit où se réfugier.

— Est-ce qu'on va devoir rester ici longtemps ? me demanda une jeune fille.

— Vous allez vite arrêter le tireur ? Hein ?

— Erikson… Il est vraiment mort ?

Je pris la parole avant de me faire assaillir de questions.

— Je suis désolée, je ne peux pas vous répondre pour l'instant. On viendra vous prévenir lorsque vous pourrez sortir d'ici. En attendant, gardez votre calme, soutenez-vous les uns les autres, et montrez-vous patients, merci.

J'adressai un petit signe de la main à June et sa mère, puis quittai le magasin.

La rue dans laquelle je me trouvais s'était vidée. Il y avait encore quelques personnes, mais il s'agissait essentiellement de policiers.

J'inspirai profondément et essayai de lutter contre l'énorme sentiment de culpabilité qui me compressait la poitrine. Si Jess était bel et bien Ghost, alors j'étais tout autant responsable que lui du décès d'Erikson, et de cette putain de situation.

J'aurais dû avertir la police de mes suspicions le concernant. Un homme était peut-être mort par ma faute, et surtout, il ne serait peut-être pas le seul. Et peut-être même que Jess risquait de faire partie des victimes éventuelles.

Je réalisai à quel point j'avais été stupide de croire que je nous protégerais en gardant le silence à son sujet.

— Lexie !

Je me retournai, et aperçus Dean courir venir moi.

— J'étais… Hé, ça ne va pas ?

Il m'attrapa brusquement par le bras, m'empêchant de tomber par terre sans que je m'en rende compte.

— Merde, Lexie, qu'est-ce qui t'arrive ? ! s'inquiéta-t-il.

Respire, Lexie. Respire.

— Ça… Ça va, tentai-je de le rassurer.

— Hé ! nous interpella soudain une voix.

Dean me lâcha pour se retourner et regarder l'adolescent qui courait vers nous d'un air affolé.

Je vacillai un instant, mais parvins à rester debout.

— Venez vite ! cria-t-il, il y a deux flics dans mon immeuble… Y en a un qui est mort et l'autre je ne sais pas !

Ma respiration se figea.

Non… Non…

— Quel immeuble ? l'interrogea aussitôt Dean.

— Suivez-moi !

Même si je n'étais pas bien en état de courir, je pris sur moi et réussis à tenir le coup jusqu'au bâtiment en question, qui était à une centaine de mètres.

Dean profita de notre trajet pour alerter nos collègues de la situation par radio et demander des renforts.

— J'allais rentrer chez moi, mais j'ai entendu des coups

de feu, nous expliqua le garçon, je suis resté caché derrière une voiture et… j'ai vu un policier sortir. J'ai pensé que la voie était libre, que le tireur était sûrement mort, du coup je suis entré et c'est là… c'est là que je les ai repérés sur le sol…

— On va aller voir ça, lui indiqua Dean, tu as les clés ?

— Je les ai laissés sur la porte. J'ai… J'ai paniqué en les apercevant, alors je suis ressorti et… j'ai cherché de l'aide et je vous ai trouvés…

— Tu as bien fait, lui assura Dean. Maintenant j'aimerais que tu retournes te cacher derrière la voiture jusqu'à ce qu'on revienne. Tu peux faire ça pour nous ?

Le garçon hocha la tête.

— Bien.

Dean n'attendit pas qu'il se soit éloigné, il dégaina son arme et me fit signe de le suivre jusqu'à la porte d'entrée.

Il avait raison, nous ne pouvions pas patienter jusqu'à l'arrivée des renforts. Il y avait des gens dans l'immeuble, dont deux de nos collègues, et peut-être que Ghost ou n'importe quel autre criminel se trouvait encore à l'intérieur.

Je sortis mon revolver et lui emboîtai le pas.

— Reste derrière moi, dit-il en tournant la poignée.

Il ouvrit la porte, puis entra le premier, moi sur ses talons.

— Police ! cria-t-il avant d'ajouter : Putain de merde.

Je me figeai en découvrant deux de nos collègues allongés dans le hall.

Le premier était Steven Hadot, un jeune officier d'une vingtaine d'années. À voir la balle qui avait transpercé son front et son corps inerte, oui, il était bel et bien mort.

Mon cœur se serra douloureusement dans ma poitrine.

Quant au second… Il s'agissait d'Olivia. Si elle ne semblait pas avoir de blessure physique visible, hormis une lèvre fendue, elle ne bougeait pas non plus.

Oh mon Dieu.

— Olivia ! criai-je en me précipitant vers mon amie.

Comme la zone n'était pas sécurisée, Dean resta debout et me couvrit en surveillant le couloir du rez-de-chaussée qui donnait sur les premiers appartements, sur les escaliers, et sur l'ascenseur. Il alerta également par radio nos collègues de la situation et réitéra sa demande de renforts, tandis que je vérifiais l'état d'Olivia.

Dieu merci, en plus de respirer et d'avoir un pouls régulier, elle revenait lentement à elle !

— Hum, marmonna-t-elle en levant une main vers son visage.

— Comment tu te sens ? la questionnai-je. Tu as mal quelque part ?

Elle ouvrit les yeux et nous observa tour à tour d'un air un peu perdu.

— Qu'est-ce que… Merde, Ghost ! Il… Oh ! Steven !

Olivia se redressa brusquement, me poussa sur le côté et marcha à quatre pattes jusqu'au corps inerte de Steven.

— Putain d'enfoiré de… Je vais le buter, je vais buter ce salopard d'assassin ! cria-t-elle d'une voix remplie d'émotion.

Au même moment, deux policiers entrèrent dans le bâtiment. Il s'agissait de Jim Mursley et de John Wilson.

— Oh merde, lâcha Jim en apercevant Steven.

John resta quant à lui silencieux, et fit signe à son partenaire de le suivre dans le couloir.

— On commence à fouiller l'immeuble, nous traduisit Jim.

— Il s'est sans doute tiré, les arrêta Olivia. Regardez, il a pris la veste et la casquette de Steven, et il a laissé ses affaires.

En effet, l'uniforme de Steven était incomplet, et il y avait, un peu plus loin sur le sol, un long manteau noir, une casquette et un étui d'instrument de musique – qui contenait peut-être une arme.

En tombant sur Olivia et Steven, Ghost avait sans doute compris qu'on était au courant pour lui, et s'était donc déguisé en faux policier pour s'échapper. Cette théorie coïncidait également avec le témoignage de l'adolescent, qui nous avait dit avoir vu un « policier » quitter l'immeuble peu de temps après les coups de feu.

Dean attrapa à nouveau sa radio et alerta rapidement nos collègues de la situation, et de la forte possibilité que Ghost ait changé d'apparence.

Soudain, je réalisai que l'adolescent avait parlé de plusieurs coups de feu. Mon cœur rata un battement.

Par pitié, non !

— Ghost est blessé ? ! m'exclamai-je.

Olivia secoua négativement la tête, et cela me détendit aussitôt – ce que j'essayais d'ailleurs de ne pas laisser paraître.

— Malheureusement, non, cracha-t-elle.

Je comprenais sa haine envers lui. Il avait tué Erikson, et Steven. Et je ressentais énormément de peine pour mon collègue que j'appréciais beaucoup.

Mais la simple pensée que Jess soit sous le masque de Ghost et qu'il ait pu être blessé me retournait l'estomac.

— Il faut quand même qu'on vérifie l'immeuble, nous indiqua Jim, il y a peut-être d'autres blessés, ou des indices.

Et sans plus attendre, tous deux s'éloignèrent dans le couloir.

Ils avaient raison, même s'il était quasiment certain que Ghost ne soit plus dans l'immeuble, il avait sans doute dû établir son poste de tir ici. Et ça, c'était très important que nous le découvrions pour l'enquête.

Quant à la possibilité qu'il y ait de nouvelles victimes, j'espérais de tout cœur que ce ne soit pas le cas.

— Lexie.

Je reportai mon attention sur Olivia, qui me regardait étrangement.

— Je crois que c'est lui, ajouta-t-elle avec sérieux, Jess.

L'air se comprima à nouveau dans ma poitrine.

Respire, Lexie, m'intimai-je, *respire*.

— Jess ? répéta Dean, un peu déconcerté.

— C'est un ami d'enfance de Lexie, répondit Olivia, je ne l'ai vu qu'une fois, mais j'en suis convaincue. Et quand j'ai demandé à Ghost si c'était Jess, j'ai eu l'impression de l'avoir perturbé.

— Tu as parlé avec le tireur ? s'étonna Dean.

— Quand on lui est tombés dessus, j'ai braqué mon arme sur lui et lui ai ordonné de ne pas bouger. Il m'a attrapé les mains avant que j'aie eu le temps de faire quoi que ce soit et il… il a pressé mon doigt sur la détente et… c'est moi qui ai tué Steven. Oh ! bon sang.

Olivia baissa les yeux sur le corps de notre collègue.

— Ensuite, reprit-elle d'une voix tremblante, il m'a frappée au visage et sur le bras, ce qui m'a fait lâcher mon arme… Puis il a hésité. Il a hésité à me tuer. Je ne sais pas pourquoi, alors qu'il n'a pas hésité un seul instant à tirer sur Steven… Mais c'est là que je lui ai demandé s'il était Jess. Et ma question a vraiment semblé le troubler. Même si pour toute réponse il m'a frappée à nouveau au visage et puis… j'ai dû perdre connaissance jusqu'à ce que vous arriviez.

Ça n'avait aucun sens. Si Ghost était bien Jess et qu'il savait qu'Olivia l'avait grillé, pourquoi ne l'avait-il pas éliminée ? Cela lui aurait permis de garder son anonymat. Alors que maintenant qu'Olivia était persuadée de son identité, je devinais qu'elle ne le lâcherait pas. Et malgré mon intention de protéger Jess, encore une fois, je ne le pouvais plus. Olivia ne connaissait pas son vrai nom, mais elle savait où il travaillait.

Il s'était sacrifié en la laissant en vie. Ou du moins, il avait sacrifié son identité.

Pourquoi, Jess ?

Il ne pouvait pas avoir fait ça pour moi. Car évidemment, le fait qu'elle l'ait appelé Jess et « reconnu » lui avait fait deviner que je lui avais parlé de lui et montré – à son insu. Il avait dû comprendre qu'elle était mon amie et que nous étions proches. Mais de là à l'épargner pour cette raison…

— Lexie, c'est quoi son nom ? me questionna Dean. Ce n'est peut-être pas lui, mais il faut quand même enquêter. D'autant plus qu'on a si peu d'infos sur l'identité de Ghost que toutes les pistes sont bonnes à prendre…

Je déglutis nerveusement. Bien sûr, je pouvais toujours refuser de répondre, en prétextant que c'était complètement absurde, que je connaissais Jess et qu'il ne pouvait pas être ce Ghost… Mais ils n'avaient pas besoin de moi pour découvrir son identité. Et, surtout, s'il s'avérait au final que Jess était bien Ghost, on pourrait me soupçonner d'avoir été au courant et d'avoir voulu l'épargner. D'autant plus que notre passé, nos retrouvailles, notre relation, et le fait que nous étions voisins seraient difficiles à expliquer et probablement assez suspects.

Pour le coup, c'était seulement moi que j'allais protéger à présent. Parce que pour Jess, c'était trop tard, je ne pouvais plus rien faire. Et pour être honnête, même si j'avais pu, j'en aurais été incapable.

C'était mon devoir de tout mettre en œuvre pour qu'on arrête Ghost. Je ne voulais plus qu'il tue encore et je ne pouvais pas le laisser agir ainsi. Et surtout, je n'avais pas envie de me rajouter plus de culpabilité.

Jess était une partie de moi que j'allais peut-être perdre aujourd'hui, mais si je ne cessais pas de le protéger, alors je risquais de me perdre avec lui, et pour toujours.

Et je veux continuer à vivre dans la lumière.

— Seth… Seth Thompson, lâchai-je, c'est son vrai nom, et il habite en face de chez moi.

— Quoi ? s'étouffa Olivia.

Dean attrapa sa radio et communiqua ces informations à nos collègues.

L'enquête était lancée. Et notre lien… était coupé.

Jess

Il neigeait. Ce n'était que quelques flocons, et ils ne tenaient pas encore sur le sol, mais c'était les premiers. J'avais toujours aimé la neige. La sensation de fraîcheur qu'elle me procurait lorsqu'on la touchait. La beauté et la pureté qu'elle dégageait. Pour moi, elle était capable d'embellir n'importe quel paysage. Comme Lexie.

Je longeai le lac Harlem Meer un moment, puis m'assis sur un banc. Celui sur lequel Lexie et moi nous étions installés côte à côte il y a huit ans. Je me souvenais à l'époque avoir souhaité que le temps s'arrête et pouvoir rester avec elle ici. Cette journée passée en sa compagnie avait été la plus belle de toute ma vie, jusqu'à ce que mon destin et la réalité me rattrapent le soir même.

J'admirai un moment le paysage nocturne qui m'entourait, tout en me demandant s'ils avaient abandonné les recherches à Prospect Heights, ou s'ils avaient encore l'espoir de m'y trouver. Cela faisait déjà deux heures.

D'ailleurs, il m'avait été finalement assez facile de m'échapper. Au moment même où j'arrivais discrètement près des barrages qu'ils avaient instaurés pour sécuriser la zone, un type était en train de s'embrouiller avec un flic. La situation avait rapidement dégénéré, et d'autres policiers étaient venus prêter main-forte à leur collègue pour maîtriser l'homme. J'avais donc profité de ce parfait petit moment pour passer de l'autre côté et disparaître, sans avoir droit aux contrôles d'identité qu'ils effectuaient.

Puis je m'étais rendu dans une de mes planques pour me doucher, me changer et, surtout, prendre un manteau, de l'argent en espèces, et un téléphone jetable.

Bien que la police sache pour Ghost et ce à quoi je ressemblais vaguement, si elle n'avait pas été au courant pour Seth Thompson avant aujourd'hui, cela signifiait qu'elle ne m'avait jamais suivi où que ce soit – ou du moins, n'avait jamais réussi.

J'avais eu le temps de réfléchir en venant jusqu'à Manhattan. Soit Enzo m'avait balancé à la police, peut-être en échange des infos que la taupe avait collectées sur eux… Soit les Santini étaient encore corrompus.

C'était les seules hypothèses que je trouvais et qui me

permettaient d'expliquer que les flics sachent pour Erikson, et pour son lieu d'assassinat. Maintenant que Erikson était mort, les Santini pourraient être accusés d'avoir commandité son meurtre. Mais ça, ce n'était pas mon problème. C'était même à cause d'eux que j'avais failli me faire choper, et que je devrais changer d'identité. Il était d'ailleurs grand temps qu'on discute de tout ça avec Enzo.

Je sortis mon portable de ma poche et composai son numéro. Il était possible que la police l'ait déjà arrêté, et qu'elle essaye de me piéger avec lui – ou qu'il essaye de me piéger sans elle. Toutefois, il serait dur de me retrouver. J'appelai via un portable jetable, en plein milieu de Central Park, et je n'avais pas l'intention de revoir Enzo de sitôt ou de lui révéler quoi que ce soit sur moi.

Il décrocha après la première sonnerie.

— Tu es seul ? demandai-je. Il faut qu'on parle. Au téléphone.

Je l'entendis soupirer.

— Je sais. J'ai vu, et le FBI est venu nous rendre une petite visite dans la foulée. J'ai pu leur échapper de justesse, avec quelques autres de nos hommes présents. Francesco ne se trouvait pas au repère principal, heureusement.

Le FBI était carrément impliqué dans cette histoire ? Je ne les avais pas remarqués à la Grand Army Plaza. Ils avaient dû se montrer discrets.

Quant à Enzo, il avait l'air sincère, mais je préférais être comme toujours méfiant et vigilant.

— Il n'y avait que cinq personnes au courant pour Erikson, dont Francesco et moi, reprit Enzo. Il me reste donc trois suspects. Et je trouverai le coupable.

Honnêtement, il y avait peu de chances. Qu'il s'agisse d'un

flic infiltré, ou d'un indic, il ne se montrerait certainement plus chez les Santini, serait sans doute protégé, changerait d'identité et quitterait New York, peut-être même les États-Unis.

— Est-ce que parmi les trois il y en a qui était au courant, ou aurait pu l'être, de ton rendez-vous avec moi la semaine dernière ? demandai-je.

Si les flics savaient ce à quoi je ressemblais vaguement, c'est qu'ils m'avaient forcément vu quelque part.

Peut-être avaient-ils été présents et aussi discrets qu'aujourd'hui lorsque j'avais tenté d'assassiner Claire Windsburg, et qu'ils m'avaient aperçu sur le toit de l'immeuble ou bien dans la rue. Mais s'ils m'avaient suspecté, pourquoi ne s'étaient-ils pas montrés ?

Cette première hypothèse me paraissait un peu absurde, en revanche, puisqu'il y avait encore un traître chez les Santini, Enzo avait pu être suivi lorsque nous nous étions rencontrés à la galerie d'art. Les flics avaient pu avoir accès aux caméras de surveillance du Cosmosart et me trouver en compagnie d'Enzo devant la sculpture. Même si nous étions dos aux caméras, nous étions restés suffisamment côte à côte pour que je sois un suspect idéal.

— Personne. Je ne précise jamais qui je vois ni où je vais lorsque je pars seul, mais je n'exclus pas la possibilité d'avoir été suivi.

Et ils avaient quand même pu faire un lien avec Ghost et me soupçonner.

— Et tu les avais aussi piégés tous les trois, comme la balance, en leur donnant de fausses informations ?

— Non. Le premier traître s'est fait prendre avant, et honnêtement, je ne pensais pas qu'il y en aurait un second.

Tant pis. Peut-être que la réponse à cette question aurait pu me permettre de savoir si le FBI se moquait des autres activités des Santini, et ne se préoccupait en réalité que des meurtres et de moi.

— Je vais partir en vacances, dis-je soudain.

— De façon définitive ou temporaire ?

— Vis-à-vis de vous, aucune idée pour le moment.

— Ghost, je t'assure que nous ne t'avons pas trahi.

— Je ne fais confiance à personne, Enzo.

— D'accord. De toute façon, avec le FBI aux fesses, nous allons nous faire discrets.

— Je vous trouverai si je choisis de reprendre du service.

— Je n'en doute pas.

Il y eut un court silence, puis Enzo ajouta :

— Au revoir, Ghost.

Et il raccrocha.

Il y avait peu de chances pour que je décide de travailler à nouveau avec les Santini. Même si Enzo n'avait pas menti, et qu'il réglait ce souci avec le FBI, ces derniers ne les lâcheraient pas de sitôt, et ils continueraient de chercher qui pouvait se cacher derrière leur assassin nommé Ghost.

Il fallait que Ghost disparaisse lui aussi, et que je réfléchisse à un nouveau pseudonyme de tueur à gages à donner à la prochaine famille mafieuse avec qui je travaillerais… Enfin, ce ne serait probablement pas pour tout de suite. Avec tout ce qui s'était passé, que ce soit aujourd'hui, mais également avec Lexie, j'avais besoin de faire un break. Car si je perdais à nouveau le contrôle de mes émotions et de mes sentiments, je savais que ma prochaine mission serait un échec. Comme celle-là.

Oui, j'avais rempli ma part du contrat. Mais j'avais été découvert. Non, c'était bien pire encore. En décidant d'épargner Olivia, je m'étais carrément livré aux flics sur un plateau d'argent.

Et pour couronner le tout, je n'avais pas sacrifié mon identité uniquement dans l'intérêt de Lexie, ou du mien. La véritable raison était que j'aurais été incapable de tuer Olivia. Lorsque nous nous étions retrouvés seuls, face à face, j'avais lu la peur dans son regard, et surtout, j'y avais vu mon reflet. Celui d'un monstre. D'un homme que je n'aurais jamais voulu être.

Je savais également que si j'avais pu épargner son collègue, je l'aurais fait. Je l'avais éliminé uniquement par nécessité, et… la culpabilité ne m'avait pas quitté depuis.

Je baissai les yeux sur mes mains. Elles tremblaient.

Actuellement, il me serait tout bonnement impossible de devoir tuer à nouveau quelqu'un, même s'il était question de ma survie.

Alors oui, j'avais grandement besoin de faire une pause. Le temps de me ressaisir et de devenir un nouveau Ghost.

Mais en serais-je vraiment capable ?

Un rire nerveux s'échappa de ma gorge. Étais-je sérieusement en train de douter de moi ? De remettre en question ce que j'étais et devais continuer d'être ?

— Tuer est mon destin, murmurai-je.

Pourtant, j'avais épargné Olivia. J'avais pris la décision de la laisser en vie, quitte à sacrifier mes deux identités. J'avais été libre de choisir son sort… et mon avenir.

Et si… Et s'il n'avait en réalité jamais été question de destin ?

Mon père m'avait toujours assuré que c'était le cas, et j'avais fini par m'en convaincre après avoir tué Ben.

Mais… Et si je m'étais trompé ? Après tout, Lexie avait raison, il s'agissait d'un accident. Ce meurtre était différent de tous ceux que j'avais commis par la suite.

Peut-être qu'il n'a en réalité jamais déterminé mon futur.

Je sentis ma respiration s'accélérer. Avais-je complètement perdu l'esprit ? Non… Bien au contraire. Tout semblait si clair dans ma tête à présent.

Il n'avait jamais été question de destin. Je m'en étais persuadé, probablement pour me protéger psychologiquement et accepter plus facilement ce que mon père voulait que je sois.

Mais maintenant qu'il n'était plus là pour me surveiller et m'obliger à continuer les assassinats, je pouvais réellement tout arrêter. Il ne s'agissait pas non plus d'essayer de le rendre fier de moi dans l'au-delà, je l'avais déjà bien trop déçu et il ne m'aurait de toute façon jamais pardonné les choix que j'avais faits concernant Lexie.

Je ne travaillais plus pour les Santini, et Ghost était mort. Plus rien ne m'obligeait à rester sur cette voie.

Bon sang !

Je me levai brusquement, soudain envahi d'un puissant sentiment de liberté et de soulagement.

Après toutes ces années, je voyais enfin une porte de sortie. Il m'était possible de quitter ce monde sinistre et cruel dans lequel je vivais.

Mais pour aller où ? Pour faire quoi ? Si je n'étais plus un assassin, si je n'étais plus Ghost… Alors qui étais-je ?

Seth Thompson ? Je ne l'avais jamais réellement été et il n'était plus d'actualité à présent.

Tu es Jess Walder. Un homme qui n'a jamais souhaité être un assassin et qui n'a jamais cessé d'espérer pouvoir exister.

Mais quel avenir pouvais-je avoir avec mon passé ? Méritais-je seulement d'en avoir un ? Je n'en savais rien, mais je n'avais pas l'intention de mettre fin à mes jours ni de me rendre à la police pour autant. Je voulais continuer à vivre et profiter de ma liberté.

Comme il commençait à neiger davantage, et que malgré mes vêtements chauds, j'avais froid, je décidai de quitter Central Park. En plus, il fallait que je me déniche un hôtel pour la nuit.

Certaines de mes planques disposaient bien d'un lit, mais aucun n'était très confortable. Et après la journée que j'avais eue, j'avais vraiment besoin de me détendre.

J'abandonnai mon téléphone jetable dans une poubelle qui se trouvait sur ma route et continuai mon chemin jusqu'à la sortie.

Même si de multiples questions se bousculaient dans ma tête, une seule me préoccupait beaucoup : à quel point était-il risqué pour moi de rester à New York ?

La police avait peut-être découvert mon identité de Seth Thompson, cependant, elle n'avait pas la moindre idée de ce à quoi je ressemblais totalement. S'ils fouillaient dans la vie du pauvre Seth mort à ses dix-huit ans, et qu'ils trouvaient des photos de lui plus jeune, ce ne serait pas moi. Certes, on se ressemblait un peu tous les deux – l'une des raisons pour laquelle j'avais usurpé son identité après l'avoir assassiné –, mais nous étions loin d'être identiques.

Toutefois, Lexie connaissait mon vrai visage et pouvait toujours leur faire un portrait-robot.

Le risque de me faire coincer un jour était élevé, mais je

ne pouvais pas partir. Je ne pouvais pas m'éloigner de Lexie. J'en serais tout simplement incapable.

Je tendis une main devant moi et regardai un flocon se poser sur ma paume et y fondre.

Elle doit sans doute me haïr à présent.

Regrettait-elle de m'avoir donné autant d'importance dans sa vie ? Dans son cœur ? Forcément.

Je suis désolé, Lexie. Désolé de t'avoir menti, trahie et blessée profondément. Mais je ne te ferai plus jamais souffrir. Je te le promets. Oublie-moi, et sois heureuse.

Je baissai le bras un instant, puis essuyai le flocon de neige qui coulait le long de ma joue.

Ou peut-être était-ce une larme…

Chapitre 18

Lexie

Seth Thompson était introuvable. Bien que sa voiture ait été retrouvée près de chez lui, il n'était pas à son appartement. Le FBI s'était également rendu au Golden Hour, mais personne parmi ses employés ne l'avait vu depuis 11 heures.

Bien sûr, cela ne voulait pas dire pour autant que Jess était bel et bien Ghost. Seule l'enquête, et notamment les prélèvements ADN effectués chez lui et sur l'une des scènes de crime, nous le dirait.

Cependant, en raison de sa disparition et de la déclaration d'Olivia qui était convaincue qu'il s'agissait de lui, Jess était devenu le suspect principal.

Et maintenant, c'était à moi de témoigner. Parce que je le connaissais. J'étais actuellement au commissariat, assise à une table dans une salle d'interrogatoire. En face de moi se trouvait l'agent Houseman et le capitaine Mayers, tous les deux debout. Et je n'étais vraiment pas sereine.

Même si je n'étais pas ici en tant que suspecte, mais en tant que témoin, je savais qu'en raison de mon histoire et de ma relation avec Jess, mon statut pouvait basculer à tout moment.

Cependant, je n'avais pas le choix. Il fallait que je leur dise toute la vérité.

Enfin presque…

Parce que je ne pouvais pas leur révéler tout ce qui s'était passé il y a huit ans, et que je n'avais pas non plus le courage d'avouer que moi aussi je soupçonnais Jess depuis hier.

Car si l'enquête prouvait qu'il s'agissait bel et bien de lui, je risquais d'être accusée d'avoir eu connaissance de ses crimes et de n'avoir rien dit pour le protéger – ce qui était d'ailleurs vrai. Mais également d'être suspectée de complicité dans le meurtre de Brian Erikson.

Autant dire que même si je méritais amplement d'être jugée pour mes fautes, je n'avais pas très envie de passer le reste de ma vie derrière les barreaux.

— Comment vous sentez-vous ? me demanda soudain Houseman.

— Pardon ? m'étonnai-je.

— Je me doute que ce ne doit pas être facile pour vous. Vous connaissez le principal suspect… Un ami d'enfance, c'est ça ? Et qui habite en face de chez vous d'ailleurs ?

Je déglutis nerveusement. Son ton me confirmait qu'il trouvait cette situation très étrange, et il y avait de quoi.

Tout va bien, Lexie. Tout va bien.

— Ce n'est pas vraiment un ami d'enfance, leur révélai-je, je l'ai rencontré il y a huit ans. Je ne me souviens plus de la date précise, mais c'était en octobre, quelques semaines avant que se produise mon drame familial dont vous êtes tous les deux au courant. Jess, c'est comme ça qu'il m'a raconté qu'il s'appelait, est venu se réfugier dans ma cabane de jardin une nuit. Je n'ai jamais su pourquoi, il ne me l'a pas dit.

Je m'arrêtai un instant et rectifiai ma phrase :

— En fait, je crois que je ne lui ai jamais demandé. J'avais le pressentiment qu'il ne me le dirait pas et je craignais de l'agacer avec mes questions, ou de lui faire peur, et qu'il décide de s'en aller.

— Vous ne souhaitiez pas qu'il s'en aille ? s'étonna Houseman.

— Non. Quand je l'ai rencontré, il avait l'air de fuir quelqu'un, ou quelque chose et de vouloir trouver un endroit où se cacher. Je savais ce que ça faisait d'avoir besoin d'aide. J'en avais besoin au quotidien, mais je ne pouvais pas en demander. Alors, et même si c'était totalement imprudent de ma part, je lui ai dit qu'il pouvait rester ici. Et il est resté.

Mayers et Houseman demeurèrent silencieux. Il fallait que je poursuive. Et aussi que je déforme la vérité. Je n'avais pas le choix.

— Il est resté deux jours dans cette cabane. Je lui apportais à manger, et passais un peu de temps avec lui, même si on ne parlait pas beaucoup et encore moins de lui. D'ailleurs, la seule chose qu'il m'ait révélée à son sujet, c'était son prénom : Jess.

— Il ne vous a jamais dit où il habitait ? Ou d'autres informations sur lui ou sa famille ?

Il m'avait bien dévoilé qu'il ne vivait pas dans le Bronx… Et j'avais découvert d'autres éléments le concernant, mais je préférais ne pas rentrer dans ces détails personnels et continuer de mentir.

— Non. Comme je vous l'ai dit, j'avais peur de l'effrayer avec mes questions. Il était très mystérieux, et je respectais ça. Moi aussi, j'avais mes secrets. Et au final, Jess n'était même pas son vrai prénom…

Je secouai la tête, dépitée, puis repris :

— Le dernier jour, on est sortis se balader à Central Park, et en revenant, mon beau-père a découvert ce qui se passait. Ben l'a frappé, violemment, et l'a chassé de chez nous. Après ça, je l'ai revu seulement il y a deux mois.

Houseman tira une chaise devant moi, et s'installa.

— Je l'ai croisé dans la rue un matin, en allant au travail, poursuivis-je. Comme je n'avais pas le temps de discuter, je lui ai demandé si on pouvait se voir, il a accepté et m'a donné rendez-vous au Golden Hour, le club dont il est propriétaire, le lendemain soir.

— Vous l'avez immédiatement reconnu dans la rue ? m'interrogea Houseman. Il s'est tout de même écoulé huit ans, et vous n'aviez passé que deux jours ensemble à l'époque.

— Pas immédiatement, mais presque. Ce n'était que deux jours, mais je n'ai jamais oublié ces deux jours. Je ne l'ai jamais oublié lui.

Je m'interrompis un instant et réfléchis à comment formuler la suite.

— Je n'ai jamais eu d'amis quand j'habitais dans le Bronx. J'étais une fille solitaire, qui ne jouait, ne parlait et ne souriait pas beaucoup.

— À cause de ce qui se passait chez vous ?

Évidemment, il faisait allusion aux coups et blessures que nous infligeait Ben, à ma mère et moi.

— Oui. En grandissant, j'ai eu envie et j'ai tenté de m'ouvrir un peu aux autres, mais ma réputation de « fille solitaire et bizarre » m'a poursuivie, alors les gens m'évitaient et j'ai fini par arrêter d'essayer. Jess… Il a été mon premier ami. Et puis, il me ressemblait. Il avait des secrets, comme moi, et il respectait les miens, comme je respectais les siens. Notre relation était étrange, mais pour rien au monde je n'aurais voulu la perdre. Malheureusement, c'est quand même arrivé. Et si j'ai souhaité le revoir, c'était justement pour m'excuser de la façon dont les choses se sont finies entre nous et peut-être espérer renouer avec lui.

— Votre relation ? Elle a été plus qu'amicale ?

— Non.

— Mais vous l'auriez voulu ? Vous l'aimiez ?

— Non. C'était seulement de l'amitié, lui assurai-je, une amitié très forte et importante pour moi.

En réalité, le lien que je partageais avec Jess avait été et était toujours bien plus fort qu'une amitié, mais ça, je doutais qu'ils puissent le comprendre.

Houseman avait l'air dubitatif par rapport à mon histoire, et le visage de marbre du capitaine Mayers ne me permettait pas de savoir ce qu'il en pensait.

— Je l'ai donc revu le lendemain, repris-je, mais il a eu un comportement blessant, et m'a rapidement fait comprendre qu'il ne voulait pas que je refasse partie de sa vie. Je me suis persuadée que c'était à cause de ce qui s'était passé il y a huit ans. Mon beau-père l'avait frappé très fort, au visage et sur le corps, à le faire saigner et peut-être lui casser des os… Et si je ne lui avais pas proposé de rester, ça ne serait jamais arrivé.

J'étais plutôt fière d'avoir déformé la vérité en utilisant mon beau-père. Puisqu'il n'était plus de ce monde, il ne pourrait certainement pas me contredire.

— Après une semaine, j'en ai parlé à mon amie et collègue

Olivia Richards. Elle était déjà au courant de mes retrouvailles avec Jess mais également du fait qu'il n'avait pas voulu qu'on renoue. Cependant, ce soir-là, je lui ai un peu expliqué la situation et elle m'a conseillé d'aller le voir, parce que je souhaitais m'excuser. Olivia et moi sommes donc allées au Golden dans la foulée et…

Je décidai d'omettre le moment où Olivia avait utilisé son badge pour nous permettre d'entrer. Ça n'avait pas grand intérêt dans mon témoignage, et je ne voulais pas la mettre dans le pétrin.

— … Et j'ai demandé à une serveuse, elle s'appelait Kym, de prévenir Jess de ma présence. Elle a refusé en me prenant pour une de ses ex-conquêtes, et m'a assuré que son patron ne s'appelait pas Jess, mais Seth. Sur le coup, je ne l'ai pas crue. Je ne voulais pas la croire. Mais le fait d'apprendre que Jess m'avait peut-être menti sur la seule chose qu'il m'avait dite sur lui… ça m'a beaucoup attristée. Alors on a quitté le club avec Olivia, mais une fois dans la voiture, j'ai aperçu Jess sortir de la sienne. J'ai prévenu Olivia, cependant, j'ai refusé d'aller lui parler. J'avais peur d'être blessée davantage.

Et maintenant, j'allais devoir entamer la partie illégale. Je n'avais pas le choix.

— Pour autant, j'étais curieuse et je voulais savoir la vérité. Alors j'ai retenu sa plaque d'immatriculation sans le dire à Olivia et…

J'inspirai profondément puis lâchai :

— J'ai utilisé la base de données de la police la semaine suivante pour vérifier son identité. Je suis désolée, capitaine, vraiment désolée.

Pour le coup, j'étais sincère et je culpabilisais encore pour ça.

— Continuez, répondit-il seulement, on verra ça plus tard.

J'acquiesçai.

— Donc j'ai découvert sa vraie identité. Et aussi son adresse. Ça a été un choc de comprendre qu'il habitait en face de chez moi, et ça ne pouvait pas être une coïncidence. Je n'y croyais pas. Alors, je suis allée le confronter, c'était le lundi soir suivant. Jess a immédiatement deviné comment j'avais pu savoir où il habitait, ce qui n'avait pas de sens, puisque je ne lui avais jamais dit que j'étais policière. Puis il m'a avoué qu'il avait engagé un détective privé pour me chercher l'année dernière et qu'il avait emménagé ici pour moi, pour veiller sur moi… Ça m'a surprise, bien sûr, et j'ai trouvé ça super étrange, mais je n'ai pas été effrayée.

— Vous n'avez pas été effrayée ? répéta Houseman d'un air ahuri. Un homme vous dit qu'il vous a retrouvée à l'aide d'un détective privé, puis qu'il a emménagé en face de chez vous pour « veiller sur vous » après huit ans… Et ça ne vous a pas fait peur ?

— Non. C'était mon ami.

— Un ami que vous connaissez à peine et dont vous ne savez absolument rien, répliqua-t-il.

— Houseman, l'interrompit Mayers, laissez l'officier Holmes poursuivre, s'il vous plaît.

Oui, mon histoire avec Jess était très étrange, j'en avais conscience. Mais il était probable que la version originale, sans les mensonges, le soit encore plus.

— Je lui ai dit que je ne comprenais pas la réaction qu'il avait eue au Golden Hour, continuai-je, et il m'a expliqué que c'était mieux que je ne fasse pas partie de sa vie, parce qu'il n'était pas quelqu'un de bien et qu'il faisait des choses horribles. Puis il est entré dans son appartement et m'a laissée complètement pantoise dans le couloir.

— Des choses horribles, ricana Houseman, si cet homme est bien Ghost, c'est le moins qu'on puisse dire.

— Le soir même, je me suis soûlée avec une bouteille de vin, parce que j'étais totalement perdue, quant au fait qu'il soit mon voisin, qu'il m'ait menti, qu'il veuille veiller sur moi mais que je ne fasse pas partie de sa vie… Je n'avais jamais touché à l'alcool avant ce soir-là. À cause de ce que j'ai vécu avec mon beau-père, je m'étais promis de ne jamais en boire. Mais… j'avais besoin d'oublier, de me vider complètement l'esprit…

Je soupirai en repensant à ma stupide chute.

— Je suis montée sur une chaise pour danser, et je suis tombée. Jess m'avait vue par la fenêtre, il s'est inquiété et est venu chez moi. C'est une de mes voisines qui lui a ouvert, Mme Miller, parce que je ne voulais pas. Pas dans cet état. Et que j'avais encore besoin de réfléchir à ce qu'il m'avait raconté. Bref, on s'est disputés. Et je lui ai dit d'arrêter de « veiller sur moi ». Que si je ne pouvais pas faire partie de sa vie, alors je ne souhaitais pas qu'il fasse partie de la mienne. Il m'a dit qu'il déménagerait, puis il est parti.

Houseman avait l'air incrédule devant mes propos. Mayers, comme toujours, restait impassible.

— J'ai regretté aussitôt mes paroles, ajoutai-je.

Houseman soupira.

— C'est complètement tiré par les cheveux votre histoire…

— Continuez, Lexie, me pria Mayers en ignorant Houseman.

J'acquiesçai.

— Je ne voulais pas que Jess s'en aille, parce qu'il comptait toujours pour moi. Cependant, comme j'ai deviné qu'il refuserait de me voir, je lui ai écrit une lettre pour le lui demander.

Bien que j'aie aimé omettre également cette partie et celle qui allait suivre, je savais qu'ils étaient sans doute déjà en train de fouiller son appartement. Ma lettre s'y trouvait peut-être et, surtout, il y avait probablement des traces de mon ADN dans son appartement, et spécifiquement dans la chambre et la salle de bains.

Peut-être que Jess avait nettoyé chaque pièce de chez lui de fond en comble, mais je ne pouvais pas prendre le risque de cacher ces informations. Et de toute façon, même si j'avais couché avec Jess, cela ne me liait en rien à Ghost.

— Pendant les jours qui ont suivi, je n'ai eu aucun signe de lui. Il avait mis son appartement en vente le lendemain de notre dispute, puis il avait disparu. La semaine d'après, je l'ai enfin aperçu un soir, dans la rue. Comme je savais qu'il pouvait me voir par la fenêtre, j'ai pris une feuille de papier et je lui ai écrit mon numéro. Je voulais lui parler, et je me disais qu'à distance, il accepterait peut-être. Il l'a fait.

Ça aussi mieux valait le préciser. L'affiche avec mon numéro se trouvait encore dans ma poubelle. Quant à son numéro, la police pourrait le retrouver comme il m'avait appelée.

Même s'il y avait des mensonges dans mon histoire, il fallait à tout prix qu'elle reste cohérente avec certaines preuves, qui, si je les oubliais, pourraient se retourner contre moi.

— Jess m'a dit qu'il avait lu ma lettre, mais qu'il ne changerait pas d'avis et déménagerait quand même. Je lui ai demandé si je pouvais venir lui faire mes adieux et il a accepté. Je l'ai embrassé. On a couché ensemble. Puis il est parti et je savais que je ne le reverrais plus.

— Drôles d'adieux pour des « amis », me fit remarquer Houseman.

— Il était devenu plus que ça ces derniers jours, lui répondis-je.

Houseman passa une main dans ses cheveux d'un air agacé, et cela me tira brutalement de mes pensées.

— Et donc, quand on vous a montré les photos de l'homme suspecté d'être Ghost hier, vous ne l'avez pas reconnu ? Ni eu de doutes, même infimes, qu'il puisse être Jess ?

Je ne savais pas si Olivia avait parlé ou allait parler de la discussion que nous avions eue aux toilettes hier. Mais puisque je lui avais dit que c'était totalement absurde, c'était comme si je n'y avais pas songé.

— Non, pas du tout.

— Pourtant, vous avez eu une réaction étrange pendant le briefing, juste après la distribution des photos.

— J'ai eu mes règles, et je les ai encore si vous voulez tout savoir.

Pour le coup, j'avais de la chance. J'avais réellement eu mes règles ce matin. Pour une fois que j'étais heureuse de les avoir ! S'ils me soupçonnaient finalement et en venaient à fouiller la poubelle de ma salle de bains, ils en auraient la preuve.

— Votre amie et collègue Olivia Richards nous a révélé qu'elle vous avait dit, lorsque vous étiez aux toilettes toutes les deux, qu'elle trouvait que Jess, qu'elle n'avait vu pourtant qu'une seule fois, ressemblait au suspect principal, et que vous lui avez immédiatement assuré que c'était impossible. Pourquoi cette idée lui aurait traversé l'esprit à elle, mais pas à vous, qui l'avez vu plusieurs fois ?

Reste calme, Lexie. Reste calme.

— Parce que je connais Jess et que je ne pouvais pas imaginer qu'il puisse être Ghost. Même encore aujourd'hui, et malgré la conviction d'Olivia… Ça me paraît complètement improbable qu'il s'agisse de lui.

— Malgré le fait que le suspect ait exactement la même silhouette et le même style vestimentaire que Jess lorsque vous l'avez vu avec Olivia sur le parking du Golden Hour ?

— Je vous le répète, cette idée me semblait et m'est simplement inconcevable.

— Et bien qu'il vous ait dit faire des « choses horribles » et ne pas « être quelqu'un de bien » ? Ça ne vous a pas inquiétée ? Vous n'avez pas tenté de découvrir ce dont il s'agissait ?

— J'étais curieuse, mais non, je ne voulais pas enquêter. J'avais déjà fouillé dans sa vie, et je n'aurais jamais dû. Je n'avais pas le droit de chercher des choses qu'il ne souhaitait pas que je sache et je ne voulais plus le refaire.

— Pourtant, il a bien fouillé dans la vôtre.

— Et alors ? Je ne suis pas comme lui. Et s'il s'agit bien de Ghost, je veux qu'il soit condamné le plus rapidement possible autant que vous tous, et peut-être encore plus.

Mensonge.

Si tu n'es pas comme lui et que tu veux vraiment qu'il soit condamné, pourquoi tu n'as pas dit toute la vérité ?

Pourquoi tu n'as pas admis avoir protégé Jess il y a huit ans, hier et aujourd'hui ?

Pourquoi tu n'as pas avoué que tu avais partagé les soupçons d'Olivia, et même plus encore ?

Pourquoi tu n'as pas parlé du tableau qu'il y a chez lui, du fait qu'il y soit attaché et de la possibilité, dans le cas où il s'agit bien de Ghost, qu'il ait pu s'enfuir en Italie ?

Pourquoi tu continues de le protéger en sachant qui il est probablement et ce qu'il a sans doute fait ?

Mon estomac se retourna dans mon ventre. Parce que ce lien que je pensais avoir coupé… il était toujours là et qu'il m'obligeait à le protéger, mais aussi à me protéger…

J'avais sans aucun doute mis un pied dans les ténèbres, mais au moins, j'étais avec lui. Et j'en étais certaine à présent… Je ne le laisserais plus jamais y rester seul.

Soudain, Houseman se leva et me fixa avec intensité.

— Madame Holmes, en raison de votre histoire et de votre relation avec Seth Thompson, qui est soupçonné d'être un très dangereux criminel, nous allons devoir enquêter sur vous.

Oui, c'était compréhensible. Cependant, et même si je savais qu'ils ne trouveraient aucun élément pouvant me lier directement à Ghost, cela signifiait que je n'étais pas encore tirée d'affaire !

— Vous allez m'arrêter et me mettre en garde à vue ? lui demandai-je.

— Oui. Navré, mais nous perquisitionnerons certainement votre appartement dès que nous aurons un mandat, et interrogerons certaines personnes de votre entourage. Vous laissez rentrer chez vous pourrait compromettre l'enquête actuelle. Vous serez d'ailleurs également réinterrogée, mais en tant que suspecte cette fois.

Je fermai les yeux un court instant et essayai de calmer la sensation de malaise qui me gagnait petit à petit.

Je n'en avais pas encore fini avec mes mensonges. Allais-je tenir le coup ? Autant physiquement que mentalement ?

Oui. Il le faut. Au moins pour moi.

— Bien. Madame Holmes, je vous mets en état d'arrestation.

Vous êtes suspectée d'avoir eu connaissance de l'identité et des crimes commis par Seth Thompson bien avant aujourd'hui et de n'avoir rien dit pour le protéger. Vous êtes également suspectée d'être complice de Seth Thompson et de la famille Santini pour le meurtre prémédité de Brian Erikson. Vous avez le droit de garder le silence et de refuser de répondre aux questions. Tout ce que vous dites pourra être utilisé…

Mais je ne l'écoutais plus énoncer mes droits. Je tâchai seulement de me concentrer sur l'air que j'inspirais et que j'expirais. Parce que si je ne le faisais pas, je savais que je cesserais de respirer.

Chapitre 19

Lexie

Je refermai la porte de chez moi et m'avançai d'un pas lent jusqu'à mon salon. Rien ne semblait avoir été déplacé, ou touché. Pourtant, je devinais que le FBI était venu et avait fouillé mon appartement.

Un long bâillement m'échappa. J'étais littéralement morte de fatigue. J'avais passé toute la nuit et une bonne partie de la matinée en garde à vue, et je n'avais pas dormi.

Comment aurais-je pu ? Seth Thompson était toujours introuvable, et même si je savais que le FBI n'avait rien déniché qui puisse me lier directement à Ghost – et qu'ils avaient d'ailleurs dû me libérer pour cette raison –, je leur avais menti et caché des choses. J'avais continué à protéger Jess, et à me protéger d'une très certaine et lourde peine de prison.

Je posai mon sac à main sur une chaise, ainsi que mon manteau, puis allai m'allonger en boule sur mon canapé. Je ne voulais pas me coucher dans mon lit sans avoir pris une douche au préalable, mais actuellement, je n'en avais pas la force. Alors je me contenterais du canapé.

De toute façon, j'étais si fatiguée que je serais même capable de m'endormir sur le sol. Et l'avantage, c'est que je n'avais pas à me soucier de devoir régler un réveil pour aller au travail.

Le capitaine Mayers m'avait accordé quelques jours de congé pour me reposer et me remettre de mes émotions. Quant au fait que j'avais utilisé la base de données de la police à des fins personnelles, il ne m'en avait pas reparlé. Mais peut-être avait-il l'intention de me sanctionner lorsque je reprendrai du service. Sauf que… je n'étais pas certaine de pouvoir rester dans les forces de l'ordre.

Comment pouvais-je continuer à aider et protéger les gens, alors que j'étais peut-être une criminelle et que j'en avais peut-être aidé et protégé un ? Je ne pouvais plus porter l'uniforme ni l'insigne. Je n'en avais plus le droit.

Mes paupières se fermèrent, et je sentis le sommeil commencer à m'emporter lorsqu'on sonna à l'Interphone.

Sérieusement ?

Malgré mon envie de rester couchée, la curiosité prit le dessus et je me levai. Je jetai un coup d'œil et remarquai ma mère par la fenêtre.

Que faisait-elle ici ? Et à cette heure-là ?

Oh non !

J'avais tellement été stressée ces dernières heures que je n'avais pas songé à la possibilité que le FBI puisse l'interroger pour les besoins de l'enquête. Et si elle était là, c'est sûrement ce qui s'était passé.

Sans doute lui avaient-ils demandé si elle avait connu ou aperçu Jess dans le passé. Ils avaient également dû chercher à savoir si je lui avais parlé de lui, que ce soit il y a huit ans, ou maintenant.

J'étais certaine qu'elle ne leur avait rien dit au sujet de Jess.

Ma mère ne l'avait vu qu'une seule fois, le soir ou Ben était mort, et elle avait caché son existence à la police pour m'aider à le protéger.

Si elle révélait soudain qu'elle le connaissait, cela l'amènerait inéluctablement à devoir avouer la vérité sur cette nuit-là, et ça… elle ne le souhaitait certainement pas. Car cela aurait de lourdes conséquences pour elle, comme pour moi. Ma mère ne trahirait jamais notre secret.

Ce qui s'était réellement passé resterait toujours entre Jess, ma mère et moi. J'en étais persuadée.

En revanche, et après ce que le FBI avait dû lui dire à propos de Jess, il était probable qu'elle regrette de l'avoir aidé à l'époque. Quant aux suspicions me concernant… qu'en pensait-elle ?

Je déglutis nerveusement.

Non. Je ne souhaitais pas le savoir. J'avais même très peur de ce que pouvait imaginer ma mère à mon sujet.

Cependant, et malgré mon appréhension, je ne pouvais pas ignorer ma mère. Je lui répondis alors à l'Interphone.

— Je t'ouvre, dis-je en déverrouillant la porte principale.

Quelques secondes plus tard, je la laissai entrer chez moi.

Elle avait relevé ses cheveux en un chignon, et portait un simple pull beige et un pantalon marron sous un imperméable bleu ciel.

— Tu ne travailles pas aujourd'hui ? lui demandai-je en refermant derrière elle.

— Le FBI est venu frapper à ma porte ce matin et m'a appris que ma fille était en garde à vue, car on la suspectait d'être peut-être la complice d'un dangereux criminel et d'avoir contribué à l'assassinat de Brian Erikson. Tu penses que j'étais en état d'aller travailler ? !

Elle était en colère.

Qu'est-ce que cela signifiait ? Qu'elle croyait ces suspicions à mon propos ?

Ma mère ne me laissa pas davantage le temps de réfléchir. Elle se précipita vers moi et me prit dans ses bras.

Je restai totalement immobile, surprise par ce geste inattendu et inhabituel de sa part.

— Oh ! Lexie, j'étais tellement inquiète, dit-elle en sanglotant, j'ai eu si peur qu'ils devinent que je mentais à propos de ce qui s'est passé il y a huit ans, et que cela leur permette de te relier aux crimes qu'a peut-être commis Jess.

Oh… Maman…

Elle s'écarta de moi et ajouta :

— J'ai déjà été surprise par la raison de leur visite, mais lorsqu'ils ont évoqué le prénom de Jess et qu'ils m'ont expliqué que c'était peut-être un assassin et que tu étais suspectée d'être sa complice… ça m'a déstabilisée. Je ne pensais pas que tu avais retrouvé ce garçon ni qu'il était peut-être devenu un monstre ! Mais ne t'inquiète pas, j'ai fait tout ce qui était en mon pouvoir pour leur assurer que tu ne pouvais pas être au courant de son éventuelle activité criminelle, et qu'il est impossible que tu puisses avoir un quelconque lien avec ça. Je leur ai dit à quel point tu étais une personne bienveillante, altruiste, gentille, généreuse, et merveilleuse. Que tu es devenue policière pour aider les autres, et que tu serais incapable de faire une chose pareille. Que…

Elle s'interrompit soudain. Probablement car des larmes étaient en train de couler sur mon visage. C'était la première fois que ma mère me faisait ce genre de compliments… Mais je n'étais plus la personne qu'elle décrivait, et peut-être qu'au fond, je ne l'avais jamais vraiment été.

— Mais pourquoi est-ce que tu pleures ? Tout va bien ! J'ai appelé ton commissariat il y a vingt minutes pour prendre de tes nouvelles et ils m'ont dit que tu étais libre ! Qu'ils n'avaient rien trouvé leur permettant de t'accuser de quoi que ce soit, et encore heureux !

— Je suis désolée… Je suis désolée, maman, murmurai-je.

Elle fronça les sourcils, ne comprenant visiblement pas pourquoi je m'excusais.

Puis soudain, elle eut un mouvement de recul.

— Non… Non… Ne me dis pas que… c'est impossible.

— Je ne sais pas si c'est lui, maman… Mais j'y ai pensé et je n'ai rien dit… J'aurais peut-être pu sauver des vies… J'ai menti et je l'ai vraiment protégé.

Ma mère inspira profondément, puis recula encore d'un pas. Comme si… je la dégoûtais. Et elle avait raison. J'étais répugnante.

— Il y a huit ans, je pouvais comprendre ton envie de le protéger. La mort de Ben était un accident, et Jess n'avait jamais eu l'intention de le tuer, il voulait simplement nous protéger. Mais aujourd'hui… Comment as-tu pu te taire en sachant qu'il est peut-être un assassin, Lexie ? !

— Je suis désolée, maman…

Pas de l'avoir protégé, mais de t'avoir profondément déçue.

— Erikson et un de tes collègues sont peut-être morts à cause de ton silence, et un criminel qui a tué plus d'une vingtaine de personnes s'est peut-être échappé et risque de faire encore des victimes par ta faute ! Est-ce que tu réalises les conséquences de tes actes ? ! Est-ce que tu les regrettes au moins ? S'il te plaît, dis-moi que oui !

Je baissai la tête, honteuse. Parce que j'ignorais que répondre.

Les résultats des tests ADN n'étaient pas encore tombés. Mais je savais que, quels qu'ils soient, ça n'aurait rien changé. Si Jess était bel et bien Ghost, je ne regretterais sans doute pas mes choix. Et comment l'aurais-je pu alors que je continuais de le protéger ?

Pour autant, j'aurais aimé sauver Erikson et Steven. Vraiment. J'aurais aimé pouvoir empêcher leurs morts…

Mais si j'avais la possibilité de remonter dans le temps, et que cela restait une énorme erreur, j'aurais sûrement décidé de protéger Jess à nouveau.

Parce que lui m'avait toujours protégée jusqu'à aujourd'hui, et que j'étais persuadée au fond de moi qu'il y avait du bon en lui.

Oui, il avait peut-être tué des gens, et cela me briserait le cœur d'en avoir la certitude, mais il avait aussi épargné la vie d'Olivia.

Il avait veillé sur moi cette année, m'avait défendue contre Carl, et depuis que je l'avais retrouvé, il avait tout fait pour me faire comprendre qu'il ne pouvait pas faire partie de mon monde, et m'avait même dit clairement qu'il faisait des choses horribles et n'était pas quelqu'un de bien pour me repousser.

S'il avait été un vrai monstre, il n'aurait jamais fait tout ça. Il n'aurait pas sacrifié son identité en échange de la vie d'une policière. Il ne m'aurait pas fuie pour éviter de me blesser davantage.

Il y avait du bon en lui. Et bien que je ne sache pas comment ni pourquoi il avait choisi de devenir un tueur à gages, il y avait sûrement une explication indépendante de sa volonté qui l'avait poussé dans cette voie. Il ne pouvait pas l'avoir fait par envie. Et peut-être même qu'il y avait été contraint.

D'ailleurs, la raison de sa présence dans ma cabane de jardin il y a huit ans était liée à tout ça. Peut-être avait-il tenté de fuir les ténèbres. La mort de Ben et les séquelles psychologiques qu'elle avait pu laisser chez lui pouvaient également l'avoir orienté sur ce chemin.

Quoi qu'il en soit, j'étais convaincue que Jess s'était perdu dans l'obscurité, mais qu'il restait un peu de lumière en lui. Et cela me suffisait pour continuer à croire en lui et à le protéger du mieux que je le pouvais, quoi qu'il en coûte.

— Tu sais, reprit soudain ma mère, j'ai toujours culpabilisé et je culpabiliserai toujours de n'avoir jamais eu le courage de me battre contre Ben. J'aurais dû l'empêcher de te faire du mal, et je me reprocherai toute ma vie de ne pas l'avoir fait.

Je relevai la tête et l'aperçus essuyer les larmes qui perlaient à ses yeux d'un revers de la main. Mon cœur se serra dans ma poitrine.

— Aller en prison a été la meilleure décision de toute ma vie, continua-t-elle, même si j'avais conscience que ça n'effacerait pas ce que je t'avais fait, je pouvais au moins te protéger de moi et de la mauvaise mère que je suis. Je savais que tu serais heureuse avec Hannah et Jack, et qu'ils s'occuperaient bien mieux de toi que j'en étais capable. Et lorsque je suis sortie de prison, j'ai été fière de voir la formidable jeune femme que tu étais devenue.

Maman…

Elle sourit tristement puis ajouta :

— C'est vrai que je t'ai sans cesse dit que je n'aimais pas

que tu sois policière, mais c'est seulement parce que j'ai continuellement peur qu'il ne t'arrive quelque chose. En réalité, j'ai été très fière de toi, de ton métier et de tous tes autres choix… Jusqu'à aujourd'hui. J'ai toujours été persuadée que tu étais et resterais une bien meilleure personne que je ne le suis… mais je me suis trompée. Il… Il faut que j'y aille.

Ses mots m'avaient tellement blessée que je n'eus même pas la force de la retenir.

Je me contentai de la regarder quitter mon appartement en silence, puis, après avoir refermé la porte, je sentis mes jambes vaciller et m'écroulai sur le sol.

Pardon, maman. J'aurais aimé rester la fille dont tu étais fière. Mais elle n'existe plus à présent. Pour lui, je suis prête à la sacrifier et même à laisser une part d'elle dans les ténèbres.

Chapitre 20

Lexie

J'étais en train de commencer à remplir ma valise lorsque j'entendis sonner à l'Interphone. Je lâchai le pull que je tenais et jetai un coup d'œil à la fenêtre du salon.

Olivia.

Mon cœur rata un battement. Cela faisait quatre jours depuis l'assassinat de Brian Erikson. Quatre jours que je n'avais pas revu mon amie.

Dean, lui, m'avait rendu visite à ma sortie de garde à vue – mais heureusement, bien après le passage de ma mère. Il était venu à l'improviste, après son service, accompagné de deux jolis petits hot-dogs sauce ketchup-mayo que nous avons dégustés ensemble. Sa visite et son petit bonus alimentaire m'avaient fait le plus grand bien. D'autant plus que nous n'avions absolument pas parlé de Ghost, de ma nuit derrière les barreaux ni de tout ce qui allait avec.

Je lui avais cependant demandé comment se portait Olivia, car cette dernière ne répondait pas à mes appels, et il m'avait raconté que c'était assez dur pour elle en ce moment, et qu'elle avait du mal à se remettre de la mort de Steven.

Alors j'avais cessé d'essayer de joindre mon amie, me disant qu'elle me recontacterait quand elle se sentirait prête à me parler.

Et visiblement, elle avait sauté l'option téléphone et était directement venue chez moi.

Et probablement était-elle là… à cause des résultats des tests ADN. Celui qu'on avait retrouvé sur les vêtements qu'avait abandonnés Ghost dans le hall de l'immeuble correspondait bel et bien à celui qu'on avait trouvé dans l'appartement de Seth Thompson. Autrement dit… Ghost était bien Jess.

Même si je le pressentais, le choc m'avait clouée au lit pendant une journée entière, enfin presque, car d'autres éléments avaient été découverts au sujet de Jess, et que j'avais dû me rendre au commissariat pour être à nouveau interrogée – en tant que témoin visuel.

Le FBI avait trouvé, grâce notamment au dossier médical de Seth Thompson, que ce dernier avait une maladie dégénérative des yeux, et qu'à l'heure actuelle, si Jess était bien Seth Thompson, il serait sans doute aveugle. Autrement dit, il ne pouvait en aucun cas s'agir de la même personne, et Ghost avait tout simplement usurpé l'identité de ce Seth Thompson, qui avait, dans la foulée, été porté disparu.

D'ailleurs, peut-être qu'il ne m'a pas menti sur son vrai prénom en fin de compte…

Quoi qu'il en soit, et puisque j'étais la seule dans l'entourage du faux Seth Thompson à avoir vu son visage sans casquette ni lunettes, on m'avait demandé de faire un portrait-robot.

Et est-ce que j'avais volontairement déformé ses traits et épaissi ses sourcils ? Oui.

Une part de moi, celle qui était toujours rationnelle, savait que la meilleure façon d'aider Jess, mais aussi de protéger des vies dans le cas où Jess déciderait de reprendre du service, était de l'appréhender. Cependant, la simple pensée que son arrestation tourne mal et qu'il se fasse tuer m'empêchait d'y contribuer.

Pour autant, j'étais convaincue de pouvoir l'aider autrement. Et cela commençait par essayer de le retrouver.

Je me dirigeai jusqu'à mon Interphone, déverrouillai l'accès au hall pour Olivia et l'attendis nerveusement dans mon salon.

Lorsque je lui ouvris la porte, je découvris une Olivia à l'expression peu joyeuse. Autant dire que c'était rare de la voir sans qu'un grand sourire illumine son visage.

Elle n'allait pas bien, et c'était en partie ma faute. Bien que je n'aie jamais pu envisager que Jess tue Steven, si je l'avais dénoncé, mon collègue serait toujours de ce monde. À présent, je savais ce que ça faisait de vivre avec une mort sur la conscience. Même deux. Et c'était horrible.

Ce sentiment de culpabilité ne m'avait pas quittée et ne me quitterait probablement jamais. Jess l'éprouvait-il aussi pour ses victimes ? Je ne pouvais pas imaginer un instant qu'il puisse ressentir du plaisir ou de l'amusement en ôtant la vie des gens.

À moins qu'il ne se ferme complètement à ses émotions pour éviter de souffrir… Peut-être m'avait-il également chassée loin de lui pour ça.

— Je peux entrer un moment ? me demanda-t-elle d'une petite voix.

— Bien sûr.

Je m'écartai et la laissai passer.

— Tu veux boire quelque chose ? proposai-je en la suivant jusqu'au salon.

Elle secoua négativement la tête et s'avança jusqu'à la fenêtre.

Son regard glissa en direction de ma chambre, et elle sembla remarquer ma valise sur le sol, et les vêtements que j'avais déjà placés à l'intérieur.

— Tu pars quelque part ? me questionna-t-elle, intriguée.

— Oui. En Italie.

Et plus précisément, à Porto Stanzo.

J'avais d'ailleurs passé la nuit sur Google Maps à rechercher un village de pêcheurs qui ressemblait au tableau de Jess, et j'avais fini par le trouver. La similitude avec la peinture n'était pas flagrante, mais j'étais sûre que c'était cet endroit.

— Pourquoi est-ce que tu vas là-bas ?

Parce que j'espérais que Jess y était. C'était l'unique lieu dont il m'avait parlé et qui semblait lié à lui.

Bien sûr, même si la police et le FBI le recherchaient activement, et qu'il était possible qu'il ait quitté la ville, rien, absolument rien, ne me garantissait qu'il serait là-bas.

Peut-être était-ce complètement stupide de ma part de l'imaginer, mais c'était la seule piste que j'avais pour le retrouver. Et il fallait que j'essaye.

Le FBI guettait sans doute chacun de mes faits et gestes, et il était probable qu'il me suive jusqu'en Italie, mais plus j'attendais, plus Jess risquait de disparaître à tout jamais. Et je ne voulais pas que cela arrive. Parce que si c'était le cas, je doutais de pouvoir le revoir.

Et surtout, je craignais qu'il finisse par se noyer dans les ténèbres. Alors qu'aujourd'hui, il restait encore un espoir qu'il puisse en réchapper, au moins en partie. Son âme n'était pas totalement perdue… Et je pouvais peut-être la sauver.

C'était probablement stupide, et aussi très présomptueux de ma part de m'en croire capable, mais je savais que j'arrivais à faire ressortir le bon côté qui était en lui.

Alors je devais essayer. Pour lui. Pour moi. Pour nous.

— J'en ai entendu parler à la télé, ça m'a donné envie d'y aller, répondis-je, et puisque je suis en vacances…

Olivia ne sembla pas vraiment convaincue. Et je m'en voulais de lui mentir à nouveau, mais si je lui disais la vérité, elle me prendrait pour une folle et me dénoncerait aussitôt à Houseman.

— Pourquoi tu ne m'as pas raconté que Jess était ton voisin ? demanda-t-elle soudain.

J'allai m'asseoir sur mon canapé.

— Parce que j'ai utilisé la base de données de la police pour le découvrir, et que je ne voulais pas t'impliquer là-dedans avec moi.

— Je n'aurais rien dit, m'assura-t-elle.

Je lui adressai un petit sourire.

— Je sais, mais je ne pouvais pas prendre le risque que ça te retombe dessus.

— Tu étais avec lui ? Je veux dire… en couple ?

Je secouai négativement la tête.

— On a couché ensemble une fois, mais il n'y a rien eu de plus. Il ne souhaitait pas que je fasse partie de sa vie et maintenant je comprends pourquoi.

— Parce qu'il avait peur que tu découvres la vérité à son sujet ?

— Je ne pense pas que j'aurais réussi. Jess est très intelligent, et extrêmement prudent. Il voulait surtout me protéger.

Me protéger de cette vérité qui me briserait le cœur, et qui pourrait me mettre en danger.

— Te protéger ? répéta-t-elle.

— Il ne m'aurait jamais dit qui il était, de crainte que ça ne me détruise complètement et que je n'aille le dénoncer. Mais ses secrets et son silence m'auraient également fait souffrir, et il tenait suffisamment à moi pour ne pas m'infliger ça.

Et puis…

— Il risquait aussi de se faire arrêter, ou tuer par la police, le FBI, ou par des ennemis dans le milieu criminel. J'aurais pu le perdre, être interrogée et suspectée de complicité en raison de notre relation comme je l'ai d'ailleurs été, et peut-être même que ses potentiels ennemis auraient tenté de s'en prendre à moi…

Jess n'avait jamais voulu qu'il m'arrive quoi que ce soit. Malheureusement, tout ne s'était pas déroulé comme il l'aurait souhaité, car j'étais suffisamment entrée dans sa vie pour qu'il soit incapable de me protéger de tous ses risques.

Olivia se détourna de la fenêtre et s'approcha de moi.

— Lexie, tu es mon amie et j'ai toujours cru en toi. Mais… je n'ai pas arrêté de penser à la façon dont tu as quitté le briefing dès qu'on a reçu les photos du suspect, et à celle dont tu as finalement lâché son vrai nom dans l'immeuble – comme si tu savais qu'on finirait par découvrir la vérité, et alors même que tu m'avais dit la veille qu'il était improbable que Jess soit Ghost. Et tu m'as caché le fait qu'il était ton voisin et la suite de votre histoire. Lexie, s'il te plaît, dis-moi que je me trompe et que tu étais intimement persuadée que Jess ne pouvait pas être Ghost. Dis-moi que tu n'as pas protégé volontairement un assassin…

Je pouvais lire dans son regard à quel point elle appréhendait ma réponse.

Mais je ne pouvais pas lui dire la vérité. Impossible de lui avouer que j'avais partagé ses doutes concernant l'identité du suspect, et qu'ils s'étaient d'ailleurs renforcés quand j'avais entendu les siens. Je ne pouvais pas confirmer ses peurs, parce que cela la détruirait et qu'elle irait me dénoncer à Houseman.

Je suis désolée, Olivia.

Je me levai et pris ses mains dans les miennes.

— Liv, je te promets que je n'ai jamais imaginé un instant que Jess puisse être Ghost. Et je regrette de ne pas avoir partagé tes doutes… Si seulement je n'avais pas trouvé ton hypothèse absurde, on aurait pu… on aurait pu sauver Steven et Erikson. C'est ma faute.

— Et la mienne. J'aurais dû me fier à mon instinct.

Je la pris dans mes bras et la serrai contre moi.

— Je suis désolée, Liv.

Elle me rendit mon étreinte puis s'écarta.

— C'est moi qui suis désolée. D'avoir douté de toi.

Je secouai la tête.

— Non, c'est normal. Ma relation avec Jess était… spéciale.

Et elle l'est toujours.

— Tu pars vraiment en Italie toute seule ?

— Oui. Avec tout ce qui s'est passé, j'ai besoin de changer d'air et de me vider l'esprit.

J'hésitai à lui révéler que j'avais l'intention de démissionner, mais ce n'était sans doute pas le bon moment pour ça. Parce que Olivia n'allait pas bien, et que l'annonce de mon départ risquait de lui causer beaucoup de peine. Mais également car je n'avais pas encore d'excuse crédible à lui fournir pour justifier mon départ.

— Je comprends. Tu pars quand ?

— Je pars aujourd'hui, mon vol est en fin de journée.

— Mais… Et les funérailles de Steven ?

— J'ai déjà prévenu la famille de Steven que je ne serai pas là.

— Tu aurais pu décaler ton départ et venir, me reprocha-t-elle.

Non.

Je ne pouvais pas aller à l'enterrement d'un homme qui était mort en partie par ma faute. Je ne pourrais jamais regarder sa famille dans les yeux et lui présenter mes condoléances, alors que j'étais tout aussi coupable que Jess. Et personne ne voulait de son propre assassin à ses funérailles.

— Je crois que c'est mieux que je ne vienne pas. Je me sens quand même en partie responsable de sa mort, et… je sais que nos collègues le pensent aussi.

En effet, tous avaient été témoins de mon comportement étrange lors du briefing. À cela s'ajoutait le fait désormais connu que Jess et moi avions eu une relation particulière, et qu'il était mon voisin… Bien sûr, personne n'avait de preuves pour m'accuser de quoi que ce soit, mais ils n'en avaient pas besoin pour me croire complice. Et ils avaient bien raison, parce que je l'étais.

Olivia ne pouvait pas prétendre que je me trompais pour me rassurer. Si elle était venue ici chez moi ce matin, c'était parce qu'elle-même avait eu des doutes me concernant.

— Dean ne l'a jamais pensé, tu sais.

Oui, Dean avait probablement une confiance aveugle en moi. Il était un si bon et merveilleux ami…

— Et moi, je ne le pense plus, ajouta-t-elle.

Je souris tristement.

— Merci à vous deux, mais je ne vais pas revenir sur ma décision.

Mon amie hocha la tête.

— Bon, je vais y aller. Il faut que je sois rentrée avant midi… Déjeuner de famille.

J'acquiesçai à mon tour, puis la raccompagnai jusqu'à la porte.

— Profite de tes vacances, et appelle-moi pour me raconter comment c'est l'Italie, d'accord ?

— Promis.

Elle se pencha vers moi et m'embrassa sur la joue.

— À bientôt.

— À bientôt.

Je la regardai quitter mon appartement, puis retournai dans ma chambre terminer ma valise.

Ce soir, je serais en Italie. Peut-être y reverrais-je Jess. Et peut-être pourrais-je à mon tour le sauver.

Peut-être.

Chapitre 21

Lexie

Assise sur un petit muret, face au port, j'observais les quelques pêcheurs du village se préparer avant de partir en mer.

Le soleil venait tout juste de se lever, mais j'aimais beaucoup regarder ce qui se passait ici chaque matin.

En cette période de l'année, il ne se déroulait pas grand-chose à Porto Stanzo. Il n'y avait pas plus de mille habitants, et le village était beaucoup plus visité et animé l'été, avec les touristes.

L'hiver, tout était fermé et, en dehors des pêcheurs, c'est à peine si je croisais du monde à l'extérieur ! Il faut dire qu'il ne faisait pas très beau ces temps-ci. Le ciel était gris, la mer sombre, et la température oscillait entre 5 et 15 degrés.

Mais il faisait toujours plus chaud ici qu'à New York, qui se trouvait actuellement sous la neige, et j'aimais beaucoup le calme et la sérénité de ce lieu. Cela me changeait énormément de la grande ville dans laquelle je vivais, et c'était très reposant.

Je ne regrettais pas d'être venue ici, même si… Jess n'y était visiblement pas.

En trois jours, j'avais déjà visité chaque recoin de ce village aux bâtiments colorés, et même plusieurs fois. Comme il n'y avait pas grand-chose d'ouvert, je passais la plupart de mon temps dehors, au port, à me balader dans les rues ou sur les hauteurs.

Il était toujours possible que Jess soit planqué quelque part, mais je doutais qu'il ait des raisons de rester enfermé ici. Je n'avais pas l'impression d'avoir été suivie par le FBI, et de toute façon, j'étais la seule à savoir à quoi il ressemblait réellement. Oui, si Jess avait été là, je l'aurais probablement déjà croisé quelque part.

J'étais très triste, et déçue. Mais j'avais eu conscience que mes espoirs de le voir ici étaient faibles… Et à mon retour à New York, ils seraient sans doute inexistants.

Jess ne réapparaîtrait visiblement plus jamais dans ma vie et laisserait un vide en chacun de nous deux.

Incomplets. C'est ce que nous sommes et serons toujours l'un sans l'autre.

Je soupirai, puis sautai du muret. Il était temps que j'aille me changer les idées. Même si Jess n'était pas ici, j'avais bien l'intention de ne pas déprimer et de profiter de mes vacances au maximum.

Et puis… Jess était là, d'une certaine façon. Il y avait un lien entre lui et ce village, et en m'y trouvant aujourd'hui, j'avais l'impression d'être connecté à lui moi aussi.

C'était peut-être stupide… Mais je savais que si un jour, son manque me faisait trop souffrir, je pourrais revenir ici et apaiser cette sensation.

Je pris la direction du bar-restaurant de la ville et allai me commander un café pour bien commencer la journée lorsqu'un pêcheur, âgé d'une cinquantaine d'années, s'approcha de moi. Il discuta avec moi en italien, mais malheureusement, je ne connaissais pas un seul mot de cette langue. Et j'avais laissé mon portable – sur lequel j'utilisais un traducteur – à l'hôtel.

— Je suis désolée, dis-je, je ne parle pas italien.

Il me montra du doigt, puis désigna son bateau d'un signe de la main.

Est-ce qu'il avait besoin d'aide ? C'est vrai que j'étais plutôt douée en mécanique et réparation, mais encore fallait-il qu'il s'agisse d'un problème de ce genre.

Soudain, il me fit signe de l'attendre et retourna sur son bateau. Il revint quelques secondes plus tard, accompagné d'un jeune homme aux courts cheveux noirs et aux yeux verts qui paraissait avoir la vingtaine.

— Bonjour, me dit-il.

Ah ! il parlait anglais !

— Bonjour.

— Euh… Mon père vous propose de venir avec nous à la pêche, m'expliqua-t-il.

Il ne semblait pas très sûr de son anglais, pourtant, il était parfaitement compréhensible et n'avait fait aucune faute.

Quant à la question de son père… j'étais assez perplexe. Pourquoi cet homme que je ne connaissais pas voulait m'inviter à la pêche ?

— Ça fait plusieurs matins qu'il vous voit vous asseoir ici et regarder les pêcheurs partir en mer, ajouta le jeune homme, il pense que vous aimez peut-être la pêche et que ça vous ferait plaisir de nous accompagner en mer.

Ah ! c'était tellement adorable.

Même si j'aimais bel et bien les observer le matin, je ne m'y connaissais absolument pas en pêche. Mais ces deux hommes avaient l'air très sympathiques, je n'avais pas prévu d'autres choses à faire, et ce serait sans doute une expérience intéressante.

— Eh bien, pourquoi pas, acceptai-je, c'est vraiment très gentil de sa part.

— Parfait ! s'exclama le jeune homme avec un sourire.

Puis il traduisit ma réponse à son père, et ce dernier sembla ravi.

Il me fit signe de les suivre sur leur bateau, et je faillis tomber à l'eau en montant à bord – ce qui ne manqua pas de les faire rire tous les deux.

— Au fait, comment vous appelez-vous ? demandai-je au jeune homme.

— Moi, c'est Nino, et mon père Giuseppe.

— Enchantée, je suis Lexie.

Nino hocha la tête avec un sourire, puis me tendit une blouse blanche imperméable.

— Pour ne pas mouiller ou salir votre tenue.

— Ah, merci.

Je l'enfilai rapidement puis les regardai se préparer au départ.

— Est-ce que je peux vous aider ? les questionnai-je.

Je n'aimais pas rester à les observer les bras croisés. Nino me désigna une corde qui reliait le pneumatique à une sorte de plot fixe sur le port, et je compris qu'il fallait que je la détache.

Je m'attelai à ma mission, et imitai Nino, qui faisait la même chose que moi de l'autre côté, en récupérant la corde lorsque j'eus terminé.

Soudain, j'entendis le bruit d'un moteur résonner. Giuseppe était aux commandes du navire, et nous ne tardâmes pas à partir.

Jamais je n'étais montée dans un bateau avec des personnes que je venais tout juste de rencontrer. C'était aussi la première fois que je mettais les pieds dans un pays étranger. Autant dire que ce voyage était riche en découvertes !

Il manque seulement quelqu'un à mes côtés pour qu'il soit parfait.

Nino me fit signe de m'asseoir à un endroit, et je lui obéis. Après que nous eûmes quitté le port, il vint s'installer à côté de moi. Le bateau commençait à prendre de la vitesse. Heureusement, malgré le temps couvert, la mer était calme et il n'y avait pas de grosses vagues.

— Vous êtes anglaise ? me demanda curieusement Nino.

— Non, américaine.

— Ah, d'accord. Ma copine est anglaise.

— C'est pour ça que vous parlez aussi bien la langue ?

Il sembla rougir et détourna le regard, un peu gêné.

— Vous trouvez ? J'ai l'impression de faire toujours des tonnes d'erreurs !

— En tout cas, pour le moment vous vous débrouillez vraiment bien, le rassurai-je, et je suis d'ailleurs désolée de ne pas pouvoir parler un seul mot d'italien. Vous pourrez remercier votre père pour son invitation ?

Nino acquiesça.

— Ça lui fait très plaisir, vous savez. C'est rare de voir des étrangers ici, à cette période de l'année.

Giuseppe avait mis le turbo, et je dus m'accrocher au pneumatique pour ne pas tomber à la renverse dans la mer.

— Je recherchais le calme et la tranquillité, lui dis-je.

Et surtout quelqu'un qui n'est pas là…

— Ah bah pour ça, vous êtes venue au bon endroit et au bon moment ! s'esclaffa-t-il.

Je lui souris.

— Qu'est-ce qu'on va pêcher ? demandai-je.

Nino haussa les épaules.

— Du poisson, mais surtout ce qu'on arrive à pêcher !

Après avoir navigué une dizaine de minutes, Giuseppe s'arrêta en pleine mer et alla chercher son matériel de pêche.

Il n'y avait que deux cannes sur le bateau, mais Giuseppe m'en tendit une en me parlant en italien.

— Honneur aux dames, me traduisit son fils.

— Euh, c'est gentil, mais il faut que je la lance comment dans l'eau ?

Nino rigola.

— Attendez, même si elles sont déjà montées, mettez d'abord un appât !

Ah, oui.

— Je pensais que vous saviez pêcher, commenta-t-il.

— J'aurais bien aimé !

— On va vous apprendre, ne vous inquiétez pas.

Il récupéra ma canne, et ajouta ce qui avait l'air d'être un morceau de poisson à l'hameçon.

Son père me parla à nouveau.

— Il veut savoir si vous aimez notre village, me dit Nino.

— Oui, c'est vraiment un très bel endroit et j'y reviendrai sûrement !

Nino traduisit ma réponse à son père, et ce dernier m'adressa un large sourire.

— Bien, tenez, fit Nino.

Je saisis ma canne, et suivis les instructions de Nino pour la lancer dans la mer.

Tous deux m'applaudirent, visiblement satisfaits de ma première fois.

— Et maintenant ? demandai-je.

Nino sourit.

— Maintenant, il faut attendre. Dès que vous sentez que ça mord, vous m'appelez !

Bon… Jusque-là, ce n'était pas trop compliqué.

Mais après plus d'une quinzaine de minutes, alors que Nino et son père discutaient avec moi, je commençais à m'impatienter !

Quand est-ce qu'un poisson va mordre à l'hameçon ?!

J'allais finir par abandonner et rendre sa canne à Nino, lorsque soudain…

— Ça a mordu ! m'écriai-je.

Nino se pencha vers moi.

— OK ! Alors, remonte le fil ! Comme ça.

Il posa ses mains sur les miennes et me montra le sens et le rythme à maintenir.

— Continue, ajouta-t-il en me lâchant.

Je lui obéis, puis, lorsque j'eus terminé, je restai complètement perplexe en voyant l'appât toujours accroché à l'hameçon, et aucun poisson.

— J'étais pourtant certaine que ça avait mordu, bredouillai-je.

Giuseppe et Nino semblèrent amusés.

— Ce n'est pas grave, me rassura le second, essaye encore.

— Tu es sûr ? J'ai peur de vous faire perdre votre temps… et des poissons.

— Ne t'inquiète pas pour ça, répondit-il avec un clin d'œil.

Bon, alors j'allais m'entraîner !

En fin de compte, et après une bonne heure d'essai, je ne réussis à attraper aucun poisson et décidai de passer la canne à Nino, histoire de limiter les pertes, bien que Nino m'explique que la pêche était également une question de chance et qu'il pouvait tout aussi bien ne rien pêcher, ou très peu, malgré son expérience.

Quoi qu'il en soit, j'étais vraiment contente d'avoir accepté de venir avec eux. Cette sortie en mer avait été très enrichissante pour moi, et je savais que jamais je n'oublierais Nino et Giuseppe, qui d'ailleurs m'avaient déjà invitée à pêcher à nouveau avec eux le lendemain. Et sûrement irais-je.

Il ne me restait plus que deux jours avant de repartir à New York, et j'avais bien l'intention de profiter de Porto Stanzo au maximum.

Chapitre 22

Lexie

Le taxi m'avait rapidement déposée devant mon immeuble aux alentours de midi. Cela me faisait bizarre de retrouver le bruit, le monde, et l'agitation de New York, et surtout, de rentrer chez moi.

Je jetai un bref coup d'œil vers l'appartement de Jess, et ressentis un mélange de nostalgie et de douleur. Mais il fallait que je sois forte. Je n'avais pas d'autre choix.

J'entrai dans mon bâtiment et gagnai mon logement en songeant aux changements qu'allait connaître ma vie, notamment en raison de ma prochaine démission. Je ne me sentais plus légitime à être dans la police, mais je n'avais pas la moindre idée de ce que je pouvais faire à la place.

Aurais-je d'ailleurs les moyens de rester dans mon appartement ? De m'en sortir seule ?

Je soupirai, déjà fatiguée par d'éventuels et futurs problèmes, et déposai mon sac et mon manteau sur une chaise dans la cuisine. Il fallait que j'aille prendre une douche. Mon voyage en avion avait été long, et je savais que cela me détendrait.

J'ouvris la porte de ma chambre, et n'eus pas le temps

de crier qu'un homme plaquait un chiffon imbibé d'un produit chimique contre ma bouche et mon nez. Choquée et paniquée, je ne pus le repousser, et une autre personne m'attrapa par-derrière et m'enserra les bras contre le corps pour m'empêcher de faire le moindre geste.

Je tentai malgré tout de me débattre, mais l'inconnu me maintenait si fermement que je ne réussis qu'à bouger faiblement.

Ne respire pas le produit, Lexie !

Mais c'était déjà trop tard et, au bout de quelques instants, je sentis mes paupières se fermer et mon corps lâcher sous mon poids.

— Elle ne semble pas avoir son numéro dans son répertoire… Peut-être qu'ils communiquent autrement. Par e-mail ?

— Ou peut-être qu'ils se fixent des rendez-vous…

J'ouvris lentement les yeux, et il me fallut plusieurs secondes pour réaliser que j'étais dans mon salon, bâillonnée, les bras et les jambes ligotés à la chaise sur laquelle je me trouvais.

Lexie, ne panique pas, reste calme, reste calme.

Malgré mon angoisse et ma confusion, je réussis à me rappeler ce qui s'était passé. Je venais de rentrer chez moi, j'avais posé mes affaires, et j'étais allée dans ma chambre lorsqu'on m'avait attaquée et endormie, probablement à l'aide de chloroforme.

J'observai discrètement mes deux agresseurs, qui se trouvaient debout à quelques mètres de moi. Ils ne semblaient pas avoir remarqué que j'avais repris connaissance, et avaient l'air de fouiller mon portable. L'un était petit, les cheveux courts et bruns, l'autre était plus grand et avait le crâne rasé.

Une chose était sûre, je ne les avais jamais vus de ma vie.

Est-ce que ces hommes avaient un lien avec Jess ?

Je sentis mon rythme cardiaque et ma respiration s'accélérer.

Lexie, ne panique pas, reste calme, reste calme, me répétai-je.

Soudain, le plus grand tourna la tête vers moi. Je fermai les yeux, mais trop tard. J'étais certaine qu'il m'avait vue.

— Ah ! on va enfin pouvoir la questionner ! l'entendis-je s'exclamer.

Je les regardai à nouveau. Tous deux étaient à présent près de moi. Bien trop près. Le plus grand avait approché son visage du mien.

— Lexie, c'est ça ? Écoute, on veut simplement savoir où se trouve Ghost, ou comment le contacter. Si tu nous le dis dès maintenant, on te relâchera sans te faire le moindre mal, d'accord ?

— Dans le cas contraire, ajouta l'autre homme, on n'aura pas d'autre choix que de t'infliger de terribles souffrances pour te faire parler, et crois-moi, même dans le cas où tu serais maso, tu ne vas vraiment pas aimer.

— Hoche la tête si tu veux bien coopérer, termina le premier.

OK, de un je n'avais absolument pas la moindre idée d'où se trouvait Jess.

De deux, même si j'avais été au courant, je ne leur aurais jamais dit. Enfin, je ne savais pas quelle était ma résistance physique et psychologique aux tortures qu'ils risquaient de m'infliger, mais je voulais me croire suffisamment forte pour ne pas avoir cédé, ou du moins pas facilement.

Quoi qu'il en soit, que je parle ou non, ces types allaient me tuer, j'en étais persuadée. Alors… il fallait que je gagne du temps. Du temps pour trouver un moyen de me libérer et de m'échapper. Et j'étais censée reprendre le boulot dès demain. Si je ne m'y présentais pas, mes collègues s'inquiéteraient et viendraient frapper à ma porte. Oui, j'avais besoin de temps.

Mais que je trahisse Jess trop vite leur paraîtrait forcément suspect. Il ne fallait pas que j'agisse stupidement.

J'acquiesçai. Alors, le grand type se positionna derrière moi et retira mon bâillon.

— À l'aide ! hurlai-je aussitôt.

Le second type me balança son poing dans le visage pour me faire taire. Le choc projeta violemment ma tête sur le côté et je gémis de douleur.

Le gars derrière moi s'empressa de remettre le bâillon dans ma bouche en jurant.

— Essaye encore une fois de te foutre de notre gueule et tu auras bien plus qu'une gentille claque, siffla l'autre.

— Stefan, va chercher le seau.

Un frisson de peur me traversa.

Qu'ont-ils l'intention de me faire ?

Stefan partit dans la salle de bains, et j'entendis de l'eau couler. Quelques secondes plus tard, il réapparut avec une grosse bassine qu'il posa par terre, à quelques mètres de moi.

Puis, le type derrière moi détacha les liens qui me retenaient à la chaise, mais attacha mes poignets entre eux dans mon dos avant de m'attraper par le bras et de me projeter violemment sur le sol.

Il n'attendit pas que j'essaye de me redresser, il me saisit par les cheveux et plongea ma tête dans l'eau.

La rapidité de ses actes ne m'avait pas laissé le temps de temps d'anticiper son action, et je tentai vainement de ressortir la tête du seau parce que je manquais d'oxygène. S'il ne me lâchait pas, j'allais me noyer…

Aidez-moi, s'il vous plaît !

Soudain, il me redressa et je pris une énorme inspiration par le nez.

L'air pénétra à nouveau dans mes poumons et je n'avais jamais été aussi heureuse de respirer et d'être toujours en vie qu'à cet instant précis.

— Qu'est-ce qu'on fait ? demanda Stefan.

Il ne semblait pas parler de moi et observait l'Interphone. Une seconde plus tard, quelqu'un sonna.

Qui cela peut-il bien être ? Il est trop tôt pour que quelqu'un s'inquiète à mon sujet, mais Olivia ou Dean peut toujours avoir eu envie de venir prendre de mes nouvelles à mon retour de voyage.

— Regarde par la fenêtre, répondit celui qui me tenait fermement.

Stefan s'approcha de la fenêtre et observa à travers les stores.

— C'est une femme. Brune. Plutôt sexy.

OK, c'était probablement Olivia.

— Une copine à toi ? m'interrogea l'homme en penchant son visage vers le mien.

J'hésitai un instant à lui donner un coup de tête, mais je savais que je n'obtiendrais en retour qu'un nouvel essai de noyade.

— Et si tu allais la chercher Stefan ? ajouta mon tortionnaire, on pourrait s'amuser avec elle aussi…

Non… Non…

Qu'il s'agisse ou non d'Olivia, il était hors de question qu'ils s'en prennent à une personne innocente.

Paniquée, je tentai de parler et de protester vivement, mais il était impossible qu'ils me comprennent.

Stefan commença à se diriger vers la porte, alors j'essayai de gémir encore plus fort et de me débattre dans les bras de mon bourreau.

— Attends, Stefan, je crois qu'elle veut nous dire quelque chose… Mais attention, ma jolie, une bêtise, et tu retournes te rincer le visage, c'est clair ?

Je hochai rapidement la tête, et l'homme retira à nouveau mon bâillon.

Je restai silencieuse un instant, hésitante.

— Alors ? Tu parles ou on va la chercher ?

— Vendredi, murmurai-je, je dois le retrouver vendredi à Central Park… à la patinoire…

— À quelle heure ?

— Il ne m'a pas donné d'heure. Je dois seulement y aller en fin de journée… Et il a dit qu'il m'y retrouverait.

Les deux hommes semblèrent convaincus par mon mensonge.

— Stefan, préviens Enzo et ensuite va nous chercher de quoi bouffer pour tenir la semaine, déclara mon bourreau, il faut qu'on évite le plus possible de sortir d'ici, au cas où quelqu'un nous verrait. Quant à toi, ma jolie…

S'agit-il d'Enzo, le bras droit de la famille Santini pour qui Jess travaillait ? Mais pourquoi s'en prennent-ils à lui ? Veulent-ils l'éliminer avant que le FBI l'attrape, par crainte que Jess ne parle d'eux ?

Il me redressa et me ligota à nouveau sur la chaise.

— Si ton information se révèle fausse, je peux t'assurer que tu ne sortiras pas d'ici vivante, me chuchota-t-il à l'oreille.

Je fermai les yeux et tentai de calmer les battements effrénés de mon cœur.

Vendredi. Cinq jours. Cela me laissait cinq jours pour trouver un moyen de me tirer de là, ou d'espérer que mes collègues viennent me secourir.

J'avais passé une bonne partie de la nuit à essayer vainement de défaire mes liens aux poignets. Mais mon bourreau principal les avait tellement serrés que même à l'aide de mes ongles je n'avais pas réussi.

Je pouvais peut-être tenter de le provoquer suffisamment pour avoir droit à une nouvelle torture avec la bassine, et espérer qu'après, il ne me rattache pas aussi fermement, mais je n'avais pas envie de revivre cette horrible expérience.

Il faut que je trouve autre chose… Mais quoi ?!

Même si cela ne faisait qu'un jour et une nuit que j'étais séquestrée, et que j'avais tout de même dormi un peu cette nuit, j'étais épuisée, physiquement et psychologiquement. Et j'avais peur. Très peur de ne pas m'en sortir.

Et je ne veux pas mourir.

Je ravalai mes larmes. Pleurer ne m'aiderait pas à trouver une solution.

Je ne savais pas quelle heure il était, mais le soleil qui traversait les stores de ma fenêtre m'indiquait que le jour s'était levé depuis un bon moment. Stefan et son acolyte, qui se nommait Rob, se préparaient actuellement un plat de pâtes dans ma cuisine, sûrement pour leur déjeuner. Alors je pouvais supposer qu'il était peut-être midi, ou treize heures.

D'ailleurs, mon ventre se mit à faire du bruit. Je n'avais rien mangé ni bu depuis hier matin, et je commençais à avoir faim et à me sentir totalement déshydratée. Allaient-ils me nourrir aujourd'hui ? Ou au moins me donner un peu d'eau ? Ils avaient cependant eu la gentillesse de m'emmener aux toilettes en début de soirée…

Quoi qu'il en soit, ils ne pouvaient pas me laisser crever maintenant, sans même savoir si l'information que je leur avais transmise était vraie. Enfin, je l'espérais…

Soudain, quelqu'un frappa à la porte d'entrée. Mon cœur rata un battement.

Non, non, ça ne pouvait pas être Olivia, ou Dean, comment auraient-ils réussi à pénétrer dans l'immeuble ? À moins qu'ils n'aient sonné chez l'un de mes voisins…

Stefan alla regarder à travers le judas.

— Hé, c'est Enzo, dit-il à Rob.

Rob lâcha la fourchette qu'il tenait dans la main et s'approcha de la porte, que Rob était en train d'ouvrir.

Enzo Santini entra dans mon appartement, et je sentis mon souffle se faire court.

— Qu'est-ce que vous faites là, patron ? le questionna Rob.

Enzo l'ignora et s'avança directement jusqu'à moi. C'était un type plutôt élégant, qui portait un beau costume, mais je savais qu'il ne valait mieux pas que je me fie à son apparence. Cet homme était le bras droit et neveu de Francesco Santini, le parrain d'une mafia italienne. Autrement dit, Enzo Santini était extrêmement dangereux.

Il déposa la mallette qu'il tenait sur le sol et m'étudia longuement du regard.

— On n'a pas le temps d'attendre jusqu'à vendredi pour vérifier qu'elle ne nous a pas menti, leur expliqua-t-il enfin, il faut qu'on s'en assure dès maintenant.

Oh merde. Oui, je suis littéralement dans la merde.

— Mais euh, vous ne craignez pas que quelqu'un vous ait vu dans la rue ?

Enzo fronça les sourcils.

— Qui ça ? Le FBI ne la surveille plus. Quant à Ghost, ce serait plutôt une bonne chose qu'il soit dans les parages et qu'il m'ait vu. Au moins ce salaud se pointerait peut-être ici pour venir sauver sa bien-aimée, et ça nous éviterait d'avoir à le chercher partout.

Mais il était peu probable que Jess continue à veiller sur moi alors qu'il était lui-même recherché par la police, le FBI, et également par la propre famille mafieuse pour qui il travaillait.

Enzo ouvrit sa valise, et un frisson d'angoisse me traversa quand je découvris les multiples instruments de torture à l'intérieur.

Pince, ciseaux, couteaux en tout genre…

Oh ! bon sang…

Mon cœur allait lâcher avant qu'il fasse quoi que ce soit avec.

— Mais puisque tu ne nous as peut-être pas menti, reprit Enzo en me regardant, je veux bien te laisser choisir la façon dont tu veux qu'on commence à t'interroger. Est-ce que tu préfères qu'on t'arrache les dents ou les ongles ?

Je sentis mon corps se mettre à trembler.

— Hé, tout va bien ! s'exclama Enzo. Je n'ai même pas encore débuté !

Ne débutez pas du tout. Je vous en prie…

— Bon, puisque tu n'as pas l'air en état de vouloir te décider, ce sera les ongles. Stefan, détache-lui un bras.

Stefan s'exécuta, et dès que mon bras fut libre, j'essayai vainement de les frapper et de les empêcher de me l'attraper.

Mais Enzo réussit à le saisir avec facilité, et à le maintenir devant moi.

— Ah, j'aurais peut-être dû commencer par les dents, soupira-t-il, si tu continues à forcer, Lexie, tu vas te faire mal.

Si je n'étais actuellement pas tétanisée par la peur, j'aurais sans doute éclaté de rire !

Enzo récupéra de sa main libre une pince qu'il agita avec amusement devant mon visage.

— Tu préfères le petit doigt ou le pouce ? J'aime bien partir d'une extrémité.

Respire, Lexie. Respire.

— Bon, ce sera le pouce.

Enzo approcha sa pince de mon doigt, et s'arrêta brusquement. Quelqu'un venait de frapper à la porte.

Par pitié… Que ce ne soit pas encore quelqu'un de la mafia !

— Allez voir, marmonna Enzo en reposant la pince.

— C'est… C'est Ghost, bredouilla Stefan en regardant par le judas.

Quoi ? Jess ? Non… Impossible.

Que faisait-il ici ? Et pourquoi était-il venu ? ! Nous allions mourir tous les deux !

— Tiens, tiens, fit Enzo avec amusement, il m'a peut-être bel et bien vu entrer ici finalement.

Il se releva et sortit une arme de sous sa veste.

— On fait quoi, patron ? Il n'a pas l'air armé…

— Ouvrez-lui, méfiez-vous, et fouillez-le, déclara Enzo avant de pointer son arme sur moi.

Je baissai un instant les yeux sur ma main libre et Enzo s'en aperçut.

— Si tu fais un seul mouvement, ma belle, je te bute, c'est clair ? Hoche la tête si tu as compris.

Je lui obéis et restai immobile.

Stefan ouvrit la porte tandis que Rob pointait son flingue en direction de Jess. Oui, c'était bien lui.

Mais pourquoi diable est-il venu ici ? ! A-t-il complètement perdu l'esprit ? !

— Attention, Ghost, l'avertit aussitôt Enzo. Si tu tentes quoi que ce soit, ta copine y passe.

Il retira le cran de sécurité de son arme et mon souffle se fit court.

Je ne voyais absolument aucun moyen de nous sortir de cette situation. Est-ce que Jess était seulement venu pour que nous puissions mourir ensemble ? ! Putain ! Mais qu'est-ce qu'il était stupide ! Complètement stupide !

Je sentis les larmes rouler sur ma joue et fixai Jess. Il était vêtu de noir et portait, comme à son habitude, une casquette et des lunettes. Maintenant que je savais qui il était, je comprenais un peu mieux son accoutrement.

Même si je n'étais pas certaine qu'il me regardait aussi, il avait tourné son visage dans ma direction pendant que Stefan le fouillait.

— Euh, patron, on a un petit souci, dit soudain Stefan.

Il souleva le pull de Jess et… Quoi ? ! Il avait un putain de gilet explosif sur le corps ? ! Et il venait d'appuyer sur le détonateur avec son pouce. Autrement dit, s'il retirait son doigt… il sautait.

OK, cette fois, c'était certain, il était devenu complètement fou !

Enzo fronça les sourcils.

— Tu m'expliques ? demanda-t-il à Jess. Tu as l'intention de te suicider devant ta copine ou bien ?

— Il y a assez d'explosifs sur moi pour faire sauter l'immeuble, répondit Jess avec sérieux, alors soit tu la relâches, soit on crève tous ensemble.

— C'est une drôle de façon d'essayer de la sauver, non ? s'étonna Enzo.

— Non. Je savais que je n'aurais pas pu trouver d'autre moyen pour nous sauver tous les deux. Tu l'aurais butée avant que je te bute, ou tu m'aurais buté avant que je te bute. Alors que là, dans les deux cas, je suis au moins sûr de t'emporter en enfer avec moi, sale fumier.

Enzo réfléchit un instant.

— Tu sais ce que je pense, Ghost ? C'est que ton gilet, c'est un faux. Tu n'aurais jamais pris le risque de la mettre en danger.

Peut-il avoir raison ?

Jess leva son bras dans notre direction.

— Tu veux donc prendre le risque de vérifier ?

Je déglutis nerveusement.

— Je crois que oui, répondit Enzo, de toute façon, mon but est de t'éliminer. Au moins ça sera fait.

— Pourquoi ? l'interrogea calmement Jess.

Comment pouvait-il rester aussi imperturbable dans cette situation ?!

— Tu poses sérieusement la question ? Tu es recherché par les flics. S'ils venaient à t'arrêter et que tu te décidais à parler de nous…

— Tu penses vraiment que j'en serais capable ? s'étonna Jess.

— Qui sait… Tu as assassiné vingt-deux personnes pour nous, Ghost. Le FBI donnerait cher pour connaître leurs identités. Ils seraient même prêts à te proposer une réduction de peine en échange de ces noms.

Jess resta silencieux, mais j'aperçus sa mâchoire se contracter.

— Tu es une importante source d'information, Ghost, continua Enzo, et comme j'ai parfaitement compris durant ton dernier appel que tu ne reviendrais plus travailler pour nous, on ne peut pas se permettre de te laisser en vie.

Enzo sourit avec malice avant d'ajouter :

— Bon, puisque tu ne sembles pas vraiment décidé à tous nous faire sauter, je vais commencer par éliminer ta charmante copine.

Enzo tourna la tête vers moi et m'adressa un regard glacial. Un frisson me traversa l'échine.

Vais-je mourir ? Maintenant ?

— Attends, l'arrêta Jess, comment tu as su pour Lexie ?

Enzo reporta son attention sur son ennemi.

Une vague de soulagement me parcourut. Mais je savais que j'étais seulement en sursis pour quelques secondes, voire minutes avec de la chance.

— Je vois bien que tu cherches à gagner du temps avec tes questions, Ghost, mais je t'assure que ça ne sert à rien. Tu ne pourras pas la sauver ni toi d'ailleurs.

— Réponds-moi, Enzo, insista Jess, tu me dois au moins ça.

Même si son visage restait impassible, sa voix trahissait enfin une certaine nervosité.

Enzo avait raison. Jess ne pourrait rien faire pour nous. Je ne pouvais pas compter sur lui, pas cette fois.

— Non, je ne te dois rien du tout, lui dit Enzo, mais puisque tu tiens tant à vivre encore quelques minutes, je vais te faire cette faveur…

Il soupira, puis reprit :

— Je voulais savoir quelles infos les flics avaient sur toi et sur nous, alors j'en ai attrapé un et je l'ai gentiment interrogé.

De qui s'agit-il ? Est-il toujours en vie ?

Je chassai aussitôt ces questions de mon esprit. Ce n'était pas le moment de m'inquiéter pour quelqu'un d'autre.

Il fallait que je trouve un moyen de nous sortir de là ! Mais comment ?

Réfléchis, Lexie… Réfléchis. Et vite.

— Bien évidemment, il a fini par me parler de Lexie, poursuivit Enzo, apparemment, elle n'aurait rien dit de compromettant sur toi ni sur nous durant sa garde à vue. Peut-être pour te couvrir, ou bien parce que tu ne lui as réellement rien raconté.

Enzo me regarda à nouveau et mon souffle se fit court.

— Francesco m'avait demandé de me débarrasser d'elle plus tôt, mais puisqu'il s'agissait de ta copine, j'ai eu l'idée de l'utiliser pour t'appâter. Et mon plan a été une vraie réussite. Bon, ma gentillesse a atteint ses limites, adieu ma…

— Le traître ! s'exclama soudain Jess. Vous l'avez trouvé ? !

Même si Enzo pointait toujours son arme dans ma direction, il avait à nouveau reporté son attention sur Jess.

C'était le moment ou jamais de faire quelque chose. N'importe quoi !

— J'ai dit que ma…

À l'aide de mes pieds, je me propulsai en avant, sur Enzo, et le fis tomber à la renverse avec moi.

— Putain de merde ! cria-t-il en me repoussant brutalement.

Un coup de feu me fit sursauter. Jess s'était emparé de l'arme de Stefan, qui gisait sur le sol, inconscient, et avait tiré sur Rob, en plein dans la poitrine. Il menaçait à présent Enzo avec son flingue, mais ce dernier s'était déjà relevé et pointait également son arme sur Jess.

Même si la situation était plus que critique, pour le moment, nous n'étions pas morts, et la bombe qu'avait Jess sur lui ne fonctionnait pas. Jess avait lâché l'interrupteur, et nous étions toujours en vie.

— Alors, on fait quoi maintenant ? lui lança Enzo.

Discrètement, je glissai une main dans mon dos et tentai de libérer mon autre bras, toujours accroché à la chaise.

Enzo pointa à nouveau son flingue sur moi.

— Si tu ne veux pas que je la descende, je te conseille de baisser ton arme, Ghost.

J'avais presque défait le nœud.

— Je sais que tu tiens à la vie, Enzo, répondit Jess, s'il te plaît, arrête d'agir stupidement et baisse ton flingue.

J'étais libre.

— Et moi je sais que tu tiens à elle. Trois… Deux… Un…

Je plongeai aussitôt sur le côté, au moment où une première détonation résonnait dans la pièce, suivie immédiatement d'une seconde, puis ce fut le silence total.

Mon cœur avait raté un battement, mais… je respirais. Oui. J'étais toujours en vie.

— Lexie ! cria Jess.

Il se précipita vers moi, retira le bâillon de ma bouche et m'observa avec inquiétude.

— Tu… Tu n'es pas blessée ? s'enquit-il.

Je sondai mon corps pendant un instant, puis secouai négativement la tête.

— Non… Non, je ne crois pas, murmurai-je. Enzo ?

— Il est mort.

Un frisson me traversa. Même si une part de moi était soulagée d'apprendre que l'homme qui avait essayé de me tuer ne pourrait plus jamais s'en prendre à moi, j'aurais préféré que les choses se passent autrement et que personne ne perde la vie aujourd'hui.

Jess m'aida à détacher les liens qui me maintenaient encore les pieds à la chaise.

Lorsque je me redressai, mon regard se posa sur le corps inerte d'Enzo. Il s'était pris une balle en plein cœur, et ses yeux, qui fixaient le plafond sans cligner, me confirmaient son état.

Quant à Stefan… Ce dernier ne s'était toujours pas réveillé. En apercevant du sang s'écouler de son crâne, je compris qu'il ne le ferait jamais. Jess lui avait visiblement fracassé la tête contre l'angle de mon meuble d'entrée.

Alors ils sont tous morts…

La nausée et un sentiment d'étourdissement me gagnèrent. Je basculai légèrement sur le côté, mais heureusement, la main de Jess m'agrippa l'épaule et m'empêcha de tomber.

— Je suis désolé, Lexie, murmura-t-il, si seulement… Si seulement je n'étais pas revenu dans ta vie…

Ses mots et son regard attristé m'obligèrent à reprendre le contrôle sur mon corps. Car non, ce n'était pas sa faute, mais la mienne. Il avait tout fait pour me repousser, mais j'avais continué de m'accrocher désespérément à lui, parce que je ne voulais pas le perdre à nouveau. D'ailleurs, je ne le voulais toujours pas.

Avant que j'eusse le temps de lui dire ce que j'avais sur le cœur, il retira sa main et se mit debout.

— Attends, l'arrêtai-je en lui attrapant le bras.

Il grimaça légèrement et je le lâchai aussitôt.

— Qu'est-ce qu'il y a ? Tu es blessé ? !

— Ce n'est rien.

Je regardai sa veste à l'endroit où je l'avais touché – au niveau du coude, elle avait été déchirée. En baissant les yeux sur mes doigts, j'y aperçus du sang… le sien.

— Jess !

— C'est sur moi qu'Enzo a tiré, mais heureusement, la balle m'a seulement effleuré, m'expliqua-t-il.

— Montre-moi, lui ordonnai-je.

Jess m'observa, troublé.

— Lexie, je ne peux pas rester ici plus longtemps.

Il avait raison, à cause des coups de feu, les voisins avaient certainement déjà appelé les flics, et ces derniers risquaient de débarquer d'une minute à l'autre. Bien sûr, sa blessure m'inquiétait… mais il fallait partir.

— Très bien, allons-y, dis-je en me levant.

— Quoi ?

Cette fois, il était complètement abasourdi.

— Allons-y, répétai-je en me dirigeant vers la porte.

— Pourquoi…

— On discutera plus tard, le coupai-je sans me retourner.

— Il est hors de question que tu viennes avec moi ! Il faut que tu restes ici et que tu racontes exactement tout ce qui s'est passé à la police !

Je l'ignorai et sortis dans le couloir.

— Putain, Lexie ! l'entendis-je s'énerver.

Après quelques secondes, il finit par me rejoindre devant les escaliers et m'observa comme si j'avais complètement perdu l'esprit.

— Dépêchons-nous, lui dis-je.

Je pris sa main et l'entraînai avec moi.

Nous quittâmes mon immeuble sous le regard terrifié de mes voisins depuis leurs fenêtres. Cette fois, la police et le FBI n'auraient aucun mal à m'accuser de complicité et à la prouver. J'étais en train de détruire ma vie et tout ce que j'avais. Mais à cet instant, c'était bien le cadet de mes soucis.

Tout ce qui comptait, c'était lui, et ses doigts toujours entrelacés aux miens.

Chapitre 23

Jess

Le trajet jusqu'à l'une de mes planques s'était fait dans le silence et la prudence la plus totale.

Lexie s'avança dans la pièce principale et observa tout ce qui l'entourait : un canapé-lit, un petit placard, une kitchenette, une table et une chaise pliable.

Je ne comprenais pas. Vraiment pas. Pourquoi ne semblait-elle pas me craindre ni me détester ? Pourquoi avait-elle tenu à s'enfuir avec moi ? Savait-elle à quel point cela compliquait sa situation ? ! Et pourquoi diable ne l'avais-je pas forcée à rester chez elle ? !

Soudain, elle me fit face et fixa mon bras droit.

— On devrait regarder ta blessure, me dit-elle.

Elle était si calme. Comment le pouvait-elle, après tout ce qui venait de se passer ? Alors qu'elle se trouvait avec moi, un criminel ? Et pourquoi se préoccupait-elle de ma santé ?

— Elle est superficielle.

J'avais d'ailleurs à peine saigné.

— La plaie doit quand même au moins être nettoyée, insista-t-elle, tu as une trousse de soins ici… ou de l'alcool ?

Il fallait que je l'arrête, que je l'aide à recouvrer ses esprits et que je l'oblige à partir et à aller voir la police le plus rapidement possible.

Mais au lieu de m'exécuter, je m'entendis lui répondre :

— Il y a des médicaments dans la salle de bains.

À quoi tu joues, Jess ?

Lexie n'était visiblement pas la seule à agir de façon complètement insensée et irresponsable. Mais je voulais profiter, pour la dernière fois, de sa présence à mes côtés, de son visage, de sa voix…

Encore quelques minutes. Oui, juste quelques minutes.

Elle s'éclipsa dans la salle d'eau pour aller chercher de quoi me soigner.

J'allai m'installer sur le canapé, puis retirai lentement ma veste, ainsi que mon pull.

Le tissu de mes vêtements s'était un peu collé à ma plaie et me fit légèrement grimacer. Mais la douleur que me provoquait la blessure était largement supportable.

J'avais connu bien pire que d'avoir été effleuré par une balle. Mes multiples cicatrices en étaient la preuve.

Lexie réapparut quelques secondes plus tard dans la pièce avec un antiseptique, des compresses stériles et un bandage.

Son regard parcourut un instant le haut de mon corps avant de revenir se poser sur mon visage.

Elle avait l'air… triste. Éprouvait-elle de la peine pour moi ? Non, c'était impossible.

Elle s'approcha et s'assit à côté de moi. Troublé par sa proximité, je restai immobile, le souffle court.

N'avait-elle vraiment pas peur de moi ? Ne l'écœurais-je même pas un peu ?

— Ça risque de piquer, m'avertit-elle.

Et elle commença à appliquer le désinfectant sur ma plaie.

— Jess… Comment est-ce que tu as su ce qui se passait chez moi ?

J'hésitai un instant à lui répondre. Et si Lexie m'avait suivi dans le but d'obtenir des informations à mon sujet et d'essayer de me piéger par la suite ? Peut-être que son comportement à mon égard n'était que de la pure comédie. Après tout, elle était flic.

— Jess ?

Je tournai la tête vers elle et l'observai avec attention.

Non, elle ne jouait pas. Son expression était sincère.

Mais il était possible qu'elle soit venue pour avoir des explications, bien que cela ne justifie pas pour autant pourquoi elle me soignait, et agissait avec moi comme si je n'étais pas un monstre.

Je regardai à nouveau droit devant moi et décidai de lui répondre. Je pouvais bien satisfaire un peu sa curiosité.

— Déjà, parce que je ne t'ai pas vue te rendre au travail depuis plusieurs jours.

Même si je ne la suivais plus depuis chez elle le matin, en raison de la possibilité que le FBI puisse la surveiller ou que Lexie me remarque, j'avais choisi de me planquer à un endroit qui me permettait d'observer une partie de son trajet habituel. Mais en vain.

L'hypothèse selon laquelle elle avait pu être arrêtée et placée en détention me paraissait totalement absurde. Malgré le fait qu'elle connaissait Seth Thompson, la police ou le FBI n'avait aucun élément pouvant prouver ni supposer un quelconque lien avec Ghost. Et même s'ils craignaient que

Lexie puisse me retrouver quelque part en raison de notre relation, c'était justement leur but de m'attraper, alors une mise sous filature aurait été plus astucieuse.

Elle avait certainement pris des congés. Quoi qu'il en soit, j'avais ensuite pris le risque d'aller quotidiennement et discrètement observer son appartement le matin pendant plusieurs heures, et en fin de journée jusqu'en début de soirée. À aucun moment je ne l'avais vue entrer ni sortir.

Plusieurs hypothèses m'avaient traversé l'esprit. Soit Lexie ne se trouvait pas chez elle. Peut-être était-elle allée quelques jours chez sa mère par exemple, ou chez Olivia… Peut-être que la vérité à mon sujet l'avait profondément bouleversée et qu'elle restait enfermée chez elle… Ou peut-être que je la ratais simplement, car je ne pouvais pas l'observer sans faire de pauses depuis ma voiture.

Lexie avait arrêté de me soigner.

— Comment le sais-tu ? me demanda-t-elle.

— J'ai surveillé ton trajet pour aller au travail et ton immeuble, lui avouai-je.

— Pourquoi avoir pris ce risque ? La police…

— J'avais besoin de te voir, et de vérifier comment tu allais après… que tu as appris la vérité à mon sujet.

Nous restâmes silencieux un moment, puis, lorsqu'elle se remit à désinfecter ma plaie, je décidai de poursuivre mon récit.

— Samedi, en début d'après-midi, j'ai remarqué Olivia qui sonnait chez toi, et tu ne lui as pas répondu. Sauf que je savais que tu étais chez toi. J'ai vu les stores de ta fenêtre bouger, comme si quelqu'un regardait à travers, et d'ailleurs, ça m'a surpris que tu les aies baissés. C'était la première fois que tu le faisais.

— Ce n'était pas moi qui les ai baissés.

— Oui… Je comprends mieux à présent. Et ça m'étonnait aussi que tu aies ignoré ton amie.

— J'aurais tout simplement pu ne pas avoir envie de lui parler, me fit remarquer Lexie.

— Oui, peut-être, mais ce n'est pas tout. Olivia est ensuite partie, et peu de temps après, un type que je n'avais jamais vu est sorti de ton immeuble. Je savais qu'il n'habitait pas ici, mais ça ne m'a pas paru suspect sur le coup. Il pouvait rendre visite à un de tes voisins, et puis, le gars est réapparu trente minutes plus tard avec des sacs de course. Bref, je suis donc reparti en milieu de soirée et revenu seulement le lendemain. Je commençais sérieusement à m'inquiéter pour toi, mais…

— Mais pour des raisons évidentes, tu ne pouvais pas réapparaître dans ma vie.

J'acquiesçai.

— J'ai songé à appeler la police et à leur signaler que j'avais entendu un coup de feu dans ton immeuble, ou n'importe quoi… Et honnêtement, je crois que j'allais le faire le lundi. Mais dimanche midi, en partant pour aller déjeuner, j'ai aperçu Enzo, en voiture sur la voie d'en face, à un feu rouge. Et c'est là que j'ai compris. Le fait que je le croise à quelques kilomètres de chez toi, lié à tous ces petits éléments… Sa présence à Prospect Heights ne pouvait pas être une simple coïncidence.

— C'était un peu un coup de chance en fait…

— De le voir, oui. De comprendre, non. Si ta situation ne m'avait pas paru étrange ces derniers jours, je ne me serais probablement pas inquiété à ton sujet. Mais j'ai deviné qu'ils s'en étaient sans doute pris à toi pour m'atteindre.

— Comment ça t'est venu… l'idée du gilet explosif ?

— Quand j'ai croisé Enzo, et que j'ai compris, j'ai hésité à faire immédiatement demi-tour et à le suivre mais je n'étais pas armé et j'ignorais combien d'hommes il pouvait y avoir chez toi. Je savais que mon temps était compté, et qu'ils pouvaient te faire du mal ou, pire, te tuer, à tout moment. Mais si j'y étais allé sans rien, cela aurait été complètement inutile et nous serions sans doute morts tous les deux.

Je me souvenais d'ailleurs avoir roulé à toute allure jusqu'à ma planque la plus proche, ne me souciant pas le moins du monde des limitations… Heureusement que je n'avais croisé personne sur mon chemin ni eu d'accident.

— Un flingue ne m'aurait pas servi, je me doutais qu'ils me fouilleraient. Bref, j'avais un gilet et des explosifs… Je ne les ai juste pas vraiment branchés. En plus, ça aurait été trop long. Alors j'ai fait semblant en espérant que Enzo n'y verrait que du feu. Dans le pire des cas, cela m'aurait au moins fait gagner du temps pour trouver un moyen de te sauver. Mais finalement…

Je repensai au moment où Lexie avait fait diversion et qui m'avait permis d'éliminer les deux hommes de main d'Enzo. Sans cela, nous n'aurions eu aucune chance de nous en sortir vivants.

— C'est toi qui nous as sauvés tous les deux, conclus-je.

Lexie resta silencieuse un moment, puis murmura :

— J'ai presque terminé.

Je jetai alors un coup d'œil à ma blessure, qu'elle était désormais en train de panser, et remarquai que ses mains tremblaient.

— Lexie ?

Elle ne répondit pas et continua de s'atteler à sa tâche, la tête baissée.

Je lui attrapai le poignet, la forçant à s'arrêter.

— Regarde-moi, lui ordonnai-je avant d'ajouter plus doucement, s'il te plaît.

Elle resta immobile deux ou trois secondes, puis finis par s'exécuter. Ses beaux yeux étaient humides et des larmes coulaient le long de ses joues.

— Qu'est-ce que tu as ? lui demandai-je, inquiet.

— C'est… C'est juste l'émotion des derniers événements qui ressort.

C'était compréhensible. Elle avait bien failli perdre la vie aujourd'hui, et j'avais tué trois hommes devant elle. En plus de cela, elle avait été séquestrée dans son propre appartement depuis plusieurs jours, et je n'avais d'ailleurs pas la moindre idée de ce que ces salauds avaient pu lui faire.

L'avaient-ils torturée ? Elle n'était pas blessée physiquement, mais peut-être l'avaient-ils fait souffrir psychologiquement. L'avaient-ils… touchée ?

Soudain, je sentis la colère monter en moi.

— Jess, tu me fais mal.

Sa voix me sortit de mes pensées et je pris conscience que mes doigts s'étaient resserrés autour de son poignet.

Mon animosité s'atténua un peu et je la relâchai aussitôt.

— Désolé, lui dis-je, je ne voulais pas…

— Je sais.

Elle tenta de me rassurer avec un léger sourire, puis continua à me bander le bras.

— Lexie…

J'hésitai un instant à ne pas lui poser la question qui me brûlait la langue.

Elle n'aurait peut-être pas envie de me répondre, et cela risquait de raviver de mauvais et trop frais souvenirs dans son esprit mais… le besoin de savoir ce qu'elle avait subi par ma faute était beaucoup trop grand. Quand bien même cela pourrait me faire éprouver encore plus de culpabilité que je n'en ressentais déjà et, même, me détruire complètement.

— … Qu'est-ce qu'Enzo et ses hommes t'ont fait avant que je arrive ?

Elle arrêta ses gestes, mais resta silencieuse, le regard rivé sur le sol.

Sa réaction me fit craindre le pire.

— Lexie…, insistai-je, la gorge nouée.

Elle prit soudain une grande inspiration, releva ses yeux sur moi, puis déclara :

— Je m'en remettrai.

Et à l'expression sérieuse qu'elle affichait, je compris qu'elle ne me dirait rien de plus maintenant.

Je fermai les paupières un court instant et essayai de me calmer.

Elle est en vie. C'est le plus important, me répétai-je mentalement.

— J'ai terminé, ajouta-t-elle en se levant.

Je réprimai l'envie de lui demander où elle allait. Peut-être avait-elle retrouvé l'esprit et souhaitait-elle partir. Et je préférai ne pas lui donner l'impression que je voulais la retenir en la questionnant sur ses intentions.

Cependant, au lieu de prendre la direction de la sortie,

Lexie se rendit dans la petite salle de bains de l'appartement, probablement pour se laver les mains.

Elle en revint quelques minutes plus tard, et se rassit à côté de moi, sans un mot.

Lexie n'était pas là uniquement pour m'interroger. Sinon, qu'attendait-elle pour le faire ?

— Pourquoi as-tu fui avec moi, Lexie ? lui demandai-je enfin.

En sentant mon cœur se serrer, je compris que si j'avais mis tant de temps à lui poser cette question, c'était car je redoutais l'une des raisons qu'elle pouvait me donner. Une raison totalement insensée, mais peut-être vraie, et qui saurait m'affecter.

— Parce que si je te laissais partir, j'allais te perdre pour toujours…

Je tournai la tête vers elle et croisai son regard sincère.

— Je ne veux pas te perdre, Jess, murmura-t-elle, je t'aime.

Cette raison…

Mon rythme cardiaque s'accéléra, et, sentant la tension monter entre nous, je me forçai à détourner les yeux de son visage.

— Tu délires, probablement à cause de ce que tu as vécu ces derniers jours, lui répondis-je.

— Non. Je sais ce que je…

— Tu ne peux pas éprouver ce genre de sentiment pour moi Lexie, la coupai-je sèchement, pas en étant au courant de qui je suis et ce que j'ai fait.

Je me levai dans la foulée et ajoutai :

— Il est temps que tu partes, Lexie. Va voir la police et raconte-leur la vérité. Tout se passera bien, ils ne pourront en aucun cas prouver que tu as tué Enzo et ses hommes de main. Et pour ce qui est de ta présence ici… tu pourras dire que je t'ai forcée à venir avec moi pour me soigner. Ou invente autre chose. Je sais que tu trouveras une excuse crédible et que tu réussiras à t'en tirer.

Comme j'avais instauré de la distance entre nous, je m'autorisai à la regarder à nouveau.

Lexie semblait réfléchir sérieusement à mes propos.

— Même si je m'en sors et que je ne vais pas en prison, les Santini pourraient vouloir se venger de la mort d'Enzo et s'en prendre de nouveau à moi.

Elle n'avait pas tort là-dessus. Même si je doutais que ce scénario se produise, rien n'était impossible.

Bien évidemment, je veillerais toujours sur elle. Et je ne serais pas le seul.

— Le FBI te protégera.

— Pas indéfiniment.

J'aurais aimé lui dire que je m'assurerais qu'il ne lui arrive rien. Mais je ne pouvais pas la laisser savoir que j'avais l'intention de rester à New York.

— Je suis désolé, Lexie. C'est ma faute si tu te retrouves dans cette situation. Mais à moins que tu ne quittes le pays sous une autre identité, cette menace sera toujours d'actualité et tu vas devoir apprendre à vivre avec.

Elle se mit debout à son tour et plongea son regard dans le mien.

— C'est ce que tu vas faire, n'est-ce pas ? Disparaître ?

Au moins à ses yeux…

— Oui.

Elle fit un pas vers moi, je reculai aussitôt.

— Alors… Pourquoi est-ce qu'on ne partirait pas ensemble ?

Était-ce une blague ? Non… Elle paraissait vraiment sérieuse.

— Lexie…

— Je sais que tu n'es pas quelqu'un de bien, Jess. Je sais que tu as… tué beaucoup de personnes. Et je ne pense pas pouvoir un jour pardonner ces actes mais…

Elle sembla brusquement se souvenir de quelque chose.

— Je comprends que tu aies tué Steven pour t'échapper, reprit-elle, mais pourquoi avoir épargné Olivia ?

Devais-je être honnête avec elle ? Si oui, je devrais probablement lui parler de la révélation que j'avais eue, et de l'arrêt de ma carrière criminelle.

Mais bon, de toute façon, cela ne changerait rien à quoi que ce soit.

— Avant qu'elle me reconnaisse, je voulais la laisser en vie pour toi, parce que je savais que c'était ta meilleure amie. Mais lorsqu'elle a deviné qui j'étais… je n'ai eu d'autre choix que de l'éliminer pour préserver mon identité, sauf que j'en ai été incapable.

Lexie fronça les sourcils.

— Comment ça ?

Je fermai les yeux un court instant, puis fixai mes mains.

— Je ne pouvais plus tuer. Je ne le voulais plus.

J'entendis Lexie respirer profondément, puis s'avancer vers moi. Elle s'arrêta à quelques centimètres.

— Pourquoi, Jess ? murmura-t-elle. Pourquoi est-ce que tu travaillais pour les Santini ? Pourquoi est-ce que tu… tuais pour eux ?

Je sentis dans sa voix étranglée que le simple fait de m'interroger ainsi lui déchirait le cœur.

Si je n'avais pas remis en question mon mode de vie il y a

quelques jours, je n'aurais probablement jamais eu le courage d'affronter son regard aujourd'hui.

Je relevai la tête et croisai ses beaux yeux marron remplis d'incompréhension.

— Si je te dis que c'est par plaisir, ou pour l'argent, tu voudras toujours disparaître avec moi ?

— Je sais que ce n'est pas le cas, m'assura-t-elle.

— Non, tu ne sais rien de moi, Lexie.

Elle me fixa avec défi.

— Alors dis-moi, qui es-tu, Jess ?

Je soupirai, puis retournai m'asseoir sur le lit. Elle pivota simplement pour me regarder.

— Mon père était tueur à gages. Il m'a élevé et formé pour que je le devienne aussi, en me répétant sans cesse que c'était mon destin. Bien sûr, je le croyais, mais… pas suffisamment, car le jour où il m'a ordonné d'éliminer un homme pour la première fois, je n'ai pas réussi. C'est mon père qui a dû finir le boulot, et moi… je me suis enfui. J'avais trop honte de mon échec pour affronter mon père.

Lexie me rejoignit, et s'assit doucement à côté. Même si je sentais ses yeux posés sur moi, je décidai de continuer à regarder droit devant moi.

— Est-ce que c'était…

— Oui, la coupai-je en devinant sa question, ça s'est passé il y a huit ans. Peu de temps avant que tu m'aperçoives entrer dans ta cabane de jardin. Je n'aurais jamais dû y aller, et encore moins y rester plusieurs jours. Mais je doutais quant à ma capacité ou non à tuer, et surtout, je m'étais attaché à toi.

Cette fois, je tournai la tête vers elle et croisai son regard. Il n'y avait aucune haine, aucun dégoût envers moi.

Pourquoi Lexie ? Pourquoi est-ce que tu ne ressens pas tout ça ?

— Tu étais la première personne avec qui je discutais en dehors de mon père, poursuivis-je, et jamais il ne s'était montré aussi gentil et bienveillant que tu l'as été avec moi.

— Tu n'avais jamais parlé avec d'autres personnes ? s'étonna Lexie.

— Je n'ai jamais eu d'existence officielle. Mon père n'a pas souhaité déclarer ma naissance, il trouvait ça plus judicieux pour mon avenir d'assassin. Alors j'ai vécu caché jusqu'à ce que j'endosse l'identité de Seth Thompson, à mes dix-huit ans.

Un mélange de peine et de tristesse traversa ses iris. Mais il n'était pas question de la laisser s'apitoyer sur mon sort, je ne le méritais pas.

— Quoi qu'il en soit, continuai-je, lorsque j'ai tué Ben, j'ai été convaincu que mon père avait raison. Qu'être un assassin était ma voie, et la seule possible pour moi.

— La mort de Ben était un accident, me rappela-t-elle.

— Je sais, mais moi je l'ai pris comme un signe me montrant que j'existais bel et bien pour tuer.

Lexie remua nerveusement ses mains.

— Tu le penses toujours ?

— Non. Après le décès d'Erikson, j'ai compris que j'avais eu tort de croire qu'il y avait une notion de destin là-dedans. Cela m'avait permis d'accepter plus facilement le fait de devenir un assassin, et de répondre aux attentes de mon père. Mais maintenant qu'il n'était plus là… j'ai compris que c'était faux et que je pouvais arrêter.

Et c'était en partie grâce à Lexie. Mes sentiments pour elle avaient brisé la carapace de glace que je m'étais forgée. Le Jess qui doutait de son destin il y a huit ans avait refait surface, et avait fini par ouvrir les yeux une bonne fois pour toutes. D'une certaine manière, elle m'avait sauvé.

Nous restâmes silencieux pendant de longues secondes, puis Lexie reprit :

— Donc c'est terminé, n'est-ce pas ? Tu ne vas plus jamais… ?

Aujourd'hui, j'avais dû me remettre dans la peau de Ghost. Mais je l'avais fait par choix et uniquement dans le but de sauver Lexie. Il n'était plus question d'assassinats ni de destin. Et il n'en serait jamais plus.

Je baissai les yeux sur mes mains. Aujourd'hui, elles avaient à nouveau servi à tuer. J'aurais préféré ne pas les retacher de sang, mais nos deux vies avaient été en jeu.

Je relevai la tête vers Lexie. Si elle se retrouvait encore en danger à l'avenir, j'étais prêt, si besoin, à recourir à la violence pour la protéger. Et même à tout risquer.

Mais j'espérais de tout cœur que ce genre de situation ne se reproduirait pas, pour elle comme pour moi. J'avais suffisamment de morts sur la conscience et je n'en désirais pas davantage.

— C'est terminé, lui assurai-je.

Lexie soupira de soulagement.

— Tu sais que ça ne change pas qui j'étais ou ce que j'ai fait, Lexie ? lui fis-je remarquer en plantant mon regard dans le sien.

— Je sais. Mais tu n'as jamais voulu…

— Non, Lexie, la coupai-je aussitôt, peu importe les raisons qui m'ont poussé à devenir un assassin, je l'ai été, et il n'y a rien qui pourra alléger mes actes. J'ai tué une trentaine de personnes, Lexie. Volontairement, et sans aucune pitié.

— Mais tu as changé, tu n'es plus ce monstre…

— Ghost fera toujours partie de moi et tu le sais. J'aurai toujours ce sang sur les mains. Celui de Ben, d'Erikson, de Steven…

Lexie détourna les yeux en entendant le nom de son collègue.

— Et regarde, même en ayant arrêté d'être un assassin, j'ai encore tué des hommes aujourd'hui. Ce n'est peut-être pas mon destin, mais je suis capable de tuer et rien ne me garantit que je ne le ferai pas à nouveau un jour. Je suis et resterai toujours un tueur, un meurtrier, un criminel.

Lexie demeura silencieuse, les yeux rivés sur le sol. J'ignorais si mes paroles avaient été suffisantes pour lui faire entendre raison, mais je décidai de terminer en beauté.

— Tu veux toujours disparaître avec moi, Lexie ? Tu sais ce qu'il en coûterait ? Tu devrais quitter New York, ton métier, ton appartement, mais aussi abandonner ta famille, tes amis, et ne plus jamais les revoir. Comme on serait recherchés, il nous faudrait être constamment discrets, méfiants, aux aguets, et mentir. On serait toujours en danger, à chaque minute, chaque seconde…

Lexie inspira profondément puis me regarda à nouveau.

— Je sais déjà tout ça. Et j'ai conscience que ça sera dur, mais…

Elle leva lentement une main vers mon visage et mon souffle se fit court lorsqu'elle la posa sur ma joue.

— Je te l'ai dit, je t'aime et je ne veux pas te quitter. Je ne peux pas.

À contrecœur, j'attrapai sa main et la retirai.

— Bien sûr que si. Et c'est la chose la plus sensée à faire.

De toute façon, je te mettrai dehors de force s'il le faut. Je refuse que tu fasses tous ces sacrifices pour pouvoir être avec moi. Tu le regretteras.

— Tu n'en sais rien.

— Je… Je sais que je ne pourrai pas t'offrir la vie que tu désires, murmurai-je, et tu mérites tellement mieux que la personne que je suis. Je ne serai jamais capable de te rendre heureuse, Lexie.

Mon cœur se serra douloureusement.

— Tu te trompes, je me moque de la vie que je peux avoir tant que je suis avec toi. Et je suis certaine que…

— Va-t'en, Lexie, l'interrompis-je.

— Écoute au moins ce que…

— Va-t'en ! criai-je.

Le ton de ma voix la fit sursauter.

— S'il te plaît, ajoutai-je plus doucement.

— Jess…

Elle allait vraiment m'obliger à avoir recours à la force, mais c'était pour son bien.

— Je sais que tu agis comme au Golden Hour, continua-t-elle, tu essayes de me repousser pour me protéger, mais…

Je me levai brusquement, lui attrapai le poignet et la tirai vers moi.

— Qu'est-ce que tu fais ?

— Tu t'en vas. Maintenant.

— Lâche-moi, m'ordonna-t-elle sèchement.

Mais je n'en fis rien et l'entraînai avec moi jusqu'à la porte. Lexie essaya de se libérer de mon emprise et de freiner mon allure, mais ma poigne autour d'elle était bien trop forte.

— Jess ! cria-t-elle à son tour. Lâche-moi ! Tu me fais mal !

De ma main disponible, j'ouvris la porte d'entrée, puis la forçai à sortir.

— Adieu, Lexie.

— Mais…

Je lui claquai la porte au nez avant même qu'elle ait le temps de protester davantage.

— Tu sais, j'ai juste été séquestrée depuis samedi matin, l'entendis-je.

Mais alors où était-elle ces derniers jours ?!

— Cette semaine, j'étais à Porto Stanzo, ajouta-t-elle.

Quoi ?

— J'y suis allée en pensant t'y trouver, continua-t-elle, c'était stupide, mais c'était le seul endroit dont tu m'avais parlé… Le seul où il y avait au moins un infime espoir que je puisse te revoir…

Je n'en revenais pas. Elle s'est vraiment rendue en Italie pour essayer de me retrouver.

Oh ! bon sang, Lexie…

— En décidant de te suivre aujourd'hui, j'ai aussi choisi de tirer un trait sur ma vie d'avant. Je voulais rester avec toi, malgré tes crimes et ce que tu étais, malgré tes mensonges, et malgré les risques et les difficultés qui en découleraient.

Mon cœur se serra douloureusement dans ma poitrine.

Lexie… Tais-toi, s'il te plaît, ne rends pas nos adieux plus compliqués qu'ils ne le sont déjà.

— Je… Je savais qui tu étais, Jess, avant le discours d'Erikson.

Quoi ?

— Je t'ai reconnu sur les photos de la galerie d'art où tu étais avec Enzo, mais j'ai été incapable de te dénoncer. Même durant mon interrogatoire en tant que témoin, puis en tant que suspecte, j'ai menti. Je suis vraiment la pire des flics.

Pourquoi, Lexie ? Pourquoi est-ce que tu as fait tout ça pour moi ?

— Erikson, Steven… J'aurais pu empêcher que tu les tues… J'aurais pu…

Je l'entendis étouffer un sanglot. Merde. J'étais à deux doigts de craquer, d'ouvrir cette porte et de la prendre dans mes bras pour la réconforter.

Le pire dans tout ça, c'est que même si elle n'avait pas pu prédire le décès de Steven, elle savait en revanche que celui d'Erikson était prévu. Elle avait été complice de mon assassinat. Elle était aussi responsable de sa mort que moi.

— Alors, continua-t-elle soudain, si tout ça ne suffit pas à te prouver que je suis prête à sacrifier mon passé et à prendre des risques pour être avec toi… je…

Elle s'arrêta et n'ajouta plus rien.

Sans réfléchir, je posai la main sur la poignée mais me retins de l'abaisser complètement au dernier moment.

Bien sûr, j'en mourais d'envie. Je ne voulais pas la laisser partir. Je ne voulais pas la perdre. Mais je ne voulais pas la priver de…

Non. Elle te l'a bien fait comprendre, elle se moque de l'existence qu'elle peut avoir avec toi, tant que tu en fais partie. Elle t'a protégé, quitte à risquer la prison, et même sa vie.

Elle connaît ton passé, ton côté sombre et monstrueux, et pourtant… elle veut quand même être avec toi. Ne la laisse pas s'en aller, Jess.

Mon cœur tambourinait dans ma poitrine.

J'ouvris brusquement la porte… mais elle n'était plus là.

Lexie

Assis sur notre banc, face au lac Harlem Meer, je ne pouvais empêcher les larmes de rouler sur mes joues depuis plusieurs minutes.

Jess…

Pourquoi est-ce que tu n'as pas compris tout ce que tu représentais pour moi ? Pourquoi est-ce que tu m'as repoussée malgré tout ce que je t'ai dit ? N'as-tu toujours pas réalisé la profondeur de mes sentiments ?

J'inspirai et essayai de me calmer. Mais comment le pouvais-je, alors que… je ne le reverrais sans doute jamais ?

Mon rythme cardiaque s'accéléra à nouveau.

Non. Je ne voulais pas y croire. Je ne pouvais pas l'avoir perdu.

Si j'étais ici, c'était justement parce que j'avais l'espoir qu'il revienne sur sa décision et me rejoigne. Cela ne faisait même pas une heure que j'étais partie, il pouvait toujours arriver.

Oui, j'allais attendre… encore un peu.

Et s'il ne venait pas ? Devais-je faire comme il me l'avait suggéré ? Aller à la police, raconter ce qui s'était passé dans mon appartement, et inventer un mensonge quant à ma disparition ? Les voisins nous avaient observés quitter ensemble mon immeuble. Pourrais-je réellement m'en tirer cette fois-ci ?

— Lexie.

Mon cœur rata un battement.

Jess. Il était là. Debout, à quelques mètres de moi. Contrairement à son habitude, il portait un béret et des lunettes de vue, sûrement des fausses.

Il avait sans doute changé de style en raison de la description que la police avait de lui.

— Tu as bien fait attention en venant ici ? m'interrogea-t-il en surveillant les alentours, tu dois être recherchée toi aussi maintenant.

J'acquiesçai.

— Je crois avoir été suffisamment prudente.

J'avais rabattu la capuche de ma veste sur mon crâne, et garder la tête baissée durant tout mon trajet, afin d'éviter le regard des gens et les caméras de la ville.

— Pourquoi es-tu venu ? lui demandai-je en me levant.

Était-ce simplement par nostalgie, ou parce qu'il pensait m'y trouver ?

— Tu es sûre de vouloir vraiment tout quitter pour moi ?

Je le fixai, stupéfaite.

Est-ce... Est-ce que cela signifie qu'il est revenu sur sa décision ?

Je fis un pas vers lui.

— Ta mère, Olivia, Dean, tes collègues, poursuivit-il, si tu pars avec moi, tu ne les reverras plus jamais.

Un nœud se forma dans mon estomac. Ce serait dur de supporter leurs absences. Ma mère... Même si nous nous étions disputées, même si je l'avais déçue et qu'elle ne me pardonnerait sans doute jamais, je l'aimais profondément.

Quant à mes amis et collègues... le rire joyeux d'Olivia, les blagues de Dean... le capitaine Mayers et sa gentillesse à mon égard, Jim et les autres... Oui, ils allaient vraiment tous me manquer.

Pour autant, je me sentais capable de vivre loin d'eux. En revanche, je savais que si c'était Jess que je perdais maintenant, je ne m'en remettrais jamais.

— Ton appartement, ton travail, continua-t-il.

Je n'étais pas spécialement attachée à mon logement. Même s'il s'agissait du tout premier bien que je louais, de mon chez-moi, et que j'y avais toujours été bien, je n'avais aucun meuble à valeur sentimentale à l'intérieur. Je pourrais également facilement m'adapter à un nouvel endroit où habiter.

Et pour ce qui était de mon métier… je ne me sentais de toute façon plus légitime d'être policière et aurais certainement démissionné.

Comprenant que Jess n'ajouterait plus rien, je m'avançai jusqu'à lui, puis le pris dans mes bras en faisant attention à sa blessure.

— Ne me fuis plus jamais, murmurai-je, ne me repousse plus jamais.

Je le serrai davantage contre moi.

— Laisse-moi entrer dans ta vie une bonne fois pour toutes et ne m'en fais plus jamais ressortir.

Je sentis ses mains glisser doucement dans mes cheveux.

— D'accord, souffla-t-il.

Une vague de soulagement me traversa, et nous restâmes ainsi, blottis l'un contre l'autre pendant de longues secondes… jusqu'à ce qu'il m'écarte légèrement de lui.

— Au fait, reprit-il soudain, je m'appelle Jess Walder.

Je souris et lui tendis la main.

— Enchantée, moi c'est Lexie Holmes.

Il la serra, puis garda ses doigts enlacés aux miens. Ce simple geste suffit à me rendre heureuse.

— C'est peut-être bête de se présenter alors qu'on va devoir changer de nom, dis-je.

— Non. Pour moi tu resteras toujours Lexie.

— C'est vrai… Jess.

Il se pencha en avant vers moi et déposa un bref baiser sur ma bouche.

— Tu as les lèvres gelées, constata-t-il, et puis il n'est pas très prudent pour nous d'être dehors, on devrait retourner à la planque.

Je commençais également à avoir faim. Les derniers événements m'avaient coupé toute envie de m'hydrater ou d'avaler quoi que ce soit – bien que je me sois forcée à boire de l'eau dans la salle de bains de Jess tout à l'heure. Mais je pouvais patienter un peu.

— Est-ce qu'on peut juste rester encore quelques minutes ici ? lui demandai-je, je sais qu'on n'aura plus l'occasion d'y revenir…

Jess acquiesça, puis m'entraîna avec lui vers le banc. Nous nous installâmes côte à côte et admirâmes le lac ensemble.

— Oh ! tiens, j'avais oublié ! m'exclamai-je.

Je m'écartai du dossier et lui montrai l'ancien numéro de Hannah.

— C'était celui de la cousine de ma mère. Je l'avais gravé pour toi il y a huit ans, avant de quitter New York pour aller vivre chez elle.

Jess sourit.

— Je me doutais que c'était toi.

— Tu l'avais vu ? !

— Seulement l'année dernière, lorsque je suis venu m'installer à New York. Je l'ai composé mais la ligne était injoignable.

— Hannah l'avait déjà changé depuis longtemps… Mais pourquoi as-tu appelé ? Tu ne m'aurais pas parlé, n'est-ce pas ?

— Non. Mais j'espérais pouvoir entendre ta voix. Elle me manquait… Tu me manquais.

Ses simples mots me réchauffèrent le cœur. Je posai la tête sur son épaule valide et observai à nouveau le lac.

— Toi aussi, tu m'as manqué, Jess, murmurai-je.

Un silence calme et reposant s'installa entre nous, et ni lui ni moi ne le brisâmes.

Probablement car nous voulions tous deux profiter de cet instant de sérénité avant l'avenir tumultueux et dangereux qui nous attendait.

Mais nous étions enfin ensemble, et c'était tout ce qui comptait.

Épilogue

Lexie

Après avoir déposé mon sac à main dans le compartiment à bagages situé au-dessus des sièges, je m'installai près de la fenêtre.

Notre car s'était arrêté sur une aire de repos, et Jess se trouvait encore dans un petit magasin alimentaire pour nous acheter de quoi grignoter jusqu'à ce que nous ayons atteint Orlando. Et autant dire que j'étais assez pressée d'arriver.

Nous avions déjà quitté New York depuis deux jours, mais le voyage était long, notamment en raison de la distance qui nous séparait de la Floride, ainsi que des correspondances que nous avions.

Pour le moment, nous n'avions eu aucun problème avec nos situations respectives et notre fuite se déroulait comme prévu.

Cela était peut-être dû au fait que je m'étais teint les cheveux en blond et que je portais des lentilles de couleur verte. Même si je n'étais pas fan de mon changement de look, Jess trouvait que cela m'allait plutôt bien et cela me permettait au moins de passer incognito, ce qui était justement le but recherché.

En revanche, Jess avait fait moins d'efforts pour modifier son apparence. Il se contentait de porter un chapeau et des lunettes. Et… Bon, d'accord, il avait aussi laissé pousser sa barbe, comme je le lui avais demandé.

Soudain, je l'aperçus sortir du magasin et un sourire s'étira sur mes lèvres.

Honnêtement, je n'avais pas la moindre idée de la vie qui m'attendait avec lui.

Nous n'avions déjà pas l'intention de demeurer en Floride éternellement. Nous avions décidé de nous y rendre en choisissant au hasard une ville sur la carte des États-Unis, uniquement car nous ne pouvions pas rester à New York.

Quant à notre relation… Deux semaines s'étaient écoulées depuis les derniers événements, et pour l'instant, les choses se passaient assez bien entre nous.

Bien sûr, ce n'était pas parfait. Loin de là. Je ne pouvais pas fermer les yeux sur qui il avait été et ce qu'il avait fait. Je ne pouvais pas et ne pourrais jamais oublier qu'il avait tué Erikson et Steven, et que j'en avais été complice.

Des fois, ça n'allait pas et je sentais la culpabilité me ronger l'estomac. Des fois, ça faisait mal. Vraiment.

Et il n'y avait pas que ça. En plus de devoir vivre avec nos monstres du passé, il nous fallait aussi apprendre à vivre ensemble et à nous connaître davantage – Jess avait d'ailleurs un peu d'avance sur moi étant donné qu'il m'avait espionnée pendant un an !

Un soupir m'échappa. Oui, tout n'était pas rose entre nous, et les épreuves difficiles que nous risquions de traverser dans le futur n'arrangeraient pas les choses, mais je voulais croire en nous et en notre amour.

Tant que nous restions ensemble, j'étais certaine que nous réussirions à surmonter n'importe quel obstacle.

— Tenez, madame Backwell.

Je relevai la tête et observai Jess me tendre un paquet de gâteaux et un soda.

Mme Mia Backwell était ma nouvelle identité. Nécessaire pour voyager en toute discrétion.

Jess, quant à lui, était mon mari : M. Jake Backwell.

Nos nouveaux noms et statuts me plaisaient plutôt bien, et une part de moi appréciait même de vivre dans l'illégalité. C'était très excitant.

Heureusement, mon côté rationnel me rappelait souvent que tout ceci n'était pas un jeu et qu'il fallait que je sois toujours prudente.

Oui, le danger était réel, tout comme les conséquences qui nous attendaient si nous nous faisions attraper.

C'était d'ailleurs pour cette raison que j'avais dû renoncer à faire mes adieux à ma mère et à mes amis. Rester loin d'eux était la meilleure chose à faire pour moi. En plus, je n'étais pas non plus certaine qu'ils auraient aimé me voir après avoir appris que je m'étais « sans doute enfuie avec un assassin ».

— Merci, Jess, murmurai-je.

Je récupérai mon goûter et le déposai sur la tablette qu'il y avait devant moi. Puis j'attrapai mon MP3 et mes écouteurs dans la poche de ma veste tandis que Jess s'installait à côté de moi.

Bien sûr, mes proches allaient me manquer. Terriblement. La simple pensée de ne plus jamais pouvoir les revoir me serrait le cœur. Mais je savais que quitter Jess aurait été bien plus douloureux.

— Tiens, un peu de musique, dis-je en lui tendant une oreillette.

Il l'accepta, et après que j'eus mis la mienne, je lançai ma chanson.

Celle qui pouvait me faire tout oublier et me concentrer uniquement sur l'instant présent.

When I find myself in times of trouble

(Lorsque j'ai des soucis)

Mother Mary comes to me

(Mère Marie vient me voir)

Speaking words of wisdom, let it be

(Prononçant de sages paroles, ainsi soit-il)

And in my hour of darkness

(Et dans mes heures sombres)

She is standing right in front of me

(Elle se tient juste en face de moi)

Speaking words of wisdom, let it be

(Prononçant de sages paroles, ainsi soit-il)

Let it be

(Ainsi soit-il)

Let it be

(Ainsi soit-il)

Let it be

(Ainsi soit-il)

Let it be

(Ainsi soit-il)

Je tournai un instant la tête vers Jess et remarquai qu'il me regardait.

— *Let it be*, répéta-t-il simplement.

Je lui adressai un sourire, puis attrapai sa main droite et entrelaçai mes doigts aux siens.

Une chose était sûre, même si je n'avais pas la certitude de ce que nous réservaient nos destins respectifs, il était incontestable qu'ils étaient, et seraient toujours liés.

Jess faisait partie de moi, autant que je faisais partie de lui. Notre relation était spéciale, mais c'était la nôtre.

Six mois plus tard

Jess

Encore à moitié endormi, je me tournai dans le lit et fis glisser ma main sur le matelas devant moi.

Pourquoi je ne sens pas son corps à mes côtés ? songeai-je en fronçant les sourcils.

— Lexie ? appelai-je en gardant les paupières bien closes.

Comme je n'obtins aucune réponse, je me résolus à ouvrir les yeux.

En effet, Lexie était déjà debout.

Une vraie lève-tôt celle-là…

Je soupirai, puis me redressai sur le matelas. Étant donné que j'avais à présent une vue sur tout l'intérieur de la caravane, je constatai que Lexie ne s'y trouvait pas.

Est-elle partie travailler au ranch ? Quelle heure est-il ?

Je quittai les draps et avançai jusqu'à la microcuisine dont était équipé notre logement.

La fenêtre située au-dessus de la petite table à manger

donnait sur le jardin, ainsi que sur l'immense maison des Campbell.

J'aperçus Lexie au loin. Elle était assise sur un banc, une tasse de café dans les mains, et semblait observer les plaines et les montagnes du Montana qui s'étendaient devant elle.

Un sourire s'étira sur mes lèvres. J'étais heureux de la voir. Heureux qu'elle soit là, avec moi. L'avoir finalement laissée entrer dans mon existence avait été la seconde meilleure décision de ma vie. La première était bien sûr celle d'avoir tiré un trait définitif sur les assassinats.

Je quittai la caravane et la rejoignis. Lexie ne me remarqua que lorsque je traversai son champ de vision.

— Jess ! s'exclama-t-elle en me dévisageant.

Ah oui, j'avais encore oublié de m'habiller avant de sortir. Enfin, je portais bien un caleçon, mais pour Lexie ce n'était pas « suffisant ». Parce que les Campbell pouvaient nous voir depuis leur maison, ou sortir à n'importe quel moment, et qu'il s'agissait tout de même de nos employeurs.

— Désolé, lui dis-je simplement.

Elle soupira avec agacement, posa sa tasse dans l'herbe puis se leva.

— En plus, tu dois te geler, il ne fait pas 15 degrés, tiens.

Elle retira le plaid sur elle et me couvrit les épaules avec. Il m'arrivait jusqu'aux genoux.

— Tu es sûre ?

Même si elle portait un haut à manches longues et un pantalon de pyjama rayé, c'est elle qui risquait d'avoir froid maintenant.

— De toute façon, je vais aller me préparer. Je dois m'occuper des animaux avec Serena ce matin. Et toi ?

— George m'a demandé de réparer une palissade mais il ne m'a pas spécifié d'horaires, alors je ne suis pas pressé.

Lexie soupira à nouveau.

— Jess, je te rappelle que nous ne sommes pas ici en tant qu'invités. S'il te plaît, ne prends pas ton travail à la légère…

Je lui adressai un sourire qui se voulait rassurant.

— Ne t'inquiète pas, les Campbell ne vont pas nous mettre à la porte pour si peu.

Et surtout, nous étions les seules personnes à avoir répondu à leur offre d'emploi en deux mois et les Campbell avaient même fait quelques concessions pour que nous acceptions de travailler pour eux, c'est dire à quel point ils avaient besoin de nous.

À l'origine, Lexie et moi ne faisions que passer par ici. Nous avions prévu de nous rendre en Californie, et durant notre trajet, nous avions fait une halte dans ce village du Montana pour déjeuner. Lexie avait aperçu une affiche collée à la vitrine d'un fast-food et sur laquelle était écrit en gros caractères :

URGENT : RECHERCHE UN À DEUX EMPLOYÉS
POUR TRAVAILLER DANS UN RANCH.
HÉBERGEMENT POSSIBLE ET GRATUIT SUR LES LIEUX.

— Qu'est-ce que t'en dis ? m'avait-elle lancé.

— Tu veux bosser dans un ranch ?

Cela m'avait étonné, car devoir travailler n'était pas une obligation. J'avais pris 10 000 dollars avec moi en quittant New York et j'avais également de l'argent planqué un peu partout dans plusieurs États. Et il n'y avait pas que ça.

— Pourquoi pas ? m'avait-elle répondu. Au moins ça occupera nos journées !

— Tu sais que si le travail est déclaré, c'est foutu ? lui rappelai-je.

— Je sais, mais on peut toujours essayer de négocier. Si ces gens sont prêts à héberger gratuitement leurs futurs employés, peut-être qu'ils sont désespérés ou qu'on pourra trouver un arrangement.

— Je ne sais pas, Lexie.

— Qu'est-ce qu'on a à perdre à tenter le coup ? Et puis, je me dis que ça peut être une bonne expérience pour nous. En plus, on est dans un village au milieu de nulle part, je suis sûre qu'il n'y a pas deux cents personnes qui vivent par ici. On devrait être tranquilles.

Ces arguments avaient fini par me convaincre et nous étions allés rendre visite aux Campbell le jour même.

Il s'agissait d'un couple de septuagénaires, qui, en raison de leur âge, avaient de plus en plus de mal à gérer toute la quantité de boulot au ranch. Ils ne voulaient cependant pas vendre la ferme ni arrêter de travailler, c'est pourquoi ils s'étaient résolus à publier cette annonce.

Lorsqu'ils nous avaient rencontrés, ils avaient été soulagés et heureux. Le fait qu'ils proposaient de nous héberger, et même gratuitement, dans leur ancienne caravane était aussi un gros plus pour nous.

En revanche, il nous avait fallu négocier notre condition « d'employés ». Il n'était pas possible que notre travail soit déclaré. Bien sûr, cela les avait fait hésiter. Ils avaient sans doute réfléchi à l'éventualité que nous ayons des soucis avec la justice.

Au final, la gentillesse et le charme naturel de Lexie, et le fait qu'ils savaient qu'ils risquaient de ne trouver personne d'autre les avaient convaincus d'accepter.

Aujourd'hui, après trois mois passés ici, la confiance ne régnait toujours pas complètement entre nous, mais les Campbell étaient très satisfaits de notre travail et ne cessaient jamais de nous en remercier.

Alors non, ils n'allaient pas nous virer si je me baladais en caleçon dans le jardin ou si j'avais cinq minutes de retard.

— Tu n'en sais rien, murmura Lexie, et j'aime beaucoup cet endroit.

Peut-être un peu trop.

Dans un sens, j'étais vraiment content qu'elle s'y plaise. Pour ma part, j'adorais les animaux, le bricolage, et tout autre travail manuel, je m'étais donc rapidement adapté.

En revanche, Lexie aurait très bien pu ne pas aimer ou réussir à s'occuper des bêtes et des récoltes, et le travail en lui-même était assez éprouvant. Heureusement, elle m'avait très vite prouvé que mes craintes n'avaient pas lieu d'être.

Habiter ici était également un bon avantage vis-à-vis de notre situation de criminels recherchés, et plus longtemps cela durerait, mieux cela serait pour nous.

Cependant, je ne voulais pas que Lexie s'attache trop à cet endroit, ni à ces gens ni à cette vie.

On ne pourrait pas rester ici éternellement, et un jour, il nous faudrait partir et dénicher un nouveau lieu où vivre en toute discrétion.

Mais ce ne sera pas aujourd'hui, alors…

— Bon, je viens me préparer avec toi, lui dis-je.

Le sourire qui illumina son visage me réchauffa immédiatement le cœur.

Elle se leva sur la pointe des pieds et m'embrassa avec douceur.

— Merci, Jess, souffla-t-elle contre mes lèvres.

Je glissai une main dans ses cheveux blonds et enroulai mes doigts à une mèche.

Cette vie qu'elle avait avec moi, ce n'était pas celle qu'elle méritait d'avoir, mais cela semblait lui convenir.

Merci à toi, Lexie, de ne pas m'avoir abandonné même quand je te l'ai demandé. De m'accepter… malgré mon passé. De continuer à éclairer ma route, même si elle est beaucoup moins sombre à présent.

— Allons-y, lui dis-je.

Je lui attrapai la main, entrelaçai mes doigts aux siens, puis nous repartîmes en direction de la caravane.

En fin de compte, peut-être que j'ai vraiment un destin… Celui d'être avec elle.

Vous avez aimé *Criminal Love* ?
Découvrez les autres romans d'Alana Scott
disponibles en poche

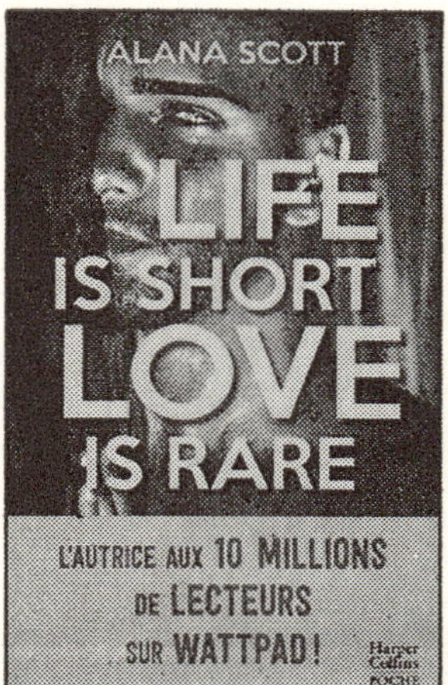

Harper
Collins
POCHE

Composé et édité par HarperCollins France.

Achevé d'imprimer en février 2022.

FIRMIN-DIDOT

à Mesnil-sur-l'Estrée (Eure)

Dépôt légal : mars 2022.

Pour limiter l'empreinte environnementale de ses livres, HarperCollins France s'engage à n'utiliser que du papier fabriqué à partir de bois provenant de forêts gérées durablement et de manière responsable.

Imprimé en France